ROSIE WALSH

Ohne ein einziges Wort

D1456493

GOLDMANN

Lesen erleben

Buch

Als Sarah in ihrem Heimatort in Gloucestershire auf Eddie David trifft, ist ihr eines sehr schnell klar: Er ist der Mann ihres Lebens. Und das, obwohl Sarah frisch geschieden ist und nicht mehr an die große Liebe glaubt. Sie verbringen eine traumhafte Woche inmitten blühender Sommerwiesen miteinander und planen ihre gemeinsame Zukunft. Dann muss Eddie verreisen und verspricht, sich auf dem Weg zum Flughafen zu melden. Aber er ruft nicht an. Er meldet sich gar nicht mehr. Sarahs Freunde raten ihr, ihn zu vergessen – so sind Männer nun einmal. Doch sie weiß, sie irren sich. Irgendetwas muss geschehen sein, es muss einen Grund für sein Verschwinden geben. Und mit der Zeit muss sie feststellen, dass sie recht hat. Es gibt einen Grund, doch er gibt Sarah keinen Frieden. Denn der Grund ist das Einzige, was sie nicht miteinander geteilt haben: die Wahrheit.

Autorin

»Ohne ein einziges Wort« ist das Debüt der britischen Autorin Rosie Walsh und wurde über Nacht in 30 Länder verkauft. Wenn Rosie nicht schreibt, geht sie gerne spazieren, spielt Violine in einem Orchester, kocht und rollt ihre Yogamatte aus, so oft sie kann. Sie lebt mit ihrem Mann und ihrem kleinen Sohn in Bristol.

Rosie Walsh

Ohne ein einziges Wort

Roman

Aus dem Englischen
von Stefanie Retterbush

GOLDMANN

Die englische Originalausgabe erscheint 2018
unter dem Titel »The Man who didn't call« bei Mantle,
an imprint of Pan Macmillan, London.

Verlagsgruppe Random House FSC® N001967

Deutsche Erstveröffentlichung Mai 2018
Copyright © der Originalausgabe 2018 by Rosie Walsh Ltd
Copyright © der deutschsprachigen Ausgabe 2018
by Wilhelm Goldmann Verlag, München,
in der Verlagsgruppe Random House GmbH,
Neumarkter Str. 28, 81673 München
Umschlaggestaltung: © FAVORITBUERO, München
Umschlagmotiv: © Gary Waters/getty images, © kostins/shutterstock
Umschlagmotiv Innenseiten: © Kevin Eaves/shutterstock
Redaktion: Lisa Caroline Wolf
MR· Herstellung: kw
Satz: Uhl + Massopust, Aalen
Druck und Bindung: GGP Media GmbH, Pößneck
Printed in Germany
ISBN: 978-3-442-48738-7
www.goldmann-verlag.de

Besuchen Sie den Goldmann Verlag im Netz

Dieses Buch ist all jenen gewidmet,
die ein ausgebliebener Telefonanruf
schon mal aus der Bahn geworfen hat.

Vor allem denjenigen, die nie gedacht hätten,
das könnte ihnen etwas ausmachen.

»*Doch wir können uns überhaupt nur verlieben,
ohne zu wissen, in wen wir uns verliebt haben.*«
Alain de Botton
Versuch über die Liebe

1. Teil

Erstes Kapitel

Hallo du,

heute ist es auf den Tag genau neunzehn Jahre her, seit wir uns an diesem strahlend schönen Morgen mit einem Lächeln voneinander verabschiedet haben. Dass wir uns wiedersehen, stand außer Frage, oder? Es war nur die Frage wann, nicht die Frage ob. Eigentlich war es nicht einmal eine Frage. Die Zukunft mag zwar so ungreifbar vor uns gelegen haben wie der flüchtige, sich an den Rändern kräuselnde Saum eines Traums, aber ganz zweifellos kamen wir beide darin vor. Gemeinsam.
Doch dann kam alles ganz anders. Selbst nach all diesen Jahren kann ich es noch immer nicht fassen.

Neunzehn Jahre seit diesem Tag. Neunzehn volle Jahre! Und noch immer suche ich nach dir. Ich werde nie aufhören, nach dir zu suchen.

Oft tauchst du auf, wenn ich es am wenigsten erwarte. Vorhin war ich ganz gefangen in einem sinnlos kreisenden düsteren Gedankengang; wurde fast zerquetscht von einer unsichtbaren eisernen Faust. Und plötzlich warst du da: ein buntes Herbstblatt, das lustig über den stumpfen bleigrauen Rasen taumelte. Vorsichtig richtete ich mich auf und roch das Leben; spürte den Tau an den Füßen; sah das in mannigfachen Tönen leuchtende Grün ringsum. Ich versuchte, dich zu fassen, dieses kunterbunte Blatt, Purzelbäume schlagend und zappelnd und kichernd. Versuchte, deine Hand zu nehmen, dir in die Augen zu schauen, aber wie ein optischer Brennfleck bist du immer wieder zur Seite gehuscht; bist ungreifbar geblieben.

Ich werde nie aufhören, nach dir zu suchen.

Zweites Kapitel

Sechster Tag: Als wir es beide wussten

Das Gras war feucht geworden. Feucht und dunkel war es und sehr geschäftig. Es erstreckte sich von hier bis zum rußschwarzen Waldrand und wimmelte nur so von arbeitsamen Ameisenbataillonen und behäbigen Schnecken und winzigen, hauchdünne Seidenfäden ziehenden Spinnen. Die Erde unter uns saugte das letzte bisschen Wärme auf wie ein durstiger Schwamm.

Eddie lag neben mir und summte die *Star-Wars*-Titelmelodie. Sein Daumen streichelte meinen. Behutsam, sanft wie die Wolken, die gemächlich über die schmale Mondsichel am Himmel über uns strichen. »Komm, wir suchen Außerirdische«, hatte er vorhin gesagt, als der violette Himmel sich langsam purpurrot gefärbt hatte. Und jetzt lagen wir beide immer noch hier.

In der Ferne hörte ich den letzten Zug des Tages laut seufzend über den Hügel schnaufen, und ich musste lächeln beim Gedanken daran, wie Hannah und ich als Kinder immer hier draußen gezeltet hatten. Auf einem kleinen Streifen Wiese, in diesem kleinen Tal, versteckt vor der, wie es mir damals schien, winzig kleinen Welt.

Kaum hatte sich der Sommer angekündigt, hatte Hannah jedes Jahr aufs Neue unsere Eltern angebettelt, endlich das Zelt aufstellen zu dürfen.

»Also gut«, hatten sie dann irgendwann widerstrebend nachgegeben. »Solange du im Garten bleibst.«

Der Garten vor dem Haus war platt und eben. Er war von beinahe jedem Fenster einsehbar. Aber das reichte Hannah nicht. Sie war zwar fünf Jahre jünger als ich, aber immer schon viel verwegener und abenteuerlustiger gewesen. Sie wollte hinaus auf die große Wiese, hinaus in die weite Welt. Die Wiese zog sich den steilen Hang hinter dem Haus hinauf und war ganz oben gerade eben genug, um dort ein Zelt aufzustellen. Einsehbar war es nur vom Himmel. Sie war mit harten, eingetrockneten Kuhfladen-Frisbees übersät und so steil, dass man von oben beinahe in unseren Schornstein gucken konnte.

Unsere Eltern fanden Zelten auf der Wiese keine besonders gute Idee.

»Aber da kann doch gar nichts passieren«, hatte Hannah mit ihrer vorlauten Piepsstimme beharrt. Wie diese Stimme mir fehlte.

»Alex ist doch dabei.« Hannahs beste Freundin war eigentlich ständig bei uns zu Hause. »Und Sarah auch.

Die beschützt uns, wenn irgendwelche Bösewichter uns was wollen.«

Als wäre ich ein schrankgroßer Muskelprotz mit zielsicherem rechten Haken.

»Und wenn wir zelten, brauchst du uns auch kein Abendessen zu machen. Und kein Frühstück…«

Hannah war wie ein Minibulldozer; nie gingen ihr die Argumente aus, und immer gaben unsere Eltern irgendwann klein bei. Zuerst schlugen sie neben uns auf der Wiese ihr Zelt auf. Aber irgendwann, als ich mich gerade mühsam durch den undurchdringlichen, unwegsamen Dschungel der Pubertät schlug, erlaubten sie Hannah und Alex, allein draußen zu campen, mit mir als Aufpasserin.

Und so lagen wir drei dann zusammen in Dads altem Festivalzelt – ein ausladendes Ding aus orangerotem Segeltuch, riesig wie ein Beduinenzelt – und lauschten auf die Sinfonie seltsamer Geräusche draußen im Gras. Oft lag ich noch lange wach, nachdem meine kleine Schwester und ihre beste Freundin längst eingeschlafen waren, und fragte mich, wie ich die beiden beschützen sollte, würde man uns tatsächlich überfallen. Die Last dieser verantwortungsschweren Aufgabe, Hannah zu beschützen – nicht nur hier im Zelt, sondern immer und überall –, fraß sich wie geschmolzenes Gestein in meinen Magen, kochend wie ein brodelnder Vulkan. Mal ehrlich, was hätte ich denn schon ausrichten können? Potenzielle Angreifer mit gekonnten Teeniehandkantenschlägen ausschalten? Sie mit einem marshmallowverklebten Grillspieß erdolchen?

Oft zögerlich, nicht besonders selbstsicher, so hatte meine Klassenlehrerin mich mal in einem Zeugnis beschrieben.

»Na toll, das ist ja mal wirklich hilfreich«, hatte Mum gebrummt in demselben Tonfall, mit dem sie sonst unseren Vater rüffelte. »Hör einfach nicht auf sie, Sarah. Sei so unsicher, wie du willst! Dafür ist die Pubertät schließlich da!«

Ganz erschöpft vom mentalen Tauziehen zwischen schwesterlichem Beschützerinstinkt und jugendlicher Ohnmacht schlief ich schließlich ein, und wenn ich morgens viel zu früh wieder aufwachte, machte ich mich gleich daran, aus den bunt zusammengewürfelten Zutaten, die Hannah und Alex anscheinend vollkommen wahllos eingepackt hatten, ihre berühmt-berüchtigten »Frühstückssandwichs« zusammenzubauen.

Ich legte eine Hand auf die Brust, um das harte Schlaglicht auf diese Erinnerung zu dämpfen. Das war kein Abend zum Traurigsein: Es war ein Abend für das Hier und Jetzt. Für Eddie und mich und das große, beständig wachsende Was-es-auch-war zwischen uns.

Ich konzentrierte mich auf die nächtlichen Geräusche der Lichtung im Wald. Wirbelloses Rascheln, Säugetierschnuffeln. Das grüne Rauschen flatternder Blätter; wie Eddies Atem sich unbeschwert hob und senkte.

Ich lauschte auf seinen Herzschlag, der gleichmäßig durch den Pullover klopfte, und bewunderte diese stete Verlässlichkeit. »Es wird sich alles zeigen«, sagte mein Vater immer gerne. »Abwarten und Tee trinken, Sarah.«

Aber ich wartete jetzt schon eine ganze Weile. Schon eine ganze Woche lang beobachtete ich diesen Mann und hatte noch keine Spur von Unruhe oder Unsicherheit ausmachen können. In vielerlei Hinsicht erinnerte er mich an das Ich, das ich mir für meine Arbeit angeeignet hatte: beständig, vernünftig, unbeeindruckt vom unsteten Auf und Ab des Lebens – aber dieses Ich hatte ich mir mit jahrelanger Übung mühsam antrainiert. Eddie dagegen schien einfach so zu sein.

Ich fragte mich, ob er die kribbelnde Aufregung in meiner Brust wohl spüren konnte. Noch vor ein paar Tagen war ich: frisch getrennt, bald geschieden, stramm auf die vierzig zugehend. Und jetzt das. Er.

»Schau mal, ein Dachs!«, rief ich aufgeregt, als ich aus den Augenwinkeln eine gedrungene maskierte Gestalt undeutlich vorbeitrotten sah. »Ob das wohl Cedric ist?«

»Cedric?«

»Ja. Wobei, das kann er unmöglich sein. Wie lange leben Dachse im Allgemeinen so?«

»Ich glaube, so ungefähr zehn Jahre.« Eddie lächelte; ich konnte es hören.

»Dann ist es ganz bestimmt nicht Cedric. Aber vielleicht sein Sohn. Oder Enkel.« Ich unterbrach mich. »Wir haben Cedric sehr gemocht.«

Ein vibrierendes Lachen pulsierte durch seinen ganzen Körper und sprang auf mich über. »Wer ist denn wir?«

»Ich und meine kleine Schwester. Wir haben früher oft auf einer Wiese ganz in der Nähe gezeltet.«

Er drehte sich auf die Seite, das Gesicht ganz nahe an meinem, und ich sah es in seinen Augen.

»Cedric, der Dachs. Ich... du«, raunte er leise, schnell. Mit dem Finger strich er an meinem Haaransatz entlang. »Ich mag dich. Ich mag dich und mich, uns beide zusammen. Ich mag uns beide zusammen sehr.«

Ich lächelte. Mitten hinein in diese gütigen, aufrichtigen Augen. Strahlte ihn an, mit seinen Lachfältchen, dem markanten Kinn. Ich nahm seine Hand und küsste ihn auf die Fingerspitzen, die nach zwei Jahrzehnten Holzarbeit rau waren und gesprenkelt von unzähligen Splittern. Schon jetzt kam es mir vor, als würde ich ihn schon immer kennen. Mein ganzes Leben lang. Es war, als seien wir füreinander geschaffen, als seien wir von Geburt an füreinander bestimmt gewesen, und jemand hätte so lange geschubst und geschoben und geplant und gemauschelt, bis wir uns endlich vor sechs Tagen »zufällig« begegneten.

»Ich hatte gerade ein paar schrecklich kitschige Gedanken«, murmelte ich nach langem Schweigen.

»Ich auch.« Er seufzte. »Mir kommt es fast vor, als hätte jemand das Drehbuch der vergangenen Woche zu einer Filmmusik mit einem ganzen Orchester schmachtender Geigenmelodien geschrieben.«

Ich musste lachen, er küsste mich auf die Nasenspitze, und ich fragte mich, wie es sein konnte, dass man Wochen, Monate – sogar *Jahre* – dumpf vor sich hin lebte, ohne dass irgendwas passierte, und dann, innerhalb von ein paar Stunden, alles plötzlich kopfstand. Wäre ich an diesem Tag etwas später losgegangen, ich wäre wohl schnurstracks in den Bus gestiegen und ihm nie begegnet, und dieses neue Gefühl vollkommener Sicherheit wäre nichts weiter gewesen als das ungehörte Flüstern verpasster Gelegenheiten.

»Erzähl mir noch mehr von dir«, bat er. »Ich weiß immer noch nicht genug. Ich will alles über dich wissen. Die lückenlose und ungekürzte Lebensgeschichte der Sarah Evelyn Mackey – einschließlich sämtlicher ungeschönter unschöner Kapitel.«

Nachdenklich drehte ich mich auf die Seite.

Nicht, dass ich nicht damit gerechnet hätte, dass so etwas früher oder später kommen würde. Ich hatte mir nur noch nicht überlegt, was ich dann machen sollte. *Die lückenlose und ungekürzte Lebensgeschichte der Sarah Evelyn Mackey – einschließlich sämtlicher ungeschönter unschöner Kapitel.* Vermutlich würde er damit umgehen können. Dieser Mann trug eine unsichtbare Rüstung, ihn umgab eine stille Stärke, die mich an eine mittelalterliche Stadtmauer erinnerte oder eine wettergegerbte stämmige Eiche.

Mit der Hand fuhr er die Linie meiner Hüfte bis hinauf zum Brustkorb nach. »Ich liebe diese kleine Kurve«, murmelte er versonnen.

Ein Mann, der sich so wohlfühlte in seiner eigenen Haut, dass man ihm beinahe jedes Geheimnis verraten, jede Wahrheit anvertrauen konnte, und der in der Lage wäre, sie für sich zu behalten, ohne dabei selbst ins Wanken zu geraten oder irreparable Schäden davonzutragen.

Natürlich konnte ich es ihm sagen.

»Ich habe eine Idee«, meinte ich zu ihm. »Lass uns heute Abend hier draußen zelten. Wir tun einfach, als wären wir noch jung und unvernünftig. Wir machen ein Lagerfeuer, braten Würstchen am Spieß, erzählen uns Geschichten. Vorausgesetzt, du hast überhaupt ein Zelt? Aber du wirkst auf mich wie ein Mann mit einem Zelt.«

»Ich bin ein Mann mit einem Zelt«, bestätigte er grinsend.

»Prima! Also, dann machen wir das, und dann erzähle ich dir alles. Ich…« Ich unterbrach mich und schaute ins Dunkel der Nacht. Die letzten dicken Blütenkerzen der ausladenden Rosskastanie am Waldrand schimmerten matt. Eine Butterblume wiegte sich in der Dunkelheit dicht vor unseren Gesichtern. Aus mir unerfindlichen Gründen, die mir zu erläutern sie sich nie herabgelassen hat, hatte Hannah Butterblumen immer gehasst.

Plötzlich fühlte es sich an, als stiege ungebeten etwas in meiner Brust auf. »Es ist so schön hier draußen. Da kommen so viele Erinnerungen hoch.«

»Okay«, meinte Eddie lächelnd. »Wir zelten hier draußen. Aber zuerst musst du bitte mal herkommen.«

Und dann küsste er mich auf den Mund, und für eine ganze Weile verschwamm der Rest der Welt zu einem bloßen Hintergrundrauschen, als hätte jemand einen Schalter umgelegt oder an einem Regler gedreht.

»Ich will nicht, dass morgen unser letzter Tag ist«, murmelte er, als wir uns schließlich widerstrebend voneinander lösten. Er schlang die Arme noch fester um mich, und ich spürte die wohlige Wärme seiner Brust und seines Bauches, das sanfte Kitzeln der kupferroten Haare in meiner Hand.

Eine Nähe wie diese war für mich lange nur eine entfernte Erinnerung gewesen, dachte ich und atmete seinen sauberen, sandigen Duft ein. Als Reuben und ich schließlich hingeworfen hatten, schliefen wir längst wie zwei Buchstützen jeder auf seiner Seite ganz am Rand des Bettes. Das leere, unberührte Laken zwischen uns das Zeugnis unseres gemeinschaftlichen Versagens.

»Bis dass die Matratze uns scheidet«, hatte ich eines Abends gesagt, aber Reuben hatte darüber nicht lachen können.

Eddie rückte ein bisschen von mir ab, damit ich ihm ins Gesicht sehen konnte. »Ich habe... Hör zu, ich frage mich gerade, ob ich meinen Urlaub nicht einfach absagen soll. Dann könnten wir uns noch eine ganze Woche lang in den Wiesen wälzen.«

Nichts lieber als das! Das wünsche ich mir mehr, als du je erahnen wirst, dachte ich. Siebzehn lange Jahre war ich verheiratet, und in dieser ganzen Zeit habe ich mich kein einziges Mal so gefühlt wie jetzt mit dir.

Ich stützte mich auf die Ellbogen. »Noch eine Woche mit dir wäre himmlisch«, sagte ich zu ihm. »Aber du solltest deinen Urlaub nicht absagen. Wenn du wiederkommst, bin ich ja noch da. Es ist kein Abschied für immer.«

»Aber du bist dann nicht mehr hier; du bist in London.«

»Schmollst du jetzt?«

»Ja.« Er drückte mir einen Kuss aufs Schlüsselbein.

»Dann hör sofort auf damit. Ich bin nur zwei Tage nach dir wieder in Gloucestershire.«

Aber auch das schien ihn nicht zu besänftigen.

»Wenn du jetzt aufhörst zu schmollen, komme ich dich vielleicht sogar vom Flughafen abholen«, fügte ich noch hinzu. »Ich könnte dastehen in der Ankunftshalle mit einem Pappschild in der Hand mit deinem Namen drauf, und der Wagen wartet draußen auf dem Kurzparker-Parkplatz.«

Darüber schien er kurz nachzudenken. »Das wäre wirklich nett«, meinte er dann. »Wirklich sehr nett.«

»Abgemacht.«

»Und ...« Er zögerte, schien plötzlich unsicher zu

22

werden. »Und ich weiß, das ist jetzt vielleicht ein bisschen früh, aber wenn du mir deine Lebensgeschichte erzählt hast und ich uns Würstchen gegrillt habe, die, vielleicht oder auch nicht, genießbar sind, möchte ich ein sehr ernstes Gespräch mit dir führen über die hinderliche Tatsache, dass du in Kalifornien lebst und ich in England. Dein Besuch hier ist eindeutig viel zu kurz.«

»Ich weiß.«

Er zupfte an dem dunklen Gras. »Wenn ich aus dem Urlaub zurückkomme, dann bleibt uns noch... wie lange, eine Woche? Bevor du wieder zurück in die Staaten fliegst?«

Ich nickte. Das war in dieser Woche die einzige dunkle Wolke an unserem ansonsten strahlend blauen Himmel gewesen; zu wissen, dass wir uns bald voneinander verabschieden mussten.

»Tja, dann müssen wir uns wohl... ich weiß auch nicht. Was einfallen lassen. Eine Entscheidung treffen. Ich kann das nicht einfach vergessen. Ich kann nicht mit dem Wissen leben, dass es dich irgendwo da draußen gibt, und nicht bei dir sein. Ich finde, wir sollten versuchen, das irgendwie hinzukriegen.«

»Ja«, erwiderte ich leise. »Ja, das finde ich auch.« Ich schlüpfte mit der Hand in seinen Ärmel. »Ich wollte eben genau dasselbe sagen und hab mich dann doch nicht getraut.«

»Wirklich?«, fragte er leise lachend und hörbar erleichtert. Erst da ging mir auf, dass es ihn sicher auch einiges an Mut und Überwindung gekostet hatte, dieses heikle Thema anzusprechen. »Sarah, du bist eine der selbstbewusstesten Frauen, die ich kenne.«

»Mmmm.«

»Bist du. Das ist eins der Dinge, die ich so an dir mag. Eins der vielen Dinge, die ich so sehr an dir mag.«

Es war Jahre her, seit ich mir gezwungenermaßen angewöhnt hatte, mir Selbstbewusstsein anzutackern wie ein Werbeplakat an eine Reklametafel. Aber obwohl es mir heute nicht mehr schwerfiel, obwohl ich bei Medizinerkongressen auf der ganzen Welt Vorträge hielt, Journalisten routiniert Interviews gab und ein mehrköpfiges Team führte, war es mir immer noch sehr unangenehm, darauf angesprochen zu werden. Ich fühlte mich unbehaglich dabei oder vielleicht auch nur entblößt und verwundbar, als stünde ich mitten in einem heftig tobenden Unwetter mutterseelenallein auf einem Berggipfel.

Und dann küsste Eddie mich wieder, und alles um uns herum begann sich aufzulösen. Alle Traurigkeit der Vergangenheit, alle Unsicherheit der Zukunft. Das hier sollte so sein. Genau so.

Drittes Kapitel

Fünfzehn Tage später

»Ihm muss was ganz Schreckliches zugestoßen sein.«

»Zum Beispiel?«

»Zum Beispiel könnte er tot sein. Vielleicht nicht unbedingt tot. Wobei, wer weiß? Meine Oma ist mit gerade mal vierundvierzig einfach tot umgefallen.«

Jo drehte sich auf dem Beifahrersitz zu mir um. »Sarah.«

Ich wich ihrem Blick aus.

Woraufhin sie Tommy anschaute, der uns über den M4 in Richtung Westen fuhr. »Hast du das gehört?«, fragte sie.

Er gab keine Antwort. Er hatte die Zähne fest zusammengebissen, und die blasse Haut an den Schläfen pulsierte, als versuchte etwas Lebendiges sich aus seinem Schädel zu befreien.

Jo und ich hätten nicht mitkommen sollen, dachte ich zum wiederholten Mal. Eigentlich waren wir überzeugt gewesen, Tommy würde sich über die Unterstützung seiner beiden ältesten Freunde an so einem wichtigen Tag freuen – schließlich passierte es nicht so oft, dass man Schulter an Schulter mit dem Typen dastehen musste, der einem in der Schule das Leben zur Hölle gemacht hatte, während die örtliche Tagespresse Fotos davon knipste –, aber mit jeder weiteren regenbesprenkelten Meile, die wir fuhren, wurde immer deutlicher, dass wir seine Aufregung nur noch verschlimmerten.

Allein hätte er ein Lächeln aufsetzen und siegesgewisses Selbstbewusstsein heucheln können, doch mit uns stand er unter strenger Beobachtung ausgerechnet durch die beiden Menschen, die ihn am besten kannten. Und musste so tun, als sei die Vergangenheit längst Schnee von gestern. Schaut her, was aus mir geworden ist: ein erfolgreicher Sportberater. Und heute stelle ich meiner alten Schule mein tolles neues Programm vor! Schaut her, wie überglücklich ich bin, mit dem Chef der Sportabteilung zusammenarbeiten zu dürfen – dem Typen, der mich damals in den Bauch geboxt und sich dann schlappgelacht hat, als ich das Gesicht im Gras vergraben und Rotz und Wasser geheult habe!

Und was es auch nicht besser machte: Jos siebenjähriger Sohn Rudi saß neben mir auf dem Rücksitz. Sein Vater hatte heute ein Vorstellungsgespräch, und Jo hatte keine Zeit mehr gehabt, sich um einen Babysitter zu kümmern. Rudi hatte unser Gespräch über Eddies unerklärliches Verschwinden äußerst interessiert verfolgt.

»Sarah glaubt, dass ihr Freund tot ist, und Mum wird gerade stinkig«, bemerkte er nachdenklich. Rudi machte momentan eine seltsame Phase durch. Er hatte sich angewöhnt, mitgehörte Erwachsenengespräche zu markanten Einzeilern zu verknappen. Und er konnte das wirklich gut.

»Er ist nicht ihr Freund«, stellte Jo klar. »Sie waren bloß sieben Tage zusammen.«

Es wurde wieder ganz still im Auto. »Sarah. Denken Sieben-Tage-Freund ist tot«, sagte er mit aufgesetztem russischem Akzent. Rudi hatte einen neuen Schulfreund, Aleksandr, der erst kürzlich von irgendwo in der Nähe der ukrainischen Grenze nach London gezogen war.

»Getötet von Geheimdienst. Mum widersprechen. Mum sauer sein auf Sarah.«

»Ich bin nicht sauer«, widersprach Jo angesäuert. »Ich mache mir bloß Sorgen.«

Darüber musste Rudi kurz nachdenken. Dann meinte er: »Ich glauben, du erzählen Lüge.«

Was Jo nicht bestreiten konnte, also blieb sie lieber stumm. Ich wollte Jo nicht nerven, also blieb ich auch stumm. Und Tommy hatte sowieso seit gut zwei Stunden keinen Pieps mehr von sich gegeben, also blieb auch er stumm. Woraufhin Rudi das Interesse verlor und sich wieder dem Spiel auf seinem iPad widmete. Erwachsene hatten ständig solche unerklärlichen und vollkommen sinnfreien Probleme.

Ich schaute Rudi zu, wie er etwas, das wie ein Kohlkopf aussah, in die Luft jagte, und plötzlich überrollte mich die Sehnsucht wie eine Lawine: die Sehnsucht nach seiner kindlichen Unschuld, seiner Unversehrtheit, seiner Heilen-Welt-Sicht. Ich stellte mir vor, wie es in Rudi-Land wohl aussehen musste, in der Handys bloß Spielzeug waren, keine perfiden psychologischen Foltergeräte, und in der die Liebe seiner Mutter so zuverlässig und selbstverständlich war wie ein ruhiger, gleichmäßiger Herzschlag.

Wenn es irgendeinen guten Grund gab, erwachsen zu werden, wollte sich der mir heute so gar nicht erschließen. Wer würde nicht lieber Kohlköpfe in die Luft sprengen und mit russischem Akzent reden? Wem wäre es nicht lieber, morgens Frühstück gemacht und die Klamotten rausgelegt zu bekommen, wenn die scheinbar einzige Alternative dazu eine abgrundtiefe, alles verschlingende Verzweiflung war? Und das nur wegen eines Mannes, der einem das Gefühl gegeben hatte, er sei alles, und der nun irgendwie plötzlich wieder nichts war. Und nicht etwa wegen des Mannes, mit dem man siebzehn Jahre lang verheiratet war. Nein, wegen einem, mit dem man gerade mal sieben gemeinsame Tage verbracht hatte. Kein Wunder, dass alle in diesem Wagen mich für vollkommen verrückt halten mussten.

»Hör zu, ich weiß, das klingt alles nach einer kitschigen Foto-Love-Story«, sagte ich schließlich. »Und ich könnte mich bestimmt längst selbst nicht mehr reden hören. Aber irgendwas muss ihm zugestoßen sein, da bin ich mir ganz sicher.«

Jo öffnete Tommys Handschuhfach und holte eine Riesentafel Schokolade heraus, von der sie mit roher Gewalt einen großen Brocken abbrach.

»Mum?«, fragte Rudi und spitzte die Ohren. »Was hast du da?«

Er wusste ganz genau, was sie da hatte. Jo reichte ihrem Sohn wortlos ein Stück Schokolade. Rudi strahlte sie an mit seinem breitesten, zähnebleckendsten Grinsen, und Jo – obwohl ihr Geduldsfaden kurz davor war zu zerreißen – erwiderte sein Lächeln. »Und frag erst gar nicht nach mehr«, ermahnte sie ihn. »Sonst wird dir nur wieder schlecht.«

Rudi sagte nichts. Er schien davon auszugehen, sie würde ohnehin früher oder später nachgeben.

Jo drehte sich wieder zu mir um. »Sarah. Ich will dir ja wirklich nicht zu nahe treten. Aber … ich glaube, du machst dir da was vor. Du musst dich einfach damit abfinden, dass Eddie nicht tot ist. Und er ist nicht verletzt, sein Telefon ist nicht kaputt, und er kämpft auch nicht gegen eine lebensbedrohliche Krankheit.«

»Nicht? Hast du die Krankenhäuser abgeklappert? Mit der Gerichtsmedizin gesprochen?«

»O Gott«, wisperte sie und starrte mich vollkommen fassungslos an. »Sag mir jetzt nicht, dass du irgendwas davon getan hast, Sarah! Grundgütiger!«

»Grundgütiger«, flüsterte Rudi.

»Hör auf«, fuhr Jo ihn an.

»Du hast damit angefangen.«

Jo gab Rudi noch ein Stück Schokolade, und er widmete sich wieder seinem iPad. Das hatte ich ihm als kleines Präsent aus den USA mitgebracht, und vorhin hatte er mir im Vertrauen gestanden, er liebe es mehr als alles andere auf der Welt. Worüber ich erst lachen und dann, sehr zu Rudis Erstaunen, ein bisschen weinen musste, weil ich wusste, dass er diesen Ausdruck sicher von Jo gelernt hatte. Sie hatte sich als unglaubliche Löwenmutter erwiesen, meine süße kleine Joanna Monk, ihrer eigenen verkorksten Kindheit zum Trotz.

»Also?«

»Natürlich habe ich die Krankenhäuser nicht abgeklappert«, entgegnete ich seufzend und beobachtete eine kleine Kuhherde, die unter einer Telefonleitung auseinandersprang. »Ich bitte dich, Jo.«

»Ganz sicher?«

»Natürlich bin ich mir da sicher. Was ich damit nur sagen wollte, ist, dass du genauso wenig wie ich wissen kannst, wo Eddie abgeblieben ist.«

»Aber Männer machen das andauernd!«, herrschte sie mich an. »Das weißt du genauso gut wie ich!«

»Ich weiß gar nichts übers Daten. Ich war die letzten siebzehn Jahre verheiratet.«

»Dann lass es dir von mir gesagt sein: Es hat sich nichts verändert«, erklärte Jo verbittert. »Sie melden sich immer noch nicht.«

Sie schaute Tommy an, doch der reagierte nicht. Seine gespielte Zuversicht hatte sich schlagartig verflüchtigt wie Morgennebel im strahlenden Sonnenschein, und er hatte, seit wir losgefahren waren, kaum ein Wort gesprochen. Vorhin an der Autobahnraststätte hatte er einen kurzen Anflug von Löwenmut gezeigt, als er eine Nachricht bekommen hatte mit der Ankündigung, drei örtliche Tageszeitungen wollten jemanden vorbeischicken, aber nur wenige Minuten später hatte er mich in der Warteschlange des WHSmith Buchladens »Sarah« genannt, und Tommy nannte mich nur Sarah, wenn er richtig Schiss hatte. (Seit unserem dreizehnten Lebensjahr, als er angefangen hatte, Liegestützen zu machen und Stretchklamotten zu tragen, war ich für ihn nur noch »Harrington« gewesen.)

Das Schweigen wurde immer undurchdringlicher, und ich verlor die Schlacht, die ich gekämpft hatte, seit wir in London losgefahren waren.

Bin auf dem Weg zurück nach Gloucestershire, schrieb ich Eddie, ehe ich mich bremsen konnte. *Rückendeckung für meinen guten Freund Tommy, der an unserer alten Schule ein wichtiges neues Projekt vorstellt. Wenn du dich mit mir treffen magst, könnte ich bei meinen Eltern übernachten. Wäre schön, wenn wir miteinander reden könnten. Sarah x*

Kein Stolz, keine Scham. Das hatte ich längst hinter mir gelassen. Alle paar Sekunden tippte ich auf das Display meines Handys und wartete ungeduldig auf die Zustellbestätigung.

Zugestellt, verkündete das verfluchte Ding munter.

Mit Argusaugen beobachtete ich die Anzeige und wartete auf die kleine Textblase. Eine Textblase würde bedeuten, dass er zurückschrieb.

Keine Textblase.

Ich guckte noch mal. Keine Textblase.

Ich guckte noch mal. Noch immer keine Textblase. Ich steckte das Telefon in die Handtasche, außer Sichtweite. So benahmen sich doch sonst nur verliebte Teenager, wenn sie zum ersten Mal Liebeskummer hatten, dachte ich. Mädchen, die noch lernen mussten, sich selbst zu lieben, und in milder Hysterie darauf warteten, dass der Junge, den sie am Freitag zuvor in einer verschwitzten Ecke geküsst hatten, sich endlich bei ihnen meldete. So benahm sich doch keine erwachsene Frau von sechsunddreißig Jahren. Eine Frau, die die ganze Welt bereist, eine Tragödie überlebt und eine Kinderhilfsorganisation gegründet hatte.

Der Regen ließ langsam nach. Durch den kleinen Schlitz im Fenster konnte man den nassen Asphalt riechen und feuchte, dampfende, rauchige Erde. Ich litt Höllenqualen. Mit leerem Blick starrte ich hinaus auf ein Feld mit großen Rundballen aus Heu, so fest in glänzende schwarze Folie gequetscht wie stämmige Oberschenkel in zu enge Leggings. Nicht mehr lange, dann würde ich vollends den Verstand verlieren. Ich stand am Rande eines Nervenzusammenbruchs. Und bald würde ich im freien Fall in den Abgrund taumeln, wenn ich nicht endlich herausfand, was passiert war.

Rasch checkte ich mein Handy. Vor ziemlich genau vierundzwanzig Stunden hatte ich die SIM-Karte herausgenommen und das Telefon neu gestartet. Zeit, es noch einmal zu versuchen.

Eine halbe Stunde später waren wir auf dem zweispurigen Zubringer nach Cirencester, und Rudi fragte seine Mutter, warum die Wolken alle in verschiedene Richtungen zogen.

Wir waren bloß noch ein paar Meilen von der Ecke entfernt, an der wir uns über den Weg gelaufen waren. Ich schloss die Augen und versuchte mich an meinen kleinen Spaziergang an diesem heißen Morgen zu erinnern. Diese wenigen vollkommen unkomplizierten Stunden in der Zeitrechnung Vor Eddie. Die Sauermilchsüße der Holunderblüten. Ach ja, und das verdorrte Gras. Die träge schwebenden Schmetterlinge, wie betäubt von der Hitze. Da war ein Roggenfeld gewesen; wie ein fedriger, getreidehülsengrün bemalter Teppich, über dem sich die heiße Luft staute. Hin und wieder ein erschrecktes Kaninchen, das wie vom Katapult abgeschossen davonsprang. Und die seltsame Erwartung, die an diesem Tag in der Luft über dem ganzen Dorf lag, diese brütende Stille, die verstreuten Düfte.

Ungebeten spulte meine Erinnerung im schnellen

Vorlauf zu der Stelle kurz vor dem Augenblick, als ich Eddie zum ersten Mal gesehen hatte – ein aufrichtiger, freundlicher Mensch mit warmen Augen und offenem Gesicht, der sich mit einem entlaufenen Schaf unterhielt –, und wie verknotetes Gestrüpp schlangen sich Trauer und Verwirrung um das Bild in meinem Kopf.

»Du kannst mir gerne sagen, dass ich mich selbst in die Tasche lüge«, sagte ich in die Stille des Wagens hinein. »Aber das war kein kleiner belangloser Flirt. Das war… Das war alles. Wir beide wussten es. Und darum bin ich mir auch so sicher, dass ihm etwas zugestoßen sein muss.«

Bei dem Gedanken schnürte es mir die Kehle zu.

»Sag doch auch mal was«, meinte Jo zu Tommy. »Sag was dazu.«

»Ich bin Sportberater«, murmelte der. Ihm war die ganze Sache so unangenehm, dass sein Hals feuerrot anlief. »Mein Fachgebiet sind Körper, nicht Köpfe.«

»Und wer hat Köpfe als Fachgebiet?«, fragte Rudi. Er belauschte unser Gespräch sehr aufmerksam.

»Therapeuten haben Köpfe als Fachgebiet«, antwortete Jo matt. »Therapeuten und ich.«

Ferapeuten. So in etwa klang das Wort bei ihr. Jo war in Ilford geboren und aufgewachsen und sprach waschechtes, unverfälschtes Cockney. Ich liebte sie sehr. Ich liebte sie für ihre unverblümte Art und ihr aufbrausendes Temperament, ich liebte sie für ihre Furchtlosigkeit (manche würden auch fehlendes Feingefühl für persönliche Grenzen sagen), und am meisten liebte ich sie dafür, wie heiß und innig sie ihren Sohn liebte. Ich mochte einfach alles an Jo, aber heute wäre es mir trotzdem lieber gewesen, nicht mit ihr in einem Auto zu sitzen.

Rudi fragte mich, ob wir bald da wären. Ich sagte Ja. »Ist das eure Schule?«, fragte er und wies auf ein Fabrikgebäude.

»Nein. Wobei durchaus eine gewisse architektonische Ähnlichkeit besteht.«

»Ist das eure Schule?«

»Nein. Das ist ein Waitrose-Supermarkt.«

»Wie lange dauert es denn noch?«

»Nicht mehr lange.«

»Wie viele Minuten?«

»Ungefähr zwanzig?«

Rudi sank vor Selbstmitleid zerfließend im Autositz zusammen. »Das ist ja noch ewig«, stöhnte er. »Mum, ich brauche neue Spiele. Kann ich neue Spiele haben?«

Jo sagte ihm, das könne er nicht, und Rudi murmelte was, einfach trotzdem welche kaufen zu wollen. Beinahe ehrfürchtig sah ich zu, wie er ganz selbstverständlich Jos Apple-ID und das dazugehörige Passwort eintippte.

»Ähm, entschuldige«, flüsterte ich.

Er schaute auf und sah mich an, und der kleine blonde Afro rahmte seinen Kopf wie ein seltsamer Heiligenschein, während er die mandelförmigen Augen schelmisch verdrehte. Er machte eine Geste, als schlösse er einen Reißverschluss über den Lippen, und hob dann mahnend den Zeigefinger. Und weil ich diesen kleinen Kerl viel mehr liebe, als gut für ihn ist, tat ich wie mir geheißen und hielt den Mund.

Seine Mutter richtete ihre Aufmerksamkeit wieder auf das andere Kind auf der Rückbank. »Jetzt hör mal zu«, sagte sie und legte mir eine pummelige Hand aufs Bein. Die Nägel hatte sie sich heute in einer Farbe namens Rubble lackiert. »Ich glaube, du musst den Tatsachen ins Auge sehen. Du hast einen Mann kennengelernt. Du hast eine Woche mit ihm verbracht. Dann ist er in den Surfurlaub gefahren und nicht wieder aufgetaucht.«

Die Fakten waren momentan einfach zu schmerzhaft. Da waren mir meine Theorien lieber.

»Fünfzehn Tage hatte er Zeit, sich bei dir zu melden, Sarah. Du hast ihm geschrieben, versucht ihn anzurufen und alles Menschenmögliche angestellt, darunter vieles, was ich ehrlich gesagt von jemandem wie dir nie erwartet hätte … und mit welchem Ergebnis? Keine Reaktion. Ich hab das alles schon erlebt, mit der Liebe, und es tut verdammt weh. Aber es tut nur so lange weh, bis du die Wahrheit akzeptierst und die ganze Sache endgültig abhakst.«

»Ich würde die Sache ja abhaken, wenn ich davon überzeugt wäre, dass er schlicht und ergreifend das Interesse verloren hat. Bin ich aber nicht.«

Jo seufzte tief. »Tommy. Bitte hilf mir doch mal.«

Tiefes Schweigen machte sich breit. Konnte es etwas Peinlicheres geben als das?, fragte ich mich. So ein Gespräch zu führen, mit beinahe *vierzig* Jahren, verdammt noch mal? Vor drei Wochen um diese Zeit war ich ein ganz normaler vernünftiger erwachsener Mensch gewesen. Ich hatte einen Bericht für ein Kinderkrankenhaus geschrieben, mit dem meine Organisation bald eine neue Kooperation beginnen sollte. Ich hatte gekocht und gegessen, mich um meinen eigenen Kram gekümmert, ich hatte Witze gemacht, Anrufe getätigt und entgegengenommen, E-Mails beantwortet. Und jetzt saß ich da und hatte meine Gefühle deutlich weniger im Griff als der Siebenjährige auf der Rückbank neben mir.

Im Rückspiegel prüfte ich anhand von Tommys Augenbrauen, ob er irgendwas zu diesem Thema anzumerken hatte. Als ihm mit Anfang zwanzig langsam die Haare anfingen auszugehen, hatten seine Augenbrauen ein eigenartiges Eigenleben entwickelt. Inzwischen konnte man an ihren Kapriolen seinen Gemütszustand verlässlicher ablesen als an dem, was aus seinem Mund kam.

Sie trafen sich beinahe über der Nase. »Die Sache ist die«, setzte er an. Dann unterbrach er sich wieder, und man merkte, wie schwer es ihm fiel, sich über irgendwas anderes Gedanken zu machen als um seine eigenen drängenden Probleme. »Die Sache ist die, Jo, du gehst davon aus, dass ich bezüglich Sarahs Dilemma derselben Meinung bin wie du. Aber ich bin mir da nicht so sicher.« Er redete leise und bedächtig wie eine Katze, die um den heißen Brei herumschleicht, um sich nicht die Pfoten zu verbrennen.

»Wie bitte?«

»Ich wittere Stunk«, flüsterte Rudi.

Tommys Augenbrauen rangen sich den nächsten Satz ab. »Ich bin mir sicher, die meisten Männer melden sich nicht, weil sie einfach kein gesteigertes Interesse haben. Aber diese Geschichte klingt für mich, als stecke mehr dahinter. Die viele Zeit, die sie zusammen verbracht haben. Stell dir das mal vor! Hätte Eddie es nur auf Du-weißt-schon-was abgesehen, hätte er sich gleich nach der ersten Nacht aus dem Staub gemacht.«

Jo schnaubte abfällig. »Warum nach einer Nacht abhauen, wenn er genauso gut sieben Tage Du-weißt-schon-was haben kann?«

»Jo, ich bitte dich! Das gilt vielleicht für zwanzigjährige Jungs, aber doch nicht für einen gestandenen Mann von beinahe vierzig Jahren!«

»Redet ihr über Sex?«, erkundigte Rudi sich.

»Ähm, nein?« Jo wusste nicht, was sie darauf erwidern sollte. »Was weißt du denn über Sex?«

Erschrocken widmete sich Rudi wieder seinen betrügerischen iPad-Aktivitäten.

Jo beobachtete ihn eine Weile, aber er war ganz geschäftig über das Display gebeugt und murmelte mit seiner russischen Stimme vor sich hin.

Ich atmete tief ein. »Ich muss ständig daran denken,

dass er sogar überlegt hat, meinetwegen seinen Urlaub abzublasen. Warum sollte er denn …«

»Ich muss Pipi«, verkündete Rudi plötzlich. »Ich glaube, ich habe unter einer Minute«, fügte er hinzu, ehe Jo nachfragen konnte.

Wir hielten vor der landwirtschaftlichen Hochschule, gleich gegenüber der Gesamtschule, auf die Eddie damals gegangen war. Wie graue Nebelschwaden legte der Schmerz sich um mich, als ich das Schild anstarrte und mir vorzustellen versuchte, wie der zwölfjährige Eddie durch das Tor gehopst sein musste. Ein kleines rundes Jungengesicht. Dieses Lächeln, das ihm im Laufe der kommenden Jahre klitzekleine Fältchen ins Gesicht knittern würde.

Gerade an deiner Schule vorbeigefahren, schrieb ich ihm, noch ehe ich es mir anders überlegen konnte. *Wünschte, ich wüsste, was los ist.*

Jo war verdächtig guter Laune, als sie mit Rudi wieder in den Wagen stieg. Sie sagte, es werde doch noch ein wunderschöner Tag und dass sie sich sehr freuen würde, mit uns allen eine kleine Landpartie zu machen.

»Ich habe ihr gesagt, dass sie gemein zu dir war«, flüsterte Rudi mir zu. »Willst du ein Stück Käse?« Er klopfte auf eine Tupperdose mit den verschmähten Käsescheiben von den Sandwichs, die Jo ihm vorhin angeboten hatte.

Ich strubbelte ihm durch die Haare. »Nein«, flüsterte ich zurück. »Aber ich hab dich lieb. Danke.«

Jo tat, als hätte sie unsere Unterhaltung überhört. »Du sagtest eben, Eddie habe überlegt, den Urlaub abzusagen«, nahm sie den Gesprächsfaden wieder auf.

Und mir ging plötzlich das Herz auf, weil ich natürlich wusste, warum es ihr so schwerfiel, nicht die Geduld mit mir zu verlieren. Ich wusste nur zu gut, dass von den vielen Männern, denen Jo in den Jahren, bevor sie Rudi bekommen hatte, ihr Herz und ihre Seele (und oft auch ihren Körper) geschenkt hatte, die wenigsten sich danach noch mal bei ihr gemeldet hatten. Und die, die sich meldeten, hatten, wie sich dann später herausstellte, meistens einen veritablen Harem. Wieder und immer wieder hatte sie sich hinhalten lassen, weil sie die Hoffnung darauf einfach nicht aufgeben wollte, wahrhaft und aufrichtig geliebt zu werden. Dann war eines Tages Shawn O'Keefe auf der Bildfläche erschienen, und Jo war schwanger geworden, und Shawn war bei ihr eingezogen, wohl wissend, dass es bei Jo ein Dach über dem Kopf und einen immer vollen Kühlschrank gab. In der ganzen Zeit hatte er keinen einzigen Tag gearbeitet. Manchmal verschwand er nächtelang, ohne ihr zu sagen, wohin. Und auch das »Bewerbungsgespräch« heute war sicherlich erstunken und erlogen.

Jo hatte diesem Treiben sieben Jahre lang tatenlos zugesehen. Wohl weil sie irgendwie davon überzeugt zu sein schien, ihre Liebe zueinander würde wachsen und gedeihen, wenn sie und Shawn sich nur ein bisschen mehr Mühe gäben und sie nur noch ein bisschen

Geduld hätte, bis er endlich erwachsen wurde. Sie hatte sich selbst eingeredet, aus ihnen könnte irgendwann eine kleine heile Familie werden, wie sie selbst sie als Kind nie gehabt hatte.

Ja, Jo wusste alles über Selbstbetrug.

Aber meine eigene verzwickte Lage schien einfach zu viel für sie. Sie hatte mich unermüdlich aufzumuntern versucht, seit Eddie einfach von der Bildfläche verschwunden war. Sich gezwungen, geduldig meinen haarsträubenden Theorien zuzuhören. Mir glaubhaft versichert, er würde bestimmt morgen anrufen. Aber selbst hatte sie kein einziges Wort davon geglaubt, und jetzt hatte sie schlicht und ergreifend die Schnauze gestrichen voll. »Lass dich nicht genauso ausnutzen, wie ich mich habe ausnutzen lassen«, sagte sie zu mir. »Dreh dich um und renn, Sarah. Lauf um dein Leben, solange du noch kannst.«

Das Problem war nur, ich konnte nicht.

Ich hatte mir den Gedanken, Eddie könnte einfach das Interesse verloren haben, gründlich durch den Kopf gehen lassen. Ihn von allen Seiten eingehend beleuchtet. An jedem einzelnen der fünfzehn Tage, an denen mein Telefon stumm wie ein Fisch geblieben war. Hatte jeden einzelnen der warmen, wunderbaren Momente mit ihm durchkämmt auf der Suche nach kleinsten Haarrissen, winzigen Warnsignalen, dass er sich der ganzen Sache vielleicht nicht ganz so sicher gewesen war wie ich. Und hatte rein gar nichts gefunden.

Eigentlich war ich vorher kaum noch bei Facebook gewesen, aber plötzlich war ich ständig online, fast ununterbrochen, und filzte sein Profil immer wieder auf der Suche nach einem Lebenszeichen. Oder – viel schlimmer – Hinweisen auf eine andere Frau.

Nichts.

Ich rief an und schrieb Nachrichten. Ich schickte ihm sogar einen erbärmlichen kleinen Tweet. Ich lud mir Facebook Messenger runter und WhatsApp und schaute jeden Tag nach, ob er vielleicht irgendwo aufgetaucht war. Immer mit demselben Ergebnis: Eddie David war zum letzten Mal vor über zwei Wochen online gewesen. An dem Tag, als ich sein Haus verlassen hatte, damit er seine Koffer für Spanien packen konnte.

Und obwohl ich mich dafür in Grund und Boden schämte, die Verzweiflung war größer, also registrierte ich mich sogar bei etlichen Dating-Apps, um herauszufinden, ob er irgendwo angemeldet war.

War er nicht.

Mit allen Mitteln wollte ich diese unkontrollierbare Situation irgendwie unter Kontrolle bringen. Ich konnte nicht mehr schlafen, und wenn ich nur an Essen dachte, wurde mir speiübel. Ich konnte mich auf nichts konzentrieren, und jedes Mal, wenn das Telefon läutete, stürzte ich mich darauf wie ein verhungerndes Tier. Vor Erschöpfung lief ich wie in dicke Watte gepackt herum, wie ein Zombie. Manchmal drohte es mich zu ersticken. Nachts lag ich oft stundenlang wach und starrte in die pechschwarze Dunkelheit von Tommys Gäste-zimmer in Westlondon.

Das Komische war, ich *wusste*, dass ich das nicht bin. Ich wusste, dass es vollkommen irre war, und ich merkte selbst, dass es immer schlimmer wurde statt besser. Aber ich hatte weder den Willen noch die Kraft, selbst mit einer strengen Intervention die Notbremse zu ziehen.

Warum ruft er nicht an?, tippte ich eines Tages in die Google-Suche ein. Was dann kam, war der reinste On-line-Tsunami. Meinem verbliebenen Restverstand zu-liebe schloss ich die Seite lieber wieder ganz schnell.

Stattdessen hatte ich Eddie ein erneutes Mal gegoo-gelt und mich durch die Webseite seiner Schreinerei ge-schnüffelt, auf der Suche nach… Eigentlich wusste ich schon gar nicht mehr, was genau ich suchte. Und natür-lich hatte ich auch nichts gefunden.

»Meinst du, er hat dir wirklich alles über sich erzählt?«, fragte Tommy. »Bist du dir beispielsweise ganz sicher, dass keine andere Frau im Spiel ist?«

Die Straße führte bergab in eine flache Senke, eine sattgrüne Parklandschaft, in der stattliche Eichen zusam-menstanden wie gediegene Gentlemen in einer Raucher-Lounge.

»Er hat keine andere«, erklärte ich.

»Woher willst du das so genau wissen?«

»Das weiß ich, weil… ich es einfach weiß. Er ist Single, er ist zu haben. Nicht nur sprichwörtlich, son-dern auch gefühlsmäßig.«

Ein Reh blitzte kurz am Straßenrand auf und verschwand dann in einem Birkenwäldchen.

»Okay. Und was ist mit anderen Warnzeichen?«, hakte Tommy nach. »Irgendwelche Ungereimtheiten? Hattest du das Gefühl, er verheimlicht dir was?«

»Nein.« Ich zögerte. »Wobei, vielleicht…«

Jo drehte sich zu mir um. »Was?«

Ich seufzte. »An dem Tag, als wir uns kennengelernt haben, hat er ein paar Anrufe weggedrückt. Aber das war das einzige Mal«, fügte ich rasch hinzu. »Von da an ist er immer drangegangen, wenn sein Handy geklingelt hat. Und es hat ihn auch niemand Seltsames angerufen; es waren entweder Freunde oder seine Mum oder Kundenanfragen…« *Und Derek*, dachte ich plötzlich. Ich hatte nie so richtig rausbekommen, wer dieser Derek eigentlich war.

Tommys Augenbrauen schienen mit einer komplizierten Triangulation befasst.

»Was?«, fragte ich ihn. »Was denkst du gerade? Das war bloß am ersten Tag, Tommy. Danach ist er immer rangegangen, wenn ihn jemand angerufen hat.«

»Das glaube ich dir ja. Mir geht's eher darum…« Er brach ab.

Jo schwieg unüberhörbar, aber ich ignorierte sie einfach.

»Mir geht's eher darum, dass ich Internet-Dating immer schon recht riskant fand«, sagte Tommy schließlich. »Ich weiß, du hast ihn nicht online kennengelernt, aber die Situation ist durchaus vergleichbar – ihr habt keine gemeinsamen Freunde, keine gemeinsame Geschichte. Er könnte sich für Wer-weiß-wen ausgegeben haben.«

Ich runzelte die Stirn. »Aber wir sind Facebook-Freunde. Warum sollte er meine Freundschaftsanfrage annehmen, wenn er irgendwas zu verbergen hätte? Beruflich ist er auch bei Twitter und Instagram, und seine Schreinerei hat eine eigene Geschäftsseite. Mit Fotos von ihm. Außerdem war ich eine Woche lang bei ihm zu Hause, schon vergessen? Die Post war an Eddie David adressiert. Wäre er nicht Eddie David, Möbelschreiner, dann wüsste ich das.«

Wir waren jetzt tief in dem alten Wald, der sich durch den ganzen Cirencester Park zieht. Wie glänzend polierte Pennys fiel das Licht durch das löchrige Blätterdach auf Jos nackte Oberschenkel, während sie aus dem Fenster starrte und offensichtlich mit ihrem Latein am Ende war. Nicht mehr lange, dann würden wir wieder aus dem Wald herausfahren und kurz darauf zu der Kurve kommen, in der der Unfall damals passiert ist.

Bei dem Gedanken fiel mir das Atmen plötzlich schwer. Als sei die Luft im Wagen mit einem Mal ganz dünn geworden.

Ein paar Minuten noch, dann fuhren wir aus dem grünlichen Dämmerlicht der Bäume heraus und hinein in die vom Regen reingewaschenen, strahlend hellen Wiesen und Felder. Ich schloss die Augen. Selbst nach all den Jahren konnte ich nicht hinschauen, rüber auf den grasbewachsenen Seitenstreifen, wo die Rettungssanitäter sie damals hingelegt hatten. Beim vergeblichen Versuch, das Unausweichliche doch noch irgendwie abzuwenden.

Jos Hand suchte mein Knie.

»Warum machst du das?« Rudi fuhr sofort die Antennen aus. »Mum? Warum hast du die Hand auf Sarahs Bein gelegt? Warum sind da Blumen an den Baum gebunden? Warum sind alle plötzlich so...«

»Rudi«, sagte Jo. »Rudi, wie wäre es mit einer Runde ›Ich sehe was, was du nicht siehst‹? Ich sehe was, was du nicht siehst, und das beginnt mit einem ›W‹!«

Er wurde kurz still. »Dafür bin ich zu alt«, brummte Rudi beleidigt. Er hasste es, nicht zu wissen, was vor sich ging.

Ich hatte die Augen fest zusammengekniffen, obwohl ich wusste, dass wir die Stelle längst passiert hatten.

»Ein Wal«, murmelte Rudi widerstrebend. »Eine Wasserpistole. Ein Wison.«

»Alles klar, Harrington?«, fragte Tommy nach einer respektvollen Redepause.

»Ja.« Ich machte die Augen wieder auf. Weizenfelder, bröckelige Trockensteinmauern, Fußpfade, die sich durch abgegraste Pferdeweiden schlängelten. »Alles bestens.«

Es wurde nicht einfacher. Neunzehn Jahre hatten

die scharfen Kanten und spitzen Ecken der Erinnerung etwas zu glätten vermocht und die schlimmsten Stellen abgeschliffen. Aber sie waren immer noch da.

»Reden wir doch noch ein bisschen über Eddie«, schlug Jo vor. Ich wollte »Ja« sagen, aber meine Stimme verlor das Gleichgewicht wie eine Ballerina bei einer verunglückten Pirouette. »Wenn du so weit bist«, sagte sie und tätschelte mir das Bein. »Nur keine Eile.«

»Na ja, ich frage mich halt schon die ganze Zeit, ob ihm womöglich was zugestoßen ist«, krächzte ich, als meine Stimme mir wieder einigermaßen gehorchte. »Er wollte zum Windsurfen nach Südspanien.«

Tommys Augenbrauen mussten darüber nachdenken. »Das wäre also nicht allzu weit hergeholt.«

Woraufhin Jo einwandte, ich sei doch mit Eddie auf Facebook befreundet. »Da hätte sie es doch mitbekommen, wenn ihm was passiert wäre.«

»Wir sollten auch nicht voreilig ausschließen, dass sein Handy kaputt sein könnte«, warf ich ein. Meine Stimme wurde immer dünner, je mehr Hoffnungsfäden vor meinen Augen zerrissen. »Es war eh eine einzige Katastrophe, er …«

»Süße«, unterbrach Jo mich sanft. »Süße, sein Telefon ist nicht tot. Es klingelt doch, wenn du ihn anrufst.«

Ich nickte zerknirscht.

Chips mampfend trat Rudi von hinten gegen Jos Sitz. »Laaaaaaaaaaangweilig.«

»Hör sofort damit auf«, raunzte sie ihn an. »Und denk

dran, was wir übers Reden mit vollem Mund gesagt haben.«

Worauf sich Rudi hinter Jos Rücken zu mir umdrehte und mir mit weit aufgesperrtem Schnabel einen Blick auf den halb zerkauten Inhalt gewährte. Leider und aus mir unerfindlichen Gründen glaubt er, das sei so was wie ein Insiderwitz zwischen uns.

Meine Hand glitt ins Seitenfach meiner Handtasche, und meine Finger schlossen sich um das letzte Stückchen Hoffnung, das mir noch geblieben war. »Aber Maus«, piepste ich kleinlaut. Ich hatte heiße Tränen in den Augen, die jeden Augenblick herunterzukullern drohten. »Er hat mir Maus anvertraut.«

Behutsam hielt ich sie in der hohlen Hand. Glatt war sie und abgewetzt und kleiner als eine Walnuss. Eddie hatte sie mit gerade mal neun Jahren selbst aus einem Stück Holz geschnitzt. »Sie hat schon viel mit mir durchgemacht«, hatte er gesagt. »Sie ist meine Talisfrau.«

Sie erinnerte mich an den Messingpinguin, den Dad mir damals während meiner Schulprüfungen als Schreibtischkumpan geschenkt hatte. Ein finsterer kleiner Bursche, der mich streng angeguckt hatte, sobald ich die Prüfungsfragen aufschlug. Auch heute liebte ich diesen Pinguin noch sehr. Ich konnte mir gar nicht vorstellen, ihn jemand anderem anzuvertrauen.

Maus bedeutete Eddie genauso viel. Das wusste ich ganz sicher – und doch hatte er sie mir gegeben. »Pass gut auf sie auf, bis ich wieder da bin«, hatte er gesagt. »Sie ist mir wirklich wichtig.«

Jo warf einen Blick über die Schulter nach hinten und seufzte. Ich hatte ihr die Geschichte mit Maus schon erzählt. »Leute ändern halt ihre Meinung«, murmelte sie leise. »Vielleicht war es für ihn einfacher, den Schlüsselanhänger abzuschreiben, als sich bei dir zu melden.«

»Sie ist nicht bloß ein Schlüsselanhänger. Sie…« Ich gab auf.

Als Jo wieder ansetzte, klang ihre Stimme sanfter: »Hör zu, Sarah. Wenn du dir so sicher bist, dass ihm was Schlimmes zugestoßen ist, warum lässt du dann nicht die ganzen vergeblichen Kontaktversuche sein und postest etwas auf seiner Facebook-Seite? Wo es jeder sehen kann? Schreib, dass du dir Sorgen machst. Frag, ob jemand was von ihm gehört hat.«

Ich schluckte schwer. »Wie meinst du das?«

»Ich meine es so, wie ich es gesagt habe. Bitte seine Freunde um Hilfe. Frag nach, ob sie was wissen. Was hält dich davon ab?«

Ich drehte mich um und schaute aus dem Fenster, weil ich darauf keine Antwort wusste.

Aber Jo ließ nicht locker. »Ich glaube, das Einzige, was dich davon abhält, ist, dass es dir peinlich ist. Du schämst dich. Und wenn du wirklich, ganz ehrlich felsenfest davon überzeugt wärst, dass ihm was Schreckliches zugestoßen ist, dann würdest du dich einen feuchten Kehricht darum scheren, ob die Aktion womöglich peinlich sein könnte oder nicht.«

Gerade fuhren wir an dem alten Militärflugplatz vorbei. Ein ausgeblichener orangeroter Windsack flatterte zerfleddert über der leeren Landebahn, und plötzlich musste ich daran denken, wie Hannah vor Lachen geschrien hatte, als Dad einmal bemerkte, das Ding sehe aus wie ein riesengroßer orangefarbener Schniedel. »Schniedelsack!«, hatte sie trompetet, und Mum hatte zwar versucht, streng zu gucken, dann aber auch vor Lachen geprustet.

Rudi öffnete auf dem iPad Jos Mediathek und klickte eine Playlist an mit dem Titel »East Coast Rap«.

Wenn ich mir wirklich solche Sorgen machte, warum hatte ich dann nicht tatsächlich längst etwas auf Eddies Profil gepostet? Hatte Jo am Ende doch recht?

Chalford mit seinen kleinen steinernen Cotswolds-Bilderbuch-Cottages, die sich so entschlossen an die Flanke ihres Hügels klammerten, als harrten sie ihrer baldigen Rettung, schob sich langsam heran. Nach Chalford kam Brimscombe, danach Thrupp und dann Stroud. Und in Stroud wurde Tommy an unserer alten Schule schon von einem großen Empfangskomitee bestehend aus Lehrern, Schülern und Pressevertretern erwartet. Ich musste mich endlich zusammenreißen.

»Augenblick mal«, meinte Tommy unvermittelt. Er drehte Rudis Rap leiser und schaute mich im Rückspiegel an. »Harrington, hast du Eddie eigentlich gesagt, dass du verheiratet bist?«

»Nein.«

Worauf seine Augenbrauen schier auszuflippen drohten. »Ich dachte, du hättest ihm alles gesagt!«

»Habe ich auch! Aber wir haben nicht unsere ganzen Exgeschichten voreinander ausgebreitet. Das hätte ich irgendwie … na ja, geschmacklos gefunden. Ich meine, wir sind beide fast vierzig …« Ich brach ab. Hätten wir das tun sollen? »Eigentlich wollten wir einander unsere ganze Lebensgeschichte erzählen, aber dann sind wir doch nicht dazu gekommen. Wobei wir beide ganz glasklar gesagt haben, dass wir Single sind.«

Tommy beobachtete mich im Rückspiegel. »Aber habt Reuben und du eure Webseite schon aktualisiert?«

Verdutzt runzelte ich die Stirn und fragte mich, worauf er hinauswollte.

Und dann: »O nein«, wisperte ich fassungslos. Eiskalte Finger legten sich um meinen Magen.

»Was denn?«, kreischte Rudi. »Wovon redet ihr?«

»Die Webseite von Sarahs Organisation«, erklärte Jo ihm. »Da gibt es eine ganze Seite über Sarah und Reuben, wie sie gemeinsam die Clowndoctors-Initiative gegründet haben, nach ihrer Hochzeit, damals in den Neunzigern. Und dass sie die Organisation heute noch gemeinsam leiten.«

»Ach!«, rief Rudi. Hocherfreut, das Rätsel endlich doch noch gelöst zu haben, legte er das iPad beiseite.

»Sarahs Freund hat das gelesen, und es hat ihm das Herz gebrochen! Darum ist er jetzt tot, weil man mit kaputtem Herzen nicht leben kann.«

»Tut mir leid – das schlucke ich nicht«, meinte Jo ganz sachlich. »Wenn ihr eine ganze Woche zusammen verbracht habt, Sarah, und es ihm genauso ernst war wie dir, dann hätte das nicht gereicht, um ihn abzuschrecken. Er hätte dich zur Rede gestellt. Er hätte sich nicht einfach geschlichen und sich in eine Ecke verzogen wie eine krepierende Katze.«

Aber da war ich schon längst wieder in dieser verflixten Messenger-App und tippte eine Nachricht an ihn.

Viertes Kapitel

Erster Tag: Der Tag, an dem wir uns begegneten

Es war ein brütend backofenheißer Tag, als ich Eddie David kennenlernte. Die ganze Landschaft drohte unaufhaltsam zu zerschmelzen wie Eis in der Sonne und zu einer riesig großen Pfütze zu zerlaufen. Vögel verschanzten sich auf stockstarren Bäumen, und Bienen berauschten sich an den stetig steigenden Temperaturen. Es fühlte sich nicht an wie ein Nachmittag, an dem man sich Hals über Kopf in einen wildfremden Menschen verliebte. Es fühlte sich genauso an wie jeder andere 2. Juni vorher auch, an dem ich diesen Weg gegangen war. Totenstill, traurig, bedrückend. Vertraut.

Ich hörte Eddie, bevor ich ihn sah. Ich stand an der Bushaltestelle und überlegte angestrengt, was für ein Wochentag wohl heute war – Donnerstag, entschied ich schließlich. Was hieß, dass ich noch beinahe eine Stunde würde warten müssen. Hier in dieser schier unerträglichen, sengenden Mittagshitze. Auf einen unklimatisierten Bus, in dem ich dann bestimmt bei lebendigem Leib im eigenen Saft gegart würde. Weshalb ich nur kurz zögerte und dann ganz gemächlich im Schneckentempo den Weg zum Dorf hinuntertappte auf der Suche nach dem klitzekleinsten Fitzelchen Schatten. Auf einer schillernden Hitzewelle hörte ich das schrille Geschrei der Kinder aus der Grundschule herüberwabern.

Das plötzlich vom Blöken eines Schafs irgendwo vor mir übertönt wurde. *MÄÄÄÄH*, knödelte es. *MÄÄÄÄH!*

Worauf dem Schaf dröhnendes Männerlachen entgegenschlug, das wie ein angenehm kühler Lufthauch die drückende Hitze verwirbelte. Ich musste lächeln, noch ehe ich den Mann überhaupt gesehen hatte. Sein Lachen fasste alles zusammen, was ich über Schafe dachte, mit ihren komischen Gesichtern und dem etwas dümmlichen Blick aus den seitlich stehenden Augen.

Die beiden waren noch ein ganzes Stückchen entfernt, drüben auf der Dorfwiese. Der Mann mit dem Rücken zu mir, das Schaf ein paar Schritte weiter. Mit ausdruckslosem Gesicht stierte es den Mann an. Versuchsweise blökte es ihm noch ein lautes *Määääh* entgegen, worauf der Mann etwas erwiderte, das ich nicht verstand.

Als ich mich schließlich dazugesellte, waren die beiden bereits in ein ernstes Gespräch vertieft.

Etwas linkisch stand ich am Rand der Wiese auf dem ausgedörrten Gras und beobachtete die beiden, und irgendwie kam es mir fast vor, als würde ich ihn kennen. Ich kannte ihn natürlich nicht, aber er war ein charmantes Abziehbild vieler jener Jungs, mit denen ich früher zur Schule gegangen war: ein großer, liebenswerter Schrank von einem Kerl. Kurz geschorene Haare und schokokeksbraune Haut. Die uniforme Bekleidung des West Country bestehend aus Cargo-Shorts und ausgeblichenem T-Shirt. So ein Kerl konnte Regale anbringen und ganz bestimmt auch surfen, und höchstwahrscheinlich fuhr er einen klapprigen alten Golf, den ihm seine liebenswürdige, wenn auch etwas schrullige Mutter vor Jahren mal geschenkt hatte.

Ein Mann, wie ich ihn, so stand es in meinen Teenie-Tagebüchern zu lesen, eines Tages einmal heiraten wollte. (»Eines Tages« bezog sich dabei auf eine unbestimmte Zeit in der fernen Zukunft, wenn ich wie ein Schmetterling aus meinem verschrumpelten Kokon gekrochen war, mein Mauerblümchendasein als Mandys und Claires treudoofes und allgemein eher unbeliebtes Anhängsel weit hinter mir gelassen und mich als unerschrockene, strahlend schöne junge Frau, die jeden Mann, den sie wollte, kinderleicht um den Finger wickelte, neu erfunden hatte.) Mein Zukünftiger sollte hier aus der Gegend kommen – Sapperton oder eines der umliegenden Dörfer – und er sollte unbedingt einen Golf fahren. (Der Golf war aus mir heute unerfindlichen Gründen ein absolutes Muss. In meinen Tagträumen fuhren wir in den Flitterwochen nach Cornwall, wo ich ihn dann zutiefst beeindruckte, indem ich mich mit einem Surfbrett unter dem Arm furchtlos in die Wellen stürzte.)

Es sollte alles ganz anders kommen. Statt eines kernigen Landburschen hatte ich einen effeminierten amerikanischen Clown geheiratet. Einen richtig echten Clown mit knallroter Pappnase, Ukulele und albernem Hütchen. In ein paar Stunden, wenn die ersten zaghaften Strahlen der kalifornischen Morgensonne zartgelbe Lichtkleckse an die glatten Wände unserer gemeinsamen Wohnung malten, würde er allmählich aufwachen. Womöglich würde er gähnen, sich umdrehen, sich an seine neue Freundin schmiegen und ihr den Hals küssen, ehe er aufstand, die Klimaanlage hochdrehte und ihr einen widerlich gesunden grünen Smoothie zusammenbraute.

»Hallo«, sagte ich.

»Hey, hallo«, sagte der Mann mit einem Blick über die Schulter nach hinten. *Hey, hallo*. Als würden wir uns seit Jahren kennen. »Mir ist gerade ein Schaf zugelaufen.«

Sein neuer Freund trompetete, ohne den Blick vom Gesicht des Mannes zu wenden, ein weiteres empörtes *Määääh* hinaus, das klang wie ein Nebelhorn. »Wir kennen uns zwar erst seit ein paar Minuten«, erklärte der Mann mir, »aber das zwischen uns beiden ist was Ernstes.«

»Verstehe.« Ich musste lächeln. »Ist das überhaupt erlaubt?«

56

»Wahre Liebe kennt keine Regeln«, entgegnete er fröhlich.

Unerwartet schoss es mir durch den Kopf: Wie ich England vermisse.

»Wie haben Sie beide sich denn kennengelernt?«, fragte ich und trat einen Schritt auf die Wiese.

Lächelnd sah er das Schaf an. »Na ja, ich saß hier und habe mich ein bisschen selbst bemitleidet, als diese junge Dame plötzlich wie aus dem Nichts vor mir stand. Wir fingen an, uns zu unterhalten, und ehe ich michs versah, redeten wir schon darüber, dass sie bei mir einzieht.«

»Dieser junge Mann«, korrigierte ich ihn. »Ich verstehe zwar nicht viel von Schafen, aber ich kann Ihnen versichern, dass es sich mitnichten um eine Dame handelt.«

Er stutzte, dann lehnte er sich zurück und warf einen prüfenden Blick unter das Fahrgestell des Schafs.

»Ach.«

Das Schaf starrte ihn bloß mit seinen dümmlichen seitlich gestellten Augen an. »Dann heißt du also gar nicht Lucy?«, fragte er verdattert. Das Schaf sagte dazu lieber nichts. »Es hat mir gesagt, es hieße Lucy.«

»Es heißt ganz bestimmt nicht Lucy«, entgegnete ich.

Das Schaf *määähte* abermals, und der Mann lachte. Eine hitzetaumelnde Dohle flatterte schwerfällig flügelschlagend aus einem der Bäume am Wegesrand hinter uns auf.

Und dann stand ich irgendwie plötzlich neben ihnen. Der Mann, das Schaf und ich standen zusammen auf dem sonnengebleichten Dorfanger. Der Mann schaute mich von unten an. Seine Augen hatten die Farbe ferner Meere, dachte ich. Warm und voll guter Absichten.

Er war wirklich wunderbar.

Es wird Monate dauern, bis du wieder in der Lage bist, authentische Gefühle für einen anderen Mann zu entwickeln, hatte man mir heute Morgen lakonisch mitgeteilt. Ein gut gemeinter Ratschlag von einer ziemlich überheblich anmutenden App mit dem klingenden Namen »Der TrennungsCoach«, die meine liebe Freundin Jenni mir (ohne mein Wissen und ohne meine Zustimmung) aufs Handy geladen hatte, und zwar gleich nachdem Reuben und ich unsere Trennung offiziell bekannt gegeben hatten. Seitdem schickte sie mir jeden Morgen düstere Push-Nachrichten mit Updates zu dem emotionalen Trauma, das ich gerade durchlebte. Zusammen mit der aufmunternden Zusicherung, alles, was ich gerade empfinde, sei okay und total normal.

Nur hatte ich leider überhaupt kein emotionales Trauma erlitten. Selbst als Reuben mir gesagt hatte, es täte ihm leid, aber er fände, wir sollten uns scheiden lassen, hatte ich mich zwingen müssen, ein paar Tränchen zu verdrücken, um seine Gefühle nicht zu verletzen. Als die App mir etwas über mein gebrochenes Herz und meinen gleichsam gebrochenen Lebenswillen schrieb, kam ich mir vor, als läse ich fremde E-Mails, die nicht für mich bestimmt waren.

Aber Jenni freute sich, wenn sie sah, wie ich die Nachrichten las, weshalb ich die blöde App bisher nicht gelöscht hatte. Jennis seelisches Wohlbefinden – zunehmend fragiler, je näher die große böse Vierzig rückte und ihre Hoffnung auf eigenen Nachwuchs schleichend zunichtemachte – hatte schon immer maßgeblich davon abgehangen, Bedürftige betüddeln zu dürfen.

Der Mann wandte sich wieder an das Schaf. »Tja, wirklich schade. Und ich dachte, wir hätten eine gemeinsame Zukunft, Lucy und ich.« Sein Handy fing an zu klingeln.

»Meinen Sie, Sie kommen darüber hinweg?«

Er zog das Handy halb aus der Hosentasche und drückte den Anruf weg. »Ach, ich denke schon. Ich hoffe es zumindest.«

Etwas besorgt sah ich mich um nach einem weiteren Schaf, einem Bauern, einem hilfsbereiten Schäferhund. »Ich finde, wir sollten irgendwas unternehmen seinetwegen, meinen Sie nicht auch?«

»Vermutlich.« Der Mann rappelte sich auf. »Ich rufe Frank an. Dem gehören die meisten Schafe hier in der Gegend.« Er wählte eine Nummer auf dem Handy, und ich schluckte und wurde plötzlich unsicher. Wenn das mit dem Schaf erst mal geklärt war, würden wir aufhören müssen mit der Witzelei und ernsthaft miteinander reden.

Abwartend stand ich auf der Wiese. Das Schaf zupfte wenig begeistert hier und da an einem der spröden, trockenen Grashalme und behielt uns mit seinem belämmerten Seitenblick im Auge. Es musste kürzlich geschoren worden sein, aber selbst das kurze wollige Fell wirkte in der Hitze erdrückend.

Ich fragte mich, was ich eigentlich hier machte. Ich fragte mich, warum der Mann sich vorhin leidgetan hatte. Ich fragte mich, warum ich mir mit der Hand über die Haare strich. Er redete jetzt mit Frank und gluckste dabei leise lachend vor sich hin. »Okay, Mann. Ich werd's versuchen. Gut«, sagte er und schaute dann mich an. Er hatte wirklich wunderschöne Augen.

(Hör sofort auf!)

»Frankie kann frühestens in einer Stunde hier sein. Er meint, Lucy sei von der Weide unten am Pub ausgebrochen.« Dann wandte er sich wieder an das Schaf. »Du bist ganz schön weit gekommen. Ich bin beeindruckt.«

Das Schaf graste gänzlich unbeeindruckt weiter, also schaute er wieder mich an. »Ich werde mal versuchen, ihn den Weg runter zur Weide am Pub zu treiben. Würden Sie mir vielleicht helfen?«

»Klar. Ich wollte sowieso dahin und eine Kleinigkeit essen.«

Ich wollte überhaupt nicht dahin und eine Kleinigkeit essen. Eigentlich hatte ich auf den 54er nach Cirencester warten wollen, weil es in Cirencester Menschen gab und bei meinen Eltern zu Hause nicht. Letzte

Nacht hatte eine Schwester aus der Notaufnahme des Royal-Infirmary-Krankenhauses in Leicester angerufen, um uns mitzuteilen, dass mein Großvater mit einer gebrochenen Hüfte eingeliefert worden war. Mein Opa war dreiundneunzig. Er war außerdem berühmt-berüchtigt für seine beleidigende, unausstehliche Art. Aber außer Mum und ihrer Schwester Lesley, die augenblicklich mit ihrem dritten Ehemann auf den Malediven urlaubte, hatte er niemanden.

»Fahrt ruhig«, hatte ich zu Mum gesagt, als sie merklich zögerte. Mum wollte mich nicht enttäuschen. Wie jeden Juni, wenn ich zu Besuch kam, hatte sie sich richtig ins Zeug gelegt: eine reibungslose Logistik, das Haus voller Blumen, Essen vom Feinsten. Alles nur, um mich davon zu überzeugen, dass das Leben in England tausendmal besser war als alles, was Kalifornien mir zu bieten hatte.

»Aber…« Ich konnte mit ansehen, wie sie förmlich in sich zusammensackte. »Aber dann bist du ja ganz allein.«

»Ich komme schon klar«, hatte ich ihr versichert. »Außerdem werfen sie Opa aus dem Krankenhaus, wenn du nicht da bist und dich andauernd für ihn entschuldigst.«

Als mein Großvater das letzte Mal ins Krankenhaus musste, hatte es einen sehr unerfreulichen Showdown mit einem der Fachärzte auf der Station gegeben, den Opa beharrlich als »minderbemittelten Medizinstudenten« tituliert hatte.

Mum war einen Moment hin- und hergerissen zwischen ihren Pflichten als Tochter und denen als Mutter.

»Ich bringe erst mal die nächsten paar Tage hinter mich«, hatte ich gesagt, »und dann komme ich zu euch nach Leicester.«

Rat suchend hatte sie Dad angeschaut, und keiner von beiden hatte sich zu einer Entscheidung durchringen wollen. Und ich hatte nur gedacht: Seit wann sind die beiden so entschlussunfreudig? Sie sahen älter aus diesmal, kleiner irgendwie. Ganz besonders Mum. Als füllte sie ihren Körper nicht mehr richtig aus. (War das meine Schuld? Hatte ich sie irgendwie schrumpfen lassen mit meinem beharrlichen Beschluss, unbedingt im Ausland zu leben?)

»Aber du bist doch so ungern allein in unserem Haus«, hatte Dad eingewendet, weil er nicht wusste, wie er das sonst sagen sollte. Und als ich merkte, dass ihm einfach nichts Witziges einfallen wollte – ausgerechnet ihm –, hatte ich plötzlich einen dicken Kloß im Hals gehabt, der mir die Luft abschnürte.

»Wie kommst du denn darauf? Das macht mir überhaupt nichts aus!«

»Und wir müssten das Auto mitnehmen. Wie willst du denn dann herumkommen?«

»Dann nehme ich halt den Bus.«

»Aber die Haltestelle ist meilenweit weg.«

»Ich laufe gerne. Ehrlich, ihr könnt ruhig fahren. Und in der Zwischenzeit entspanne ich mich ein bisschen, wie ihr es mir immer sagt. Lese ein paar Bücher. Futtere mich durch die Essensberge, die ihr gehamstert habt.«

Und heute Morgen hatte ich ihnen nachgewunken, als sie losgefahren waren, und plötzlich war ich allein gewesen, in einem Haus, in dem ich – ja, zugegeben – nicht gerne war. Vor allem nicht allein.

Was hieß, ich war gerade nicht auf dem Weg zu einem gemütlichen Single-Pub-Lunch im Daneway gewesen. Nein, tatsächlich versuchte ich gerade, einen wildfremden Menschen mit List und Tücke dazu zu bringen, etwas mit mir zu trinken. Und das ungeachtet der morgendlichen App-Benachrichtigung, Flirts mit anderen Männern könnten in meinem derzeitigen Zustand nur in Tränen enden. Denk immer daran, du bist gerade äußerst verletzlich, hatte sie mich ermahnt, begleitet von einem Weichzeichnerbild eines weinenden Mädchens auf einem kuschelweichen Kissenberg.

Sein Handy klingelte schon wieder. Er ließ es klingeln.

»Also gut, ab mit dir«, rief er. Er machte ein paar Schritte auf Lucy zu, der ihn finster anstarrte und sich dann umdrehte und losrannte. »Sie gehen auf die andere Seite«, rief er mir zu. »Dann können wir ihn den Weg runtertreiben. Autsch! Mist!« Linkisch hüpfte er auf einem Bein durch das Gras und hopste dann zurück, um seinen verlorenen Flip-Flop einzusammeln.

Ich lief im Bogen nach links, so schnell ich in der sirupdicken Hitze konnte. Lucy scherte nach rechts aus, wo der Mann ihn schon lachend erwartete. Schließlich musste er einsehen, dass er in der Falle saß, also trottete der Schafsbock griesgrämig auf den schmalen Feldweg zu, der runter zum Pub führte, und blökte gelegentlich ein lautes, rechtschaffen empörtes Protest-*Määäh* hinaus.

Danke, lieber Gott oder Universum oder Schicksal oder was auch immer, dachte ich. Für dieses Schaf und diesen Mann und diese englische Hecke.

Es war wunderbar, mit jemandem zu reden, der keine Ahnung hatte, wie traurig und bedrückt ich heute eigentlich sein sollte. Der nicht verständnisvoll den Kopf schief legte, wenn er mit mir redete. Der mich einfach bloß zum Lachen brachte.

Lucy versuchte mehrmals, auf dem Weg zum Pub auszubüxen und abzuhauen in die große Freiheit, aber mit vereinten Kräften gelang es uns schließlich, ihn wieder auf die Weide zurückzubugsieren. Der Mann brach einen Ast von einem Baum ab und stopfte damit das Loch im Zaun, durch das der Bock abgehauen war, dann drehte er sich strahlend zu mir um. »Geschafft.«

»Und wie«, ächzte ich. Wir standen gleich vor dem Pub. »Sie schulden mir ein Pint.«

Und er lachte und meinte, diese Forderung sei durchaus berechtigt.

Und so fing alles an.

Fünftes Kapitel

Sieben Tage später mussten Eddie und ich uns voneinander verabschieden. Aber es war ein Abschied auf Französisch: ein *au revoir*. Ein *Auf Wiedersehen*! Kein Lebewohl. Ganz im Gegenteil. Wann sagt man schon zum endgültigen Abschied: »Ich glaube, ich habe mich in dich verliebt?«

Gut gelaunt und fröhlich vor mich hin summend folgte ich leichten Schrittes dem kleinen Flüsschen Frome bis zum Haus meiner Eltern. Das Wasser war kristallklar an diesem Tag, betupft mit moosig-grünen Kissen, und über dem Kies kräuselten sich kleine riffelige Wellen. Über dem Bachlauf wiegten sich dichte Büschel spitzstacheliger Rohrkolben in der leichten Sommerbrise. Ich passierte die Stelle, an der Hannah damals ins Wasser gefallen war, als sie Butterblumen pflücken wollte, und ertappte mich dabei, wie ich laut auflachte. Mein jubilierendes Herz war zum Bersten voll von den Erinnerungen an die letzte Woche: Gespräche bis tief in die Nacht, Käsesandwichs, Lachmuskelkater, Badetücher, die zum Trocknen über dem

Geländer hingen. Eddie mit den breiten Schultern und den starken Armen, der Wind, der durch die Bäume auf seiner Farm wehte wie Wolken feinen Mehlstaubs, und – wieder und immer wieder – die Worte, die er gesagt hatte, bevor ich gegangen war.

Abends war ich in Leicester angekommen. Auf dem Weg zum Krankenhaus gerieten wir mit dem Taxi in ein Unwetter. Plötzlich war es in der ganzen Stadt stockfinster, und das grellrote Neonlicht der Notaufnahme lief die Windschutzscheibe hinunter wie verwässerte Tomatensuppe. Mein Großvater lag in einem überhitzten Krankenzimmer und verhielt sich herrisch wie immer, wirkte aber auch etwas mitgenommen. Meine Eltern waren mit den Nerven am Ende.

Eddie hatte abends nicht mehr angerufen. Und auch keine Nachricht geschickt, wann genau er wieder zurück sein würde. Während ich in den Pyjama schlüpfte, fragte ich mich kurz, warum er wohl nichts von sich hatte hören lassen. Bestimmt war er in Eile gewesen, sagte ich mir. Sein Freund war dabei. Und: Er liebt mich. Er würde mich ganz bestimmt anrufen!

Aber Eddie David hatte nicht angerufen. Und hatte nicht angerufen. Und hatte nicht angerufen.

Die ersten Tage redete ich mir ein, alles sei in bester Ordnung. Und dass es absurd wäre – geradezu geisteskrank –, an dem zu zweifeln, was zwischen uns gewesen war. Aber aus endlos langen Tagen wurde quälend langsam eine ganze Woche. Und es wurde immer unmöglicher, die wie eine gewaltige Woge unaufhaltsam aufsteigende Panik zurückzuhalten.

»Der amüsiert sich gerade in Spanien«, belog ich mich, als ich zu meinem lange geplanten Besuch bei Tommy nach London fuhr.

Erst beim Mittagessen mit Jo ein paar Tage später knickte ich schließlich ein wie ein welkes Gänseblümchen. »Er hat sich immer noch nicht gemeldet«, gestand ich kleinlaut und hatte vor kopfloser Angst und Scham unvermittelt dicke heiße Tränen in den Augen. »Es muss ihm was zugestoßen sein. Das war kein kleiner belangloser Flirt, Jo. Danach war nichts mehr, wie es vorher war.«

Tommy und Jo zeigten sich sehr verständnisvoll. Geduldig hörten sie mir zu und versicherten mir, ich »hielte mich tapfer«. Aber ich spürte, wie schockiert sie waren, hilflos mit ansehen zu müssen, wie die Sarah, die sie kannten, allmählich vor ihren Augen unaufhaltsam zu einem traurigen Häufchen Elend zerfiel. War das denn nicht die Frau, die ihr bis auf die Grundmauern abgebranntes Leben mit eigenen Händen neu aufgebaut hatte, nachdem sie vor der schwarzen Wolkenwand einer abgrundtiefen Tragödie Hals über Kopf nach L.A. geflohen war? Die Frau, die eine fabelhafte Kinderhilfsorganisation gegründet und den Inbegriff des amerikanischen Mannes geheiratet hatte? Die Frau, die um die ganze Welt jettete, um auf Kongressen und Konferenzen umjubelte Vorträge zu halten?

Dieselbe Frau, die sich seit nunmehr zwei Wochen in Tommys Wohnung verschanzte und einem beinahe unbekannten Mann nachweinte, mit dem sie sage und schreibe sieben Tage und Nächte verbracht hatte.

In der Zwischenzeit war Großbritannien im Druckkessel des alles entscheidenden EU-Referendums beinahe explodiert, mein Großvater hatte zwei schwere Operationen über sich ergehen lassen müssen und meine Eltern praktisch zu seinen Gefangenen gemacht, die sein Haus nicht verlassen konnten. Meiner Organisation war eine beachtliche Fördersumme zugesichert worden, und meine liebste Freundin Jenni aus L.A. unternahm gerade den letzten verzweifelten, von ihrer Krankenversicherung noch finanzierten Versuch, mittels künstlicher Befruchtung schwanger zu werden. Man konnte also sagen, ich steckte mitten in einem schrillbunten Panoptikum unterschiedlichster menschlicher Emotionen, einer veritablen Achterbahn der Gefühle, und doch drang erschreckend wenig davon zu mir durch.

Wobei ich Ähnliches durchaus schon bei der einen oder anderen meiner Freundinnen miterlebt hatte. Konsterniert hatte ich mit ansehen müssen, wie sie standhaft behaupteten, sein Handy müsse kaputtgegangen sein. Er müsse sich das Bein gebrochen haben oder womöglich den Hals und jetzt unbemerkt sterbend in einem Straßengraben liegen. Wie sie steif und fest darauf beharrten, eine unbedachte Äußerung ihrerseits habe ihn vermutlich »verschreckt«, und sie müssten »dieses unglückliche Missverständnis unbedingt aufklären«. Hilflos hatte ich zugesehen, wie sie Stolz und Würde, ihr Herz und manchmal sogar beinahe den Verstand verloren. Und das alles nur wegen eines Mannes, der sie nicht wie versprochen anrief. Schlimmer noch, wegen eines Mannes, den sie kaum kannten.

Und nun ich. Bar jeden Stolzes und jeder Würde, mit gebrochenem Herzen und kurz davor, endgültig den Verstand zu verlieren, hockte ich in Tommys Wagen. Tippte verzweifelt eine Nachricht ins Handy, um ihm zu erklären, dass ich längst nicht mehr verheiratet war. Dass wir uns in aller Freundschaft getrennt hatten.

Just als Tommy den Wagen neben dem großen Eingangstor unserer alten Schule parkte, setzte der Regen ein. Die Tropfen tupften zarte Muster auf die Windschutzscheibe. Ganz untypisch für Tommy manövrierte er den Wagen krumm und schief in die Parklücke und machte – noch untypischer – keinerlei Anstalten, ihn auszurichten. Mein Blick ging über die dichte buschige Buchenhecke, die gelben Zickzackmuster auf dem Asphalt und das Schild am Tor, und unvermittelt hatte ich wieder dieses altbekannte unangenehme Wummern im Bauch wie von einem hektisch gezupften Bass. Ich steckte das Handy in die Handtasche. Die Nachricht an Eddie würde warten müssen.

»So, da wären wir!« Tommys Stimme hing von der

Last seiner vorgetäuschten Begeisterung in der Mitte durch wie eine zu schwer beladene Wäscheleine. »Am besten gehen wir gleich rein. In fünf Minuten bin ich dran!«

Aber er stieg nicht aus. Und wir auch nicht.

Entgeistert starrte Rudi uns an. »Warum steigt ihr denn nicht aus?«, fragte er fassungslos.

Niemand gab ihm eine Antwort. Ein paar Sekunden, dann sprang er vom Rücksitz und platzte aus dem Wagen wie eine explodierende Bombe. Wieselflink raste er in Höchstgeschwindigkeit zum Schultor und erinnerte dabei an ein aufgescheuchtes Kaninchen. Stumm schauten wir zu, wie er dort abrupt abbremste, die Hände in den Hosentaschen vergrub und dann betont lässig durch den Eingang schlenderte, um abzuchecken, ob es auf dem Sportplatz irgendwas Interessantes zu sehen gab. Nachdem er eine Weile mit zusammengekniffenen Augen alles ganz genau gescannt hatte, drehte er sich unschlüssig zum Wagen um. Begeisterung sah anders aus.

Armer Rudi. Keine Ahnung, was Jo ihm erzählt hatte. Vermutlich hatte sie ihm das Blaue vom Himmel versprochen. Die Präsentation eines innovativen Sportprogramms für weiterführende Schulen hätte womöglich einen gewissen Spaßfaktor haben können, wenn er eine der Fitnessuhren oder Herzfrequenzwesten hätte ausprobieren dürfen, die Teil des Programms waren. Oder wenn zumindest ein paar Kinder in seinem Alter zum

Spielen da gewesen wären. Aber das Hightech-Spielzeug war das Herzstück von Tommys Präsentation und sein ganzer Stolz und sollte von einem Trupp ambitionierter »vielversprechender junger Sportler« vorgeführt werden, die der Leiter der Sportabteilung höchstpersönlich dazu auserkoren hatte. Der jüngste Teilnehmer war vierzehn.

Rudi drückte sich vor dem Auto herum und guckte grimmig aus der Wäsche. Jo stieg aus, um ein Wörtchen mit ihm zu reden. Und Tommy, dem es plötzlich die Sprache verschlagen zu haben schien, beugte sich rüber, um sich mit einem Blick in den Rückspiegel zu vergewissern, dass er keine Essensreste zwischen den Zähnen hatte. *Ihm graut es davor, sich gleich da vorne hinzustellen*, ging mir da plötzlich auf, und ich hätte ihn am liebsten ganz fest in den Arm genommen. Die Jungs an unserer gemischten Mittelschule waren damals nicht gerade nett gewesen zum kleinen Tommy Stenham. Einer der schlimmsten Rowdys, Matthew Martyn, hatte überall herumerzählt, Tommy wäre schwul. Da war er gerade zwölf, und seine exzentrische Mutter hatte ihm gegen seinen Willen einen ausgefallenen neuen Haarschnitt verpasst. Tommy hatte geweint, und wohl auch deshalb hatte das Gerücht an ihm geklebt wie Pattex. Jeden Morgen hatten Matthew und seine Kumpels Tommys Sitz demonstrativ mit einem »Entschwulungsspray« eingesprüht und innen an die Klappe seines Pults Bilder von nackten Männern geklebt. Und als er mit vierzehn mit Carla Franklin ging, wurde hinter seinem Rücken getratscht, er hätte sich eine Alibifreundin zugelegt. Irgendwann hatte Tommy aus schierer Verzweiflung angefangen, zu Hause stundenlang im Fitnessraum seiner Mutter zu trainieren. Aber die hart erarbeiteten Muskelpakete machten es auch nicht besser. Eher im Gegenteil. Die anderen Jungs in seiner Klasse fanden es lustig, ihn auf dem Sportplatz im Vorbeilaufen ganz beiläufig zu boxen. Als seine Familie 1995 schließlich in die USA übersiedelte, hatte Tommy einen ausgeprägten Fitnesswahn, ein leichtes Stottern und keinen einzigen männlichen Freund.

Jahre später – da war er schon längst wieder zurück in London – wurde Tommy von einer vermögenden Anwältin namens Zoe Markham als Personal Trainer engagiert. Damals waren unter seinen Klienten etliche sehr erfolgreiche Londoner Geschäftsfrauen, von denen nicht wenige mehr oder minder offensiv mit ihm flirteten. »Wenn du mich fragst, scheint das eine ziemlich verbreitete Sexfantasie zu sein«, erklärte er lakonisch und wusste anscheinend nicht so recht, ob ihm das schmeicheln oder ihn abstoßen sollte. »Für die bin ich ein wandelndes Klischee. Wie der sexy Handwerker mit Werkzeuggürtel. Ein Blaumann mit Muskeln.«

Zoe Markham allerdings war da ganz anders. Die beiden »verstanden sich blendend« und teilten »eine tiefe, innige Verbindung«. Und, ganz wichtig, sie sah ihn als »ganzen Menschen«, nicht bloß als Angestellten, der ihr helfen sollte, schlank und schön zu werden. (Beides war sie längst.)

Ein paar Monate flirteten die beiden recht unverbindlich miteinander, bis sie ihm schließlich anbot, den Kontakt zu einem guten alten Bekannten herzustellen, um ihm beim Einstieg ins Sportberater-Business zu helfen. Zum Dank lud Tommy sie abends zum Dinner ein. Und sie lud ihn anschließend zu sich nach Hause ein und zog sich dann splitternackt aus. »Wir sollten langsam mit dem Einzeltraining anfangen, meinst du nicht?«, hatte sie gesagt.

Zoe war Tommys erste ernst zu nehmende Beziehung. Seine erste echte Freundin. Und noch dazu eine, die für ihn in einer ganz anderen Liga spielte. In seinen Augen war sie eigentlich unerreichbar. Eine Göttin, ein Gottesgeschenk. Balsam für all die alten, unverheilten Wunden. »Ich wünschte, ich könnte das den Vollpfosten aus der Schule unter die Nase reiben«, meinte er an dem Tag zu mir, als sie ihn fragte, ob er nicht zu ihr nach Holland Park ziehen wolle. »Ich wünschte, ich könnte allen zeigen, dass ein Loser wie ich eine Frau wie Zoe abbekommen hat.« Und ich hatte erwidert: »Ja, wäre das nicht grandios?«, weil ich mir nicht mal im Traum vorstellen konnte, es würde irgendwann mal so weit kommen. So was passierte einfach nicht.

Aber in Tommys Fall passierte es eben doch.

Vor ungefähr einem Jahr hatte er an sämtliche Schulleiter im ganzen Vereinigten Königreich Werbebroschüren über sein neues Sportprogramm für weiterführende Schulen verschickt. Das Programm beinhaltete eine großzügige Spende hochmoderner tragbarer Sporttechnologie – Herzfrequenzwesten, Fitnessuhren, all solche Sachen – von Zoes wichtigstem Kunden, einem Tech-Multi, und war Tommys ganzer Stolz. Als die Direktorin unserer alten Schule ihn kontaktierte, war er geradezu herzergreifend gerührt. »Ich soll vorbeikommen und den Chef der Sportabteilung kennenlernen!«, verkündete er bei einem unserer Skype-Gespräche begeistert. »Ist das nicht genial?« Die ganze Geschichte wurde geringfügig weniger genial, als er erfuhr, dass der Chef der Sportabteilung sein ärgster Widersacher aus Schulzeiten war, besagter Matthew Martyn nämlich.

Aber es sei ein nettes, konstruktives Gespräch gewesen, versicherte Tommy mir glaubhaft. Ein bisschen gezwungen zuerst, aber irgendwann hatte Matthew in einem Nebensatz gesagt, was für Vollpfosten sie doch als Teenager alle gewesen seien, und hatte Tommy in den Arm geboxt und ihn »Kumpel« genannt. Und später hatten sie sich dann wie gute alte Freunde gegenseitig Geschichten aus ihrem Leben erzählt. Mein Haus, mein Auto, mein Boot. Matthew hatte Tommy ein Foto seiner Familie gezeigt, und Tommy – der sein Glück kaum fassen konnte – hatte Matthew ein Foto seiner bildschönen, eleganten, durchtrainierten Freundin in ihrer schicken Londoner Hipster-Loft-Küche präsentiert.

Als ich Tommy und Zoe Anfang Juni in besagter

Londoner Hipster-Loft-Küche gegenübersaß, schon ganz derangiert wegen der vertrackten Sache mit Eddie, hatte Tommy das Programm bereits verkauft. Er versicherte mir, die alten Schreckgespenster hätten ausgespukt. Er sei »fertig« mit dem, was sie ihm in der Schule angetan hatten. Er freue sich darauf, Matthew Martyn zum Programmstart wiederzusehen. »Zoe kommt auch mit«, verkündete er betont beiläufig und doch mit kaum verhohlenem Stolz. »Ich kann es kaum erwarten, sie Matt vorzustellen.«

Da hätte ich ihn am liebsten ganz fest umarmt. Und ihm versichert, dass ich ihn, genau so, wie er ist, ganz wundervoll und liebenswert finde. Dass er Zoe nicht braucht, um sein Image aufzupolieren. Dass er ein großartiger Mensch ist, auch ohne Vorzeigefreundin. Aber ich biss mir auf die Zunge und verkniff mir jeglichen Kommentar. Anscheinend wollte er es ja so.

Vier Tage vor der offiziellen Präsentation hatte Zoe überraschend einen Rückzieher gemacht. »Ich muss für einen meiner Klienten nach Hongkong fliegen«, hatte sie gesagt. »Es ist wirklich sehr wichtig. Tut mir leid, Tommy.«

Nicht leid genug, hatte ich gedacht. Sie wusste ganz genau, wie wichtig ihm das war. Tommys Gesicht war ganz lang geworden vor Enttäuschung und hatte die fahle Farbe von Recyclingpapier angenommen.

»Aber ... die rechnen doch fest mit dir!«

Spöttisch hatte sie das Gesicht verzogen. »Die kommen sicher auch ohne mich blendend zurecht. Die wollen sich vor der Lokalpresse wichtigmachen, nicht vor mir.«

»Kannst du nicht einen Tag später fliegen?«, flehte er sie förmlich an. Ich konnte es kaum mit ansehen.

»Nein«, entgegnete sie ungerührt. »Kann ich nicht. Aber du wirst mir noch auf Knien für diese Reise danken. Ich treffe mich dort mit einer Delegation des Ministeriums für Kultur, Medien und Sport. Und ich denke, die Chancen stehen nicht schlecht, dass sie dich in eins ihrer Beraterteams berufen.«

Niedergeschlagen schüttelte Tommy den Kopf. »Aber das habe ich dir doch schon gesagt. Ich habe kein Interesse.«

»Und ich habe dir gesagt, Tommy, das hast du wohl.«

Jo und ich hatten ihm daraufhin angeboten, ihn an Zoes Stelle zu begleiten.

Wollte ich meine alte Schule besuchen? Natürlich nicht. Eigentlich hatte ich inständig gehofft, den alten Kasten nie wiedersehen zu müssen. Aber Tommy, dachte ich, brauchte mich. Und einem Freund in Not beizustehen war die einzige sinnvolle Beschäftigung, die mir gerade einfiel. Vielleicht wäre es eine gute Ablenkung. Und außerdem, was hatte ich schon zu befürchten? Mandy und Claire waren in den Neunzigern von der Schule abgegangen. Weder sie noch irgendwelche anderen ehemaligen Mitschüler, vor denen ich damals geflüchtet war, würden heute da sein.

»Harrington.« Tommy drehte sich zu mir um und sah mich durchdringend an. »Erde an Harrington!«

»Entschuldige. Ja, bitte?«

»Hör zu, ich muss dir was sagen.«

Ich sah ihn an. Tommys verknotete Augenbrauen kündeten nichts Gutes.

»Die Nachricht vorhin wegen der Lokalzeitung… Also, Matthew hat mir noch was geschrieben. Er…« Tommy brach ab, und ich wusste sofort, es musste etwas Schlimmes sein.

»Matthew ist inzwischen mit Claire Pedlar verheiratet. Ich habe dir das nicht erzählt, weil ich dachte, du willst bestimmt nicht mal ihren Namen hören. Aber als er mir geschrieben hat, dass die Lokalpresse kommt, meinte er, dass sie auch…«

Nein.

»… dass Claire auch da sein wird. Und sie will…«

Mandy mitbringen.

»… ein paar alte Freunde aus unserem Jahrgang mitbringen. Unter anderem Mandy Lee.«

Ich sackte zusammen wie ein schlaffer Luftballon und lehnte den Kopf matt gegen die Rückenlehne seines Sitzes.

Sechstes Kapitel

Erster Tag: Das Zwölf-Stunden-Pint

»Sarah Mackey«, sagte ich. »M-A-C-K-E-Y.«

Der Wirt schob mir ein Pint Cider zu.

Der Mann vom Dorfanger lachte nur. »Stell dir vor, ich weiß, wie man Mackey buchstabiert. Trotzdem herzlichen Dank. Ich heiße Eddie David.«

»Entschuldigung«, murmelte ich und lächelte verlegen. »Ich lebe in Amerika. Es ist ein eher amerikanischer Nachname, glaube ich. Hier drüben muss ich den öfter mal buchstabieren. Außerdem bin ich ein großer Freund von Klarheit.«

»Das sehe ich«, gab Eddie grinsend zurück. Er lehnte seitlich an der Theke und sah mich aufmerksam an, einen gefalteten Zehner zwischen den kräftigen braunen Fingern. Ich mochte es, wie großrahmig dieser Mann war. Dass er so viel größer war, so viel breiter, so viel stärker als ich. Reuben und ich waren ungefähr gleich groß.

Wir setzten uns in den Biergarten des Pubs, eine grüne Oase aus üppig wuchernden blühenden Blumen und verstreut stehenden Picknicktischen in einem engen kleinen Tal unterhalb des kleinen Örtchens Sapperton. Wie ein schmales Band schlängelte sich das Flüsschen Frome ungesehen am Saum der Wiese entlang, die an den kleinen Parkplatz des Pubs anschloss. Teerosen ergossen sich wie eine vielblumige Kaskade über einen Baum. Ein paar müde Wanderer saßen gebeugt über ihren halben Pints, einen hechelnden Cockerspaniel zu ihren Füßen, der mich mit traurigem Hundeblick durchdringend ansah. Kaum hatte ich mich unter dem ausladenden Sonnenschirm niedergelassen, trottete der Hund zu mir herüber und platzierte sich zwischen meinen Füßen, wo er es sich dann mit einem herzzerreißend selbstmitleidigen Seufzen bequem machte.

Eddie musste lachen.

Irgendwo weiter drüben im Tal hörte man eine Kettensäge knirschend und rasselnd aufheulen und dann wieder verstummen. Im Wald oberhalb zwitscherten ein paar hitzematte Vögel einander benommen zu. Ich nippte am eiskalten Cider und stöhnte genüsslich auf. »Ja«, murmelte ich.

»Ja«, stimmte Eddie mir zu. Wir stießen miteinander an, und ich hatte so ein wonniges Gefühl, als räkelte sich in meinem Bauch eine Katze wohlig-warm in der Sonne. Allein im menschenleeren Haus meiner Eltern aufzuwachen hatte mir mehr zugesetzt, als ich willens war, mir einzugestehen. Und der einsame Spaziergang entlang des Broad Ride hatte nicht gerade dazu beigetragen, meine gedrückte Stimmung zu heben. Aber der eiskalte Cider und dieser ausnehmend ansprechende Mann glätteten die scharfen Ecken und Kanten der harschen Realität doch erheblich. Vielleicht würde es ja doch noch ein guter Tag.

»Ich mag diesen Pub«, meinte ich gähnend. »Als ich noch klein war, sind wir oft hierhergekommen. Meine kleine Schwester und ich sind herumgerannt wie Wildfänge, ganz allein und unbeaufsichtigt, und haben alles erkundet und unten am Bach gespielt, während unsere Eltern und ihre Freunde gemütlich zusammensaßen und hin und wieder auch ein bisschen zu fröhlich wurden.«

Eddie trank einen tiefen Schluck von seinem Pint. »Ich bin in Cirencester aufgewachsen. Mitten in der Stadt ist es als Kind schon etwas schwieriger, wild und unbeaufsichtigt herumzulaufen. Selbst wenn es nur ein kleines Städtchen ist. Aber ein paar Mal sind wir auch hier gewesen.«

»Ach, echt? Und wann war das? Wie alt bist du eigentlich?«

»Einundzwanzig«, antwortete Eddie lässig. »Die Leute meinen immer, ich sähe viel jünger aus.«

Es schien ihm nichts auszumachen, dass ich darüber herzlich lachen musste. »Neununddreißig«, sagte er schließlich. »Ich kann mich noch daran erinnern, wie ich hier im Garten herumgerannt bin. Wie alt muss ich da gewesen sein – zehn vielleicht? Ende der Neunziger ist meine Mum dann ganz hierhergezogen, also war ich ziemlich oft hier. Wie alt bist du denn? Wer weiß, vielleicht sind wir hier zusammen verwildert.«

Der winzige Hauch einer Anspielung. Meine App müsste gerade schier ausflippen.

»Eher nicht. Als Teenager bin ich nach Los Angeles gezogen.«

»Echt? Wow. Das ist aber ganz schön weit weg.«

Ich nickte.

»Wegen deiner Eltern? Mussten sie beruflich dahin?«

»So ungefähr.«

»Leben sie immer noch dort?«

»Nein. Sie wohnen hier ganz in der Nähe. Drüben Richtung Stroud.«

Ich drehte das Gesicht ganz leicht weg, als würde das entschuldigen, haarscharf an einer dicken, fetten Lüge vorbeigeschrammt zu sein. »Also, Eddie. Dann erzähl mir doch mal, was du an einem Werktag nachmittags auf dem Sapperton Green zu suchen hattest.«

Er beugte sich hinunter und streichelte den Hund der Wanderer. »Meine Mum besuchen. Sie wohnt oben, nicht weit von der Schule.« Ein winzig kleiner Haarriss zog sich durch seine Stimme. Aber das überging er geflissentlich. »Und du?«, gab er die Frage zurück.

»Ich bin von Frampton Mansell hergelaufen.« Nickend wies ich in die Richtung, in der das Dorf meiner Eltern lag.

Er schien etwas verwirrt. »Aber du bist doch gar nicht durchs Tal gekommen – du bist oben vom Hügel gekommen.«

»Na ja… ich brauchte ein bisschen Bewegung, also bin ich den Hügel rauf und hab den Pfad dort oben genommen. Den Broad Ride entlang, genauer gesagt – der hat sich ganz schön verändert«, fügte ich rasch hinzu. Das wird hier gerade ein hochexplosives Minenfeld. »Völlig überwachsen! Früher war das ein breiter, herrschaftlicher Weg. Die Leute sind mit ihren Pferden von überall her gekommen, weil man da richtig flott galoppieren konnte. Jetzt ist es kaum mehr ein Trampelpfad.«

Er nickte. »Galoppiert wird da immer noch munter rauf und runter, obwohl es inzwischen verboten ist. Vorhin hat mich ein Reiter beinahe umgemäht.«

Ich musste lachen angesichts der Vorstellung, irgendwer oder irgendwas könnte diesen großen, stämmigen Mann niedermähen, ob beritten oder nicht. Und irgendwie freute es mich, dass er auch diesen sattgrünen überwucherten Korridor entlanggegangen war.

»Ich kam mir vor wie der Moses von Sapperton«, grinste er, »der das Rote Meer aus Wiesenkerbel teilt.«

Wir nippten beide an unseren Gläsern.

»Wohnst du hier in der Nähe?«

»Ja«, sagte Eddie. »Allerdings bekomme ich auch oft Aufträge aus London und bin deshalb regelmäßig dort.« Unvermittelt schlug er mir mit der Hand auf die Wade.

»Bremse«, brummte er und schnippte das tote Insekt

von seiner offenen Handfläche. »Die wollte dir gerade ins Bein beißen. Entschuldige.«

Weil ich nicht wusste, was ich sonst tun sollte, trank ich einen großen Schluck Cider und spürte das schwindelige, benommene Sirren von Alkohol und leichtem Schock im Kopf. »Im Juni sind die eine echte Plage«, erklärte er. »Eigentlich sind sie das ganze Jahr über eine Plage, aber im Juni ist es ganz besonders schlimm.«

Er zeigte mir zwei dicke, pochend rote Stiche auf dem Unterarm. »Heute Morgen hat mich eine erwischt.«

»Ich hoffe, du hast zurückgebissen.«

Eddie lachte. »Nein. Dafür sitzen die Mistviecher mir zu oft auf den weniger sauberen Körperteilen von Pferden.«

»Ich vergaß.«

Und ehe ich mich selbst bremsen konnte, strich ich vorsichtig über die Insektenstiche. »Armer Arm«, flüsterte ich, allerdings recht nüchtern und sachlich, weil ich mich schon jetzt dafür schämte.

Eddie hörte auf zu lachen, drehte sich um und schaute mich an. Sah mir mit einem fragenden Blick unverwandt in die Augen.

Irgendwann wandte ich den Blick ab.

Später dann war ich angenehm angesäuselt. Eddie war nach drinnen gegangen und bestellte gerade das dritte oder womöglich vierte Pint. Ich hörte das Piep-piep der Registrierkasse, als der Wirt die Bestellung eingab, das

Knistern einer, wie ich inständig hoffte, kleinen Chipstüte und das träge Brummen eines Flugzeugs, das sich schwerfällig hoch oben über den Himmel schleppte.

Die raue Sitzbank des flechtenverkrusteten Picknicktischs, an dem wir saßen, schabte an meinen Beinen wie Schmirgelpapier, und ich schaute mich nach einem anderen, weniger scheuernden Tisch um, sah aber keinen. Also ließ ich mich kurzerhand wie der Hund der Wandersleute vorhin ins weiche Gras fallen. Glücklich und angeglimmert lag ich da und grinste über das ganze Gesicht. Das Gras kitzelte an meinem Ohr. Ich wollte nie wieder hier weg. Ich wollte einfach hierbleiben. Kein Telefon, keine Verpflichtungen. Nur Eddie David und ich.

Und wie ich so in den Himmel schaute, die warme Erde unter mir, erhaschte ich den Hauch einer alten Erinnerung wie ein gekräuseltes Wellenband im Wasser. *Das*, dachte ich träge. Der Geruch von warmem Gras, das sanfte Rascheln und Rauschen der Bäume, durchsetzt vom Brummen der Insekten und den Fetzen eines gesummten Liedes. Das war ich einmal. Damals. Bevor Tommy nach Amerika gezogen und die Pubertät unvermittelt unter meinen Füßen explodiert war wie eine Tretmine, war das genug.

»Mann über Bord«, rief Eddie, als er mit einem Bier, einem Cider und – lobet und preiset den Herrn! – einer Tüte Chips in der Hand die Treppe herunterkam. »Du hast doch behauptet, du wärst trinkfest.«

»Da habe ich wohl nicht die verheerende Wirkung von Cider bedacht«, entgegnete ich. »Wobei ich vielleicht anmerken sollte, dass ich mitnichten das Bewusstsein verloren habe. Ich hatte bloß die Nase voll von der kratzigen Bank.« Ich mühte mich auf die Ellbogen. »Aber egal, du musst unbedingt sofort die Chips aufmachen.«

Eddie setzte sich neben mich ins Gras und zog etwas aus der Hosentasche, das aussah wie ein dicker, unhandlicher Schlüsselbund. Zusammengehalten wurden die unzähligen einzelnen Schlüssel von einem Ring mit einem hölzernen Anhänger in Form einer kleinen Maus.

»Wer ist das denn?«, fragte ich Eddie entzückt, als er mir mein Pint reichte. »Gefällt mir.«

Eddie drehte sich um und besah sich den Schlüsselanhänger. Nach einer kleinen Weile lächelte er. »Sie heißt Maus. Ich habe sie selbst gemacht, als ich neun war.«

»Du hast sie selbst gemacht? Aus Holz geschnitzt?«

»Ganz genau.«

»Oh! Himmel, ist das süß!«

Eddie fuhr mit dem Finger über Maus. »Sie hat eine Menge mit mir durchgemacht«, meinte er lächelnd. »Sie ist meine Talisfrau. Aber egal. Cheers.« Und damit stützte er sich rücklings auf die Ellbogen und reckte das Gesicht in die Sonne.

»Wir zwei beide trinken also einfach so am helllichten Tag«, summierte ich selig. »Während alle anderen

85

arbeiten müssen, sitzen wir einfach hier rum und trinken.«

»Sieht ganz danach aus.«

»Wir trinken am helllichten Tag, und jetzt sind wir ziemlich betrunken. Und wir amüsieren uns, glaube ich.«

»Nehmen wir das Gespräch von vorhin wieder auf oder wollen wir den restlichen Nachmittag damit verbringen, Statusmeldungen abzugeben?«

Ich musste lachen. »Wie ich vorhin schon sagte, Eddie: Klarheit. Damit ich nicht vom rechten Weg abkomme.«

»Okay. Also dann. Ich esse jetzt ein paar Chips und trinke mein Bier. Sag Bescheid, wenn du fertig bist.«

Und damit riss er die Chipstüte auf und hielt sie mir hin.

Ich mag ihn, dachte ich.

Als wir zuerst in diesen kleinen geheimen Garten gekommen waren, hatten Eddie und ich in alten Kindheitserinnerungen gekramt und Hunderte historischer Wegemarken entdeckt, an denen sich unsere Wege gekreuzt haben könnten. Wir waren in denselben Hügeln gewandert, hatten in denselben schäbig-verschwitzten Clubs getanzt, an denselben alten Treidelpfaden den Sonnenuntergang bewundert und die tanzenden Libellen über den rostroten Rohrkolben am alten Stroudwater Canal gezählt.

Alles nur um einige wenige Jahre versetzt. Ich stellte

mir vor, ich hätte mit sechzehn den achtzehnjährigen Eddie kennengelernt, und fragte mich, ob er mich damals gemocht hätte. Und fragte mich dann, ob er mich heute mochte. Und dachte, dass es durchaus sein könnte.

Vorhin hatte ich ihm schon von meiner Kinderhilfsorganisation erzählt, und er war ganz begeistert gewesen und hatte mich mit klugen Fragen gelöchert. Und er hatte auch gleich den Unterschied verstanden zwischen unseren Clowndoctors und ganz gewöhnlichen Clowns, die Gelegenheitsbesuche im Krankenhaus machten, um kranke Kinder zu bespaßen. Und er verstand auch, dass ich das machte, weil ich es nicht *nicht* machen konnte. Ganz gleich, wie oft man uns auch die Mittel kürzte, ganz gleich, wie oft unsere Leute wie alberne Partyclowns behandelt wurden. »Herrje«, hatte er gesagt, nachdem ich ihm einen kleinen Clip gezeigt hatte von zwei unserer Clowndoctors, wie sie mit einem Kind arbeiteten, das so schreckliche Angst vor der OP hatte, dass es sich partout nicht operieren lassen wollte. Ihn schien das wirklich zu berühren. »Das ist ja unglaublich. Ich … Wow! Wunderbar, wirklich, Sarah.«

Er hatte mir Fotos gezeigt von den Möbeln und Einbauschränken, die er in seiner Werkstatt am Rand von Siccaridge Wood fertigte. Das war sein Beruf – traumschöne handgemachte Dinge für das Zuhause seiner Kunden zu erschaffen: ganze Küchen, Schränke, Tische, Stühle. Er liebte Holz. Er liebte Möbel. Er liebte den

Geruch von Wachspolitur und wie das verzapfte Holz knackte, wenn es in einer Schraubzwinge trocknete, wie er mir gestand. Er hatte es aufgegeben, sich zwingen zu wollen, einer profitableren Tätigkeit nachzugehen.

Dann hatte er mir ein Foto seiner alten Scheune gezeigt: gedrungen, steingemauert, mit sanft geneigtem Dach stand sie auf einer kleinen Lichtung, die aussah wie aus einem Märchen von Hans Christian Andersen.

»Meine Werkstatt. Und mein Zuhause. Ich bin ein waschechter Einsiedler. Ich lebe in einer alten Scheune mitten im Wald.«

»Lieber Himmel! Ich wollte immer schon mal einem echten Einsiedler begegnen! Sag, bin ich der erste Mensch seit Wochen, mit dem du geredet hast?«

»Ja!« – »Nein«, korrigierte er sich hastig. Und dabei huschte ein Schatten über seine Augen, den ich nicht recht fassen konnte. »Eigentlich bin ich gar kein Einsiedler. Ich habe viele Freunde und eine Familie und ein reges Sozialleben.«

Er unterbrach sich, und dann lächelte er. »Das hätte ich nicht extra zu erwähnen brauchen, oder?«

»Eigentlich nicht.«

Er wischte das Foto von der Scheune auf dem Handy beiseite, und genau in dem Moment fing es an zu klingeln. Kurz entschlossen schaltete er es aus, obwohl es nicht den Anschein hatte, als würde das Ding ihn nerven. »Na ja, das ist jedenfalls das, was ich mache. Und ich liebe es. Wobei es auch schon Jahre gegeben hat, in denen habe ich fast gar nichts verdient. Das war weniger schön.« Ein winziges Spinnchen krabbelte seinen Arm hinauf, und er schaute ihm zu und wischte es dann sanft beiseite, als es in seinem Ärmel verschwinden wollte. »Vor ein paar Jahren war ich sogar so weit, mir einen anständigen Job zu suchen, irgendwas mit Gehaltsgarantie. Aber ein Bürojob ist einfach nichts für mich. Ich … Na ja, ich würde das vermutlich nicht lange durchhalten. Würde bestimmt eingehen wie eine Primel. Irgendwas Schlimmes würde passieren, und ich würde es nicht überleben.«

Darüber musste ich erst einmal nachdenken.

»Ehrlich gesagt finde ich es immer ein bisschen vermessen, so was zu sagen«, erwiderte ich schließlich. »Ich glaube, nicht viele Menschen würden freiwillig von acht bis vier im Büro sitzen, wenn man ihnen die freie Wahl lassen würde. Aber man darf nicht vergessen, dass die meisten Menschen es sich nicht aussuchen können. Du darfst dich also glücklich schätzen, dass du in einer Werkstatt mitten in den malerischen Cotswolds Möbel schreinern kannst und damit deinen Lebensunterhalt verdienst.«

»Ist angekommen«, murmelte Eddie nachdenklich. »Natürlich verstehe ich, was du meinst. Ich weiß nur nicht, ob ich dir da vollinhaltlich zustimmen kann. So, wie ich die Welt sehe, haben Menschen einen eigenen Willen und können sich frei entscheiden, immer und überall. Zumindest bis zu einem gewissen Grad.«

Ich schaute ihn an, als er das sagte.

»Was sie tun, was sie fühlen, was sie sagen. Es ist irgendwie fast so eine Art allgemeingültige Wahrheit geworden, dass wir keinen freien Willen haben. In allem. Beruf, Beziehungen, Glück. Alles entzieht sich unserer Einflussnahme.« Behutsam setzte er die kleine Spinne wieder ins Gras. »Es kann sehr frustrierend sein, sich anhören zu müssen, wie Menschen ständig über Probleme klagen und sich gleichzeitig standhaft weigern, über Lösungsansätze nachzudenken. Lieber reden sie sich ein, Opfer zu sein. Opfer anderer Menschen, ihrer selbst, der Umstände, der ganzen Welt.« Da war er wieder, dieser winzige Haarriss in der Stimme.

Er schwieg kurz und lächelte dann. »Ich klinge wie ein überheblicher Besserwisser.«

»Ein bisschen.«

»Ich möchte ja nicht unsensibel sein. Ich meine bloß…«

»Schon okay. Ich weiß, was du meinst. So kann man das natürlich auch sehen.«

»Kann man. Ich habe mich nur ziemlich dilettantisch ausgedrückt. Entschuldige. Ich wollte bloß…« Er unterbrach sich. »Meine Mutter macht mir in letzter Zeit große Sorgen. Ich liebe sie sehr, keine Frage, aber manchmal frage ich mich ernsthaft, ob sie überhaupt glücklich sein *will*. Und dann fühle ich mich mies, weil ich weiß, dass es an ihrer gestörten Hirnchemie liegt und sie nichts dafür kann. Natürlich will sie glücklich sein.«

Verlegen kratzte er sich am Schienbein. »Du bist bloß der erste Mensch seit Tagen, mit dem ich rede, der sich nicht andauernd selbst bemitleidet. Ich bin wohl ein bisschen zu weit gegangen. Entschuldigung. Danke. Ende der Durchsage.«

Ich musste lachen, und er lehnte sich zurück und ließ die Knie zur Seite fallen, bis sie an meinen Beinen lehnten. »Aber ich habe ganz bestimmt mehr Spaß, als ich es mit Lucy, dem Schaf, je gehabt hätte. Danke, Sarah Mackey. Danke, dass Sie Ihren kostbaren Donnerstagnachmittag geopfert haben, um mit mir ein paar Pints zu trinken.«

Ein warmes Glücksgefühl wirbelte in meiner Brust wie ein sich drehendes Windspiel. Und ich tat nichts dagegen. Weil es sich gut anfühlte, glücklich zu sein. Dann ging Eddie aufs Klo, und ich löschte kurzerhand Jennis App von meinem Handy. Lückenbüßer oder nicht, so unbeschwert wie in der Gesellschaft dieses Mannes – oder überhaupt in Gesellschaft eines anderen Menschen – war ich schon lange nicht mehr gewesen.

»Irgendwie hat dieses Tal etwas ganz Besonderes, findest du nicht?«, fragte Eddie später. Auch er klang nicht mehr ganz nüchtern. Der Wirt hatte den Pub für den Nachmittag geschlossen und uns gesagt, wir dürften herzlich gerne im Garten sitzen bleiben, solange wir wollten.

»Du meinst, eine Gluthitze wie im Höllenofen?«, fragte ich und fächelte mir Luft ins Gesicht. »Dafür, dass ich in Südkalifornien lebe, vertrage ich Hitze ganz schlecht. Wo bitte ist der Pazifik, wenn man ihn braucht? Oder ein Pool. Oder wenigstens eine Klimaanlage.«

Eddie lachte und drehte den Kopf zu mir hin. »Du hast einen Pool?«

»Natürlich nicht! Ich leite eine Wohltätigkeitsorganisation!«

»Gewisse Geschäftsführer gemeinnütziger Organisationen zahlen sich sicher ein Gehalt, das üppig genug ist, um sich davon einen eigenen Pool leisten zu können.«

»Na ja, diese jedenfalls nicht. Ich habe nicht mal eine eigene Wohnung.«

Sein Blick ging wieder nach oben zum glühend heißen Sommerhimmel. »Ja, ein Höllenofen ist es«, meinte er nachdenklich. »Aber es ist noch mehr, findest du nicht? Etwas Altes, Rätselhaftes, Geheimnisvolles. Irgendwie kam es mir immer schon vor wie ein entlegenes verstecktes Nimmerland, dieses kleine Tal. Ein Ort, der vollgestopft ist mit allen möglichen alten Geschichten und Erinnerungen. Wie eine Hosentasche voller abgelaufener U-Bahn-Fahrkarten.«

Besser hätte ich es selbst nicht sagen können, dachte ich. Dieses Tal barg mehr alte U-Bahn-Tickets, als mir lieb war. Und es war ganz gleich, wie lange ich nun schon anderswo lebte: Sie waren immer noch da. Jedes Mal, wenn ich zurückkam. Echos meiner Schwester hallten wider an jeder kleinen Biegung des Flüsschens Frome. Liedfetzen hingen in den alten Birken. Das Gefühl ihrer Hand in meiner. Der spiegelglatte See, genau wie an jenem Tag, als wir aus dem Krankenhaus nach Hause gekommen waren. Alles hier schien still und reglos, unveränderbar. Aus den Augen, aber nie aus dem Sinn.

Stundenlang lagen wir im Gras und redeten, und irgendwie berührte irgendein Teil von ihm immer irgendeinen Teil von mir. Mein Herz pochte wie weiß glühendes Metall, während es sich weitete und wieder zusammenzog.

Etwas würde geschehen. Etwas war schon geschehen. Wir beide wussten es.

Um vier kam Frank, der Farmer, um bei seinen Schafen nach dem Rechten zu sehen und das Loch im Zaun zu flicken. Als er wieder ging, ließ er uns eine Flasche Cola und einen Block Cheddar aus seinem Wocheneinkauf da. »Das bin ich euch schuldig«, meinte er, und dann zwinkerte er Eddie verschwörerisch zu, als sei ich gar nicht da.

Gierig tranken wir die ganze Flasche Cola aus und aßen beinahe den gesamten Käse. Und ich fragte mich, ob Reubens neue Freundin – die sich angeblich mit ihm zu einem Date in einer Saftbar verabredet hatte – je mehrere Pints Cider getrunken, dann mit einem wildfremden Mann im Biergarten eines Pubs versackt war und sich anschließend mit Cola und Cheddar voll-gestopft hatte. Und musste mir dann eingestehen, dass es mir völlig schnuppe war.

Ich hatte das Gefühl, zu Hause zu sein. Nicht nur bei Eddie, sondern hier, in diesem Tal, wo ich aufgewachsen war. Zum ersten Mal seit meiner Kindheit hatte ich das Gefühl, irgendwohin zu gehören.

Erst als die brodelnde Sonne seitlings vom Himmel rutschte, kühlte sich unser geheimer Garten in unse-rem versteckten Tal endlich ein bisschen ab. In der ein-setzenden Dämmerung huschte schattenhaft ein Fuchs über den Parkplatz. In kleinen Grüppchen kamen und gingen die Gäste, und das leise Klirren von Gläsern und Besteck klang gedämpft durch das schwere Rauschen der Bäume. Funkelnde Sterne tüpfelten den tinten-schwarzen Himmel.

Eddie hielt meine Hand. Wir hatten uns wieder an unseren Tisch gesetzt. Wir hatten etwas gegessen – La-sagne vielleicht? –, ich konnte mich nur vage erinnern. Er erzählte mir gerade von seiner Mutter und dass die Depression sie gerade wieder in einer unaufhaltsamen Abwärtsspirale hinunterzog. In einer Woche wollte er mit einem Freund zum Windsurfen nach Spanien. Ein bisschen Urlaub machen. Und er hatte Sorge, ob er sie überhaupt allein lassen konnte. Obwohl sie ihm ver-sichert hatte, sie käme auch ohne ihn zurecht.

»Klingt, als würdest du dich rührend um sie kümmern«, hatte ich gesagt. Worauf er nichts erwidert hatte. Aber er hatte unsere ineinander verschränkten Hände an die Lippen geführt und mir einfach einen Kuss auf die Fingerknöchel gedrückt. Ich hatte ihn angesehen, und er hatte meinen Blick erwidert, ohne rot zu werden.

Und jetzt schloss der Pub zum zweiten Mal für heute. Und obwohl wir kein Wort darüber verloren hatten und obwohl ich strenggenommen immer noch eine verheiratete Frau war und von der kürzlichen Trennung emotional tief traumatisiert sein sollte und obwohl ich noch nie einfach so mit einem wildfremden Mann mitgegangen war – vor allem nicht in seine entlegene Scheune mitten im finstersten Wald –, war es so kristallklar wie der wolkenlose Nachthimmel, dass er mich mit zu sich nach Hause nehmen würde.

Im Licht meines Handys – an seinem war das Display so spinnennetzartig zersprungen, dass die Taschenlampe nicht mehr funktionierte – spazierten wir Hand in Hand den überwucherten, stillen Treidelpfad entlang. Vorbei an längst vergessenen Schleusen und glasig glänzenden murmelschwarzen Wasserlachen.

Und dann kamen wir zu seiner Einsiedlerklause, die tatsächlich auf einer einsamen Lichtung stand, flankiert von ausladenden alten Rosskastanien und schwach schimmerndem Wiesenkerbel – nur Elfen oder Satyre oder Feen mit seidigem Haar sah ich keine. Bloß einen alten Army-Land-Rover und einen kleinen dunklen Fleck auf dem Rasen, den Eddie misstrauisch beäugte, während er den Hausschlüssel herauskramte. »Steve?«, glaubte ich ihn flüstern zu hören. Aber ich fragte nicht nach.

Er machte die Tür auf. »Komm rein«, sagte er, und wir konnten uns dabei kaum in die Augen schauen. Weil es passierte, jetzt und hier, und wir beide ganz genau wussten, dass es schon jetzt mehr war als alles, was in den nächsten Stunden noch geschehen würde.

Und dann gingen wir vorbei an den schlafenden Werkzeugen in seiner Werkstatt, und ich atmete den aromatischen Duft von Holz und Sägespänen ein und stellte mir vor, wie Eddie hier herumwerkelte: Wie er plante, hämmerte, leimte, sägte. Und dabei mit seinen großen braunen Händen aus diesem wunderschönen Material wunderschöne Dinge schreinerte. Ich stellte mir vor, wie diese Hände sich wohl auf meiner Haut anfühlen würden, und mir wurde ganz anders.

Dann passierten wir zwei schwere Türen – unerlässlich, wie er mir erklärte, damit der Sägestaub sich nicht im ganzen Haus verteilte – und gingen schließlich eine Treppe hinauf in einen großen, offenen Raum mit alten Hängelampen und dicken Deckenbalken, die sich in die Schatten duckten, und sacht knarzenden Dielen. Draußen wiegten sich die Bäume, schwarz vor schwarz, und ein dünner Wolkenschleier zog sich verschämt über den sanft schimmernden Vollmond.

Ich holte mir in der Küche ein Glas Wasser und hörte ihn hinter mir. Eine Weile blieb ich stehen, die Augen geschlossen, und spürte seinen Atem an meiner nackten Schulter. Irgendwann drehte ich mich um und lehnte mich gegen die Spüle, und dann küsste er mich.

Siebtes Kapitel

Hallo du,

ich muss dir ein Geständnis machen. Ich bin verheiratet. Und ich habe das grässliche Gefühl, du weißt es längst.

Ich habe nicht gelogen, als ich dir sagte, ich sei nicht liiert. Und ich habe ganz sicher nicht gelogen, als ich dir sagte, was ich für dich empfinde.

Reuben und ich haben uns vor ungefähr drei Monaten getrennt. Dass ich ihm kein Kind schenken konnte, war der letzte Fallstrick für unsere ohnehin schon strauchelnde Beziehung. Und ich glaube, wir wussten beide schon viel früher, dass wir längst am Ende unseres gemeinsamen Weges angekommen waren. Es ist eine lange Geschichte – zu lang für Facebook Messenger –, aber es ist ihm nicht leichtgefallen.

Ich kann kaum beschreiben, wie unglaublich erleichtert ich war, als er sich mit mir an einen Tisch gesetzt hat, um über alles zu reden. Ich wusste ganz genau, was er zu sagen hatte. Ich wünschte bloß, ich hätte den Mut gehabt, es selbst zu sagen, Jahre früher schon. Mit dem Ladegerät in der Hand saß ich ihm gegenüber und wickelte das Kabel wieder und wieder um den Finger, bis er es mir schließlich aus der Hand nahm. Und dann habe ich geweint, weil ich wusste, er braucht das.

Liegt es daran, Eddie? Rufst du mich deshalb nicht mehr an? Weil ich verheiratet bin? Sollte dem so sein, dann versuche dich bitte daran zu erinnern, wie es sich angefühlt hat, als wir zusammen waren. Alles habe ich genau so gemeint. Jeden Kuss, jedes Wort, alles.

Dreimal las ich die Nachricht, dann löschte ich sie wieder.

Lieber Eddie, schrieb ich stattdessen,
vermutlich weißt du inzwischen, dass ich verheiratet bin. Wie gerne hätte ich dir die ganze Geschichte persönlich erklärt – aber eins sollst du hier und jetzt erfahren: Ich bin inzwischen nicht mehr verheiratet. Unsere Webseite ist nicht auf dem neuesten Stand. Ich war – und bin immer noch – Single. Und ich möchte dich gerne wiedersehen und mich bei dir entschuldigen und dir alles erklären.

Sarah

Tommy, Jo und Rudi waren längst weg. Seit gut einer halben Stunde kauerte ich auf dem Rücksitz von Tommys Wagen und traute mich nicht hinaus.

Früher oder später würde ich aussteigen müssen.

Achtes Kapitel

Mutterseelenallein stand Tommy auf einem wackeligen kleinen Podest mitten auf dem Sportplatz unserer alten Schule und redete in ein Mikrofon. Krampfhaft bemüht, so zu tun, als fände er es witzig, dass die uralte Anlage seine Rede mit obszönen Rülpsgeräuschen und fiependen Rückkopplungen garnierte.

Suchend schaute ich mich um. Was hatten Mandy und Claire heute hier zu suchen? Hatten die nichts Besseres zu tun? Hatten die keinen Job? Ich konnte kaum atmen. Es fühlte sich an, als sei meine Lunge komprimiert in einer winzig kleinen Kammer gleich hinter meiner Nase zusammengepresst worden. Ich konnte den Gedanken kaum ertragen, ihnen hier so unvorbereitet über den Weg zu laufen. Nicht jetzt. Nicht in diesem Zustand.

»Hey.« Wie aus dem Nichts tauchte Jo plötzlich neben mir auf. »Wie geht's?«

»Bestens.«

»Das wird schon«, murmelte sie leise. »Selbst wenn Tommy meint, hinterher noch ein bisschen bleiben zu müssen, in spätestens einer Stunde machen wir uns vom Acker. Und bis dahin behalte ich dich im Auge.«

Wir drehten uns um und hörten schweigend zu, wie Tommy Matthew Martyn in seiner Rede über den grünen Klee lobte. »Eine Quelle der Inspiration für seine Schüler... unermüdlich an diesem Programm gearbeitet... eine große Ehre und eine Freude, mit Menschen wie Matt zusammenarbeiten zu dürfen...«

»Hör zu, ich... ähm, sind sie hier?«

Jo schlüpfte mit der Hand in meine Ellbogenbeuge. »Ich weiß es nicht, Sarah«, antwortete sie. »Ich weiß ja nicht mal, wie sie aussehen, wie soll ich sie da erkennen?«

Ich nickte und versuchte, tief durchzuatmen.

»Wo hast du eigentlich die ganze Zeit gesteckt?«, fragte sie. »Hast du dich im Auto im Fußraum hinter dem Sitz versteckt?«

»So ungefähr. Ich habe Eddie eine Nachricht geschrieben. Wegen Reuben und mir. Und dann habe ich mich ein bisschen geschminkt. Ein bisschen zu viel. Und jetzt bin ich hier.«

Kurz brandete Beifall auf. Wir schauten nach vorne und sahen, wie Tommy das Mikrofon an Matthew Martyn weiterreichte. Matthew war einer dieser Typen, denen man auf den ersten Blick ansah, dass sie zu viel Zeit im Fitnessstudio verbrachten. Die dicken, muskulösen Oberarme standen seitlich vom Körper ab wie die Stummelflügel eines übergewichtigen Pinguins. Er und Tommy tauschten auf dem Podest die Plätze und hauten sich dabei gegenseitig kumpelhaft auf die Schulter.

»Na schön«, brummte Jo. »Ich gehe wohl besser mal rüber und warte auf ihn. Nach Matthews Rede ist ein bisschen Smalltalk mit den Honoratioren angesagt.« Hilflos musste ich mit ansehen, wie sie sich einfach umdrehte und ging.

Ein paar Minuten später schlenderte Rudi nonchalant auf mich zu, ein Sektglas in der Hand. »Mir ist *so* langweilig, Sarah«, murrte er.

»Ich weiß.«

»Und Tommy ist auch ganz komisch.«

»Nur weil er nervös ist«, erklärte ich und nahm ihm das Sektglas aus der Hand. »Benimmst du dich eigentlich auch manchmal wie ein braver kleiner Junge?«

»Nö.« Grinsend sah Rudi mich an und zeigte dann auf die Allwetter-Laufstrecke. Die hatte es damals, als ich hier zur Schule gegangen war, noch nicht gegeben. Auf der Laufbahn, die uns am nächsten war, waren unterschiedliche Hürden aufgebaut. »Darf ich über die Dinger da springen?«

»Nur wenn du mir versprichst, dich an die niedrigeren zu halten.«

»Cool!«, quiekte er. Und weg war er.

Erdrückende Erinnerungen trieften mir aus allen Poren wie kalter Schweiß, als ich mich abermals umschaute. Ich hasste diesen Ort. Abgrundtief. Und selbst wenn es kindisch war, ich hasste auch Matthew Martyn. Auch wenn er damals selbst noch ein Teenager gewesen war. Er hatte andere Kinder gepiesackt bis aufs Blut. Wieder und wieder und immer wieder. Nur so aus Spaß. Und jetzt stellte er sich da vorne hin und plusterte sich auf und tat, als wäre dieses Sportprogramm ganz allein seine Idee gewesen, und nicht Tommys.

Ich hatte Rudis Sektglas gerade halb ausgetrunken, da sah ich sie. Mandy und Claire. Ganz hinten in der Menge. Keine zehn Meter entfernt. Hektisch guckte ich weg und wandte mich ab, damit sie mich nicht bemerkten. Aus den Augenwinkeln sah ich nur ein paar zusammenhanglose Details: blau-gelbes Kleid; Ponyfransen; Rückenfett, das hinten über einen BH quoll. Ich ließ das Glas sinken, und meine Arme bewegten sich starr und automatisch wie ein Roboter in einer schlechten Animation. Mein Gesicht glühte hochrot.

Und dann: »Sarah Harrington?« Eine Stimme an meiner linken Schulter, kaum mehr als ein Flüstern. »Bist du das?«

Steif drehte ich mich um und sah mich unvermittelt meiner ehemaligen Englischlehrerin, Mrs Rushby, gegenüber. Die Haare waren zwar inzwischen ein bisschen grauer, aber sie trug immer noch diese elegante Hochsteckfrisur, die all ihre Schülerinnen irgendwann nachzumachen versucht hatten.

»Ach, hallo!«, wisperte ich. Meine Stimme war mit einem Hauch Hysterie versetzt.

Und dann nahm mich Mrs Rushby einfach ohne Vorwarnung fest in die Arme. »Das wollte ich schon vor Jahren machen«, sagte sie, »aber plötzlich warst du weg. Wie geht es dir, Sarah? Wie ist es dir in Amerika ergangen?«

»Prima!«, schwindelte ich. »Und selbst?«

»Sehr gut, danke.« Und dann: »Es freut mich wirklich sehr, das zu hören. Ich kann dir nicht sagen, wie sehr ich gehofft habe, dass du in Kalifornien Fuß fassen und noch mal ganz von vorne anfangen kannst.«

Das rührte mich sehr. Nicht dass sie gehofft hatte, dass ich wieder auf die Beine komme. Sondern dass sie sich überhaupt noch an mich erinnerte. Aber ich hatte vor meinem überstürzten Abgang von der Schule ja auch traurige Berühmtheit erlangt.

Durch die reizende Mrs Rushby ein wenig von den anderen Gästen abgeschirmt, wurde ich allmählich ein bisschen mutiger. Zaghaft versuchte ich mich an einigen harmlosen Witzen und freute mich wie ein kleines Kind, als sie darüber lachte. Ob man je aufhörte, seine Lieblingslehrer beeindrucken zu wollen?, überlegte ich. Mehr als neunzehn Jahre war es her, dass ich in ihrem Englisch-Leistungskurs gesessen hatte. Und nun stand ich hier und versuchte mich an geistreichen Bemerkungen über die großen Rachetragödien.

Zum Glück wechselte Mrs Rushby rasch das Thema, als sie merkte, dass ich mich nicht mehr an John Webster erinnern konnte. Stattdessen erzählte sie mir, sie habe vor einiger Zeit beim Urlaub mit ihrer Familie in Kalifornien in den Nachrichten einen Bericht über meine Organisation gesehen. »Irgendwas mit Kinderbelustigung im Krankenhaus? Clowns, nicht wahr?«

Das Gespräch entspannte sich wieder. Das war vertrautes Terrain. Clowndoctors, erklärte ich ihr geduldig wie schon tausendfach zuvor. Nicht einfach Clowns. Speziell ausgebildet, die Kinder so gut wie möglich abzulenken und aufzumuntern. Die medizinischen Eingriffe möglichst alltäglich und erträglich zu machen. Die ungewohnte Umgebung im Krankenhaus weniger erschreckend erscheinen zu lassen.

Ich geriet fast ins Schwärmen, und irgendwann schaute ich wieder hinüber zu Mandy und Claire, die immer noch ganz hinten in der Menge standen. Das blau-gelbe Kleid und die Ponyfransen gehörten zu Claire. Das Rückenfett zu Mandy. Damals war sie ein zierliches Püppchen mit Spitzmausgesicht gewesen. Inzwischen war sie aufgegangen wie ein Hefekloß. Früher hätte ich Gott dafür auf Knien gedankt. Heute fühlte ich gar nichts. Sie guckte rüber, sah mich und schaute rasch wieder weg.

Schließlich entschuldigte Mrs Rushby sich, sie müsse einem der anderen Lehrer noch rasch etwas geben. Mit einem großen Schluck trank ich Rudis restlichen Sekt aus, gerade als in der Ferne das Warnsignal an der Bahnschranke losbimmelte. Wie lange hatte ich das nicht mehr gehört. Und für einen Moment war ich wieder zurückversetzt in die Neunziger. Ein Teenager in einem Sumpf aus Unsicherheiten, der sich einen dicken Schutzpanzer aus emotionaler Überheblichkeit zugelegt hatte. Erschöpft von der Anstrengung, einfach nur zu überleben. Eine Laufmasche am Bein, den zaghaften Versuch eines allwissenden Lächelns ins Gesicht geheftet. Ständig bemüht, bei Mandy Lee und Claire Pedlar nicht in Ungnade zu fallen.

Mrs Rushby war immer noch beschäftigt, und ich fühlte mich schutzlos ausgeliefert, wie ich so ganz allein hier herumstand. Also checkte ich demonstrativ meine Facebook-Nachrichten. Gab mir große Mühe, angespannt und hochkonzentriert zu wirken, als beantwortete ich gerade eine schrecklich dringliche berufliche Mailanfrage.

Noch immer nichts von Eddie.

Ich steckte das Handy wieder weg und beobachtete Rudi, der gerade auf eine viel zu hohe Hürde zusprintete. »Rudi«, brüllte ich, »nein.« Und machte eine Geste, als schnitte ich mir die Kehle durch.

»Ich schaffe das«, brüllte er zurück.

»Nein, schaffst du nicht«, rief ich vehement.

»Doch, wohl!«

»Wenn du noch einen Schritt auf diese Hürde zumachst, Rudi O'Keefe, dann erzähle ich deiner Mum, dass du heimlich ihr Passwort benutzt.«

Ungläubig starrte er mich an. So was Fieses würde Tante Sarah doch niemals tun!

Ich gab keinen Millimeter nach. Und *wie* Tante Sarah so was Fieses tun würde!

Wutschnaubend drehte er ab und trabte zurück zu den kleineren Hürden. Und ich bemerkte, dass ihn jemand von der kleinen Raseninsel mitten auf dem Sportplatz beobachtete. Eine schlanke, knabenhafte Gestalt in formloser Jeans und khakigrünem Regenmantel. Die Kapuze tief ins Gesicht gezogen, obwohl der Regen längst aufgehört hatte. Ein Oberstufler? Ein Fotograf? Nach kurzem Hinsehen merkte ich, dass sie nicht Rudi anschaute, sondern mich. Ja – ich drehte mich suchend um, aber die einzigen Umstehenden waren Mrs Rushby und der andere Lehrer –, seltsamerweise schien sie *mich* unverwandt anzustarren.

Mit zusammengekniffenen Augen linste ich hinüber. Männlein? Weiblein? Von hier aus schwer zu sagen. Mir schoss sogar der absurde Gedanke durch den Kopf, ob es womöglich Eddie sein könnte. Aber der war viel größer. Und kräftiger.

Wieder drehte ich mich um und vergewisserte mich, dass niemand hinter mir stand, den die vermummte Gestalt meinen könnte. Weit und breit kein Mensch zu sehen. Und dann drehte die Gestalt sich abrupt auf dem Absatz um und marschierte davon, geradewegs auf das neue Eingangstor an der Hauptstraße zu.

»Entschuldige, Sarah.« Mrs Rushby kam wieder zu mir zurück. »Also, erzähl, wie geht es deinem Mann?

Ich erinnere mich noch sehr gut an ihn aus diesem Fernsehbeitrag. Er scheint ja ein hochtalentierter Mensch zu sein.«

Ein letztes Mal schaute ich über die Schulter nach hinten, gerade als die Gestalt im khakigrünen Regenmantel sich ebenfalls umdrehte. Sie sah mich an. Gar keine Frage. Doch schon den Bruchteil einer Sekunde später hatte sie sich wieder abgewandt und stapfte entschlossen davon.

Ein elektrischer Bus sirrte die Hauptstraße entlang. Schmale Sonnenstrahlen durchbrachen die Wolken. Und irgendwas rumorte unbehaglich in meinem Magen. Wer war das?

Ich erzählte Mrs Rushby, dass Reuben und ich uns kürzlich getrennt hatten, und konnte zusehen, wie ihr Gesicht immer länger wurde. Daran, dachte ich, musste ich mich erst noch gewöhnen. »Die Organisation leiten wir aber trotzdem auch weiterhin gemeinsam. Wir haben uns in aller Freundschaft getrennt wie zwei vernünftige erwachsene Menschen!«

»Das tut mir leid.« Stirnrunzelnd und sichtlich verlegen verschränkte sie die Arme vor der Brust. »Ich hätte nicht nachfragen sollen.«

»Nicht weiter schlimm.« Ich wünschte, ich hätte ihr erklären können, wie leicht – wie beschämend leicht – es mir fiel, über Reuben zu reden. Warum werde ich von einer vermummten Kapuzengestalt beobachtet? Das interessierte mich brennend.

»Ach, Sarah, bestimmt findest du dein Glück anderswo.«

»Das hoffe ich sehr!«, platzte ich unvermittelt heraus. Und plapperte dann zu meinem eigenen wachsenden Entsetzen gleich munter weiter: »Ich habe da vor ein paar Wochen jemanden kennengelernt, aber… Es ist kompliziert.«

Mrs Rushby wusste offensichtlich nicht, was sie dazu sagen sollte. »Ach so.« Und dann, nach kurzem Zögern: »Oje.«

Was bitte war bloß los mit mir? Das war das erste auch nur annähernd normale Gespräch in den vergangenen zwei Wochen gewesen! »Entschuldigen Sie«, meinte ich seufzend. »Ich klinge bestimmt wie ein verliebter Teenager.«

Sie lächelte. »Für die Sehnsucht ist man nie zu alt«, meinte sie mitfühlend. »Ich weiß zwar nicht mehr, wer das gesagt hat, aber ich kann ihm nur aus ganzem Herzen zustimmen.«

Mir wollte partout nichts einfallen, was ich darauf erwidern könnte, also entschuldigte ich mich abermals.

»Sarah, hätten wir nicht schriftliche Zeugnisse blutender Herzen aus mehreren Jahrtausenden – und damit verbunden die heikle, immerwährende Frage nach der Treue und dem Verlust des Selbst, die die Liebe unweigerlich mit sich bringt –, ich wäre arbeitslos.«

Ja, dachte ich kleinmütig. Genau das. Der Verlust des Selbst. Niemals könnte ich mir eingestehen, es wäre mir lieber, Eddie wäre tot, als die bittere Erkenntnis zuzulassen, dass er mich schlicht nicht wiedersehen wollte. Was war ich nur für ein Monster.

Ich vermisste die alte Sarah Mackey. Sie war so *normal*. Sie würde ...

»ARGHHHH!«

Abrupt drehte ich mich um. Rudi musste doch eine der viel zu hohen Hürden genommen haben. Zusammengekrümmt wälzte er sich auf dem Boden und hielt sich wimmernd das Schienbein.

»Ach, verdammte Scheiße«, zischte Jo, mitten hinein in die unvermittelt einsetzende Totenstille. Sie rannte los, zu Rudi, und sämtliche Eltern und Lehrer und Lokaljournalisten und Matthew Martyns gesamtes Junior-Sportteam – ganz zu schweigen von Matthew selbst – drehten sich geschlossen nach ihr um und spießten sie förmlich auf mit ihren wütenden Blicken, die sie wie Speere über den Platz schleuderten. Wer war überhaupt diese unmögliche Frau, die Tommy da im Schlepptau hatte? Warum war dieses ungezogene Kind nicht in der Schule? Und warum fluchte seine Mutter wie ein Bierkutscher?

»Entzückend«, hörte ich eine Frau sagen. Mandy Lee. Die Stimme würde ich überall wiedererkennen.

Schnell lief ich zu dem heulenden Häufchen Elend, das Rudi war, und half Jo, sein verletztes Bein zu untersuchen. »Mummy«, heulte er. So hatte er Jo zuletzt genannt, als er noch ein Krabbelkind gewesen war.

Schützend nahm Jo ihn in die Arme, küsste ihn und versicherte ihm, es werde alles wieder gut. Ein groß gewachsener Mann mit spitzem Gesicht marschierte zu Jo und stellte sich als der abgestellte diensthabende Ersthelfer vor.

»Lassen Sie mich kurz nach ihm sehen, bitte«, verlangte er autoritär, und Rudis Gejammer steigerte sich zu einem durchdringenden Sirenengeheul. Er machte keine halben Sachen. Wenn er sich wehtat, dann richtig.

Als Jo schließlich mit Rudi im Taxi saß, um ihn in die Notaufnahme des Stroud Hospital zu bringen, schlich ich mich mit eingezogenem Kopf aufs Schülerklo und verschanzte mich in einer der Kabinen, um mich ein bisschen zu sammeln.

Nachdenklich fuhr ich mit der Hand über die Trennwand. Irgendwo unter den unzähligen Farbschichten war mein Name eingekratzt, gleich neben dem von Mandy und Claire. Und dazu schwülstige Schwüre unverwüstlicher Treue und ewiger Freundschaft. Welch Ironie, dass sie mich nur ein paar Tage nach den gekritzelten Treueschwüren auf der Klowand aus ihrem illustren Kreis ausgeschlossen hatten und ich am Ende just in diesem Toilettenabteil gesessen und bedrückt mein Pausenbrot verdrückt hatte. Es hatte geregnet, und ich hatte nicht gewusst, wohin sonst. Ich weiß noch ganz genau, wie elend mir zumute war, als meine kleine Chipstüte beim Öffnen unüberhörbar knisterte und irgendwer – ein Mädchen, das ich nicht sehen konnte – unter der Tür hereingelinst und nachgesehen hatte, was ich da machte.

Ich betätigte die Spülung und musste wieder an die vermummte Gestalt im Mantel denken, die mich vorhin beobachtet hatte. Wer wusste überhaupt, dass ich heute in Stroud war? Von Eddie mal abgesehen. Konnte es wirklich sein, dass der- oder diejenige mich gemeint hatte? Und wenn ja, warum?

Bevor ich die Kabine wieder verließ, checkte ich noch rasch meine Facebook-Nachrichten. Noch immer nichts von Eddie. Er war seit dem Tag, an dem wir uns voneinander verabschiedet hatten, nicht mehr online gewesen. Vielleicht hatte Jo doch recht, dachte ich. Vielleicht sollte ich auf seiner Seite einen öffentlichen Hilferuf posten. Das Einzige, was mich letztendlich davon abhielt, war die Angst, was dann die Leute denken würden. Was Eddie denken würde. Aber wenn ich mir so sicher war, wie ich stets behauptete, ihm müsse etwas Schlimmes zugestoßen sein, dann sollte das doch eigentlich meine geringste Sorge sein.

Die Idee flatterte durch mein Hirn wie ein aufgescheuchter Vogel in seinem Käfig.

Nein!, widersprach eine kleine Stimme vehement. So einfach ist das nicht. Der einzige Grund, warum du bisher nichts auf seiner Seite gepostet hast, ist …

Ist *was*?

Ich musste etwas schreiben. Wenn Eddie wirklich

irgendwo sterbend im Straßengraben lag, wenn er wirklich in der Meerenge von Gibraltar ertrunken war, dann durfte ich das nicht einfach auf die leichte Schulter nehmen.

Entschlossen klickte ich auf seine Facebook-Seite und atmete tief durch.

Hat irgendjemand Eddie in letzter Zeit gesehen?, tippte ich. *Habe mehrfach vergeblich versucht, ihn zu erreichen. Mache mir ein bisschen Sorgen. Meldet euch, wenn ihr was wisst. Merci.* Und noch ehe ich mich bremsen konnte, hatte ich auf »Posten« geklickt.

Unvermittelt war die Mädchentoilette von einer allzu vertrauten Geräuschkulisse erfüllt. Hohes, schrilles Gelächter und Geplapper, Reißverschlüsse von Make-up-Täschchen, pumpende Wimperntuschebürstchen. Frauen, die mit gespitztem Mund Lippenstift auftrugen. Sich kreischend vor Lachen darüber amüsierten, immer noch auf dem Schulklo ihren Lidstrich nachzuziehen. Unwillkürlich musste ich lächeln.

»Habt ihr Sarah Harrington gesehen?«, fragte eine ganz unvermittelt. »Das war ja eine schöne Überraschung!«

Und dann Mandys Stimme: »Ich weiß! Die hat Nerven, einfach so hier aufzukreuzen.«

Zustimmendes Gemurmel. »Leihst du mir mal deine Mascara? Meine ist irgendwie ganz klumpig.« Wasserhähne wurden auf- und zugedreht, und dann hörte man den asthmatischen Handtrockner seufzen, der nie funktionierte.

»Ehrlich, ich war echt angefressen, dass sie hier so einfach reinschneit«, murrte Claire. Die anderen Mädels wurden mucksmäuschenstill. »Eigentlich wollte ich mir nur einen schönen Nachmittag machen, Matt ein bisschen unterstützen – ihr wisst schon.«

Ihr wisst schon. Das hatte ich damals auch immer gesagt. Weil ich dazugehören wollte.

»Ja«, stimmte Mandy ihr zu. »Klar hat sie genauso das Recht hier zu sein wie jeder andere auch, aber es ist … na ja, nicht leicht. Zumindest nicht für uns.«

Claire pflichtete ihr bei.

»Vorhin hat sie getan, als hätte sie mich nicht gesehen«, meinte Mandy. »Also habe ich auch weggeguckt. Das machst du am besten auch, wenn es zu belastend für dich ist, Claire.« Mit diesem kompromisslosen Führungsstil war sie damals zum beliebtesten Mädchen der Klasse geworden. *Wisst ihr was, morgen ignorieren wir Claire. Wisst ihr was, wir besorgen uns gefälschte Ausweise. Alle außer Sarah – das glaubt ihr keiner, dass sie schon so alt ist.* »Ich habe gerade genug um die Ohren – auch ohne Sarah Harrington.«

Wieder pflichtschuldig zustimmendes Gemurmel.

»Tommy Stenham sieht eigentlich ganz gut aus«, bemerkte Claire beiläufig. »Findet ihr nicht?«

Ach, wie gut sie das damals draufgehabt hatte! Mit tödlicher Präzision hatte sie das Gespräch auf irgendeinen armen Tropf gebracht – ganz unverfänglich, aber mit mörderischen Absichten – und zitternd abgewartet, dass Mandy dem bemitleidenswerten Opfer den Todesstoß versetzte.

»Das kannst du laut sagen«, meinte Mandy. »Wobei ich seine Freundin ziemlich seltsam finde.« Ihre Stimme schrammte nur haarscharf an einem höhnischen Lachen vorbei.

Ich versuchte unterdessen, nicht zu atmen.

»Oh, aber das ist nicht seine Freundin«, warf Claire ein. »Seine Freundin ist Anwältin. Er hat Matt ein Foto von ihr gezeigt. Sie sieht auch viel besser aus als die abgetakelte Tussi mit dem Kind.«

Worauf Mandy giftete: »Die größte Überraschung ist doch wohl, dass er überhaupt eine Freundin hat.«

Schadenfrohes Hexengekicher. Wieder die Wasserhähne, wieder Papierhandtücher. Und dann gruben sie, genüsslich und mit heimlichem Vergnügen, all die fiesen, widerwärtigen Dinge wieder aus, die die Jungs damals über Tommy in die Welt gesetzt hatten. Schreiend vor Lachen kamen sie zu dem Schluss, dass das wirklich *sehr gemein* gewesen war. Und wo sie schon mal dabei waren, machten sie gleich mit Jos Kleid weiter, das ihrer Meinung nach viel zu kurz und zu tief ausgeschnitten war, mit ihren üppigen Kurven und dem peinlichen Spektakel, das Rudi veranstaltet hatte. Langsam begann ich vor Wut zu kochen. Zuzuhören, wie sie über mich herzogen, war schon schlimm genug. Auch wenn es gar nichts war gegen das Gift, das sie all die Jahre in meiner Fantasie gespuckt hatten. Aber Tommy? Und Jo? Ohne mich.

Wutentbrannt riss ich die Tür zu meiner Kabine auf und baute mich vor ihnen auf. Aufgereiht standen sie da, sechsunddreißigjährige Frauen, toupierte Frisuren und Parfüm und schicke Kleidchen, von denen sie niemals zugegeben hätten, dass sie eigens zum heutigen Anlass gekauft worden waren. Wie auf Kommando drehten sie sich um, die Wimperntusche noch in der Hand, kränklich schimmerndes Gloss auf den Lippen. Und alle starrten mich an, und ich starrte sie an.

Und sagte nichts. Sarah Mackey, viel beachtete Rednerin, Lobbyistin, Aktivistin, stand schweigend vor ihren alten Schulfreundinnen. Und flüchtete dann Hals über Kopf.

Neuntes Kapitel

Siebter Tag: Der Tag, an dem ich ging

»Das war die schönste Woche meines Lebens«, murmelte Eddie, kurz bevor ich das Haus verließ.

Das liebte ich so an ihm. Immer schien er genau das auszusprechen, was ihm gerade durch den Kopf ging. Nichts war geschönt oder blieb unausgesprochen. Für mich eine ganz neue Erfahrung. Sonst war viel geschönt oder blieb unausgesprochen, wenn ich in England war.

Lächelnd legte er die großen Hände an meine Wange und küsste mich wieder. Mein Herz öffnete sich sperrangelweit, und mein Leben begann ganz von vorne. Noch nie war ich mir einer Sache so sicher gewesen.

»Ich würde deine Eltern gern kennenlernen«, sagte er. »Sie scheinen sehr nett zu sein, und sie haben dich gemacht. Wobei ich gestehen muss, ich bin eigentlich ganz froh, dass sie eine Weile wegmussten.«

»Geht mir ganz genauso.« Mit dem Finger fuhr ich über seinen Unterarm.

»Das muss doch Schicksal sein. Da sitze ich nichts-ahnend auf dem Dorfanger und unterhalte mich ange-regt mit einem Schaf – und plötzlich spazierst du in mein Leben, als hättest du hinter dem Vorhang auf dei-nen großen Auftritt gewartet. Und gehst einfach mit mir in den Pub und… magst mich.« Er grinste. »Zumin-dest macht es den Anschein.«

»Sehr sogar.« Meine Hand schlängelte sich hinter seinen Rücken und in die Gesäßtasche seiner Shorts. »Sehr, sehr.«

Draußen saß eine Amsel im Baum und zwitscherte ihr tirilierendes Lied. Wir drehten uns um und lausch-ten hingerissen.

»Ein letztes Mal«, meinte er leise und drückte mir einen Weißdornzweig voller cremig-milchiger Blüten aus dem Topf auf dem Fensterbrett in die Hand. Der Frühling war spät gekommen in diesem Jahr, und die Bäume waren noch in Blüten gehüllt wie schneeweiße Baisers. »Ein allerletztes Mal: Soll ich meinen Urlaub absagen?«

»Sollst du nicht«, zwang ich mich zu sagen und wand den zarten Stängel um die Finger. »Geh und amüsiere dich. Erhol dich gut. Schick mir deine Flugdaten, dann hole ich dich in einer Woche am Flughafen Gatwick wieder ab.«

»Du hast ja recht.« Er seufzte. »Ich sollte in Urlaub fahren, und ich sollte es genießen. Unter normalen Um-ständen wäre ich gar nicht zu halten beim Gedanken an eine Woche Tarifa. Aber ich darf dich doch anrufen, oder? Aus Spanien? Ist mir egal, was es kostet. Gib mir deine Mobilnummer und die Nummern von allen, bei denen du in der nächsten Woche bist, bis wir uns wiedersehen. Wir können facetimen. Oder skypen. Und reden.«

Ich lachte und gab mit zusammengekniffenen Augen meine Nummer in sein altes, ramponiertes Handy ein. »Sieht aus, als hättest du es mit dem Traktor überfahren«, meinte ich und legte den kleinen Frühlingszweig auf das Fenstersims.

»Tippst du bitte auch noch die Festnetznummer deiner Eltern ein?«, verlangte er. »Und die Festnetznummer deiner Freunde in London, bei denen du übernachtest? Wie heißt dein Freund noch mal? Tommy? Gib mir seine Adresse, dann schreibe ich dir eine Postkarte. Wobei, zuerst fährst du nach Leicester und besuchst deinen Großvater, oder?«

Ich nickte.

»Dann gib mir auch seine Nummer und die Adresse.«

Ich musste lachen. »Glaub mir, meinen Opa möchtest du nicht in der Leitung haben.«

Ich gab ihm das Handy zurück.

»Und auf Facebook müssen wir uns auch befreunden.« Er öffnete die Facebook-Seite und tippte meinen Namen ein. »Bist du das? Da am Strand?«

»Bin ich.«

»Sehr kalifornisch.« Er guckte mich an, und mein

Magen flatterte. »Ach, Sarah Mackey, du bist hinreißend.«

Und dann beugte er sich zu mir herunter und küsste meine Schulter. Meine Ellbogenbeuge. Den Pulspunkt unten am Hals. Schob meine Haare nach oben und drückte mir einen Kuss auf die Wirbelsäule, knapp oberhalb des Unterhemds.

»Ich bin verrückt nach dir«, murmelte er.

Ich schloss die Augen und atmete seinen Duft ein. Seine Haut, seine Kleider, die Seife, die wir unter der Dusche benutzt hatten. Und konnte mir beim besten Willen nicht vorstellen, wie ich sieben Tage ohne ihn überleben sollte. Sosehr ich Reuben früher auch geliebt hatte, nie war mir die Trennung von ihm wie eine Frage von Leben und Tod vorgekommen.

»Geht mir genauso.« Ich umarmte ihn fest. »Aber ich glaube, das weißt du. Du wirst mir fehlen. Sehr.«

»Du wirst mir auch fehlen.« Wieder küsste er mich und strich mir die Haare aus dem Gesicht. »Hör zu, wenn ich wieder da bin, würde ich dich gerne meinen Freunden und meiner Mutter vorstellen.«

»Prima.«

»Und ich möchte deine Eltern kennenlernen und deine Freunde hier drüben und deinen Furcht einflößenden Großvater, wenn er sich doch noch überreden lässt, bei euch einzuziehen.«

»Gerne.«

»Und dann überlegen wir gemeinsam, wie es mit uns

weitergehen soll. Aber auf jeden Fall werden wir beide zusammen sein. Irgendwie, irgendwo.«

»Ja. Du und ich und Maus.« Meine Hand glitt in seine Hosentasche und streifte den kleinen hölzernen Schlüsselanhänger.

Er zögerte. »Nimm sie mit«, sagte er dann. Er zog den Schlüsselbund heraus. »Pass gut auf sie auf, bis ich wieder da bin. Ich habe sowieso immer Angst, sie am Strand zu verlieren. Sie ist mir wirklich wichtig.«

»Nein! Ich kann doch unmöglich deine geliebte Maus mitnehmen. Sei mir nicht böse...«

»Nimm sie mit.« Er ließ nicht locker. »Dann wissen wir, dass wir uns wiedersehen.«

Behutsam legte er Maus in meine offene Hand. Ich schaute erst ihr in die tiefschwarzen Perlaugen und dann Eddie.

»Okay.« Zärtlich schloss ich die Finger um sie. »Wenn du dir sicher bist?«

»Ich bin mir ganz sicher.«

»Ich werde gut auf sie aufpassen. Versprochen.«

Und dann küssten wir uns sehr lange. Er gegen den obersten Treppenpfosten gelehnt, ich an seine Brust gedrückt, mit Maus in der Hand. Wir hatten uns darauf geeinigt, dass er mich nicht zur Tür bringen würde. Das wirkte so endgültig. Wie ein Abschied. Als würden wir uns nie wiedersehen.

»Ich rufe dich nachher an«, sagte er. »Ich weiß nur noch nicht genau, wann. Aber ich melde mich. Versprochen.«

Ich lächelte. Süß von ihm, dass er mir die allseits bekannte, tiefsitzende Angst nehmen wollte, er könne sich einfach nicht melden. Dabei wusste ich ganz genau, bei ihm brauchte ich mir keine Sorgen zu machen. Er würde sich melden. Ich wusste, er würde all seine Versprechen halten.

»Bye«, wisperte er und küsste mich ein letztes Mal. Ich nahm den Blütenzweig und ging die Treppe hinunter, und unten drehte ich mich noch mal zu ihm um. »Sieh mir nicht nach«, bat ich ihn. »Tun wir einfach so, als würde ich nur eben Milch holen oder so.«

Er grinste. »Okay. Auf Wiedersehen, Sarah Mackey. Wir sehen uns bald. Mit der Milch oder was auch immer.«

Wir zögerten beide und schauten einander an. Dann lachte ich aus keinem besonderen Grund als aus purem, reinem Glück. Sag es, dachte ich. Sag es. Auch wenn es ein bisschen verrückt ist, weil wir uns gerade mal eine Woche kennen. Sag es!

Und das tat er dann. Gegen den Treppenpfosten gelehnt stand er da, mit verschränkten Armen, und sagte: »Sarah, ich glaube, ich habe mich in dich verliebt. Ist das zu früh?«

Ich atmete aus. »Nein. Es ist genau richtig.«

Wir mussten beide lächeln. Jetzt gab es kein Zurück mehr.

Nach einer gefühlten Ewigkeit warf ich ihm einen Kuss zu und schwebte hinaus in den strahlend hellen Morgen.

Zehntes Kapitel

Hallo du,

heute fehlst du mir ganz besonders, kleine Schwester.

Mir fehlen dein schelmisches Lachen und die Milch-schokoladedrops, die du immer von deinem Taschengeld gekauft hast. Mit fehlt das Kinderklavier, das du hat-test, als du ganz klein warst, das immer diese nervtötende Melodie gespielt hat, wenn du auf den gelben Knopf gedrückt hast. Und wie du immer getan hast, als wür-dest du selbst spielen, und dich dabei gekringelt hast vor Lachen, weil du dachtest, ich falle darauf herein.

Es fehlt mir, dass du mal wieder gründlich in meinem Schlafzimmer herumschnüffelst, wenn ich gerade nicht zu Hause bin. Es fehlt mir, wie du die Marmelade immer bis über die Brotkruste schmierst, um nur ja keinen mar-meladefreien Bissen essen zu müssen.

Es fehlt mir, dir beim Schlafen zuzuhören. Manchmal, wenn ich als Teenager eine kleine Auszeit von meinen Un-sicherheiten und Selbstfindungsproblemen brauchte, habe ich einfach nur vor deiner Tür gestanden und gelauscht.

Sanfte Atemzüge. Sterne an der Zimmerdecke. Das Rascheln deiner Raumschiffbettdecke, die du unbedingt haben musstest, obwohl der Verkäufer im Laden meinte, die sei nur was für Jungs.

Ach, mein Igelchen. Wie du mir fehlst.

Gerade geht es mir gar nicht gut. Ich weiß nichts mit mir anzufangen – habe das Gefühl, den Verstand zu verlieren.

Hoffentlich nicht, hm?

Wie auch immer, ich hab dich lieb. Immer. Tut mir leid, dass ich gerade nichts Fröhlicheres zu berichten habe.

Ich xxx

Elftes Kapitel

Sollten Sie mich nicht auf dem Handy erreichen, bin ich vermutlich in meiner Werkstatt in Gloucestershire, hieß es auf Eddies »Kontakt«-Seite. *Hier unten lebe ich in eher einfachen Verhältnissen: Ein Holzofen, ein kapriziöser Tee-kessel und ein Schreibtisch, mehr gibt es nicht an Luxusge-genständen. Abgesehen vom Telefon natürlich, nur für den Fall, dass ich von Bären oder Banditen überfallen werden sollte. Versuchen Sie es unter 01285 …*

Ich markierte die Nummer. »Anrufen?«, fragte mein Telefon.

»Sarah?« Jo, die mich aus der Küche rief. »Könntest du mal nach der Suppe sehen?«

»Komme!« Ich drückte auf »Anrufen«.

Das Telefon läutete, und Adrenalin wallte in mir auf wie ein Atompilz und strömte aus meiner Haut wie Gas aus einem viel zu prallen Luftballon. Ich lehnte mich gegen die Wand. Hoffte, er würde nicht dran-gehen. Hoffte, er würde drangehen. Überlegte, was ich sagen sollte, wenn wir miteinander redeten. Und was ich tun sollte, wenn wir es nicht täten.

»Hallo, dies ist der Anschluss von Eddie Davids Möbelschreinerei. Leider kann ich Ihren Anruf momentan nicht persönlich entgegennehmen. Hinterlassen Sie eine Nachricht nach dem Signalton, und ich rufe schnellstmöglich zurück, oder versuchen Sie es auf meinem Handy. Bye!«

Ich legte auf. Drückte die Spülung. Fragte mich, ob das je aufhören würde.

Seit neunzehn Jahren verbrachte ich nun schon jeden Juni in England. Blieb für gewöhnlich drei Wochen bei meinen Eltern in Gloucestershire und eine bei Tommy in London. London war nahe genug an Gloucestershire, dass sich das gut einrichten ließ. Diesmal war allerdings alles ganz anders als geplant. Großvaters unerwartete Krankheit und seine daraus resultierende völlige Hilflosigkeit zwangen Mum und Dad, länger dortzubleiben. Und so saßen sie nun drei Stunden von zu Hause entfernt in Leicester fest und verbrachten den Großteil ihrer Zeit damit, Großvater zu versorgen, ihn nach Möglichkeit nicht umzubringen und einen Pfleger zu suchen, der ebenfalls sein Bestes geben würde, ihn nicht umzubringen. Jede freie Minute riefen sie mich an. »Es tut uns so leid, dass du da bist und wir hier«, seufzte Mum niedergeschlagen. »Kannst du nicht *irgendwie* doch noch ein bisschen länger bleiben?«

Schließlich ließ ich mich überreden, zwei Wochen dranzuhängen und meinen Rückflug auf den 12. Juli zu verschieben. Reuben hatte ich versprochen, gleich nach meinem Urlaub Ende Juni von hier aus weiterzuarbeiten, und hatte – wie zum Beweis meines guten Willens – eine Einladung angenommen, bei einer Konferenz zum Thema Palliativpflege, die unser bisher einziger britischer Treuhänder veranstaltete, eine Rede zu halten.

Bis ich wieder mit der Arbeit anfangen musste, wollte ich allerdings in London bleiben. Die Vorstellung, in das leere Haus meiner Eltern zurückzukehren – mit Eddie gleich um die Ecke –, war zu unerträglich, um ihn ernsthaft in Erwägung zu ziehen. Zoe war die meiste Zeit verreist, also waren Tommy und ich allein. Genau das, was ich brauchte.

Aber jetzt war die Dame des Hauses von einer ihrer ausgedehnten Geschäftsreisen zurückgekehrt, wohl ein Runder Tisch der EU-Kommission für Internetrecht. Müde, aber makellos wie immer stand sie in einer ärmellosen Seidenbluse am Herd und rührte in den Ramen-Nudeln, die ich als kleinen Willkommensgruß in ihren eigenen vier Wänden für sie zubereitet hatte.

Verlegen drückte ich mich in der Tür herum und sah ihr dabei zu. Sie gehörte zu den Menschen, die nie eine Schürze brauchten, nicht mal, wenn sie Seide trugen. Sie war Fleisch gewordene Präzision und Ökonomie, diese Zoe Markham. Nicht nur in dem, was sie sagte, sondern in allem, was sie tat. Zierlich und schmal nahm sie nicht viel Raum ein und erachtete es nur äußerst selten für nötig, diesen zusätzlich mit Gesten oder Geräuschen zu füllen. Ja, hätte sie sich zu Beginn ihrer Beziehung mit Tommy in seiner Gegenwart nicht wie ein verliebter Teenager aufgeführt, ich wäre nicht mal in der Lage zu beschwören, dass wir derselben Spezies angehörten. Beruhigend menschlich war sie damals gewesen. Hatte die Finger nicht von ihm lassen können. Hatte ihn ständig zu kitschigen Selfies gezwungen und sogar einen Fotografen engagiert, der Bilder von ihnen beim gemeinsamen Training schoss.

»Ah, Sarah«, sagte sie und schaute auf. »Ich habe gerade das Abendessen gerettet.« Und dann bedachte sie mich mit einem Lächeln, bei dem ich an eine straffende Anti-Falten-Creme denken musste.

Man weiß nie, was sich hinter verschlossenen Türen abspielt, dachte ich. Aber der Gedanke, Zoe könnte sich im Gästeklo verstecken und abends um acht versuchen, irgendeinen wildfremden Kerl – der ihr seit drei Wochen die kalte Schulter zeigte – in seiner Werkstatt anzurufen, war so absurd, dass ich laut lachen musste.

Tommy, der keine Ahnung hatte, worüber ich lachte, aber heute Abend ungewohnt angespannt wirkte, stimmte nervös mit ein.

Still und stumm wie eine Marmorstatue saß Zoe am Tisch, während ich das Abendessen servierte, und beobachtete mich aus ihren rauchgrauen Augen. Das war eine Eigenart von ihr, die mich immer wieder aus der Fassung brachte. Dieses Schweigen, diese Abwesenheit von etwas Gesagtem, dieses unablässige verdammte *Beobachten*, als sei man ein Versuchskaninchen im Labor. (Tommy meinte mal, diese Strategie mache sie als Anwältin so erfolgreich. »Ihr entgeht nichts«, hatte er bewundernd erklärt, als sei das etwas, wofür man in der wahren Welt gefeiert wird.)

»Ich habe gehört, du hast Liebeskummer«, bemerkte sie.

»Ich glaube, *Liebeskummer* ist nicht ganz das richtige Wort«, korrigierte Jo rasch. »Sie ist eher ein bisschen… durcheinander.«

Ich hatte mich nicht wenig gewundert, dass Jo heute Abend hergekommen war. Sie konnte Zoe auf den Tod nicht ausstehen und hatte nie auch nur ansatzweise einen Hehl daraus gemacht. (Ich mochte Zoe auch nicht besonders, aber ich sagte mir, ich müsste wenigstens versuchen, mit ihr auszukommen. Zoe hatte beide Eltern 1987 beim Brand am King's Cross verloren, und mit Menschen, die so ein schweres Schicksal erlitten hatten, musste man etwas nachsichtiger sein.)

Zoe strich sich eine Strähne ihrer eisblonden Haare hinters Ohr. »Was ist denn genau passiert?«

»Tommy hat dir die ganze Geschichte vermutlich schon erzählt«, entgegnete ich. »Wir haben eine Woche zusammen verbracht. Es war… na ja, etwas Besonderes. Dann ist er in Urlaub gefahren und hat gesagt, er ruft mich an, ehe sein Flieger startet. Hat er aber nicht, und seitdem habe ich nichts mehr von ihm gehört. Ich bin fest davon überzeugt, es muss ihm etwas zugestoßen sein.«

Zoe runzelte kaum merklich die Stirn. »Was denn zum Beispiel?«

Ich lächelte matt. »Ich habe Tommy und Jo schon in den Wahnsinn getrieben mit meinen wilden Theorien. Vermutlich bringt es nichts, sie noch mal auszubreiten.«

»Gar nicht wahr«, widersprach Tommy. »Wir sind alle genauso ratlos wie du, Harrington.«

Worauf Jo, die kein bisschen ratlos war, es aber nicht über sich brachte, Zoe beizupflichten, ihm zustimmte.

»Wir können es uns wirklich nicht erklären«, bestätigte sie. »Sarah hat sogar einen Aufruf auf seiner Facebook-Seite gepostet und seine Freunde gefragt, ob die was von ihm gehört haben. Bisher keine Antworten. Er war seit Wochen weder bei WhatsApp noch bei Messenger und Facebook online.«

»Soziale Medien«, meinte Zoe lächelnd. »Grammatikalisch richtig heißt es ›soziale Medien‹.« Mit einer gekonnten präzisen Drehung des Handgelenks hatte sie die Nudeln aus der Brühe zu einem perfekten kleinen Knäuel aufgewickelt. Schweigend kaute sie einen Moment und schien angestrengt nachzudenken. »Lass ihn«, meinte sie schließlich entschieden. »Klingt für mich nach einem rückgratlosen Schwächling. Du hast was Besseres verdient als einen rückgratlosen Schwächling, Sarah.«

Und dann kam das Gespräch auf die Bombenanschläge in der Türkei. Doch schon ein paar Minuten später schweiften meine Gedanken wieder ab. Zu Eddie. Was stimmt bloß nicht mit mir?, fragte ich mich verzweifelt. Was ist nur aus mir geworden? Ganz gleich, was ich auch tat – ganz gleich, wie ernst die Geschehnisse um mich herum auch sein mochten –, ich schien mich nur noch auf eine einzige Sache konzentrieren zu können.

Vielleicht muss ich ihn vergessen. Dieser Gedanke ging mir immer wieder durch den Kopf. Vielleicht muss ich mich damit abfinden, dass er mich einfach nicht wiedersehen will. Ich war wie gelähmt bei dieser Vorstellung. Wie vor den Kopf gestoßen, weil ich es einfach nicht glauben konnte. Und doch waren nun schon drei Wochen vergangen, seit wir uns voneinander verabschiedet hatten, und in dieser ganzen Zeit hatte ich kein einziges Wort von ihm gehört. Und auf meine bei Facebook gepostete Bitte, sich zu melden, wenn jemand etwas über seinen Verbleib wusste, hatte bisher auch niemand reagiert – oder meine Anfrage auch nur zur Kenntnis genommen.

»Wir haben sie schon wieder verloren«, seufzte Zoe.

Ich wurde rot. »Nein, nein, ich habe nur gerade über die angespannte Lage in der Türkei nachgedacht.«

»Wir alle haben geliebt und gelitten«, erklärte Zoe knapp. »Und immerhin ist dein BMI gesunken.«

»Ach.« Mir fehlten die Worte. »Tatsächlich?«

131

Unmöglich wäre das nicht. Ich hatte überhaupt keinen Appetit und ging jeden Tag joggen. Aber eigentlich nur, weil die Stiche in meiner Brust dann eine andere Ursache hatten als Eddie.

»Ein Blick, und ich kann dir den BMI jeder Frau auf der ganzen Welt sagen«, erklärte Zoe milde lächelnd.

Ich wagte es nicht, Jo anzuschauen, war mir aber ziemlich sicher, die Aussage »Ein Blick, und ich kann dir den BMI jeder Frau auf der ganzen Welt sagen« würde bei zukünftigen Gesprächen noch viele prominente Auftritte haben.

»Einer der größten Vorteile bei Liebeskummer«, fuhr Zoe unbeirrt fort, »ist, dass man abnimmt und wieder was für seinen Körper tut. Du siehst großartig aus!« Und damit schlug sie die schlanken, perfekt geformten Beine übereinander und angelte elegant einen Shrimp aus ihrer Suppenschale.

Als ich nach dem Essen schließlich den Tisch abräumte, war ich hundemüde. Zu müde, um die handgemachte Schokolade, die ich gekauft hatte, auszuwickeln, wie ich es eigentlich vorgehabt hatte, und vorzugeben, ich hätte sie selbst gemacht. Sogar zu müde, um mich einen Teufel darum zu scheren, dass die anderen mitbekamen, wie ich beim Kaffeemachen Eddies Facebook-Seite checkte.

So müde, dass ich eine ganze Weile mit leerem Blick auf sein Profil starrte, bis ich merkte, dass endlich jemand auf meine Bitte um Aufklärung reagiert hatte.

Gleich zwei User sogar. Ich las die Posts, einmal, zweimal, dreimal, dann ging ich rüber zu Tommy und schob ihm mein Handy zu.

Tommy las die Posts mehrfach, ehe er mein Handy wortlos an Zoe weiterreichte, die sie rasch überflog, keinen Ton sagte und es dann Jo gab.

In meinem Kopf drehten sich die Gedanken wie ein kreiselnder Tornado.

»Tja«, meinte Tommy. »Sieht ganz danach aus, als müssten wir uns bei dir entschuldigen, Harrington.« Sein Blick ging zu Zoe, die sich vermutlich noch nie bei irgendwem für irgendwas entschuldigt hatte.

Heiß. Mir war heiß. Hektisch riss ich mir die Strickjacke vom Leib und ließ sie achtlos auf den Boden fallen. Mein Kopf hämmerte, als ich mich bückte, um sie aufzuheben. Mir war viel zu heiß, verdammt.

»Ach herrje«, brummte Jo und schaute vom Handy auf. »Vielleicht hattest du ja doch recht.«

»Also, ich bitte euch!«, lachte Zoe. »So ein Post heißt doch gar nichts!«

Doch zum ersten Mal, seit ich mich erinnern konnte, wagte Tommy, ihr zu widersprechen. »Das finde ich nicht«, erklärte er. »Ich finde, damit sieht die Sache gleich ganz anders aus.«

Heute Nachmittag hatte jemand, den ich nicht kannte, ein Alan Soundso, auf meinen Post geantwortet:

Hab aus demselben Grund sein Profil angeklickt und deinen Post gelesen, Sarah. Seit er unseren Urlaub vor ein paar Wochen kurzfristig abgeblasen hat, ist er wie vom Erdboden verschluckt. Sag Bescheid, wenn du was hörst.

Und darunter hatte noch jemand, ein gewisser Martin, geschrieben:

Frage mich gerade dasselbe. Seit ein paar Wochen war er nicht mehr beim Fußball. Okay, er ist nicht gerade der Zuverlässigste, aber das sieht ihm gar nicht ähnlich. Muss zu unserer Schande gestehen, dass wir heute 8:1 massakriert wurden. Eine beschämende Episode in der ansonsten langen und glorreichen Geschichte unseres Vereins. Die Mannschaft braucht ihn.

Und kurz darauf hatte derselbe Typ, Martin, ein Foto von Eddie gepostet mit der Bildüberschrift:

Gesucht: dieser Mann. #WoistWalter

Und darunter:

Blöd, dass man bei Hashtags keine Satzzeichen machen kann.

Ich starrte auf das Foto von Eddie mit einem Pint in der Hand.

134

»Wo steckst du bloß?«, wisperte ich entsetzt. »Was ist passiert?«

Mitten in die darauffolgende Stille hinein klingelte mein Handy.

Alle schauten mich an.

Ich griff danach. Ein anonymer Anrufer. »Hallo?«

Schweigen – ein menschliches Schweigen – am anderen Ende, und dann war die Leitung tot.

»Aufgelegt«, erklärte ich meinen versammelten Zuhörern.

»Ich glaube, du hast recht«, räumte Jo nach einer langen Pause widerstrebend ein. »Hier geht was sehr Merkwürdiges vor.«

Zwölftes Kapitel

Zweiter Tag: Der Morgen danach

Eigentlich müsste ich Jetlag haben. Hundemüde sein und ein bisschen verkatert vielleicht und ganz bestimmt nicht das geringste Interesse verspüren, vor frühestens Mittag das Haus zu verlassen und einen Spaziergang zu machen. Weit gefehlt. Um sieben Uhr morgens war ich hellwach und hatte das Gefühl, ich könnte die ganze Welt umarmen.

Da war er. Schlafend lag er neben mir, eine Hand nach mir ausgestreckt. Sie ruhte auf meinem Bauch wie auf einem weichen Daunenkissen. Eddie David. Er träumte. Die Hand an meinem Nabel zuckte gelegentlich wie ein Blatt in einem halbherzigen Windstoß.

Leise schlich sich der Morgen durch ein offenes Fenster herein, vorbei an den unten ausgefransten Gardinen. Genüsslich atmete ich ein und schmeckte die frische Luft, die aus dem Tal hereinströmte wie das kristallklare Wasser eines Gebirgsbachs, und schaute mich im Zimmer um. Maus lag neben Eddies Schlüsseln auf einer alten Kommode.

Zugegeben, ich kannte diesen Mann kaum. Nicht einmal vierundzwanzig Stunden war es her, seit ich ihm zum ersten Mal begegnet war. Ich wusste nicht, wie er seine Frühstückseier am liebsten mochte, welche Lieder er unter der Dusche trällerte, ob er Gitarre spielte oder Italienisch sprach oder Comics zeichnete. Ich wusste nicht, welche Bands er als Teenager gemocht hatte oder wie er im bevorstehenden Referendum abstimmen würde.

Ich kannte Eddie David kaum, und doch kam es mir vor, als würde ich ihn schon seit Jahren kennen. Es war, als sei er dabei gewesen, als ich mit Tommy und Hannah und ihrer Freundin Alex über Felder und Wiesen gestromert war und Baumhäuser und Luftschlösser gebaut hatte. Vergangene Nacht seinen Körper zu erforschen war wie die Rückkehr in dieses Tal gewesen. Alles war so vertraut gewesen und so richtig und hatte sich genauso angefühlt, wie ich es in Erinnerung hatte.

Reuben war der einzige Mann gewesen, mit dem ich vor der vergangenen Nacht geschlafen hatte. Unser erstes Mal war konfus gewesen, kurz und erwartungsvoll. Zwei arme verirrte Seelen, die sich in einem fremden Gästezimmer zum Brüllen einer Klimaanlage und dem schnulzigen Hintergrundgedudel einer Playlist aus dem CD-Player gefunden hatten. Wie aufgeregt wir beide waren, wie viel uns das bedeutet hatte. Alles.

Aber in den darauffolgenden Jahren hatten wir oft mit einem schiefen Lächeln daran zurückdenken müssen, wie furchtbar schlecht es doch eigentlich gewesen war. Vergangene Nacht war alles ganz anders gewesen. Keine Verlegenheit, kein unbeholfenes Gefummel, keine peinlichen Fragen. Beim Gedanken daran biss ich mir auf die Unterlippe und schaute scheu in Eddies friedlich schlummerndes Gesicht.

Er schnaufte kurz auf, streckte sich und rückte, ohne aufzuwachen, ein bisschen näher an mich heran. Er streckte nur den Arm aus und schlang ihn um mich. Ich schloss die Augen und versuchte mir zu merken, wie es sich anfühlte: seine Haut auf meiner, das sanfte Gewicht seiner Hand. Ich wollte es für immer festhalten.

Die Welt und all ihre ungelösten Probleme waren sehr weit weg.

Irgendwann schlief ich wieder ein.

Als ich das nächste Mal aufwachte, war es schon nach Mittag, und es duftete herrlich nach frisch gebackenem Brot. Rasch zog ich mir eins von Eddies Sweatshirts über und tappte aus dem Schlafzimmer hinüber in den großen Wohnraum. Helles Tageslicht fiel durch die Oberlichter und die verstaubten Fenster, durchbrochen nur von dem kunterbunten Durcheinander alter Balken voller Nietnägel und Kerben und verrosteter Haken.

Eddie hantierte geschäftig in der Küche auf der anderen Seite des großzügigen Raums und sprach mit jemandem am Telefon. Feine Mehlstaubpartikel wirbelten von der Arbeitsfläche auf, die er gerade mit der bloßen Hand abwischte, und schwebten als sonnige Wolke hinauf zu den Deckenfenstern.

»Okay«, sagte er. »Okay, Derek, danke. Ja, dir auch. Bis bald, okay? Bye.«

Erst stand er ganz still da, dann schaltete er das Radio hinter einer Reihe Glasflaschen auf einem Fenstersims ein. Dusty Springfield sang gerade das Ende von »Preacher Man«.

Wieder klingelte das Telefon.

»Hi, Mum.« Er wrang einen Lappen aus und wischte damit die Arbeitsfläche ab. »Ach, sie ist schon da? Wunderbar. Gut. Ja, ich …« Er stockte und lehnte sich gegen die Arbeitsplatte. »Das klingt sehr nett. Also dann, viel Spaß, okay? Ich schaue auf dem Weg zum Flughafen kurz bei dir vorbei, wenn ich bis dahin nichts von dir höre.« Wieder eine Pause. »Natürlich, Mum. Okay. Bye.«

Er legte das Telefon beiseite und trat drüben an den Ofen, von wo er nachdenklich aus dem Fenster schaute.

»Hallo«, sagte ich schließlich.

»Oh! Hallo!« Er drehte sich auf dem Absatz um. »Ich backe gerade Brot!« Strahlend schaute er mich an, und ich fragte mich, ob das womöglich alles nur ein psychedelischer Traum war, ein verzweifelter Fluchtversuch aus dem eintönigen Alltagstrott zwischen deprimierenden Scheidungspapieren und frustrierender Wohnungssuche. Dieser unglaublich gut aussehende, herzenswarme Mann,

139

der einfach hereingeschneit war in diesen Teil der Welt, den ich zu fürchten gelernt hatte, und sie nun in kunterbunten Farben malte wie eine idyllische Szene aus einer Glaskugel.

Aber das war kein Traum. Es konnte keiner sein. Dazu war der Aufruhr in meiner Brust viel zu groß. Irgendwie war das hier wahr. (Wie uns begrüßen? Ein Kuss auf den Mund? Eine Umarmung? Als würden wir uns schon seit Jahren kennen?)

Eine halbhohe Frühstückstheke trennte die Küche vom restlichen Wohnraum – eine ausladende, polierte Platte aus wunderschönem Holz. Ich setzte mich. Eddie lächelte, warf sich das Geschirrtuch über die Schulter und kam zu mir herüber. Lehnte sich über die Theke und beantwortete all meine Fragen mit einem sehr entschiedenen Kuss auf den Mund. »Du gefällst mir in meinem Sweatshirt«, stellte er fest.

Mein Blick ging an mir hinunter. Es war grau und an den Ärmeln abgewetzt. Es roch nach ihm.

Dusty Springfield räumte die Bühne für Roy Orbison.

»Ich bin schwer beeindruckt, dass du Brot gebacken hast«, sagte ich. »Duftet unbeschreiblich.« Ich runzelte skeptisch die Stirn. »Oh, Moment, warte mal. Du bist doch nicht etwa eines dieser einschüchternden Wunderkinder mit hunderttausend Talenten und unglaublichen Fähigkeiten?«

»Ich bin einer, der mit größter Begeisterung Dinge

140

sehr schlecht macht«, erklärte er grinsend. »Das könnte man als Talent oder Fähigkeit bezeichnen, wenn man so möchte. Meine Freunde nennen es ganz anders.« Er zog sich einen Hocker heran, setzte sich mir gegenüber an die Theke und schob mir ein Glas Orangensaft zu.

Unter der Theke drückte sich sein Knie gegen meins. »Erzähl mir mehr von deinen Nicht-Talenten«, verlangte ich.

Er lachte. »Ähm… ich spiele Banjo? Und Ukulele. Ich bringe mir gerade bei, Mandoline zu spielen, aber das ist wesentlich kniffeliger als erwartet. Ach ja, und kürzlich habe ich gelernt, wie man eine Axt wirft. Das war großartig.« Er machte eine ausholende Geste und ein Geräusch, als krachte eine Axt in einen Baumstamm.

Ich musste grinsen.

»Und… na ja, manchmal versuche ich, etwas aus den Kalksteinbrocken zu machen, die ich im Wald finde. Aber das kann ich besonders schlecht. Und ich backe ziemlich oft Brot, allerdings auch ohne besondere Kunstfertigkeit.«

Ich lachte laut auf. »Sonst noch was?«

Mit dem Finger fuhr er über meinen Fingerknöchel. »Bastle dir in deiner Fantasie nicht irgendeine Überflieger-Superman-Lichtgestalt zusammen, Sarah, die bin ich nämlich nicht.«

Ein Küchenwecker schrillte, und er stand auf und schaute nach dem Brot. Eddie war so erdverbunden, so geerdet, dachte ich und stellte mir vor, wie er die Wälder ringsum durchstreifte auf der Suche nach etwas, das er behauen oder aus dem er etwas schnitzen konnte. Es war fast, als gehöre er zu diesem Tal, als sei er ein Teil davon, tief und unverrückbar mit der Landschaft verwurzelt wie eine alte Eiche. Dürre Zweige oder Äste mochten mit dem Wechsel der Jahreszeiten oder bei rauem Wetter abgerissen und in die weite Welt hinausgeweht werden, aber er selbst stand fest und unerschütterlich in der Erde. Dieser Erde, diesem Tal.

Und unvermittelt kam mir der Gedanke, dass ich selbst nichts dergleichen für L.A. empfand. Ich mochte es sehr, es war mein Zuhause. Ich mochte die Hitze, die Weite, den Ehrgeiz, das Gefühl von Anonymität, das die Stadt mir vermittelte. Aber ich war nicht eins mit ihr. Kein Sandkorn in ihren Wüsten, kein Tropfen in ihren Wellen.

»Nur noch fünf Minuten«, meinte Eddie und setzte sich wieder. »Woran denkst du gerade?«

»Ich dachte gerade an dich als Baum und mich als Wüste.«

Er lächelte. »Dann sind wir beide eher einfach gestrickt.«

»So meinte ich das nicht. Ich habe… Ach, hör gar nicht auf mich. Ich bin mal wieder komisch.«

»Was für ein Baum war ich denn?«, wollte er wissen.

»In meiner Vorstellung eine Eiche – eine alte, knorrige.«

»Mit Eichen liegt man immer richtig. Und im September werde ich vierzig, also ist alt und knorrig wohl angemessen.«

»Und ich habe gedacht, wie verwurzelt du hier bist. Auch wenn du sagst, dass du oft zum Arbeiten in London bist… ich weiß es nicht. Es ist, als gehörtest du zu dieser Landschaft. Als seist du ein Teil dieses Tals.«

Eddie schaute aus dem Fenster. Unterhalb wiegten sich dichte, duftende Lavendelkissen in der Brise.

»So habe ich das noch nie gesehen«, murmelte er. »Aber du hast recht. Ganz gleich, wie oft ich nach London fahre und Küchen einbaue und Fußball spiele und Freunde besuche – und mich dabei ertappe, wie ich denke: Ich liebe diese Stadt –, ich komme doch immer wieder zurück in dieses kleine verschlafene Tal. Ich kann einfach nicht anders. Bekommst du auch solches Heimweh, wenn du nicht in L.A. bist?«

»Also, nein. Nicht so richtig. Aber ich habe mir diese Stadt ausgesucht.«

»Verstehe.« Eine Prise Enttäuschung schwang in seiner Stimme mit.

»Aber es ist schon eigenartig«, fuhr ich fort. »Wenn ich so höre, was du alles machst, was für Hobbys du hast, dann geht mir auf, wie sehr mir das alles fehlt. Man bekommt in L.A. alles und nichts, jederzeit, Tag und Nacht, per Lieferdienst oder Download… ich meine, wir reden hier im Moment von Drohnen, die deine Bestellungen ausliefern. Das Machbare hat keine

Grenzen. Und trotz alledem kann ich mich beim besten Willen nicht daran erinnern, wann ich das letzte Mal etwas gemacht habe, von meinem Bett mal abgesehen. Ich existiere einfach nur. Ich spiele kein Instrument. Ich lerne keine Sprachen. Ich habe keine Hobbys.«

Wie platt ich klingen muss. Wie oberflächlich und eindimensional.

Eddie schien sehr nachdenklich.

»Aber was sind schon Hobbys, wenn man einen Beruf hat, den man liebt?« Er wickelte eine Strähne meiner Haare um den Finger.

»Mmmm«, brummte ich. »Ich liebe ihn, aber er ist… anstrengend. Nonstop. Selbst wenn ich hier drüben Urlaub mache, muss ich arbeiten.«

Eddie lächelte.

»Entscheidungsfreiheit«, sagte ich schließlich. »Du sagst mir jetzt sicher, dass es meine eigene freie Entscheidung ist.«

Er zuckte die Achseln. »Na ja, es gibt nicht viele Menschen, die eigenhändig eine Kinderhilfsorganisation aufgebaut haben. Aber man muss auch mal entspannen. Zeit für sich haben. Ohne Termine, ohne Nachdenken. Nur so bleiben wir menschlich.«

Natürlich hatte er recht. Ich delegierte viel zu selten. Hielt die Zügel immer straff in der Hand. Umgab mich mit Arbeit wie mit einem schützenden Mantel, in den ich mich einhüllte. Anders kannte ich es nicht. Aber trotz aller Geschäftigkeit, trotz aller Betriebsamkeit, war ich wirklich *da*? War ich wirklich da, in meinem Leben, so wie Eddie in seinem zu sein schien?

So ein Gespräch sollte man nicht mit einem Mann führen, den man vor gerade mal vierundzwanzig Stunden kennengelernt hatte, sagte ich mir. Aber ich konnte mich nicht bremsen. Noch nie hatte ich mit irgendwem darüber gesprochen. Nicht einmal mit mir selbst. Es war, als hätte ich einen Wasserhahn aufdrehen wollen und das blöde Ding wäre in meiner Hand abgefallen.

»Vielleicht hat es gar nichts mit dem Stadtleben zu tun oder mit dem Job«, überlegte ich. »Vielleicht liegt es auch einfach bloß an mir. Manchmal schaue ich mir andere Menschen an und frage mich, wie die es schaffen, neben ihrer Arbeit noch so viele andere Sachen zu machen.« Ich zupfte an einem Nagelhäutchen. »Du dagegen … Ach, achte gar nicht auf mich. Ich rede wieder wirres Zeug. Es fühlt sich bloß so selbstverständlich an, hier zu sein. So natürlich … Was mich ein bisschen verwirrt. Denn wenn ich sonst nach Hause komme, kann ich es eigentlich kaum erwarten, wieder abzureisen.«

»Warum?«

»Ach, das erzähle ich dir ein anderes Mal.«

»Okay. Und ich bringe dir Banjospielen bei. Ich bin abscheulich schlecht. Du bist also in bester Gesellschaft.« Er drehte die Hand um und legte meine hinein. »Es ist mir egal, was für Hobbys du hast. Es ist mir egal, wie viel du arbeitest. Ich weiß nur, ich könnte den ganzen Tag hier sitzen und mit dir reden.«

Staunend schaute ich ihn an.

»Du bist großartig«, wisperte ich leise. »Nur damit du es weißt.«

Und dann sahen wir einander in die Augen, und Eddie beugte sich zu mir herüber und küsste mich. Lang, langsam, warm. Wie eine Erinnerung, die die Musik zurückbringt.

»Willst du noch ein Weilchen bleiben?«, fragte er nicht viel später. »Nur falls du sonst nichts vorhast, meine ich? Ich könnte dir die Werkstatt unten zeigen und dir auch eine Maus machen. Oder wir sitzen einfach herum und küssen uns. Oder vielleicht machen wir ein paar Schießübungen mit Steve, diesem schrecklichen Mistvieh von Eichhörnchen, das auf meinem Rasen sein Unwesen treibt.« Er legte mir die Hände auf die Ober-schenkel. »Ich meine bloß ... Ach, was soll's. Ich möchte einfach nicht, dass du schon gehst.«

»Okay«, murmelte ich gedehnt. Dann lächelte ich. »Das Angebot klingt wirklich verlockend. Aber deine Mutter ...? Ich meine ... ich dachte, du machst dir Sorgen um sie?«

»Tue ich auch«, antwortete er. »Aber sie ... na ja, sie neigt nicht zu explosionsartigen Zusammenbrüchen. Es sind mehr langsame, unaufhaltsame Talfahrten. Aber meine Tante ist gerade angekommen und kümmert sich um sie, weil ich am Freitag in Urlaub fahre. In den nächs-ten zwei Wochen hat meine Tante ein Auge auf sie.«

»Sicher?«, fragte ich. »Mir macht es nichts aus, wenn du mal zu ihr rübergehen und nach ihr sehen möchtest.«

»Ganz sicher. Ich habe vorhin mit ihr telefoniert. Sie meinte, die beiden wollten zusammen ins Gartencenter. Sie klang ganz munter.«

»Glaub mir«, meinte er, als ich ihn zweifelnd anschaute. »Wäre die Lage auch nur halbwegs ernst, wäre ich auf der Stelle bei ihr. Ich kenne die Zeichen. Ich weiß, worauf ich achten muss.«

Ich stellte mir vor, wie sich Eddie tagein, tagaus um seine Mutter sorgte. Sie nicht aus den Augen ließ und auf die kleinsten Veränderungen achtete. Wie ein Fischer, der das Meer beobachtet.

»Okay«, sagte ich. »Dann sollten wir vielleicht damit anfangen, dass du mir was über Steve erzählst.«

Eddie gluckste. Schnippte einen Krümel oder vielleicht ein Insekt aus meinen Haaren. »Steve terrorisiert mich und so ziemlich jedes andere Wildtier, das die Frechheit besitzt, hier in der Gegend leben zu wollen. Ich weiß nicht, was er für ein Problem hat. Die meiste Zeit scheint er irgendwo im Gras zu hocken und mich zu beobachten, statt im Baum herumzuturnen, wie es sich für ein anständiges Eichhörnchen gehört. Er bewegt sich nur von seinem plüschigen Hinterteil, wenn ich das Vogelfutterhäuschen fülle. Ganz gleich, wo ich das verdammte Ding auch hinhänge, immer schafft er es, sich irgendwie reinzuquetschen und alles leerzufuttern.«

Ich musste laut lachen. »Klingt nach einer interessanten Persönlichkeit.«

»Das ist er. Er ist toll. Ich liebe ihn, aber ich hasse ihn auch. Ich habe eine Wasserpistole … na ja, eher ein Maschinengewehr – wir können ja nachher mal versuchen, ihn zu erwischen, wenn du magst.«

Ich lächelte. Einen ganzen Tag mit diesem Mann und seinem Eichhörnchen in einem der verstecktesten Winkel der Cotswolds, der mich an die schönsten Augenblicke meiner Kindheit erinnerte – und an keine der schlimmsten. Ein unwiderstehliches Angebot.

Ich schaute mich um und betrachtete die Siebensachen, die vom Leben dieses Mannes zeugten. Bücher, Landkarten, selbst geschreinerte Hocker. Eine Glasschale voller Münzen und Schlüssel und eine alte Rolleiflex-Kamera. Ganz oben auf dem Bücherregal eine Sammlung grellbunter kitschiger Fußballpokale.

Neugierig schlenderte ich zu ihnen rüber, um sie mir etwas genauer anzusehen. *The Elms, Battersea Monday*, stand auf dem ersten. *Old Robsonians – Champions, Division 1*. »Sind das deine?«

Eddie kam zu mir herüber. »Sind es.« Er griff nach dem neuesten, fuhr mit dem Finger oben am Rand entlang. Ein kleiner Staubwurm löste sich von der Kante. »Ich spiele in einer Mannschaft in London. Was vielleicht ein bisschen seltsam klingt, wo ich doch eigentlich hier wohne, aber ich bin oft da, beruflich, und … na

148

ja, wenn man einmal zum Team gehört hat, wird man es so schnell nicht wieder los.«

»Wie das?«

»Ich bin vor Jahren zur Mannschaft dazugestoßen. Damals dachte ich noch, ich ziehe irgendwann dauerhaft nach London. Sie sind…« Er gluckste. »…ein wirklich komischer Haufen. Als ich wieder nach Gloucestershire zurückgegangen bin, habe ich es nicht über mich gebracht, die Mannschaft endgültig zu verlassen. Das schafft keiner. Dazu lieben wir sie alle viel zu sehr.«

Lächelnd betrachtete ich wieder das kunterbunte Durcheinander an Trophäen. Eine war fast zwanzig Jahre alt. Ich fand es wunderbar, wenn Freundschaften so lange hielten.

»Nein!«, keuchte ich plötzlich atemlos. Staunend zog ich ein Buch aus einem der Regale. Das Collins Gem *Book of Birds*. Ein Vogelkundebuch. Als Kind hatte ich genau dieselbe Ausgabe gehabt. Ich hatte im Garten in einem gegabelten Ast des Birnbaums gehockt und gehofft, wenn ich nur lange genug reglos dort sitzen bliebe, kämen die Vögel und würden ihre Nester auf mir bauen.

»Das hatte ich auch!«, rief ich aufgeregt und sah Eddie an. »Ich kenne es in- und auswendig und kann dir den Namen von jedem Vogel darin nennen!«

»Wirklich?« Er kam zu mir herüber. »Ich habe dieses Buch geliebt.« Er schlug es in der Mitte auf und hielt mit der flachen Hand den Vogelnamen zu. »Welcher ist das?«

Der Vogel hatte eine goldene Brust und trug eine schwarze Einbrechermaske über den Augen. »Oje... Moment... ein Kleiber!«

Er blätterte weiter und zeigte mir noch ein Bild.

»Schwarzkehlchen!«

»O Gott«, seufzte Eddie. »Du bist die perfekte Frau für mich.«

»Und das mit den Wildblumen hatte ich auch. Und die Schmetterlinge und Falter. Ich war eine richtige kleine Naturkundlerin.«

Er legte das Buch beiseite. »Darf ich dich was fragen, Sarah?«

»Aber klar doch.« Ich fand es wunderbar, wenn er meinen Namen sagte.

»Warum wohnst du in der Stadt? Wenn du doch eigentlich so naturverbunden bist?«

Ich zögerte. »Ich kann einfach nicht auf dem Land leben«, sagte ich schließlich. Irgendwie musste er bemerkt haben, dass es besser war, nicht weiter nachzufragen. Er schaute mich ein paar lange Augenblicke an und ging dann wieder zum Ofen, um nach dem Brot zu sehen.

»Ich hatte das Buch mit den Bäumen.« Suchend guckte er sich nach einem Ofenhandschuh um und griff schließlich zu dem Geschirrtuch, das er über die Schulter geschlungen hatte. »Das hat mein Dad mir geschenkt. Er hat mich auch ans Schreinern gebracht, wobei er wohl nie gedacht hätte, ich würde das zu meinem Beruf machen. Er hat mich immer mitgenommen, wenn er im Herbst Feuerholz beim Holzhändler geholt hat. Und dann hat er mich ein paar Scheite klein hacken lassen, um Kienspäne daraus zu machen.«

Er lächelte und unterbrach sich kurz. »Es war der Geruch. Zuallererst habe ich mich in den Duft verliebt. Aber irgendwann war ich fasziniert davon, wie schnell man einen massiven Holzstamm in etwas vollkommen anderes verwandeln kann. In einem Winter fing ich an, Späne zu klauen und kleine Holzmännchen daraus zu basteln. Als Nächstes kam ein Toilettenpapierhalter und dann der unhandlichste Holzhammer in der gesamten Menschheitsgeschichte.«

Er gluckste. »Und dann natürlich Maus.« Er öffnete den Ofen und zog das Backblech heraus. »Mein ganzer Stolz. Dad war nicht besonders beeindruckt. Aber Mum meinte, es sei die perfekteste kleine Maus, die sie je gesehen hat.«

Er legte einen runden, köstlich duftenden Brotlaib zum Abkühlen auf einen Gitterrost und schloss dann wieder die Ofenklappe.

»Als Dad ging, war ich neun. Er lebt jetzt an der Grenze zu Schottland, irgendwo nördlich von Carlisle, mit seiner neuen Familie.«

»Ach.« Ich setzte mich wieder. »Das muss schwer für dich gewesen sein.«

Er zuckte die Achseln. »Das ist so lange her.«

Ein behagliches Schweigen hüllte uns ein wie eine

151

warme Decke, während er Butter, Honig und ein Glas, wie es schien, selbst gemachter Marmelade aus dem Kühlschrank holte. Dann gab er mir einen Teller mit einem tiefen Sprung (»Sorry!«) und ein Messer.

»Weiß deine Mum, dass ich hier bin?«, fragte ich, als er das Brot anschnitt.

»Autsch!« Hastig ließ er den heißen Laib fallen. »Warum muss ich nur immer so gierig sein? Es ist noch viel zu heiß zum essen.«

Ich musste lachen. Hätte er sich nicht gleich hungrig darauf gestürzt, hätte ich es getan.

»Nein«, meinte er und legte das Geschirrtuch zum Schutz auf das heiße Brot, bevor er es anschnitt. »Mum weiß nicht, dass du hier bist. Ich will ja nicht, dass sie denkt, ihr einziges Kind vögelt herum wie ein notgeiler alter Gockel.«

»Wohl eher nicht.«

»Wobei, wenn ich ganz brav bin, könnten wir nachher vielleicht noch ein bisschen vögeln«, sagte er und warf eine glühend heiße Scheibe Brot in Richtung meines Tellers.

»Klar«, meinte ich und schnitt mit meinem Messer ein Stück Butter ab. Die war voller Krümel. Reuben, der seine Butter am liebsten vor dem Servieren hipstermäßig auf eine Schieferplatte oder einen bescheuerten flachen Stein oder was auch immer kleisterte, hätte es gehasst.

»Du bist ganz gut zu vögeln«, murmelte ich, ohne rot zu werden.

Was man von Eddie nicht sagen konnte. »Ehrlich?«

Und weil ich anscheinend überhaupt keine andere Wahl hatte, stand ich auf, marschierte um das Holzbohleninseldings herum, schlang die Arme um ihn und küsste ihn fest auf den Mund. »Ja«, murmelte ich. »Das Brot ist selbst für mich Vielfraß zu heiß. Lass uns wieder ins Bett gehen.«

Dreizehntes Kapitel

Hallo Alan,

bitte entschuldige, dass ich dich einfach so anschreibe.

Du hast vorhin auf meinen Post auf Eddie Davids Face-book-Seite geantwortet. Ich mache mir ein bisschen Sorgen und wollte dir nur sagen, was ich weiß. Viel ist es nicht.

Vor eurem geplanten gemeinsamen Urlaub habe ich mit Eddie eine Woche in Sapperton verbracht. Am Donnerstag, dem 9. Juni bin ich dann gegangen, damit er in Ruhe packen kann. Er hat mir noch versprochen, mich vom Flughafen aus anzurufen.

Seitdem habe ich nichts mehr von ihm gehört. Nachdem ich etliche Male vergeblich versucht hatte, ihn zu kontaktieren, habe ich es irgendwann aufgegeben, weil ich davon ausgehen musste, dass er es sich anders überlegt hat. Wobei ich das nie so ganz glauben konnte. Und als ich deine Antwort auf meinen Post gelesen habe, wusste ich, dass ich mit meiner Vermutung wohl nicht so unrecht hatte. Unten steht meine Telefonnummer. Es wäre nett, wenn du eventuelle Infos oder Vermutungen mit mir teilst. Ich bin kein

Stalker! Ich möchte mich nur vergewissern, dass alles in Ordnung ist.
  Liebe Grüße

Sarah Mackey

Elf Uhr abends wurde unversehens zu Mitternacht. Mein Handy summte, und ich stürzte mich darauf wie ein verhungernder Löwe. Aber es war bloß Jo, die Bescheid geben wollte, dass sie gut zu Hause angekommen war. Noch immer keine Antwort von Alan. Ich legte mich wieder ins Bett und spürte, wie mein Herz von innen gegen den Brustkorb drückte. Es tat weh. Richtig weh. Warum sagte einem keiner, dass ein Herz nicht nur metaphorisch brechen kann?

Aus Mitternacht wurde eins. Dann zwei. Dann drei. Ich stellte mir vor, wie Tommy und Zoe zusammen in ihrem riesengroßen Bett am anderen Ende des Flurs lagen, und fragte mich, ob sie sich wohl im Schlaf umarmten. Ich musste an Eddie denken, an seinen warmen Körper und wie er mich umschlungen hatte, und plötzlich spürte ich so eine heftige Sehnsucht, dass es sich anfühlte, als bohrte sie sich durch meine Haut. Dann hasste ich mich eine Weile ganz arg, weil in Istanbul Menschen in Leichensäcken lagen, wohingegen Eddie – sehr wahrscheinlich – einfach bloß ein feiger Mistkerl war, der sich schlicht und ergreifend nicht meldete.

Nachdem ich mich um vier dabei erwischt hatte,

wie ich online die Todesanzeigen aus Eddies Umkreis durchsuchte, schlich ich mich leise aus Tommys Wohnung. Die Morgendämmerung wischte schon graue Schlieren in den Himmel, und ein einsamer Straßenfeger war bereits bei der Arbeit und schlurfte verschlafen an Zoes schickem georgianischem Stadthaus vorbei. Bis die Stadt erwachte und sich den Schlaf aus den Augen rieb, war es noch Stunden hin, aber ich konnte die erdrückende Stille und das unheilkündende Sirren meiner umherschwirrenden finsteren Theorien – eine düsterer als die andere – keinen Augenblick länger ertragen.

An der Holland Park Avenue fing ich an zu laufen. Eine Weile flog ich vollkommen mühelos vorbei an Bushaltestellen, die übermüdeten Migranten auf dem Weg zur Arbeit Schutz boten, Cafés mit heruntergelassenem Gitter vor dem Fenster und einem volltrunkenen Mann, der gerade stolpernd und taumelnd von Notting Hill nach Hause wankte. Ich blendete das Brummen der Nachtbusse und Taxis aus und lauschte nur auf das Tappen meiner Laufschuhe und das Zwitschern und Tirilieren des frühmorgendlichen Vogelchors.

Der federleichte Vorbeiflug währte allerdings nicht lang. Dort, wo die Straße in Richtung Notting Hill ansteigt, fing meine Lunge wie üblich an zu brennen wie Feuer, und meine Knie wurden weich. Ich trabte langsamer und ging bis zur Ecke der Portobello Road im Schritttempo weiter.

Es ist überhaupt nichts Verrücktes daran, was ich hier mache, dachte ich, als ich mich zum Weiterlaufen zwang. London ist längst wach. In einem Arbeitercafé drängten sich Bauarbeiter in neonfarbenen Warnwesten. An der Westbourne Grove öffnete ein Mann gerade seinen Kaffeewagen. London reckte und streckte sich. Warum also sollte ich weiterschlafen? Es war alles bestens.

Nur war es das natürlich nicht, denn mein ganzer Körper ächzte müde und abgeschlagen, und ich war der einzige Jogger, der zu dieser unmenschlichen Uhrzeit unterwegs war. Und weil es erst Viertel vor fünf morgens war, als ich wieder bei Tommy zu Hause ankam.

Ich duschte und schlüpfte zurück unter die Bettdecke. Und versuchte, mal fünf Minuten nicht aufs Handy zu schauen.

Ein entgangener Anruf, verkündete die Anzeige, als ich nach kurzem Widerstand aufgab und nachsah. Ich setzte mich auf. Es war eine Nummer ohne Anruferkennung, um 4.19 Uhr. Und ich hatte eine neue Nachricht.

Sie bestand aus zwei Sekunden Schweigen, gefolgt von dem Geräusch, wie jemand eine falsche Taste drückte. Nach kurzem hektischem Herumgefummel schaffte der Anrufer es schließlich aufzulegen.

Erst überlegte ich, ob das Eddies Freund Alan gewe-

157

sen sein könnte, aber der hatte – Facebook zufolge – meine Nachricht noch gar nicht gelesen.

Aber wer könnte es dann gewesen sein?

Eddie?

Nein! Eddie doch nicht! Der redet! Der teilt sich mit! Der ist kein seltsamer Spinner, der nachts um vier irgendwo anruft und dann einfach auflegt!

Als ich gegen Mittag wieder aufwachte, hatte Alan meine Nachricht gelesen, aber noch immer nicht beantwortet.

Mit irrem Blick starrte ich auf mein Handy und drückte wie eine Bekloppte immer wieder auf Aktualisieren. Er konnte das doch nicht einfach ignorieren. Wer machte denn so was!

Aber er hatte es gelesen, und er hatte es ignoriert. Der Tag verging, und noch immer hörte ich nichts. Und ich bekam Angst. Weniger um Eddie, sondern mit jeder Stunde, die verstrich, mehr um mich selbst.

Vierzehntes Kapitel

Rudi rührte sich nicht.

Reglos stand er da und starrte die beiden Erdmännchen an, die ganz dicht am Zaun standen. Und sie standen da und starrten ihn an, und ihre Pfoten ruhten ganz lässig auf den weichen kleinen Bäuchlein. Ohne es zu merken hatte Rudi sich genauso kerzengerade aufgerichtet, und seine kleinen Pfoten ruhten auch auf seinem weichen kleinen Bauch.

»Hallo«, wisperte er ehrfürchtig. »Hallo, Erdmännlein.«

»Erdmännchen«, korrigierte ich.

»Sarah, sei still! Du erschreckst sie sonst.«

Tommy machte Rudi auf ein weiteres Erdmännchen aufmerksam, das neugierig immer näher kam, und Rudi wirbelte auf dem Absatz herum und vergaß ganz kurz, dass ich auch noch da war. »Hallo, Erdmännlein drei«, wisperte er. »Erdmännlein, hallo! Seid ihr alle eine große Familie? Oder nur Freunde?«

Zwei der Erdmännchen fingen an, geschäftig im Sand zu buddeln. Das dritte spazierte gelassen über den sandigen Hügel, um, wie es aussah, ein weiteres Mitglied des weitläufigen Clans zu umarmen. Rudi zitterte fast vor andächtigem Staunen.

Jo knipste ein Foto von ihrem Sohn. Vor zehn Minuten hatte sie noch mit Rudi geschimpft wie ein Rohrspatz. Jetzt strahlte sie ihn an mit einer Liebe, die keine Grenzen kannte. Und da – als ich sie so anschaute und mir diese übermächtige, unermessliche Zuneigung vorzustellen versuchte – spürte ich es wieder. Ein akutes Stechen, ein Schmerz von einem verklumpten Haufen Gefühle, die ich in eine dunkle, vergessene Ecke geschoben hatte. Natürlich war es in Ordnung, keine eigenen Kinder zu bekommen, aber manchmal nahm der Gedanke daran mir schier die Luft zum Atmen.

Ich kramte die Sonnenbrille aus der Handtasche.

Meine Eltern hatten endlich doch noch einen Altenpfleger für Großvater gefunden und wollten morgen nach Gloucestershire zurückkommen. Rudi hatte sich, ehe ich losfuhr, um sie zu besuchen, zur Feier meines Abschieds einen Ausflug in den Streichelzoo von Battersea Park gewünscht. Wobei das wohl eher mit einer Fernsehsendung über Erdmännchen zusammenhing, die er neulich gesehen hatte, als mit dem dringlichen Wunsch, seine Tante Sarah gebührend zu verabschieden.

Ich schaute aufs Handy. Ein Reflex, inzwischen so selbstverständlich wie Atmen. Nach dem seltsamen nächtlichen Anruf vergangene Woche hatte vor ein paar Tagen noch mal jemand angerufen, ohne sich zu melden, und erst nach geschlagenen fünfzehn Sekunden wieder aufgelegt. »Ich rufe die Polizei«, hatte ich gesagt, als der Anrufer standhaft weiterschwieg. Daraufhin hatte er sofort aufgelegt, und seither war nichts mehr passiert. Aber das musste ganz eindeutig mit Eddies Verschwinden zusammenhängen.

Ich schlief kaum noch.

Tommy packte den kleinen Snack aus, den er mitgebracht hatte, und Rudi kam freudig angelaufen und erzählte uns einen ziemlich schlechten Witz über Eiersalatsandwichs und Fürze, den er nicht mehr richtig zusammenbekam. Ein bisschen weiter weg stand ein Kind und heulte herum, sie hätten die Fütterung der Nasenbären verpasst. Und mittendrin saß ich mit einem schrecklich flauen Gefühl im Magen und bekam mein Sandwich nicht herunter.

Kurz bevor ich in der sechsten Klasse von der Schule abgegangen war, hatten wir im Englisch-Leistungskurs *Mrs Dalloway* durchgenommen. Abwechselnd hatten wir daraus vorgelesen, um, wie Mrs Rushby sagte, Woolfs »einzigartige Erzählstimme zu erspüren«. Zu Beginn des zweiten Kapitels war ich an der Reihe.

»Die Welt hat ihre Peitsche erhoben«, las ich laut vor. »Wo wird sie niedergehen?«

Überrascht hatte ich abgesetzt und dann den ganzen Satz noch einmal gelesen. Und obwohl all meine Klassenkameraden mir dabei zugesehen hatten, obwohl Mrs Rushby mir dabei zugesehen hatte, hatte ich den Satz dreimal dick unterstrichen und dann erst weitergelesen.

Weil diese Worte so perfekt den eigenartigen Zustand beschrieben, in dem ich mich meistens befand, dass es mich wunderte, wie jemand anderer als ich sie hatte aufschreiben können.

Die Welt hat ihre Peitsche erhoben; wo wird sie niedergehen?

Ganz genau!, hatte mein siebzehnjähriges Ich gedacht. Diese ständige Wachsamkeit! Immerzu den Himmel zu beobachten, witternd die Nase in den Wind zu halten, jederzeit auf alles und das Schlimmste gefasst zu sein. Hatte sich daran je etwas geändert? War mein entspanntes, behagliches Leben in Kalifornien nur ein Fantasiegespinst gewesen, das sich bei näherer Betrachtung auflöste wie Morgennebel in der Sonne?

Wieder ging mein Blick auf das Sandwich mit Eiersalat, und ich musste würgen.

»Oi«, rief Jo in meine Richtung. »Was ist los?«

»Nichts. Ich esse nur mein Picknickbrot.«

»Interessant«, meinte Jo. »Vor allem in Anbetracht der Tatsache, dass du dein Sandwich noch nicht angerührt hast.«

Ich stockte kurz, dann entschuldigte ich mich. Sagte ihnen, dass ich ihnen wie eine Verrückte vorkommen musste. Sagte ihnen, dass ich mir ganz, ganz große Mühe gab, mich zusammenzureißen. Aber dass ich es irgendwie nicht schaffte.

»Hat er dir das Herz gebrochen?«, erkundigte Rudi sich. »Der Mann?«

Schlagartig verstummten alle Gespräche. Weder Jo noch Tommy schauten mich an. Rudi dagegen schon. Rudi mit den kleinen mandelförmigen Augen und diesem perfekten kindlichen Verständnis der Welt.

»Hat er dir das Herz gebrochen, Sarah?«

»Ich … also, ja«, stammelte ich, als meine Stimme mir wieder gehorchte. »Ja, das hat er wohl. Leider.«

Rudi wiegte sich auf den Hacken vor und zurück und ließ mich nicht aus den Augen. »Er ist ein Halunke«, erklärte er nach sorgfältiger Überlegung. »Und ein Furz.«

»Ist er«, stimmte ich ihm zu.

Rudi umarmte mich, und ich fing beinahe an zu heulen.

Tommy hielt mein Handy in der Hand und starrte nachdenklich auf Eddies Facebook-Profil. »Dieser Mann ist mir echt ein Rätsel«, brummte er nach langem Schweigen.

»Wem sagst du das, Tommy.«

»Dieser WoistWalter-Hashtag beispielsweise«, meinte Tommy. »Ist das nicht etwas seltsam? Schließlich heißt er Eddie.«

Jo machte für Rudi eine Tüte Studentenfutter auf. »Langsam essen«, sagte sie zu ihm, dann wandte sie sich an Tommy. »Wo ist Walter? Das ist eine Bücherreihe, du Depp«, rief sie. »Weißt du nicht mehr? Diese Wimmelbilder, auf denen sich Walter irgendwo versteckt?«

Rudi fing an, die Rosinen herauszupicken und die Nüsse achtlos fallen zu lassen.

»Ich weiß, was *Wo ist Walter?* ist«, knurrte Tommy. »Ich finde es bloß etwas seltsam, so was im Zusammenhang mit jemandem zu sagen, der eigentlich Eddie heißt.«

Ich schüttelte den Kopf. »Das sagt man halt, wenn man jemanden sucht. Einen Menschen in der Menge. Die Stecknadel im Heuhaufen.«

Tommy zuckte die Achseln. »Vielleicht. Vielleicht auch nicht. Vielleicht ist er ja auch nicht der, für den er sich ausgegeben hat.«

Sofort spitzte Rudi die Ohren. »Meinst du, Eddie ist ein Massenmörder?«, fragte er mit großen Augen.

»Nein«, antwortete Tommy.

»Ein Vampir?«

»Nein.«

»Einer, der tut, als würde er den Gaszähler ablesen?« Jo hatte ihm kürzlich erklärt, was »Nepper, Schlepper, Bauernfänger« bedeutete.

Tommy holte sich mein Handy wieder zurück und beäugte gedankenverloren das Display. »Ach, ich weiß es doch auch nicht«, murmelte er. »Aber irgendwas ist faul an dem Kerl.« Dann setzte er sich unvermittelt ganz gerade auf. »Sarah!«, wisperte er. »Schau mal!«

Ich nahm ihm das Handy aus der Hand und sah, dass er den Messenger geöffnet hatte. Und dann taumelte ich plötzlich im freien Fall kopfüber in ein bodenloses Loch wie Alice in den Kaninchenbau. Eddie war online. Er hatte meine Nachrichten gelesen. Alle beide. Und er war in diesem Augenblick online.

Er war nicht tot. Er war irgendwo. »Was hast du in meinen Privatnachrichten zu suchen?«, zischte ich empört.

»Ich war nur neugierig«, entgegnete Tommy. »Ich wollte wissen, was du ihm geschrieben hast, aber das ist jetzt alles pillepalle! Er hat deine Nachrichten gelesen! Er ist online!«

»Was hat er gesagt?« Rudi versuchte, mir das Handy aus der Hand zu nehmen. »Was hat er zu dir gesagt, Sarah?«

Entschlossen konfiszierte Jo das Handy und schaute sich die Sache etwas genauer an.

»Ich sage dir das nur sehr ungern«, meinte sie schließlich. »Aber er hat deine Nachrichten schon vor drei Stunden gelesen.«

»Und warum hat er nicht geantwortet?«, wollte Rudi wissen.

Gute Frage.

»Langsam werde ich echt sauer auf deinen Freund, Sarah«, verkündete Rudi. »Ich glaube, das ist ein ganz doofer Kerl.«

Eine Weile sagte niemand mehr etwas.

»Komm, wir gehen runter in den Erdmännchen-Tunnel«, meinte Jo schließlich.

Rudi schaute erst zu mir rüber und dann zu seinen geliebten Erdmännchen zehn Meter weiter – zehn Meter zu weit.

»Na los, geh schon«, sagte ich zu ihm. »Geh zu deinen Leuten. Ich komm schon klar.«

»Dreh dich um und geh, Sarah«, wiederholte Jo, als

ihr Sohn lossauste. Sie klang plötzlich müde und abgeschlagen. »Das Leben ist zu kurz, um jemandem hinter-
herzulaufen, der dich nur unglücklich macht.«

Und dann ging sie rüber zu Rudi. Tommy und ich
starrten wie hypnotisiert auf das Display. Ohne weiter
nachzudenken tippte ich: *Hallo?*

Sekunden später rutschte das kleine Foto von Eddie
bis hinunter zu der letzten Nachricht. »Das heißt, er
hat sie gelesen«, erklärte Tommy.

Ich beiße auch nicht, schrieb ich.

Eddie las die Nachricht, und dann war er plötzlich –
einfach so – wieder offline.

Ich stand auf. Ich musste ihn sehen. Mit ihm reden.
Ich musste etwas tun. »Hilfe«, piepste ich. »Was mache
ich denn jetzt, Tommy? Was soll ich denn jetzt tun?«

Nach kurzem Zögern stand Tommy auf und legte
mir den Arm um die Schultern. Wenn ich jetzt die Augen zumachte, könnten wir wieder im Ankunftsbereich
vom Flughafen LAX stehen, 1997. Ich wie ein Häufchen Elend in seinen Armen, er mit dem Schlüssel eines
gigantischen klimatisierten Amischlittens in der Hand.
Ich weiß noch ganz genau, wie er mir versprach, es
würde alles wieder gut.

»Vielleicht hatte seine Mum keinen guten Tag«, überlegte ich verzweifelt. »Als wir uns kennengelernt haben,
hat er mir gesagt, dass sie Depressionen hat und gerade
wieder in einer Abwärtsspirale steckt. Vielleicht ist es
noch viel schlimmer geworden.«

»Vielleicht«, meinte Tommy leise. »Aber, Harrington, wenn ihm das mit euch beiden ernst wäre, dann hätte er sich bei dir gemeldet. Dir alles erklärt. Dich gebeten, ein bisschen Geduld zu haben und ihm ein paar Wochen Zeit zu lassen.«

Ich widersprach ihm nicht. Da gab es nichts zu widersprechen.

»Warte ab, ob er antwortet«, sagte Tommy und drückte mitfühlend meine Schulter. »Wenn er sich nicht bald meldet und wenn nichts wirklich Krasses passiert ist, dann finde ich, du solltest dir ernsthaft überlegen, ob du ihn wiedersehen möchtest oder nicht. Es ist nicht nett, wie er mit dir umgeht, und es scheint ihm egal zu sein, wie es dir damit geht.«

Linkisch, aber sehr liebevoll gab er mir einen Kuss seitlich auf den Kopf. »Vielleicht hat Jo ja recht«, meinte er. »Vielleicht musst du ihn vergessen.«

Mein ältester Freund hatte den Arm um meine Schulter gelegt. Der Mann, der mir geholfen hatte, die Bruchstücke meines Lebens wieder zusammenzusetzen, damals, vor all den Jahren, als ich alles verloren hatte und noch mal ganz von vorne anfangen musste. Und jetzt waren wir bald vierzig, und wieder stand ich vor den Scherben meines Lebens.

»Sie hat recht«, antwortete ich stumpf. »Ihr beide habt recht. Ich muss ihn vergessen.«

Und das meinte ich auch so. Das Problem dabei war nur, ich wusste nicht, wie.

Fünfzehntes Kapitel

Das ist kein gewöhnlicher Liebeskummer, dachte ich später am selben Abend. Ich stand gerade im Pyjama in Tommys und Zoes Küche und futterte heimlich Chips aus der Tüte. Es ist viel mehr als das.

Aber was?

Der Unfall? Könnte er womöglich was mit dem Unfall zu tun haben?

Es gab so viele Lücken in meiner Erinnerung an diesen grauenhaften Tag. Abspaltung oder Trauma oder vielleicht auch nur die unglaubliche Distanz zwischen meinem früheren Leben hier in England und dem jetzt in Amerika haben mir geholfen, viel von dem auszublenden, was damals passiert ist. Und doch kannte ich diese Gefühle, die gerade in mir hochkrochen. Sie waren wie schlechte alte Freunde.

Um halb zwei nachts überlegte ich mir schließlich, diese überschüssige nervöse Energie irgendwie sinnvoll zu kanalisieren und ein bisschen zu arbeiten. Meine Kollegen waren bisher zu taktvoll gewesen, um zu meckern, aber ich wusste, wenn ich nicht bald etwas von dem Berg abarbeitete, der sich in meiner Abwesenheit aufgetürmt hatte, würde es nicht mehr lange dauern, bis ich einen von ihnen am Telefon hatte.

Ich krabbelte also aus dem Bett und öffnete meine E-Mails. Und da – endlich – sprang mein Hirn wieder an und lief und lief und lief auf Hochtouren. Ich traf Entscheidungen. Große Entscheidungen, kleine Entscheidungen. Ich autorisierte Ausgaben und schickte einen Bericht an unsere Treuhänder. Ich checkte unseren Webmail-Ordner, weil wir immer vergaßen, dort nachzuschauen, und fand darin eine E-Mail von einem kleinen Mädchen mit der eindringlichen Bitte, ob wir nicht ihre kranke Zwillingsschwester besuchen könnten, die in San Diego im Kinderkrankenhaus lag. *Selbstredend!*, schrieb ich und leitete die E-Mail auch an Reuben und Kate, meine Stellvertreterin, weiter. *Her mit den Clowns! Das Krankenhaus kennen wir! Sorgt dafür, dass unsere Leute bis spätestens Freitag da sind! Bitte, Team!*

Um drei Uhr morgens musste ich mir widerstrebend eingestehen, dass mein Gehirn auf einer Drehzahl lief, die mir selbst nicht ganz geheuer war.

Um vier Uhr hatte ich das Gefühl durchzudrehen.

Um Viertel nach vier beschloss ich, Jenni anzurufen. Jenni Carmichael – meine Kollegin und erste echte Freundin in Los Angeles – würde wissen, was zu tun war.

»Sarah Mackey!«, zirpte sie, während im Hintergrund

die schmalzigen Geigenklänge eines alten Schwarz-Weiß-Liebesfilms zu hören waren. »Warum zum Teufel bist du um diese nachtschlafende Zeit noch wach?«

Danke, dachte ich und schloss die Augen. Danke, lieber Gott, für meine liebe, süße Jenni Carmichael.

Die Hochzeit mit Reuben war für mich eine ziemlich peinliche Angelegenheit gewesen. Bei der Trauung war seine Seite proppenvoll gewesen, während auf meiner nur Mum, Dad, Tommy, Jo und ein paar Kellnerinnen aus dem Café in der Fountain saßen, wo wir unsere ersten Gründungssitzungen abgehalten hatten. Keine Hannah. Nur ein leerer Platz in der Bank neben Mum. Und auch keine Freunde, weil die alten aus England nicht wussten, was sie noch zu mir sagen sollten. Geschweige denn, dass sie um die halbe Welt fliegen würden für das zweifelhafte Vergnügen, vor mir zu stehen und immer noch nicht zu wissen, was sie sagen sollten.

Reubens Familie erklärte ich schamhaft, meine Freunde aus England hätten es »leider nicht geschafft«, und fühlte mich von dieser ungeheuerlichen Lüge so besudelt, als sei Bier aus einem übervollen Glas auf mich geschwappt.

Unsere Flitterwochen verbrachten Reuben und ich im Yosemite, und sie waren fabelhaft. Allein zu zweit wie in einen schützenden Liebeskokon gehüllt waren wir beide wunschlos glücklich. Aber als wir gegen Ende der Reise einen Zwischenstopp in San Francisco machten und unversehens von ausgelassenen Grüppchen fröhlicher junger Menschen umgeben waren, musste ich mir eingestehen, wie traurig es mich machte, keine Freunde mehr zu haben.

Und dann war Jenni ganz unvermittelt in mein Leben geplatzt, als hätte ich sie beim Universum bestellt. Jenni kam aus South Carolina. Anders als die meisten anderen Zugezogenen in L.A. interessierte sie sich nicht die Bohne für die Filmbranche. Sie wollte einfach nur »mal was anderes« machen. Reuben und ich flitterten uns gerade als Frischvermählte durch Nordkalifornien, als Jenni ihren neuen Job als Büroleiterin antrat, und zwar just in dem Gebäudekomplex, in dem Reuben und ich einen Arbeitsplatz gemietet hatten. Ein trister grauer Betonklotz, der sich in den Schatten des Hollywood Freeway duckte.

Als wir aus den Flitterwochen zurückkamen, dauerte es nicht lange, bis Jenni an unseren Platz kam und freundlich, aber sehr bestimmt nachfragte, ob wir wohl die Liebenswürdigkeit besäßen, in absehbarer Zeit die längst überfällige Miete für unseren Schreibtisch zu begleichen. Noch am selben Tag schlich ich mit dem Geld und zahllosen gestammelten Entschuldigungen zu ihr und drückte mich kleinlaut und schuldbewusst vor ihrem Schreibtisch herum, während sie emsig die Dollarscheine zählte. Vor ihr standen ein halber, in Cellophan gewickelter Kuchen und ein kleiner tragbarer CD-Player, auf dem gerade eine »Greatest Love Songs«-Compilation mit lauter schnulzigen Liebesliedern dudelte.

Sie guckte kurz hoch und lächelte verlegen, während sie mit einem Gummifingerhut die Geldnoten durchblätterte. »Ich kann ganz schlecht mit Zahlen«, erklärte sie unverblümt. »Ich zähle die Scheine bloß, damit es aussieht, als wüsste ich, was ich tue.« Und dann fing sie noch mal von vorne an, den Stapel Geldscheine zu zählen, und dann noch mal, bis sie schließlich aufgab.

»Ich vertraue Ihnen«, meinte sie und legte das Geld in eine Kassette. »Sie sehen ehrlich aus. Möchten Sie vielleicht ein Stück Kuchen? Den habe ich gestern Abend gebacken. Und ich habe Angst, wenn ich nicht aufpasse, verputze ich das Ding ganz alleine.«

Der Kuchen war köstlich, und während ich also an ihrem Schreibtisch saß und ein Stück davon verdrückte, erzählte Jenni mir von ihrem bizarren Vorstellungsgespräch beim äußerst eigenartigen Eigentümer des Gebäudes. Sie machte ihn fast perfekt nach. *Die will ich als Freundin,* dachte ich hingerissen, als sie eine moderne Powerballade auf der CD übersprang und stattdessen Barbra Streisand laufen ließ. Sie war so ganz anders als ich und als alle, die ich bisher kannte. Weshalb ich sie nur umso mehr mochte.

Irgendwann hätte ich es auch ohne sie geschafft. Irgendwann hätte ich ganz allein neue Freunde gefunden. Ich trug zwar noch die Narben meiner Vergangenheit, aber schon jetzt erhob ich mich strahlend und neu aus der verbrannten Asche. Als Sarah Mackey, Benefizvorstand, nett, umgänglich, superzuverlässig, gelegentlich ganz schlagfertig. Aber Jenni Carmichael wirkte wie ein Katalysator. Durch sie lernte ich plötzlich neue Leute kennen und begann langsam zu glauben, ich könnte wirklich hierhergehören. In diese Stadt, die ich so verzweifelt mein Zuhause nennen wollte.

Drei Jahre später war Jenni nicht nur meine beste Freundin, sondern auch eine unbezahlbare Stütze unserer Organisation. Als Reuben und ich einen unbefristeten Mietvertrag für ein Gebäude auf der Vermont unterschrieben, nur zwei Blocks vom Kinderkrankenhaus entfernt, kündigte sie Knall auf Fall ihren Job und kam einfach mit. Unser neues Hauptquartier machte nicht viel her. Die Nachbarschaft bestand überwiegend aus ominösen Privatkliniken, Münzwäschereien und Imbissbuden. Aber die Miete war erschwinglich, und das Gebäude hatte ein großes, offen gestaltetes Erdgeschoss, in dem wir Reubens Trainingsakademie für die neuen Clowndoctors unterbringen konnten. Zuerst war Jenni unsere Büroleiterin, dann »jemand, der bei den Anträgen für die Zuschüsse hilft«, und ein paar Jahre später wurde sie schließlich zur stellvertretenden Chefin unserer Spendenabteilung befördert.

Ein Jahr nachdem wir uns kennengelernt hatten, wurde auch ihr romantisches Märchen endlich wahr. Mit einem Mann namens Javier, der den Neureichen die dicken SUVs reparierte und ihr jede Woche Blumen mitbrachte, lebte sie glücklich und zufrieden an der Ecke Westlake und Historic Filipinotown. Sie liebte die kleinen spontanen Liebeswochenenden, zu denen er sie entführte, und wenn sie über Javier redete, dann nur in den höchsten Tönen.

Seit elf Jahren versuchten die beiden nun schon vergeblich, ein Baby zu bekommen. Jenni beklagte sich nicht. Sie hatte keine Zeit, sich zu beklagen. Und doch drohte der unerfüllte Kinderwunsch, sie langsam von innen aufzufressen. Hilflos musste ich mit ansehen, wie er meine liebste Freundin allmählich zermürbte. Für sie hatte ich sogar zu einem Gott gebetet, an den ich gar nicht glaubte. Bitte, schenke ihr ein Baby. Mehr will sie doch gar nicht.

Sollte auch der allerletzte Versuch einer künstlichen Befruchtung nicht funktionieren, wusste ich nicht, was sie tun würde. Weder sie noch Javier hatten genug Ersparnisse, um eine weiterführende Behandlung zu bezahlen, wenn ihre Krankenversicherung die Kosten nicht mehr übernahm. »Letzte Runde! Wer will noch mal, wer hat noch nicht!«, hatte sie gefrotzelt, als wir uns zum Abschied am LAX umarmten.

Für Jenni war meine Trennung von Reuben ein Schock gewesen. Ich glaube, sie hat ihren Glauben an die Liebe in seinen Grundfesten erschüttert. Sicher, Menschen trennten sich, gingen auseinander, ließen sich scheiden. Das war nichts Ungewöhnliches. Aber doch keins der Paare, die sie kannte. Um etwas gegen das lähmende Gefühl der Hilflosigkeit zu tun, spielte sie die Retterin in der Not. Ihre Paraderolle. Sie lud Apps auf mein Handy, ließ mich in ihrem Gästezimmer wohnen und backte im Akkord Torten.

»Also!«, sprudelte sie jetzt fröhlich. »Eddie hat sich doch noch bei dir gemeldet, oder? Alles wieder paletti?«

»Ehrlich gesagt, nein«, gestand ich kleinlaut. »Eher im Gegenteil. Er ist wieder aufgetaucht – vorausgesetzt, er war überhaupt untergetaucht –, hat aber immer noch nicht auf meine unzähligen Nachrichten reagiert. Er hat mich eiskalt abserviert.«

»Warte mal, Schatz.« Die kitschige Hintergrundmusik verstummte. »Ich hab nur kurz den Film ausgemacht. Javier, ich gehe mal eben zum Telefonieren nach draußen auf die Veranda.« Ich hörte die Fliegengittertür hinter ihr zufallen. »Entschuldige, Sarah, kannst du das bitte noch mal wiederholen?«

Ich wiederholte es. Alles. Jenni brauchte einen Moment, um zu begreifen, dass auch meine zweite Liebesgeschichte kein Happy End gefunden hatte.

»Ach du Scheiße.« Sie fluchte sonst nie. »Echt jetzt?«

»Echt jetzt. Ich bin am Boden zerstört. Wie du dir wahrscheinlich denken kannst. Wieso würde ich dich sonst um vier Uhr früh anrufen?«

»Ach, Scheiße«, brummte sie und lachte dann freudlos auf. »Erzähl mir ganz genau, was passiert ist, seit wir das letzte Mal geschrieben haben. Und Finger weg vom Computer. Du hast vorhin ein paar echt irre Nachrichten verschickt.«

Ich erzählte ihr, was passiert war.

»Das war's dann wohl«, meinte ich, als ich fertig war. »Ich glaube, ich muss versuchen, ihn mir aus dem Kopf zu schlagen. Ob ich will oder nicht.«

»Nein«, bellte sie ein bisschen zu barsch. Jenni ertrug es nicht, mit ansehen zu müssen, wie jemand der Liebe leichtfertig den Rücken kehrte. »Wage es ja nicht, einfach so hinzuschmeißen, Sarah. Ich weiß, die meisten haben dir bestimmt gesagt, du sollst es gut sein lassen. Aber … ich kann die Sache noch nicht abhaken. Ich bin mir genauso sicher wie du, dass es dafür eine plausible Erklärung geben muss.«

Ich lächelte schief. »Die da wäre?«

»Das weiß ich nicht«, murmelte sie nachdenklich. »Aber ich bin fest entschlossen, der Sache auf den Grund zu gehen.«

»War ich auch.«

Sie lachte. »Wir kriegen das schon hin. Aber erst mal Kopf hoch, Brust raus, okay? Und wo wir gerade dabei sind – was für ein Gefühl hast du bei der Sache morgen?«

»Morgen?«

»Du triffst dich doch morgen mit Reuben und Kaia. In irgendeinem Laden an der Themse. Oder nicht?«

»Reuben ist in London? Mit Kaia?«

»Ähm … ja? Er meinte, er hätte dir gemailt und wollte sich morgen mit dir auf einen Kaffee treffen. Dir Kaia vorstellen, damit ihr euch nicht erst hier in Kalifornien kennenlernt.«

»Aber warum ist sie denn in London? Warum sind die zwei in London? Ich sollte morgen eigentlich nach Gloucestershire fahren! Ich – *was*?«

»Kaia wollte wohl unbedingt mit«, erklärte Jenni etwas hilflos. »Angeblich war sie seit Jahren nicht mehr in London. Und Reuben hatte schon ein Flugticket, weil ihr beiden ja eigentlich zusammen Urlaub machen wolltet…«

Matt sank ich zurück ins Kissen. Ach ja. Reuben und ich hatten schon im Januar Flugtickets nach London gebucht, als wir noch dieses einsame Mann-und-Frau-Spiel spielten. Jedes Jahr fuhr ich zum Jahrestag des Unfalls nach Hause, und er kam mit, so oft es ging – wobei es schon eine ganze Weile her war, seit er mich das letzte Mal begleitet hatte. »Dieses Jahr bin ich wieder dabei«, hatte er mir versprochen. »Ich weiß, wie sehr deine Schwester dir fehlt. Dieses Jahr bin ich für dich da, Sarah.« Also hatten wir die Tickets gebucht.

Erst viel später hatte er mir gesagt, dass er sich scheiden lassen will. »Ich habe meinen Flug nach London umgebucht«, hatte er ein paar Tage später erklärt und mich dabei mit schuldbewusstem, traurigem Dackelblick angeschaut. »Ich gehe davon aus, du möchtest unter diesen Umständen nicht, dass ich dich begleite.«

Und ich hatte gesagt, ja, gute Idee, danke fürs Mitdenken. Und hatte keinen Gedanken daran verschwendet, dass er womöglich ohne mich fliegen könnte. Wenn ich ganz ehrlich bin, hatte ich damals überhaupt sehr wenig nachgedacht. Und wenn, dann eher darüber, ganz behutsam die Flügel auszubreiten und versuchsweise ein bisschen damit zu flattern. Neugierig ein Leben ohne Reuben zu erkunden. Die neue Leichtigkeit, dieses Fließen, das Gefühl von Zukunft und Raum in dieser schönen neuen Welt. Wofür ich mich irgendwie geschämt hatte. Sollte ich nicht eigentlich meine gescheiterte Ehe betrauern?

»Er hat Kaia mitgenommen«, erklärte Jenni. Das ganze Thema schien ihr äußerst unangenehm. »Tut mir leid. Ich dachte, er hätte es dir gesagt.«

»Hat er vermutlich auch. Ich habe die Mail wohl nur noch nicht gelesen.« Ich schloss die Augen. »Tja, das wird bestimmt ein netter Nachmittag. Ich, Reuben, Reubens neue Freundin.«

Jenni lachte freudlos auf.

»Entschuldige«, brummte ich nach kurzem Schweigen. »Ich wollte dich nicht anblaffen. Ich stehe bloß gerade ein bisschen unter Schock. Und außerdem bin ich selbst schuld. Ich hätte meine Mails lesen sollen.«

Ich konnte sie fast lächeln hören. Jenni war nicht so schnell eingeschnappt. »Du machst das alles ganz toll, Süße. Bis auf die Tatsache, dass du die ganze Nacht wach bist. Daran solltest du arbeiten.«

Ich schloss die Augen. »Ach herrje, und ich habe dich nicht mal gefragt, wie es mit deiner In-vitro-Geschichte läuft. Wo bist du gerade in deinem Zyklus? Wann entnehmen sie dir die Eizellen?«

Jenni stutzte kurz. »Ach, das ist alles längst gelaufen. Ich war schon letzte Woche da. Sie haben mich ausgenommen wie eine Weihnachtsgans. Ich hatte dir eine Nachricht geschickt? Auf WhatsApp? Sie haben mir drei Embryonen eingepflanzt, weil das der letzte Versuch ist. Nächste Woche weiß ich mehr.«

Sie holte Luft, als wollte sie noch was sagen, überlegte es sich dann aber anders. Die verzweifelte Stille, die folgte, wog schwerer als ein Tausend-Tonnen-Gewicht.

»Jenni«, sagte ich sanft. »Es tut mir so leid. Ich dachte, du bist noch in der Stimulationsphase. Ich … Himmel, es tut mir leid. Ich weiß, das ist keine Entschuldigung, aber ich stehe gerade völlig neben mir.«

»Ich weiß«, entgegnete sie fröhlich. »Mach dir deswegen keinen Kopf. Du warst immer für mich da, jedes Mal. Da kannst du dir auch mal einen kleinen Patzer leisten.«

Aber sie klang zu betont munter, und ich wusste ganz genau, ich hatte sie enttäuscht. In der rußschwarzen Finsternis von Zoes Gästezimmer brannte mein Gesicht vor Selbsthass wie Feuer.

Jenni antwortete auf irgendwas, das Javier ihr aus dem Hintergrund zurief, und meinte dann, sie müsse gleich Schluss machen. »Hör zu, Sarah, ich würde Folgendes vorschlagen«, sagte sie. »Ich finde, du solltest das mit Eddie ganz anders angehen. Tu einfach so, als hättet ihr euch gerade erst kennengelernt. Warum schreibst du ihm nicht einen Brief? Erzählst ihm ein bisschen

179

von dir, wie beim ersten Date? Alles, was du ihm bisher nicht sagen konntest. Wie... weiß er überhaupt von dem Unfall? Von deiner Schwester?«

»Jenni – reden wir lieber über dich. Wir haben schon viel zu viele Worte über mich und mein erbärmliches Leben verloren.«

»Ach, Liebes! Ich passe ganz gut auf mich auf. Ich visualisiere und chante und mache Fruchtbarkeitstänze und esse lauter widerlich gesunde Sachen. Mehr kann ich nicht tun. Du schon.« Sie unterbrach sich. »Sarah, nie werde ich den Tag vergessen, an dem du mir von dem Unfall erzählt hast. Das war die schlimmste Geschichte, die ich je im Leben gehört habe, und ihretwegen habe ich dich nur noch mehr ins Herz geschlossen. Ganz, ganz fest. Ich finde, du solltest Eddie von der ganzen Sache erzählen.«

»Ich kann ihm doch keine schnulzige Tränendrüsen-Story schreiben, damit er es sich anders überlegt und sich aus Mitleid bei mir meldet!«

»Das sage ich doch gar nicht. Ich finde bloß...« Sie seufzte. »Ich finde bloß, du solltest ihm die Möglichkeit geben, dich wirklich kennenzulernen. Alles an dir. Selbst die Seiten, die du selbst nicht gerne siehst. Zeig ihm, was für eine außergewöhnliche, außerordentliche Frau du bist.«

Ich schwieg. Das Handy glühte an meiner Wange. »Aber Jenni, es war reine Glückssache, dass du so reagiert hast. Das würde sicher nicht jeder.«

»Das bezweifele ich.«

Ich richtete mich in meinen Kissen auf. »Also ... er schweigt sich beinahe einen ganzen Monat lang aus, und ich soll einfach aus heiterem Himmel anfangen, ihm Geschichten aus meiner Kindheit zu schreiben? Der muss mich doch für komplett irre halten! Vollkommen unzurechnungsfähig!«

Jenni gluckste. »Ganz bestimmt nicht. Im Gegenteil. Er wird sich Hals über Kopf in dich verlieben. Genau wie ich.«

Ich sank zurück in die Kissen. »Ach Jenni, wem wollen wir eigentlich was vormachen? Ich muss ihn mir endgültig aus dem Kopf schlagen.«

Sie lachte schallend.

»Warum lachst du?«

»Weil du nicht die geringste Absicht hast, ihn dir endgültig aus dem Kopf zu schlagen!«

»Habe ich wohl!«

»Hast du nicht!«, meinte sie lachend. »Wolltest du deinen Eddie vergessen, wolltest du ihn wirklich vergessen, Sarah Mackey, dann wäre ich der allerletzte Mensch auf der Welt, den du mitten in der Nacht anrufen würdest.«

Sechzehntes Kapitel

Vierter Tag: Eine Buche, ein Gummistiefel

Eddie telefonierte wieder mit Derek. Ich hatte zwar keine Ahnung, wer Derek war, nahm aber an, dass er irgendwas mit Eddies Job zu tun haben musste. Wenn er mit ihm redete, klang Eddie förmlicher und geschäftsmäßiger als beispielsweise gestern, als ein Freund ihn angerufen hatte. Das Gespräch an diesem Nachmittag war kurz und knapp, und Eddie sagte kaum mehr als »verstehe« und »okay« und »klingt gut«. Ein paar Minuten später legte er auf und ging ins Haus, um das Telefon wegzubringen.

Ich saß auf der Bank vor der alten Scheune und las eine abgegriffene Ausgabe von *Unser Mann in Havanna*, die ich im Bücherregal entdeckt hatte. Wie schön es war zu merken, dass ich immer noch für mein Leben gerne las. Ich mochte die Vorstellung, dass ein vom MI6 bezahlter Autor sich diesen arglosen Staubsaugervertreter ausgedacht hatte, der sich vom Secret Service anheuern ließ, um den extravaganten Lebensstil seiner umwerfend schönen Tochter zu finanzieren. Ich mochte es, stundenlang vom Leben dieses Mannes zu lesen, ohne Pause und ohne über mein eigenes Leben nachdenken zu müssen. Ich mochte es, mich mit diesem Buch in der Hand und keinerlei Terminen oder Verpflichtungen so zu fühlen wie die Sarah, die ich längst vergessen geglaubt hatte.

Es war immer noch drückend heiß, aber ein Umschwung kündigte sich langsam an. Die Luft war dick wie geronnene Milch und schien sich an den Rändern zu kräuseln. Spannung lag darin. Wie ein Raubvogel, kurz bevor er niederstößt. Meine Sachen hingen reglos an der Wäscheleine über einem dicken Kissen Waldweidenröschen, die sich nicht das kleinste bisschen rührten. Ich gähnte. Überlegte, ob ich kurz rübergehen und nachsehen sollte, ob bei Mum und Dad zu Hause alles in Ordnung war.

Und wusste, ich würde nicht gehen. Schon in der zweiten Nacht, die Eddie und ich miteinander verbracht hatten, war klar gewesen, dass wir hierbleiben würden, in dieser kleinen geheimen schwebenden Welt. Entweder bis meine Eltern aus Leicester zurückkamen oder bis Eddie in den Urlaub fuhr. Ich wollte keine Stunde von ihm getrennt sein. Nicht mal, so lange es dauerte, um nach Hause zu gehen und wieder zurück. Das Universum, das ich kannte, hatte aufgehört zu existieren. Und ich verspürte nicht den geringsten Wunsch, es wieder zurückzuholen.

Am Rand von Eddies Rasen saß Steve, das Eichhörnchen, und beobachtete mich. »Na, du Bandit«, brummte Eddie, als er wieder herauskam. Visierte das Eichhörnchen kurz an und tat, als feuerte er ein Gewehr ab. Steve schien davon gänzlich unbeeindruckt und rührte sich nicht von der Stelle.

Eddie setzte sich zu mir. »Ich mag es, wenn du meine Sachen trägst«, murmelte er grinsend und ließ den Gummibund seiner Boxershorts gegen meine Taille schnippen. Zu der Shorts trug ich eins seiner alten T-Shirts, das an den Schultern schon ganz fadenscheinig war. Es roch nach ihm. Wieder gähnte ich und griff nach seiner Shorts und ließ den Gummibund genauso schnippen. Ich hatte Stoppeln an den Beinen. Aber das war egal. Alles war egal. Ich war wie blöde vor Glück.

»Wollen wir einen Spaziergang machen?«, fragte er.

»Warum nicht?«

Wir blieben dann noch eine ganze Weile auf der Bank sitzen und küssten uns und ließen Hosengummis schnippen und lachten über alles und nichts.

Um kurz nach zwei gingen wir schließlich los. Ich hatte meine Sachen wieder angezogen, die nach Eddies Waschmittel und Sommersonnenschein dufteten.

Ein paar Meter folgten wir dem gewundenen Bachlauf, dann verließ Eddie den Pfad und marschierte den Hügel hinauf, mitten hinein ins Herz des Waldes. Unsere Füße versanken tief im unberührten weichen

184

Waldboden. »Ich wollte dir hier oben etwas zeigen«, sagte Eddie. »Es ist ein bisschen albern, aber ich gehe gerne hier hinauf und sehe nach, ob es noch da ist.«

Ich lächelte. »Das kann doch das besondere Vorkommnis des heutigen Tages werden.«

Seit das mit uns angefangen hatte, hatte es nicht viele besondere Vorkommnisse gegeben. Wir hatten geschlafen, uns geliebt, gegessen. Stundenlang geredet. Stundenlang nicht geredet. Bücher gelesen, Vögel beobachtet, uns eine ausschweifende Geschichte über den ausgebüxten Hund ausgedacht, der auf Eddies Lichtung herumgeschnüffelt hatte, während wir draußen auf der Bank saßen und eine spanische Tortilla aßen.

Kurz und gut, während alles geschah, geschah eigentlich nichts.

Ich drückte seine Hand, während wir steil bergan quer durch den Wald kraxelten, und wieder staunte ich, wie herrlich einfach und unkompliziert das alles doch war. Vogelzwitschern, unser eigener Atem und tief im weichen Mulch versinken. Und sonst – von einem Gefühl tiefer wonniger Zufriedenheit abgesehen – nichts. Kein Kummer, keine Schuldgefühle, keine Fragen.

Wir waren fast ganz oben angekommen, als Eddie unvermittelt stehen blieb. »Da«, rief er und deutete in eine hohe Buche. »Der geheimnisvolle Gummistiefel.«

Es dauerte eine Weile, bis ich ihn sah, aber irgendwann hatte ich ihn entdeckt und musste lachen. »Wie hast du das denn hingekriegt?«

185

»Das war ich nicht«, antwortete er. »Irgendwann war er einfach da. Keine Ahnung, wie er da hochgekommen ist oder wer sich das ausgedacht hat. In all den Jahren, die ich nun schon hier lebe, bin ich in diesem abgelegenen Teil des Waldes noch nie einer Menschenseele begegnet.«

Ziemlich weit oben in einem hohen Baum – bestimmt über zehn Meter hoch – ragte ein abgebrochener Ast heraus, der wohl mal himmelwärts gezeigt hatte. Auf dem verbliebenen Stumpf steckte ein schwarzer Gummistiefel. Darunter wuchsen ein paar zarte, grüne Zweige. Davon abgesehen war der Stamm vollkommen glatt und astlos. Unmöglich, dort hinaufzuklettern.

Fasziniert starrte ich hinauf zu dem Stiefel. Rätselte, was er dort zu suchen hatte. Entzückt, dass Eddie ihn mir gezeigt hatte. Ich schlang den Arm um seine Taille und lächelte. Ich konnte ihn spüren. Seinen Herzschlag, seinen Atem. Sein T-Shirt, das leicht klamm war nach dem heißen Aufstieg den Hügel hinauf. »Ein echtes Mysterium«, murmelte ich. »Gefällt mir.«

Eddie tat, als werfe er einen Gummistiefel, mehrmals, und gab dann auf. Es war unbegreiflich. »Keine Ahnung, wie sie das geschafft haben«, meinte er. »Aber ich finde es toll.«

Dann drehte er sich zu mir um und küsste mich. »Albern, ich weiß«, sagte er. »Aber ich dachte mir, es würde dir gefallen.« Und dann nahm er mich fest in die Arme.

Ich erwiderte seinen Kuss, lang und heftig. Ich wollte nichts anderes, als ihn zu küssen.

Und fragte mich, wie um alles auf der Welt ich wieder nach L.A. zurückgehen sollte, wenn das Glück hier zum Greifen nahe schien. Hier, an diesem Ort, der mal mein Zuhause gewesen war.

Irgendwann rollten wir nackt durch das Laub.

Ich hatte Mulch in den Haaren und bestimmt auch ein paar Insekten. Aber in mir war nichts als Freude. Freude, die in alle Himmelsrichtungen aus mir herauswuchs wie starke, strahlenförmige Äste.

Siebzehntes Kapitel

Lieber Eddie,

lange und gründlich habe ich darüber nachgedacht, ob ich dir diesen Brief schreiben soll. Ob ich wirklich – zum wiederholten Mal – versuchen soll, dich zu kontaktieren. Obwohl du mir doch unmissverständlich zu verstehen gegeben hast, dass du zwar noch am Leben bist, aber nichts mehr mit mir zu tun haben willst. Doch ich bin so verzweifelt, dass ich dein Schweigen einfach nicht hinnehmen kann.

Vergangene Nacht musste ich an den Tag denken, als wir den Hügel hinaufgeklettert sind und uns den geheimnisvollen Gummistiefel angeschaut haben. Was für eine alberne, entzückende Idee von dir. Wie wir da oben standen und gelacht haben. Und da dachte ich: Ich kann einfach nicht aufgeben. Ich kann ihn nicht aufgeben. Kann uns nicht aufgeben. Noch nicht.

Das ist er also jetzt, mein allerletzter Versuch herauszufinden, was wirklich passiert ist. Zu verstehen, wie ich mich so irren konnte.

Erinnerst du dich noch an unsere letzte gemeinsame

Nacht, Eddie? Draußen auf dem Gras, ehe wir dein zeppelingroßes Zelt hinausgeschleppt und uns dann stundenlang abgemüht haben bei dem Versuch, das widerspenstige Ding aufzustellen? Erinnerst du dich noch, dass ich dir, ehe wir hundemüde von dem verflixten Gefummel eingeschlafen sind, eigentlich meine ganze Lebensgeschichte erzählen sollte?

Ich fange jetzt einfach damit an. Ganz von vorne. In allen Einzelheiten. Oder zumindest den gesammelten Höhepunkten. Ich dachte mir, das würde dich vielleicht daran erinnern, was du an mir gemocht hast. Denn was immer du mir sonst vielleicht verheimlicht oder vorgemacht hast, dass du mich mochtest, daran besteht kein Zweifel. Das war echt. Das war nicht gespielt.

Also. Ich heiße Sarah Evelyn Harrington. Geboren wurde ich am 18. Februar 1980 um 16.13 Uhr im Gloucester Royal. Meine Mum war Grundschullehrerin in Cheltenham, mein Dad Tontechniker. Er war oft mit irgendwelchen Bands auf Tour, bis er seine Familie irgendwann zu sehr vermisste. Danach hat er nur noch im Tonstudio gearbeitet und manchmal bei Konzerten hier in der Gegend. Tut er bis heute. Er kann es einfach nicht lassen.

Zusammen haben meine Eltern ein heruntergekommenes Cottage in einem Tal unterhalb von Frampton Mansell gekauft, ungefähr ein Jahr, bevor ich geboren wurde. Seitdem leben die beiden dort. Es liegt ungefähr eine Viertelstunde den Fußpfad hinter deiner Scheune entlang. Bestimmt kennst du es. Dad und einer seiner Freunde haben in dem Sommer, als er und Mum dort eingezogen sind, den alten Pfad im Schweiße ihres Angesichts wieder freigelegt. Zwei Männer, zwei Kettensägen, jede Menge Bier.

Mit dir in diesem Tal zu sein hat mein Gefühl dafür verändert. Mich an das Ich erinnert, das ich vergessen hatte. Wofür es einen guten Grund gab, wie ich am ersten Morgen schon sagte.

Tommy, mein bester Freund, wurde nur ein paar Monate später geboren. Seine Eltern, ein »etwas schwieriges« (O-Ton mein Vater) Ehepaar, wohnten ein paar Häuser weiter am Ende unserer Straße. Er und ich wurden bald beste Freunde und spielten jeden Tag miteinander. Bis zu diesem seltsamen traurigen Augenblick beim Erwachsenwerden, wenn man von heute auf morgen aufhört zu spielen. Aber vorher hatten wir viele Sommer lang zusammen Bäche gestaut, wilde Brombeeren gepflückt und Tunnel durch den dichten, undurchdringlichen Wiesenkerbel gegraben.

Ich war fünf, als Mum noch ein Baby bekam – Hannah –, und ein paar Jahre später war Hannah bei all unseren Abenteuern dabei. Sie war vollkommen furchtlos, meine kleine Schwester – viel mutiger als Tommy und ich, obwohl sie so viel jünger war. Ihre beste Freundin, ein kleines Mädchen namens Alex, himmelte sie dafür hemmungslos an.

Erst jetzt, als Erwachsene, wird mir bewusst, wie sehr ich Hannah eigentlich geliebt habe. Wie sehr auch ich sie angehimmelt habe.

Tommy war mehr bei uns als bei sich zu Hause, weil seine Mum – wie er selbst sagte – »eine Schraube locker« hatte. Da würde ich heute wohl widersprechen, aber sie kreiste tatsächlich zwanghaft und fast unaufhörlich um oberflächliche und unbedeutende, absurde Äußerlichkeiten. Als ich fünfzehn war, verfrachtete sie ihre ganze Familie nach L.A. Mir brach es das Herz. Ohne Tommy wusste ich nichts mehr mit mir anzufangen. Ich wusste nicht mehr, wer ich eigentlich war. Wer meine Freunde waren. Zu welcher Clique ich gehörte. Ich war verzweifelt. Irgendwie musste ich Anschluss finden, und zwar fix. Sonst würde ich, schneller als ich blinzeln konnte, auf dem Schulhof ins Abseits geraten und als hoffnungslose Einzelgängerin abgestempelt werden.

Also hängte ich mich an zwei meiner Klassenkameradinnen, Mandy und Claire, mit denen ich immer schon locker befreundet gewesen war. Jetzt wurde unsere Freundschaft enger. Enger und einengender. Mädchen können so grausam sein.

Zwei Jahre später hing ich morgens um fünf am Telefon und flehte Tommy förmlich auf Knien an, mich zu ihm nach Amerika kommen und bei ihm wohnen zu lassen. Aber dazu später mehr.

Das soll fürs Erste reichen. Ich möchte dir schließlich nicht meine ganze Lebensgeschichte wie alten Trödel vor die Füße werfen. Zumal du sie womöglich gar nicht hören willst. Und selbst wenn, ich möchte nicht anmaßend klingen. Als hätte ich als einziger Mensch eine Vergangenheit.

Du fehlst mir, Eddie. Ich hätte es nie für möglich gehalten, dass jemand, den ich gerade mal sieben Tage gekannt habe, mir so fehlen könnte. Aber es ist so. So sehr, dass ich kaum noch geradeaus gucken kann.

Sarah

Achtzehntes Kapitel

Da saß er. Reuben. An einem Tisch im BFI Café und unterhielt sich mit seiner neuen Freundin, deren Gesicht ich von draußen nicht sehen konnte. Eine braun verkrustete leere Kaffeetasse gleich neben der Hand auf dem Tisch. Alles an ihm verströmte Selbstbeherrschung und neue Männlichkeit.

Ich konnte mich noch zu gut an den schüchternen, mageren jungen Mann erinnern, der damals bebend vor einem mexikanischen Restaurant gestanden hatte, die Haare zurückgegelt, den Hals mit billigem Aftershave getränkt. Und wie er mich ein paar Stunden später mit gepresster, zitternder Stimme gefragt hatte, ob ich mit ihm ausgehen wolle. Und nun sah ihn sich einer an! Strotzend vor Lebenskraft. Ein kalifornischer Held wie aus dem Bilderbuch. Mit schicker Shorts, Sonnenbrille und lässig verstrubbelten Haaren. Ich konnte mir ein kleines Lächeln nicht verkneifen.

»Hallo«, begrüßte ich sie, als ich zu ihnen an den Tisch trat.

»Ach!«, rief Reuben, und für einen Wimpernschlag

sah ich den schüchternen jungen Mann, den ich vor all den Jahren geheiratet hatte. Der Mann, mit dem ich mein ganzes Leben hatte verbringen wollen. Denn ein Leben mit ihm in dieser heiteren, sonnigen Stadt war alles, was ich damals zu brauchen glaubte.

»Hey! Du musst Sarah sein.« Kaia stand auf.

»Hallo«, sagte ich und reichte ihr die Hand. »Wie schön, dich endlich kennenzulernen.« Kaia war schlank, hatte strahlende Augen und einen offenen Blick. Wie verwischt wirkten die blassen Aknenarben an ihrem Kinn, die sich bis zu den zarten Wangen zogen. Dunkle Haare fielen ihr lässig über die Schultern.

Meine ausgestreckte Hand ignorierte sie. Stattdessen nahm sie mich bei den Schultern und gab mir einen Kuss auf die Wange, und dazu lächelte sie herzlich. Womit gleich unmissverständlich geklärt war, wer heute hier das Sagen hatte. Sie war vollkommen, diese Frau, und ich war es nicht. »Prima, dass es geklappt hat«, rief sie fröhlich. »Ich konnte es kaum erwarten, endlich das Gesicht zu dem Namen zu sehen.«

Kaia musste eine wahrlich außergewöhnliche Frau sein, wenn sie das Gesicht zu meinem Namen nicht längst gegoogelt hatte. Ich war es jedenfalls nicht und hatte sie gegoogelt, sobald ich erfahren hatte, wie sie weiter hieß. Aber Kaia war, wie sollte es anders sein, online nicht zu finden. Zu rein für die schäbige Halbwelt des Internets.

Sie setzte sich und lächelte mich an, während ich

meine Handtasche umständlich unter dem Tisch verstaute und dann meine Strickjacke auszog, die viel zu warm war und mir dicke Schweißtropfen auf die Stirn trieb. Sie war eine dieser Frauen, die man manchmal bei Sonnenuntergang am Strand beim Meditieren sah, dachte ich, während ich meine Arme linkisch aus dem Klammergriff der Strickjacke befreite. Grundgut und geerdet, mit Salz auf der Haut und Wind in den Haaren.

»Also...«, murmelte Reuben, als er sich setzte. »Da wären wir also, was?« Er holte tief Luft und klappte dann den Mund zu, weil ihm aufging, dass er nicht wusste, was er sagen sollte.

Kaia sah ihn an, und ihr Gesicht wurde ganz weich. Das ist mein Blick, dachte ich mit kindischer Eifersucht. Genauso habe ich ihn immer angeschaut, wenn er nicht weiterwusste, und dann war alles wieder gut.

»Ich habe schon so viel von dir gehört, Sarah«, sagte sie wieder an mich gewandt. Sie trug ein langes Kleid mit einem auffälligen Ikat-Muster und dazu eine ganze Kollektion silberner Armreifen und wirkte dabei irgendwie eleganter als alle anderen um uns herum. »Und ich weiß, es kommt auf die inneren Werte eines Menschen an« – konnte die Frau Gedanken lesen? –, »aber ich muss dir einfach sagen, das ist wirklich ein wunderschöner Rock, den du da trägst.«

Verlegen strich ich ihn glatt. Das war tatsächlich einer meiner hübscheren Röcke. Trotzdem fühlte ich mich irgendwie unwohl in meiner Haut. Als wäre heute offiziell uniformfreier Tag an der Schule und ich hätte es mit meinem Outfit ein bisschen übertrieben.

»Danke«, murmelte ich. Und scheiterte kläglich mit dem Versuch, etwas zu sagen, das bewies, dass ich tatsächlich über innere Werte verfügte.

Kaia zückte ihr Portemonnaie. »Ich hole uns mal eben was zu trinken. Was möchtest du?«

»Ach, das ist aber nett.« Rasch schaute ich auf meine Armbanduhr und musste enttäuscht feststellen, dass es nicht einmal Mittag war. Widerstrebend bestellte ich ein Mineralwasser mit Zitrone.

Sie schlüpfte von ihrem Platz, und Reuben sprang auch gleich auf. »Ich helfe dir!«

»Ich mach das schon«, entgegnete Kaia. »So lange könnt ihr beiden euch in Ruhe unterhalten.«

Aber Reuben ließ sich nicht abwimmeln, und so saß ich plötzlich ganz allein am Tisch.

Da wären wir also, dachte ich und tupfte mir mit einer Serviette die Stirn. Das ist meine Zukunft. Ich leite eine Wohltätigkeitsorganisation mit meinem Exmann, der jetzt mit einer Yogine zusammen ist. Noch dazu einer echt netten. Ich sah zu, wie die beiden zur Theke gingen. Reuben legte ihr den Arm um die Taille und drehte sich dann schuldbewusst zu mir um, als sei es ihm peinlich, dass ich das mit ansehen musste.

Das ist meine Zukunft.

Er war zu mir ins Büro gekommen, gerade mal sechs

Wochen nach der Trennung, augenscheinlich kurz vor einer Panikattacke. »Alles okay?«, hatte ich gefragt und ihn über den Computerbildschirm dabei beobachtet, wie er in einem der vollgestopften Requisitenschränke herumpolterte.

Mit wirrem Blick hatte er sich zu mir umgedreht. »Ich habe jemanden kennengelernt«, hatte er halb im offenen Schrank kauernd geblökt.

Eine große Tüte mit roten Nasen war vom Regalbrett hinter ihm gefallen, und er hatte sie eingesammelt und fest an die Brust gedrückt. »Es tut mir so leid«, stammelte er. »Das war so nicht geplant.«

Wie ein Bombenentschärfer, der sich einem hochexplosiven Apparat näherte, war er vorsichtig auf mich zugekommen und hatte mir verzweifelt fragend ins Gesicht geschaut. Hinter sich zog er eine Spur Clownsnasen über den Boden, aber er merkte es nicht.

»Ich fühle mich so mies, so kurz nach unserer Trennung«, hatte er gesagt. »Willst du dich setzen?«

Ich wies ihn darauf hin, dass ich bereits saß.

Es hatte mich selbst überrascht, wie wenig es mir ausgemacht hatte. Eigenartig war es, ja. Aber ich war eher neugierig als eifersüchtig. Reuben hatte jemanden kennengelernt! Mein Roo!

»Willst du es wirklich wissen?«, hatte er mich mehrmals zweifelnd gefragt.

Ich hatte nur aus ihm herausbekommen, dass Kaia in einer Saftbar in Glendale jobbte, Yogalehrerin war und gerade eine Ausbildung zur Naturheilpraktikerin machte. Und dass Reuben hin und weg war.

Ich sah zu, wie sie die Getränke bestellte. Sie war bildschön auf eine sehr gefällige, westliche Art. Und sie war grundanständig, das spürte man gleich. Nett und gut. Ein scharfer Kontrast zu mir mit meinem manischen und eher düsteren Gemüt. Reuben stupste ihr mit dem Finger auf die Nasenspitze und lachte. Das hatte er bei mir auch immer gemacht.

Die ganze Geschichte wäre wesentlich einfacher zu ertragen, dachte ich griesgrämig, wenn das mit Eddie und mir gut gegangen wäre. Dann hätte Reuben von mir aus hier mitten in der Bar auf die Knie gehen und Kaia einen Antrag machen können. Und ich hätte gejubelt und geklatscht und mich vermutlich sogar freiwillig angeboten, die ganze bescheuerte Hochzeit zu organisieren.

Wenn Eddie angerufen hätte.

Mir wurde elend flau im Magen, und ich schaute auf mein Handy. Als würde das irgendwie helfen.

Unvermittelt erstarrte ich.

War das – war das…?

Eine Sprechblase. Eine kleine graue Sprechblase. Was nur bedeuten konnte, dass Eddie – der echte, lebendige, atmende Eddie irgendwo auf dieser Welt – gerade eine Antwort auf meine Nachrichten tippte. Ganz reglos saß ich da und ließ die Blase nicht aus den Augen, während das Café und das Südufer der Themse dahinter verschwanden.

»Es ist so schön, in London zu sein«, seufzte Kaia, als sie mit meinem Getränk zurückkam. Nein! Geh weg! »Ich hatte schon ganz vergessen, wie sehr ich diese Stadt liebe.« Mein Blick ging nach unten. Die Sprechblase war noch da. Er tippte immer noch. Ich war ganz kribbelig. Vor Schreck, vor Freude. Ich zwang mich, Kaia freundlich anzulächeln. Sie trug so einen Ring, der mitten auf dem Finger steckt. So einen hatte ich mir vor Jahren auch mal gekauft. Er war mir am El Matador Beach in die öffentlichen Toiletten geplumpst.

»Dann kennst du London also.« Ich musste mich zwingen, sie nicht einfach zu ignorieren.

Sprechblase: noch da.

»Ich war schon ein paar Mal beruflich hier«, antwortete sie. »Ich war früher Journalistin. Damals, in einem anderen Leben.«

Und dann schauderte es sie unmerklich, und ich wartete und hoffte insgeheim, sie würde weitererzählen. Ich hatte nämlich rein gar nichts zu sagen.

(Das! Das war genau einer dieser Augenblicke, über die ich mit Mrs Rushby gesprochen hatte. Der vollkommene Verlust des Selbst. Aller Manieren, aller Gesellschaftsfähigkeit, aller Selbstbeherrschung.)

Die Sprechblase war noch da.

»Aber dann musste ich mir eingestehen, dass dieses Leben mich nicht erfüllt.« Sie unterbrach sich bei der Erinnerung an diese Zeit. »Also bin ich in mich gegangen und habe versucht herauszufinden, was mir wirklich wichtig ist. Und das ist Ernährung, draußen sein, meinen Körper und meinen Geist stark und gesund halten. Ich bin ausgestiegen und habe eine Ausbildung zur Yogalehrerin gemacht. Das war eine der besten Entscheidungen meines Lebens.«

»Wie toll!«, säuselte ich. »Namaste.« Kaia nahm unter dem Tisch Reubens Hand. »Aber vor zwei Jahren hatte ich ein schlimmes Erlebnis, und danach habe ich noch einige viel einschneidendere Veränderungen durchgemacht…«

Sprechblase: noch da.

»Nachdem ich das irgendwie durchgestanden hatte, habe ich mir eingestehen müssen, dass es nicht ausreicht, nur mir selbst und meinen eigenen Bedürfnissen gerecht zu werden. Ich wollte über den Tellerrand hinausschauen. Ich wollte anderen Menschen helfen. Großzügig mit offener Hand und offenem Herzen geben, wenn das nicht allzu esoterisch klingt.« Ihre Wangen röteten sich. »Ach du lieber Himmel, und wie esoterisch das klingt«, sagte sie lachend, und ich musste daran denken, dass diese ganze Situation für sie sicher genauso unangenehm war wie für mich.

Reuben himmelte sie an, als säße die Muttergottes neben ihm auf der Bank. »Ich finde, das klingt überhaupt nicht esoterisch«, meinte er. »Oder, Sarah?«

Ich legte mein Handy kurz weg und sah ihn empört an. Erwartete er allen Ernstes, dass ich seiner neuen

Freundin Komplimente machte, damit sie sich noch wohler fühlte in ihrer pfirsichweichen Haut?

»Also, langer Rede kurzer Sinn, ich habe angefangen, mich ehrenamtlich im Children's Hospital zu engagieren«, beeilte sie sich zu sagen. Sie wollte offensichtlich gerne zum Ende kommen. »Als Spendensammlerin. Ich arbeite einen Tag die Woche für das Krankenhaus, oft auch mehr. Und das war's eigentlich. Jetzt weißt du alles über mich.«

»Ich arbeite immer gern mit den Spendensammlern vom CHLA zusammen«, entgegnete ich, heilfroh, wenigstens irgendeine Gemeinsamkeit entdecken zu können. »Großartige Menschen und famose Unterstützer unserer Organisation. Ich nehme an, so habt ihr beiden euch kennengelernt?«

Kaia schaute Reuben an, der etwas unsicher nickte. Schon okay, hätte ich ihm am liebsten gesagt. Ich bin eifersüchtig auf deine Freundin, ja. Aber nur, weil sie so erwachsen wirkt. So in sich ruhend und rundum zufrieden mit sich und der Welt. Nicht, weil ich dich immer noch will, du süßer kleiner Junge.

Das Schlimmste an der ganzen Sache, dachte ich, als ich wieder zum Handy griff (Sprechblase: noch da), war, dass ich mich in Eddie – mit dem ich gerade mal sieben Tage verbracht hatte – so rettungslos verliebt hatte. Ganz anders als bei Reuben, mit dem ich ganze siebzehn Jahre verheiratet gewesen war. Wenn also jemand ein schlechtes Gewissen haben müsste, dann ich, nicht Roo.

Ich legte das Handy mit dem Display nach unten auf den Tisch, während ich darauf wartete, dass Eddies Nachricht zugestellt wurde, und eine beängstigende Euphorie überkam mich. Das Warten hatte endlich ein Ende. Schon in wenigen Minuten würde ich mehr wissen.

Reuben wusste augenscheinlich nichts zu dieser Unterhaltung beizutragen, obwohl er seit Jahren in einem Job arbeitete, der ihn gelehrt hatte, auch unter nahezu unmöglichen Umständen zu kommunizieren. Er räusperte sich ein paar Mal umständlich, nur um dann unzusammenhängendes Zeug zu reden, wie dass man hier gar kein Chlor im Leitungswasser schmeckte oder sonst irgendeinen Unsinn.

Mein Handy vibrierte, und sofort stürzte ich mich darauf. Endlich. *Endlich.*

Aber es war nur eine Nachricht von Dad.

Liebes, wenn du noch nicht auf dem Weg nach Gloucestershire bist, bleib, wo du bist. Der neue Pflegedienst hat deinen Großvater im hohen Bogen rausgeworfen. Wir sind mit unserem Latein am Ende und nehmen ihn jetzt mit nach Hause und kümmern uns selbst um ihn. Er kann in Hannahs altes Zimmer ziehen. Bitte komm uns trotzdem besuchen. Wir haben dich lieb (und brauchen dich...), aber wenn du es auf morgen verschieben könntest, wären wir dir sehr dankbar. DAD x

202

Sofort ging ich wieder zu Messenger, ohne auf Reuben oder Kaia oder sonst wen zu achten.

Keine Nachricht. Eddie war immer noch online, aber die Sprechblase war verschwunden.

Mein Gesicht fiel in sich zusammen. Mein Herz genauso.

Ich zwang mich, Kaia anzusehen, die gerade mit mir redete. »Ich habe vor ein paar Jahren einige eurer Clowndoctors auf der Kinderkrebsstation gesehen«, sagte sie. Das durfte nicht wahr sein. Wo ist diese Nachricht? »Da war ein kleiner Junge, der war ganz schlimm krank und niedergeschlagen und stinkwütend wegen seiner Chemo, und er hat einfach dichtgemacht, als eure Jungs kamen. Hat sich mit dem Gesicht zur Wand gedreht und so getan, als seien sie gar nicht da.«

»Ich habe ihr erklärt, dass das öfter vorkommt«, meinte Reuben ganz stolz. »Darum arbeiten sie immer zu zweit.«

»So clever!«, zirpte Kaia. »Sie können einfach miteinander interagieren, und das Kind kann selbst bestimmen, ob es mitmachen will oder nicht. Stimmt's?«

»Stimmt genau«, erwiderte Reuben. »Wir überlassen den Kindern selbst die Entscheidung.«

Grundgütiger. Wer war dieses seltame Komikerduo, und wo war meine Nachricht?

»Er hat sich also demonstrativ weggedreht, und die Clowns haben angefangen, zusammen zu improvisieren, und irgendwann musste er lachen. Ich meine, sogar *ich* musste lachen! Als sie irgendwann wieder gingen, konnte er gar nicht mehr aufhören.«

Widerwillig nickte ich. Ich hatte das schon oft genug gesehen.

Verzweifelt auf der Suche nach etwas – irgendwas –, worauf ich mich konzentrieren konnte, das nicht Eddie war, fing ich an loszuplappern, wie ich Reuben das erste Mal nach seiner Ausbildung als Clowndoctor mit Kindern hatte arbeiten sehen. Kaia schaute mich freundlich interessiert an, während ich ohne Punkt und Komma herumblubberte, das kleine braun gebrannte Kinn auf eine kleine braun gebrannte Hand gestützt. Die andere hielt Reubens Hand. Irgendwann kam ich zum Ende und schaute auf mein Handy. Ich sah seine Antwort schon vor mir. Wie sie aussah. Wie lang sie war. Das grau unterlegte Feld, in dem sie stand.

Aber da war nichts. Sie war nicht da, und Eddie war wieder offline.

»Möchte jemand noch was zu trinken?«, fragte ich und kramte konfus das Portemonnaie aus der Handtasche. »Wein?« Ich schaute auf die Uhr. »Es ist Viertel nach zwölf. Da ist das völlig legitim.«

Während ich an der Theke stand und wartete, schlang ich die Arme um mich und wusste selbst nicht so recht, ob ich mich trösten oder mich irgendwie zusammenhalten wollte.

Zwanzig Minuten später, als mein einsames Glas Wein langsam den Schmerz ein wenig betäubte, entschuldigte Kaia sich, um zur Toilette zu gehen. Ich sah ihr nach, wie die schlanken Beine sich unter dem Kleid bewegten, und stellte mir vor, wie Kaia Reuben nach der Arbeit abholte, um mit ihm zum Essen zu gehen oder vielleicht einen kleinen Abendspaziergang durch den Griffith Park zu machen. Kaia bei unserer Weihnachtsfeier oder beim Grillfest im Sommer. Kaia bei Reubens entzückenden, übernervösen Eltern in Pasadena. Denn das würde alles so kommen. (*Sie passt viel besser zu dir*, konnte ich mir nur zu gut vorstellen, würde Reubens Mum zu ihm sagen. Sie hatte insgeheim immer befürchtet, ich könnte eines Tages wieder nach England zurückgehen und ihren einzigen Sohn einfach mitnehmen.)

»Sie ist wirklich allerliebst«, versicherte ich Reuben.

»Danke«, erwiderte er und sah mich erleichtert an. »Danke, dass du so nett zu ihr bist. Das ist ihr wirklich wichtig.«

»Wir beide haben einander gebraucht«, meinte ich nach kurzem Schweigen und überraschte ihn damit genauso wie mich selbst. »Und jetzt brauchen wir uns nicht mehr. Du hast ein entzückendes Mädchen kennengelernt, und ich freu mich sehr für dich, Roo. Wirklich.«

»Ja«, seufzte er, und ich hörte die Freude ganz tief in seinem Herzen. Es war, als hätte Reuben einen dieser langen, tiefen Atemzüge gemacht, wie ganz am Anfang einer Yogastunde, und nicht mehr in den normalen Atemrhythmus zurückgefunden.

»Hey«, setzte Reuben an. Er wirkte etwas verlegen. »Hey, hör zu, Sarah, ich… ich muss schon sagen, die Mails, die du da gestern Nacht verschickt hast, so kenne ich dich gar nicht. Du klangst… nicht unbedingt sehr sachlich. Und du hast diese Dokumente an unsere Treuhänder verschickt, ohne Rücksprache mit einem von uns. Ganz zu schweigen davon, dass du einem Kind versprochen hast, unsere Clowns würden seine Schwester besuchen, ohne vorab das betreffende Krankenhaus zu kontaktieren. Ich war gelinde gesagt etwas erstaunt.«

Kaia schlängelte sich durch die Tische zu uns zurück. »Ich weiß«, entgegnete ich matt. »Ich hatte einen schlechten Tag. Wird nicht wieder vorkommen.«

Er beäugte mich sehr genau. »Ist alles in Ordnung?«

»Bestens. Nur bisschen müde.«

Er nickte bedächtig. »Tja, sag Bescheid, wenn du mich brauchst. Wir dürfen nicht den Fehler machen, eigenmächtig die Vorschriften zu umgehen.«

»Ich weiß. Hey, hör zu, wir müssen über das Hospizangebot sprechen.«

»Klar«, meinte Reuben. »Jetzt gleich?«

»Wir können doch nicht darüber reden, wenn Kaia mit am Tisch sitzt.«

Reuben runzelte die Stirn. »Ach, ihr macht das nichts aus.«

»Mir aber. Geschäft ist Geschäft, Roo.«

»Nein«, widersprach Reuben. »Nein. Was wir machen, ist Wohltätigkeitsarbeit. Kein Geschäft. Und Kaia versteht das. Sie ist Freund, nicht Feind, Sarah.«

Ich zwang mich zu einem Lächeln. Er hatte recht. In letzter Zeit hatten immer alle recht. Alle außer mir.

Vierzig Minuten später gingen Reuben und Kaia. Reuben hatte darauf bestanden, einen groben Plan für das Angebot auszuarbeiten. Allen meinen Einwänden zum Trotz. Und ich hatte gute Miene zum bösen Spiel gemacht. Denn wie sollte ich auch nicht? Kaia hatte zumindest so viel Taktgefühl besessen anzubieten, sie könne so lange draußen warten, damit wir ungestört reden konnten. (»Nein, nicht nötig!«, hatte Reuben protestiert. »Wir haben keine Geschäftsgeheimnisse.«)

Zum Abschied hatte Kaia mich auf die Wange geküsst und mich umarmt. »Es war wirklich toll, dich kennenzulernen«, hatte sie gestrahlt. »*So* toll.«

Und ich hatte »gleichfalls« gesagt, denn eigentlich hatte diese Frau nichts an sich, was nicht durch und durch liebreizend und entzückend war.

Als sie weg waren, schaltete ich das Handy aus und den Laptop ein und machte mich an die Arbeit. Gäste kamen und gingen. Thunfischsalat und Fritten, auf denen sich wabbelige Mayonnaisepyramiden türmten, wurden vorbeigetragen. Mit Bürolippenstift verschmierte Weingläser und hopfige Ales in Pintgläsern wurden geleert. Draußen versteckte sich die Sonne hinter einem grauen Laken. Regen fiel, Wind wehte, die Sonne kam wieder zum Vorschein. Das Südufer dampfte, Regenschirme wurden ausgeschüttelt.

Es war am fünften Tag unserer Affäre gewesen, als ich Eddie David angeschaut und gedacht hatte: Ich würde den Rest meines Lebens mit dir verbringen. Ich würde Ja sagen, jetzt und hier, und ich weiß, ich würde es nicht bereuen.

Das brütend heiße Wetter war schließlich brodelnd und tosend umgeschlagen, und ein Sturm wütete über das Land. Blitzend und brüllend hämmerte er gegen das Dach von Eddies Scheune. Wir lagen im Bett unter einem Oberlicht, das er, wie er sagte, eigentlich nur zum Sternegucken und Wetterbeobachten eingesetzt hatte. Kopf an Fuß wie zwei kleine Sardinen in der Büchse lagen wir da, und Eddie massierte gedankenverloren meine Zehen, während er nach oben in den tobenden Himmel schaute.

»Ich frage mich, was Lucy, das Schaf, wohl dazu sagen würde«, meinte er. Ich musste lachen, als ich mir vorstellte, wie Lucy empört unter einem Baum Schutz gesucht hatte und missvergnügt blökte.

»Die Unwetter in L.A. sind absolut apokalyptisch«, sagte ich. »Weltuntergang.«

Nach kurzem Schweigen fragte er: »Freust du dich schon auf zu Hause?«

»Eigentlich nicht.«

»Warum?«

Ich stützte den Kopf auf die Hand, damit ich ihn anschauen konnte. »Dreimal darfst du raten.«

Zufrieden schob er meinen Fuß unter seinen Kopf und meinte: »Na ja, weißt du, die Sache ist die: Ich will dich auch gar nicht gehen lassen.«

Und ich lächelte zurück und dachte: Wenn du mich bitten würdest zu bleiben, wenn du mir sagen würdest, wir könnten uns hier ein gemeinsames Leben aufbauen, ich würde nicht gehen. Obwohl ich dich erst ein paar Tage kenne, obwohl ich mir geschworen habe, nie mehr zurückzukehren. Für dich würde ich bleiben.

Es war beinahe vier, als ich schließlich meine Sachen packte, um zu gehen. Ich schaltete das Handy ein, obwohl ich eigentlich gar nichts mehr erwartete. Ich hatte eine Nachricht von einer unbekannten Nummer.

finger weg von eddie, stand da.

Keine Satzzeichen, keine Anrede, keine Großbuchstaben. Nur *finger weg*.

Ich setzte mich wieder. Las die Worte noch ein paar Mal. Die Nachricht war um Punkt fünfzehn Uhr verschickt worden.

Wie benommen hockte ich da und wusste nicht, was tun. Nach kurzem Zögern wählte ich schließlich Jos Nummer.

»Komm her«, befahl sie entschlossen. »Komm auf der

Stelle zu mir, Süße. Rudi ist bei seinem Opa. Du kriegst ein Glas Wein und dann rufen wir da an und finden raus, wer das war, und gehen der Sache gemeinsam auf den Grund. Okay?«

Draußen schüttete es schon wieder sintflutartig, und über der Themse tobte ein Unwetter wie ein steingrauer Wutanfall. Trommelnd, hämmernd, lärmend. Genau wie damals, als Eddie und ich zusammen im Bett gelegen hatten. Ich wartete ein paar Minuten ab und gab dann schließlich auf. Gottergeben trottete ich, ohne Schirm und Mantel, in Richtung Waterloo.

Neunzehntes Kapitel

Hallo du,

du hattest vorhin angefangen, mir zu schreiben. Was wolltest du mir sagen? Warum hast du es dir anders überlegt? Bringst du es wirklich nicht über dich, mit mir zu reden?

Anscheinend nicht.

Ich mache einfach da weiter, wo ich beim letzten Mal aufgehört habe.

Ein paar Monate nach meinem siebzehnten Geburtstag war ich in einen schrecklichen Autounfall auf der Cirencester Road verwickelt. An dem Tag habe ich meine Schwester verloren, und ich habe mein Leben verloren – zumindest das Leben, das ich kannte. Denn schon wenige Wochen später musste ich mir schmerzlich eingestehen, dass ich hier nicht bleiben konnte. In Frampton Mansell. In Gloucestershire. Oder überhaupt in England. Es war wirklich eine schlimme, dunkle Zeit.

Mein Leben war ein Scherbenhaufen. Verzweifelt habe ich Tommy angerufen. Der lebte da schon seit zwei Jahren in L.A. Er meinte nur: »Steig in den nächsten Flieger«, und das habe ich dann auch gemacht. Wortwörtlich. Am nächsten Tag war ich weg. Mum und Dad waren wirklich wunderbar. So unglaublich selbstlos. Mich in dieser schweren Zeit einfach gehen zu lassen. Ob sie auch so großherzig gewesen wären, wenn sie gewusst hätten, was das mit unserer Familie machen würde? Ich weiß es nicht. Aber wie dem auch sei, sie haben mein Wohlergehen über ihr eigenes gestellt, und am nächsten Morgen war ich in Heathrow.

Tommys Familie lebte in einer angesagten Wohngegend von L.A., in einer Straße namens South Bedford Drive, die so breit war wie der M4. Ihr Haus war ein seltsames graubraunes Gebilde, das aussah, als hätte man eine spanische Finca mit einem altenglischen Herrenhaus gekreuzt. Bei meiner Ankunft stand ich, mit flauem Magen und ganz schwindelig vor Hitze und Jetlag, ungläubig staunend davor und hatte das Gefühl, ich sei auf dem Mond gelandet.

Wie sich schnell herausstellte, war ich aber bloß in Beverly Hills. »Eigentlich können wir es uns gar nicht leisten, hier zu wohnen«, meinte Tommy düster, als er mich herumführte. Sie hatten einen Pool! Einen richtigen Swimmingpool! Mit Holzdeck und Tisch und Stühlen und Kletterpflanzen und Rosen und tropischen Gewächsen, die wie rosa Wölkchen in Hängekübeln schwebten.

»Die Miete ist eine Unverfrorenheit. Ich kann mir beim besten Willen nicht erklären, wie sie das schaffen. Aber Mum platzt vor Stolz, wenn sie vor ihren alten Bekannten zu Hause in England damit angeben kann, Saks sei sozusagen ihr Supermarkt.«

Und obwohl Tommys Mum eigentlich kaum wiederzuerkennen war und ihre Gedanken anscheinend nur noch um banale Oberflächlichkeiten wie Kleider und Schönheitsbehandlungen und Lunches, bei denen sie ganz sicher nie einen einzigen Bissen aß, kreisten, merkte sie doch gleich, dass ich dringend Hilfe brauchte. Freundlich versicherte sie mir, ich könne bleiben, solange ich wollte, und sagte mir, wo ich den exotisch anmutenden Frozen Yoghurt bekam, von dem Tommy mir in seinen Briefen vorgeschwärmt hatte. »Aber bitte nur in Maßen«, hatte sie mich streng ermahnt. »Wir wollen ja nicht, dass du fett wirst.«

Hinter dem akkurat gemähten Rasenrechteck ihres hoch umzäunten Gartens erstreckte sich eine Stadt, die mich zugleich faszinierte und erschreckte. Nie werde ich vergessen, wie ich das erste Mal eine von Palmen gesäumte schnurgerade Allee sah, die geradewegs bis in den Himmel zu führen schien. Gigantische Straßenschilder, die von den Ampeln baumelten. Unaufhörliches Flugzeuggeheul, Nagelstudios und zerklüftete Berge, livrierter Parkservice und Boutiquen voller unvorstellbar unerschwinglicher, aber fantastisch schöner Kleider. Ich staunte wie ein kleines Kind. Wochenlang lief ich mit großen Augen und offenem Mund durch die Stadt. Alles war neu und aufregend. Die Menschen, die bunten Lichtergirlanden, der unendliche blassgoldene Sandstrand und der Pazifik, der unablässig donnernd an die Küste vor Santa Monica brandete.

Schnell ging mir auf, dass Tommys großzügiges Angebot, ihn zu besuchen, nicht ganz selbstloser Natur gewesen war.

Er war einsam. Er war zwar den unerbittlichen Hänseleien unserer früheren Klassenkameraden entflohen, aber sonst hatte sich eigentlich nichts geändert. Weder die Beziehung zu seiner Familie oder die zu sich selbst noch sein Vertrauen in die Menschheit hatten sich irgendwie zum Besseren gewendet. Die frühen Anzeichen einer Selbstwahrnehmungsstörung, die er bereits gezeigt hatte, als er aus England weggegangen war, schienen sich verfestigt und verdichtet zu haben. Er aß entweder gar nichts oder alles, trainierte manchmal zwei- oder dreimal am Tag, und sein Schlafzimmer war vollgestopft mit Klamotten, an denen noch die Preisschilder hingen. Er schien sich dafür zu schämen, als er mich das erste Mal hineinließ. Als könnte ein Teil von ihm sich noch an den Tommy erinnern, der er früher einmal gewesen war, bevor dann irgendwie alles schiefging.

Eines Tages fragte ich ihn ganz unverblümt, ob er womöglich doch schwul war. Da waren wir gerade auf dem Farmer's Market und standen vor einem Taco-Stand Schlange, und Tommy fing an, irgendeinen Quatsch zu murmeln von wegen, er hätte eigentlich überhaupt keinen Hunger. Und ich weiß noch, wie ich da stand und mir mit unserem Parkschein ein bisschen Luft zufächelte und die Frage einfach so aus mir herausprudelte.

Keiner von uns beiden hatte damit gerechnet. Ein paar Sekunden lang starrte er mich nur an und meinte dann trocken: »Nein, Harrington. Ich bin ganz sicher nicht schwul. Und was zum Teufel hat das bitte mit Tacos zu tun?«

Hinter uns gluckste jemand und versuchte krampfhaft,

ein Lachen zu unterdrücken. Peinlich berührt zog Tommy den Kopf ein. Ich drehte mich um, und da stand ein Mädchen, vielleicht ein, zwei Jahre älter als ich, und lachte ganz ungeniert. »Sorry«, prustete sie mit unüberhörbarem Londoner Akzent. »Aber ich habe eure Unterhaltung zufällig mitgehört. Du, Süße« – noch immer lachend zeigte sie mit dem Finger auf mich – »lass dir eins gesagt sein: Manieren gehen anders.«

Tommy war ganz ihrer Meinung.

Und ich auch.

Aus der einen Stunde, die wir zusammen an einem wackligen Tisch saßen und Tacos aßen, sollte eine lebenslange Freundschaft werden. Das Mädchen, Jo, hatte sich gerade als mobile Kosmetikerin selbstständig gemacht und hauste in einem heruntergekommenen Apartment ganz in der Nähe. In den darauffolgenden Monaten ging ihr schleichend das Geld aus, bis sie schließlich wieder nach England zurückmusste. Aber vorher hatte sie uns beide mit ihrer rauen, aber herzlichen Art so weit in Richtung Glück und Normalität geschubst, geknufft und getreten, dass wir irgendwie weitermachen konnten. Sie brachte uns zum Reden – woran wir beide bisher kläglich gescheitert waren – und zwang uns erbarmungslos, zu Partys, Gratiskonzerten und an den Strand zu gehen. Sie kann so pieksig sein wie ein gereiztes Stachelschwein, unsere liebe Jo Monk, aber die Frau strotzt nur so vor Mitgefühl und Löwenmut. Ich vermisse sie immer ganz schrecklich, wenn ich nicht in England bin.

Es wurde September, und eigentlich musste ich wieder nach England zurück, um meinen Schulabschluss zu machen. Aber ich konnte nicht. Immer, wenn ich mit meinen Eltern telefonierte und sie das Gespräch auf dieses Thema brachten, brach ich prompt in Tränen aus. Mum wusste dann nichts mehr zu sagen, und irgendwann ging Dad unten an den anderen Apparat vor dem Gästeklo und riss irgendwelche albernen Witzchen. Mum gab sich allergrößte Mühe, sich nichts anmerken zu lassen und heiter und unbeschwert zu wirken, aber eines Tages rutschte es ihr heraus, ehe sie sich auf die Zunge beißen konnte. »Du fehlst mir so sehr, dass es wehtut«, wisperte sie. »Ich will meine Familie wiederhaben.« Selbsthass schnürte mir die Kehle zu, und ich brachte kein Wort heraus.

Am Ende ließen sie sich dazu überreden, mich ein Schuljahr aussetzen und meinen Abschluss um ein Jahr verschieben zu lassen – ich durfte also noch ein bisschen bleiben. Später besuchten sie mich, und obwohl ich mich freute, sie zu sehen, war es für mich doch kaum zu ertragen, dass Hannah nicht dabei war. Immer wieder wollten die beiden über sie reden, aber für mich war es schier nicht auszuhalten. Insgeheim war ich erleichtert, als sie wieder in den Flieger stiegen.

Und dann lernte ich Reuben kennen und suchte mir einen Job und beschloss, dass es an der Zeit war, jemand zu werden, dem ich im Spiegel wieder in die Augen schauen konnte. Aber davon erzähle ich dir dann beim nächsten Mal.

Sarah

PS: Morgen fahre ich nach Hause zu meinen Eltern. Großvater ist übergangsweise bei ihnen eingezogen. Wenn du in Gloucestershire bist und reden willst, ruf mich an.

Zwanzigstes Kapitel

»Sarah!« Dad nahm mich fest in die Arme. Er sah ziemlich erschöpft aus. »Gott sei Dank«, brummte er. »Gott sei Dank bist du da. Die kleine, leise Stimme der Vernunft.«

Er bot mir ein Glas Wein an, das ich dankend ablehnte. Nach dem Treffen mit Reuben und Kaia gestern in dem Café an der Southbank und der Nachricht, ich solle mich von Eddie fernhalten, war ich bei Jo gewesen und hatte viel zu viel getrunken. Heute Morgen beim Aufwachen hatte mein Körper mir unmissverständlich klargemacht, dass er den Genuss alkoholischer Getränke in absehbarer Zeit nicht mehr tolerieren würde.

»Ach, Sarah.« Mum drückte mich zur Begrüßung. »Ich habe ein schrecklich schlechtes Gewissen wegen der letzten Wochen. Es tut mir so leid.« Meine Mutter entschuldigte sich immer ausgiebig für ihre vermeintlichen Fehler und Schwächen, obwohl sie sich nie etwas anderes hat zuschulden kommen lassen, als mich seit dem Tag meiner Geburt mit Liebe zu überschütten und sich aufopferungsvoll um mich zu kümmern.

»Hör endlich auf. Ich hatte einen wunderbaren Urlaub. Ihr habt mich doch in Leicester gesehen. Habe ich da nicht glücklich und zufrieden gewirkt?«

»Na ja, einigermaßen.«

Ich wusste nicht so recht, warum ich ihnen noch immer nichts von Eddie erzählt hatte. Vielleicht weil ich wegen des Jahrestags des Unfalls hier war, und nicht, um mich mit einem gut aussehenden Fremden in den Kissen zu wälzen. Oder vielleicht, weil ich mir, schon als ich in Leicester gewesen war, langsam so meine Gedanken gemacht hatte.

Oder vielleicht, dachte ich dann, während ich Mum einen bunten Blumenstrauß in die Hand drückte, weil ich insgeheim längst gewusst hatte, dass aus uns nichts werden würde. Genauso, wie ich damals, als Reuben und ich uns an unserem Hochzeitstag gegenüberstanden, gedacht hatte: Irgendwann wird er mir wieder genommen. Genau wie Hannah.

Mum stellte die Blumen in eine Vase und tauschte sie dann gegen eine andere. Und dann noch eine andere. »Guck nicht so«, sagte sie, als sie merkte, wie ich sie dabei beobachtete. »Ich bin jetzt in Rente, Sarah. Ich habe mir das Recht hart erarbeitet, meine Blumen dreimal am Tag neu zu arrangieren, wenn mir danach ist.«

Ich lächelte und war heimlich erleichtert. Das letzte Mal, als ich Mum gesehen hatte, da hatte sie so klein und zerbrechlich gewirkt. Zerdrückt wie ein Karton im Altpapier. Es war ganz eigenartig gewesen, sie so zu sehen. Denn von dem einen oder anderen Tiefpunkt abgesehen war sie in den Jahren nach dem Unfall ein nahezu unerschütterlicher Fels in der Brandung gewesen. Und nur deswegen hatten mich meine Schuldgefühle auch nicht vollends zerfressen, sie mit all dem Schmerz und dem Chaos einfach so alleingelassen zu haben.

Heute war sie – und Dad übrigens auch – so wie immer: liebenswürdig, verlässlich, gelassen. Und leicht alkoholisiert, dachte ich, als ich sah, wie Mum sich einen Wein einschenkte, obwohl wir doch gleich in den Pub gehen wollten. *Stell sie nicht auf ein Podest. Sie haben einfach ihre eigene Art, mit den Dingen umzugehen.*

Ich schaute hoch zur Decke und senkte die Stimme. »Wie ist es mit ihm? Wie geht es ihm?«

»Er ist ein hundsgemeiner alter Stinkstiefel«, erklärte Mum unverblümt. »Und ich darf das sagen, weil er mein Vater ist und ich ihn liebe und ich weiß, was für schwere Zeiten er durchgemacht hat. Aber man kann es einfach nicht anders sagen – er ist ein hundsgemeiner alter Stinkstiefel.«

»Ist er«, pflichtete Dad ihr bei. »Wir führen eine Strichliste mit seinen Beschwerden. Heute sind wir schon bei dreiunddreißig, und es ist gerade mal Viertel vor eins. Willst du nichts trinken?«

»Ich habe einen Kater.«

Mum ließ den Kopf hängen. »Ach, ich fühle mich wirklich mies, wenn ich so über ihn herziehe«, seufzte sie. »Aber er ist einfach unmöglich, Sarah. Unerträglich.

220

Er treibt uns alle in den Wahnsinn. Aber eigentlich tut er mir schrecklich leid. Er lebt schon so lange allein. Was ist das für ein Leben, eingesperrt ganz einsam in diesem Haus und niemand zum Reden.« Meine Großmutter, eine Frau, die so rundlich war, dass sie auf Fotos fast aussah wie eine Kugel, war mit gerade einmal vierundvierzig Jahren an einem Herzinfarkt gestorben. Ich hatte sie nie kennengelernt.

»Na ja, wenigstens hat er euch beide. Ganz sicher genießt er eure Gesellschaft, auch wenn er es sich nicht anmerken lässt.«

»Er führt sich auf, als sei er von Terroristen gekidnappt worden«, meinte Mum seufzend. »Als ich ihm heute Morgen seine Tabletten gebracht habe, meinte er doch allen Ernstes: ›Ich fasse es nicht, dass ihr mich in dieses gottverdammte Loch verschleppt habt.‹ Ich war kurz davor, seinem Leiden ein Ende zu bereiten.«

Dad musste lachen. »Du bist wie ein Engel zu ihm«, sagte er und gab ihr einen zärtlichen Kuss. Ich guckte schnell weg, leicht angeekelt, sehr gerührt und ehrlich gesagt ein kleines bisschen eifersüchtig. Sie wirkten immer noch so glücklich miteinander, meine Eltern. Dad hatte Mum als junger Kerl jeden Abend ausgeführt, bis sie endlich Ja gesagt hatte. Er hatte sie angerufen, ihr geschrieben, ihr Geschenke gemacht. Er hatte sie zu Konzerten eingeladen, und sie durfte bei ihm am Mischpult sitzen. Nie hatte er sie enttäuscht. Nie hatte er sich nicht gemeldet.

Ich fragte, ob ich nach oben gehen und Hallo sagen sollte, ehe wir zum Lunch in den Pub gingen.

»Dein Glück, er schläft gerade«, meinte Mum. »Aber er wird dich ganz sicher sehen wollen.«

Mit hochgezogener Augenbraue schaute ich sie skeptisch an.

»Insofern man behaupten kann, dass er je irgendwen sehen möchte.«

Wir saßen draußen vor dem Crown, obwohl es eigentlich zu kühl dafür war. Windböen wirbelten die Haare meiner Mutter auf wie lodernde rote Flammen, und Dad saß da wie der Glöckner von Notre-Dame. Vielleicht, weil er ein bisschen betrunken war, oder weil der Tisch auf seiner Seite schief stand und sich schräg zum Hügel hinunterneigte. Auf der Wiese, die oberhalb des Wegs steil bergan ging, war ein Schaf in die Knie gegangen und graste inmitten der pieksenden Brennnesseln. Ich lachte, und dann hörte ich auf zu lachen. Und fragte mich, ob ich Schafe wohl je wieder komisch finden würde.

»Erzähl mir von dieser Cello-Geschichte«, sagte ich zu Dad. Auf dem Weg hierher hatte Mum mir gesagt, er habe kürzlich angefangen, Unterricht zu nehmen.

»Aha! Also, es fing alles letzten Herbst an, als ich mit Paul Wise ein paar Bier getrunken habe und er meinte, er hätte gerade in der Zeitung gelesen, ein Instrument zu spielen würde das Gehirn bis ins hohe Alter fit und gesund halten...«

»Also ist er kurzerhand nach Bristol gefahren und hat sich ein Cello gekauft«, fiel Mum ihm ins Wort. »Zuerst war es ganz grauenhaft, Sarah. Furchtbar. Ein Gemetzel. Paul ist vorbeigekommen und hat ihm zugehört…«

»Und der Mistkerl stand da und hat sich kaputtgelacht«, vollendete Dad den Satz. »Also habe ich geübt wie ein Wahnsinniger, und dann habe ich mir in Brisley einen Lehrer gesucht, und bald bin ich schon auf Stufe zwei. Paul wird das Lachen noch im Halse stecken bleiben.«

Ich hob das Glas und wollte einen Toast auf Dad ausbringen, just in dem Moment, als ein Specht mit seinem steinharten Schnabel einen rasanten Trommelwirbel an einem Baumstamm hämmerte. Kraftlos sank meine Hand zurück auf den Tisch. Das Geräusch erinnerte mich so sehr an Eddie, an unsere gemeinsame Zeit, dass ich kein Wort mehr herausbrachte.

Das zähe Grummeln im Magen war wieder da.

Meine Eltern redeten über Großvater, während ich eine Familie beobachtete, die vor einem flammend rot blühenden Rittersporn saß. Die Eltern sahen aus wie meine: gesetztes Alter, leicht ergraut, Falten im Gesicht – aber noch immer fest mit beiden Beinen im Leben stehend. Mittendrin, nicht wehmütig zurückblickend. Und ihre Töchter hätten Hannah und ich sein können, wenn wir beide heute hier zusammensäßen. Die jüngere der beiden ereiferte sich gerade mit großer

Vehemenz und Leidenschaft über ein mir unbekanntes Thema, und ich starrte sie an wie hypnotisiert und stellte mir meine kleine Schwester als erwachsene Frau vor. Die erwachsene Hannah hätte sicher zu allem eine Meinung und würde die auch lautstark vertreten, überlegte ich. Nichts ginge ihr über eine hitzige Diskussion, und sie würde keinem Streit aus dem Weg gehen. Sie wäre eine dieser Frauen, die Komitees leiteten und vor denen die anderen Eltern in der Klasse insgeheim alle ein bisschen Angst hatten.

»Sarah?« Mum schaute mich eindringlich an. »Ist alles in Ordnung?«

»Alles bestens«, erwiderte ich.

Und dann: »Die Familie da drüben.«

Mum und Dad sahen hin. »Ach, ich glaube, das ist ein Freund unserer Nachbarn«, meinte Dad. »Patrick? Peter? Irgendwas mit ›P‹.«

Mum sagte nichts. Sie wusste, was ich meinte.

»*Das* ist alles, was ich will«, murmelte ich leise. »An einem Tisch zu sitzen mit euch und mit Hannah. Ich würde alles dafür geben, wenn wir alle zusammen an einem Tisch sitzen könnten. Miteinander reden, essen.«

Mum ließ den Kopf hängen, und ich spürte, wie Dad stocksteif wurde. Wie immer, wenn wir über Hannah sprachen. »Nun ja, das wünschen wir uns auch«, meinte meine Mutter. »Mehr, als wir es sagen können. Aber ich glaube, wir haben alle lernen müssen, dass es besser ist, auf das zu schauen, was man hat, nicht auf das, was man nicht hat.«

Eine dicke graue Wolkenwand schob sich vor die Sonne, und ich schauderte. Das sah mir mal wieder ähnlich. Dass ich irgendwas sagte, was meine Eltern traurig machte. Das sie daran erinnerte, wie es hätte sein können.

Um sechs Uhr konnte ich nicht mehr. Mein Herz hämmerte wie wild, und meine Gedanken stoben taumelnd in alle Himmelsrichtungen wie die zarten kleinen Flugschirmchen eines Löwenzahns im Wind. Ich sagte meinen Eltern, die gelinde gesagt bestürzt waren, ich wolle eine kleine nachmittägliche Laufrunde drehen.

»Mein neues Sportprogramm«, schwindelte ich lächelnd und hoffte, sie würden diese illusorische Seifenblase nicht zerplatzen lassen.

Ich verabscheute mich selbst zutiefst, als ich nach oben ging, um mich umzuziehen. Ich wusste nicht, was schlimmer war: Dass ich mich schon fast an dieses hibbelig-aufgeputschte Nervenbündel, das ich geworden war, gewöhnt hatte oder dass ich keine andere Lösung wusste, als mich vollkommen zu verausgaben und alle, denen ich am Herzen lag, nach Strich und Faden anzulügen.

Sagst du mir noch mal, wann du wieder nach L.A. fliegst?, hatte Tommy geschrieben, kurz bevor ich gefahren war.

Fliege Dienstag um 6.15 Uhr morgens von Heathrow. Bin auch mucksmäuschenstill.

Okay. Dann übernachtest du also am Montag hier?

Wenn euch das recht ist. Am Montag muss ich zu einer Konferenz nach Richmond. Müsste gegen halb acht abends wieder zu Hause sein. Aber wenn euch das irgendwelche Umstände macht, könnte ich auch bei Jo auf der Couch campieren? Ich könnte nur zu gut verstehen, wenn du und Zoe allmählich genug von mir habt!

Nein, alles gut. Zoe ist wieder in Manchester. Dann bist du Sonntagabend also nicht hier?

Negativ. Warum? Erwartest du Damenbesuch?

Öhm, nein.

Na prima. Also dann, bis Montagabend, Tommy. Alles okay?

Alles bestens. Wegen Montagmorgen: Fährst du direkt zu deiner Konferenz oder kommst du erst hierher?

Ich runzelte die Stirn. Tommy und Zoe waren bisher bemerkenswert großzügig gewesen, was die Bereitstellung ihres Gästezimmers betraf. Jetzt und bei all meinen vorherigen Besuchen. Sie hatten mir einen eigenen Schlüssel gegeben und mir gesagt, ich solle mich wie zu Hause fühlen. Und wenn wir nicht gerade ausnahmsweise vorhatten, gemeinsam zu kochen, konnte ich mich nicht daran erinnern, dass Tommy mich je gefragt hatte, wann ich kommen und wann ich gehen würde.

Eigentlich wollte ich zuerst zu dir, aber ich kann auch gleich nach Richmond fahren, wenn dir das lieber ist?, schrieb ich.

Nein, antwortete Tommy. *Alles gut. Wir sehen uns dann. Und denk nicht mal im Traum daran, Eddie nachzustellen, während du da unten bist, okay? Spontane Höflichkeitsbesuche, zufällige Laufrunden um sein Haus und Abstecher in diesen Pub sind absolut tabu. Verstanden?*

Verstanden. Schönes Wochenende mit deiner geheimnisvollen Damenbekanntschaft. Xx

Vorsicht!, schrieb er. Und dann: *Ich meine es todernst, Harrington. Halte dich von ihm fern, kapiert?*

Für einen kurzen Moment fragte ich mich ernsthaft, ob Tommy mir das schrieb, weil *er* sich heute Abend mit Eddie treffen wollte. Ich dachte eine ganze Weile über diese Möglichkeit nach, bis mir aufging, wie absurd und abwegig dieser Gedanke war.

Würde ich tatsächlich bis nach Sapperton laufen, in der Hoffnung, Eddie zufällig zu begegnen? Die Idee brütete ich schon seit Tagen aus. Obwohl, wer wusste schon, ob er überhaupt hier unten in Gloucestershire war oder oben in London. Oder irgendwo in den Weiten des Weltraums. Und was würde ich machen, wenn ich ihm wirklich über den Weg lief?

Aber eigentlich wusste ich schon jetzt, ich würde bis nach Sapperton laufen, und ich wusste auch, danach würde ich mich umso elender fühlen. Und doch konnte oder wollte ich es nicht anders.

Diese Laufrunde war, wie ich mir die Anfänge einer Psychose vorstellte. Wo ich auch hinschaute, überall sah ich Eddie. Er beobachtete mich aus den Zweigen eines Baums, saß auf einer alten Scheune, wanderte durch die Wiesen, die zwischen den mäandernden Armen des Flüsschens lagen. Und es dauerte nicht lange, da gesellte sich Hannah auch zu ihm. In denselben Sachen, die sie damals getragen hatte, an diesem schrecklichen Tag.

Ich hielt gerade auf den Kanal zu, als ich schemenhaft eine Frau aus Richtung Sapperton auf mich zukommen sah. Wenigstens sie wirkte echt: Regenmantel, zurückgebundene Haare, Wanderschuhe. Bis sie stehen blieb, ganz unvermittelt, und mich finster anstierte.

Aus mir unerfindlichen Gründen hörte ich auf zu laufen und starrte reglos zurück. Irgendwas an ihr erschien mir vertraut, und doch wusste ich ganz genau, ich hatte diese Frau noch nie im Leben gesehen. Sie war zu weit weg, um zu erkennen, wie alt sie war, aber sie wirkte wesentlich älter als ich.

Eddies Mutter? Konnte das sein? Mit zusammengekniffenen Augen spähte ich zu ihr hinüber, konnte aber keine Ähnlichkeiten ausmachen. Eddie war breitschultrig, groß und kräftig. Diese Frau dagegen auffallend schmal und zierlich mit einem spitzen Kinn. (Und selbst wenn es Eddies Mutter war, warum sollte sie mitten auf dem Fußpfad stehen bleiben und mich derart ungeniert anglotzen? Eddie hatte gesagt, sie sei depressiv, nicht verrückt.) Außerdem wusste sie gar nicht, dass es mich überhaupt gab.

Ein paar Sekunden stand sie noch da, dann drehte sie sich abrupt um und stiefelte in die Richtung davon, aus der sie gekommen war. Sie marschierte stramm, aber ihre Bewegungen wirkten abgehackt, als fiele ihr das Laufen schwer. Das hatte ich schon oft nach schweren Unfällen bei rekonvaleszenten Kindern gesehen.

Lange stand ich da und sah ihr noch nach, als sie schon längst verschwunden war.

War das eine Konfrontation gewesen, ein Duell, oder hatte die Frau nur einen kleinen Spaziergang gemacht und war hier umgekehrt, um wieder nach Hause zurückzugehen? Einen anderen Rückweg gab es nicht. Entweder man lief den ganzen Weg, der sich mehrere Meilen durch die hügelige Landschaft schlängelte, bis nach Frampton Mansell, oder man drehte irgendwann um und ging zurück nach Sapperton.

Ich drehte mich ebenfalls um und lief heimwärts. Ein paar Mal kam es mir vor, als ginge Eddie auf dem Pfad hinter mir. Aber immer, wenn ich mich umdrehte, war der Weg menschenleer. Selbst die Vögel waren stumm.

Ich halte das nicht aus, dachte ich, als ich ein paar Minuten später auf der Veranda vor dem Haus meiner Eltern stand. Ich halte das nicht aus. Wie hatte es nur so weit kommen können? Dass ich ausgerechnet in diesem Tal jemandem nachlief, den ich längst verloren hatte?

Gleich neben der Garderobe hinter der Haustür hing ein gerahmtes Bild von Hannah und mir auf der Wiese hinter dem Haus. Ich saß in einem Karton, Hannah daneben, einen Blumenstrauß in der kleinen Faust. Ihre Hose starrte vor Schmutz und war voller Schlieren vom Schlamm und den Wurzeln der Blumen. Sie verzog das kleine Gesicht und stierte angestrengt in die Kamera. Es sah so komisch aus, dass es mir im Herzen wehtat, das zu sehen. Ich schaute sie an, meine geliebte kleine Hannah, und spürte den Schmerz des Verlustes wie einen Klumpen Kleber in der Brust.

»Du fehlst mir«, flüsterte ich und strich mit den Fingerspitzen über das kalte Glas des Bilderrahmens. »Du fehlst mir so sehr.«

Ich stellte mir vor, wie sie mir die Zunge rausstreckte, und musste weinen, als ich dann die Treppe hinaufging und oben unvermittelt meinem Großvater gegenüberstand.

Ich erstarrte. »Oh! Opa!«

Er sagte kein Wort.

»Ich war gerade ein bisschen laufen. Ich wollte nach

dem Mittagessen zu dir, aber da hast du geschlafen, also dachte ich mir …«

Aber ich konnte es nicht. Ich konnte nichts sagen. Nicht einmal, um meinen grantigen Großvater zu besänftigen. Und so stand ich da vor ihm in meinen Joggingklamotten. Er in seinem Morgenmantel, den er nicht richtig geschlossen hatte, weil er zu schwach gewesen war, darunter der alte, verwaschene, abgewetzte blaue Baumwollpyjama. Die Kanten marineblau abgesetzt. Ich mit gebrochenem Herzen. Mein Großvater nach tiefer Müdigkeit riechend. Ich weinte lautlos, das Gesicht um den zu einem stummen O geformten Mund schmerzlich verzogen. Erst hatte ich Hannah verloren und nun Eddie. Ich wusste es, ich konnte mir nicht mehr länger etwas vormachen. Und da stand mein armer Opa, der seit beinahe fünfzig Jahren allein lebte. Seit Oma die Herzattacke gehabt hatte und mit einem Schinkensandwich vor sich auf dem Tisch einfach gestorben war. Und jetzt machte Großvater gerade wie vom Arzt verordnet seine täglichen Gehübungen, denn er hatte die Gehhilfe dabei, und wir wussten beide nicht so recht, was wir zueinander sagen sollten. Uns fehlten die Worte.

»Komm mit auf mein Zimmer«, brummte er schließlich.

Es dauerte eine ganze Weile, bis Großvater sich in den Sessel manövriert hatte, den Mum und Dad eigens für ihn dort hingestellt hatten. In der Zwischenzeit versuchte ich, mein verheultes Gesicht ein bisschen frisch zu machen.

Ganz kurz dachte ich wirklich, er wolle mit mir reden. Mich fragen, was los sei. Aber natürlich war das mein Großvater, und natürlich sagte er nichts. Er sah, wie sehr ich litt. Er wollte mir helfen. Aber er konnte es nicht. Also saß er nur da und schaute aus dem Fenster und gelegentlich auf einen Punkt an der Wand unweit meines Gesichts, bis ich schließlich von selbst anfing zu reden.

Ich erzählte ihm von der Familie mittags im Pub und dem bedrückenden Gefühl, das ich in diesen Tagen immer hatte, auch nach all den vielen Jahren noch. »Es vergeht kein Tag«, sagte ich zu ihm, »an dem ich nicht an Hannah denke. An dem ich mich nicht danach sehne, sie wiederzusehen, und sei es nur für fünf Minuten. Sie zu umarmen, weißt du?«

Großvater nickte brüsk. Ich sah, dass er das Bettlaken glatt gezogen und das Kopfkissen aufgeschüttelt hatte, ehe er zu seinem kleinen Spaziergang auf dem Treppenabsatz aufgebrochen war. Das rührte mich. Diese Sehnsucht nach Ordnung, selbst im größten Chaos, konnte ich nur zu gut nachvollziehen.

»Und dann dachte ich, alles wird anders, Opa. Ich habe einen Mann kennengelernt, hier in Gloucestershire, während Mum und Dad oben bei dir waren.«

Wenn ich nicht irrte, hatte sich eine Augenbraue gerade minimal nach oben bewegt.

»Weiter bitte«, murmelte er nach einer gefühlten Ewigkeit.

Ich zögerte. »Du weißt ja, dass mein Mann und ich uns getrennt haben.«

Wieder ein kaum merkliches Nicken. »Obwohl ich das deiner Mutter aus der Nase ziehen musste«, meinte er. »Irgendwie denken die Leute immer, wenn man über achtzig ist, stirbt man gleich vor Schreck, wenn man schlechte Nachrichten hört.« Er unterbrach sich. »Ich meine, wer in eurem Alter lässt sich heutzutage nicht scheiden? Ich staune bloß, dass ihr jungen Leute euch noch die Mühe macht, überhaupt zu heiraten.«

Eine Blaumeise flatterte zu dem Futterhäuschen, das draußen vor dem Fenster des Gästezimmers hing, pickte an dem Loch mit den Nüssen und flog wieder davon. Kaleidoskopische Sonnenflecken spielten auf der Sitzbank am Fenster. Es war warm und still im Zimmer.

»Was sagtest du gerade?«

Ich sagte gerade gar nichts, hätte ich beinahe etwas schnippisch zurückgegeben. Aber irgendwas an der Art, wie er dasaß, wie er mich ansah, verriet mir, dass er es hören wollte. Dass es ihn wirklich interessierte. Und wenn ich mit ihm reden wollte, musste ich mich auf die eine oder andere detonierende Handgranate einstellen.

Also erzählte ich ihm alles. Von Anfang an. Vom ersten Mal, als ich Eddie auf der Dorfwiese schallend lachen gehört hatte, bis zu der Joggingrunde vorhin entlang des Kanals. Und sämtliche peinlichen, erbarmungswürdigen Dinge dazwischen, die ich getan hatte, seit er sang- und klanglos verschwunden war.

»Sei froh, dass es zu deiner Zeit noch kein Internet gegeben hat«, sagte ich zu ihm. »Online-Stalking ist nichts Schönes. Nie findet man, was man sich erhofft, aber oft, was man nicht sehen will.« Es war fast schon therapeutisch, mit einem schweigenden Gegenüber zu reden. Ich konnte gar nicht mehr aufhören. »Und die Situation bekommt man dadurch auch nicht wieder unter Kontrolle.«

Großvater sagte sehr lange nichts. »Ich kann es nicht gutheißen, was du da machst«, brummte er schließlich. »Es klingt kindisch und selbstzerstörerisch.«

»Absolut.«

»Aber ich kann dich verstehen, Sarah.«

Ich schaute auf. Er sah mich geradeheraus an.

»Ich habe mich in eine Frau verliebt, für die ich Bäume ausgerissen hätte, wenn ich es gekonnt hätte. Ich habe sie geliebt bis zu dem Tag, als sie gestorben ist. Ich liebe sie immer noch, nach all den Jahren. Und es tut immer noch weh.«

»Oma.«

Er wandte sich ab. »Nein.«

Wie ein großer alter Wandschrank tat sich eine alles verschluckende Stille zwischen uns auf. Unten hörte man Mum und Dad lachen. Gedämpft dudelten die Klänge eines Patsy-Cline-Songs aus Dads Lautsprechern.

»Ruby Merryfield«, sagte Großvater schließlich. »Sie war die Liebe meines Lebens. Alle haben auf mich eingeredet, ich könne sie unmöglich heiraten, bis ich schließlich klein beigegeben habe. Sie hatte als junges Mädchen einen Liebhaber, und von dem hat sie ein Kind bekommen. Es wurde gleich nach der Geburt zur Adoption freigegeben. Ihr hat es das Herz gebrochen. Niemand wusste davon, außer meinen Eltern. Mein Vater war natürlich ihr Hausarzt. Er hat mir verboten, sie zu heiraten. Ich habe mit mir gekämpft, Sarah, aber letztendlich musste ich nachgeben, weil ich mitten im Medizinstudium steckte und auf seine Unterstützung angewiesen war.«

Er legte die Hände zu einem bebenden Dreieck zusammen. »Also habe ich den Kontakt zu ihr abgebrochen, und ein Jahr später habe ich deine Großmutter geheiratet, und wir hatten ein schönes Leben, Diana und ich. Aber ich habe jeden Tag an Ruby gedacht. Ich habe sie vermisst. Ich habe ihr Briefe geschrieben, die ich nie abgeschickt habe. Und als ich irgendwann hörte, dass sie an der Grippe gestorben war, musste ich mir ein paar Tage freinehmen, weil ich ganz krank war vor Kummer. Ich bin zum Angeln gefahren, drüben in der Nähe von Cannock. Es war einfach zu schön. Die ganze Zeit habe ich mir gewünscht, ich wäre irgendwo hingefahren, wo es hässlich ist.«

Großvaters Augen schwammen vor Tränen. »Sie hatte so ein Lachen, zuerst zwitschernd wie ein kleines Vögelchen und dann immer lauter und so gar nicht damenhaft. Wie ein Seehund. Sie hat immer das Schöne

in der Welt gesehen, wo immer sie auch hinkam.« Großvater drückte den Handrücken mit der schlaffen fahlen
Haut und den vielen Leberflecken in die Augen. Das
letzte Licht wich immer schneller aus dem Zimmer.

»Ich hätte sie nicht gehen lassen dürfen«, schluchzte
er.

Die Blaumeise kam wieder zurückgeflogen, und wir
saßen schweigend da und schauten ihr zu.

»Nicht alles an dieser Entscheidung bereue ich«, fuhr
er fort. »Wie gesagt, ich habe Diana sehr lieb gehabt,
und als sie gestorben ist, habe ich um sie getrauert. Und
ohne sie hätte ich deine Mutter nicht und auch nicht
ihre Schwester. Auch wenn deine Tante einen weiß
Gott um den Schlaf bringen kann.«

Der aktuelle Ehemann meiner Tante hieß Jazz.

»Aber wenn ich noch mal die Entscheidung treffen müsste, ich würde sie nicht gehen lassen«, erklärte
Großvater. »Wenn du mich fragst, die Liebe ist kein
Feuerwerk. Keine gewaltige Explosion. Nichts Drama-
tisches, alles Verschlingendes oder sonst was von den
albernen Vergleichen, die Schriftsteller und Sänger so
gerne benutzen. Aber ich glaube ganz sicher, wenn man
es weiß, weiß man es. Und ich wusste es, und ich habe
sie aufgegeben, ohne aufrichtig um sie zu kämpfen, und
das werde ich mir, solange ich lebe, nicht verzeihen.«

Er schloss die Augen. »Ich sollte jetzt ins Bett gehen,
Sarah. Und nein, ich brauche keine Hilfe. Machst du die
Tür bitte hinter dir zu? Danke, Sarah.«

Einundzwanzigstes Kapitel

Lieber Eddie,

da du mich bisher nicht gebeten hast, dir nicht mehr zu schreiben, mache ich einfach weiter.

Ich vereinbarte also mit meinen Eltern, noch ein paar Monate in L.A. bleiben zu dürfen, auch wenn das hieß, dass ich das letzte Schuljahr vor den Abschlussprüfungen versäumen würde. Mir war das schnuppe. Ich konnte einfach nicht nach Hause zurück.

Ich hatte auf der ganzen Welt nur zwei echte Freunde, und ich wohnte in der »Gästesuite« eines irren Anwesens in Beverly Hills mit Pool und Hausmädchen. Das Einzige, was mich hier noch vage an zu Hause erinnerte, war die Reihe Platanen auf der anderen Straßenseite des South Bedford Drive. Obwohl sie gar nicht aussahen wie die bei uns, denn es war ein brutal heißer, trockener Sommer in L.A. gewesen, und Anfang September war die Rinde ausgedörrt und spröde wie zu kross gebratener Schweinespeck.

Tommys Mum besorgte mir einen Job als Putzhilfe bei einigen ihrer Freundinnen, damit ich mir ein kleines Ta-

schengeld dazuverdienen konnte. Ohne gültige Arbeits-
erlaubnis war das die einzige Möglichkeit. Ich putzte bei
den Steins, den Tysons und den Garwins, und mittwoch-
nachmittags erledigte ich die Einkäufe für Mrs Garcia,
die mich fast auf Knien anflehte, als Au-pair für ihre Kin-
der bei ihnen anzufangen. Es kränkte sie unbeschreiblich,
dass ich das partout nicht wollte. Sie konnte einfach nicht
begreifen, wieso ich mich nicht um ihre Kinder kümmern
wollte, wo ich mich doch so blendend mit ihnen verstand.
Und ich brachte es einfach nicht über mich, ihr den wah-
ren Grund zu nennen.

Ich dachte eigentlich, ich würde nicht mehr wachsen,
aber dann kam doch noch mal ein Schub, der nicht nur
in die Höhe ging. Plötzlich hatte ich Brüste und eine Taille
und einen Hintern. Die Figur, wie ich sie wohl heute noch
habe. Und ich musste mich fragen, was für eine Frau ich
sein wollte. Stark, überlegte ich. Stark, ehrgeizig und erfolg-
reich. Viel zu lang war ich ein Waschlappen gewesen, ein
blasses Mauerblümchen, ein schlaffer Niemand.

Irgendwann im November brach sich Mrs Garcias
Tochter Casey in der Vorschule den Arm. Mrs Garcia war
gerade bei einer Konferenz in Orange County, und das
Au-pair-Mädchen, das Mrs Garcia zwischenzeitlich ein-
gestellt hatte, sollte mit Caseys kleinem Bruder zu Hause
bleiben, während ich das Mädchen per Taxi ins Kranken-
haus brachte und Mrs Garcia den nächstbesten Flieger
nahm, um schnellstmöglich nach Hause zu kommen. Sie
bestand darauf, ich solle ihre Tochter ins CHLA-Kinder-

krankenhaus bringen, obwohl das auf der anderen Seite der Stadt lag – dort kannte sie die Ärzte, sagte sie, und sie wolle, dass Casey ein bekanntes Gesicht sah, während sie dort auf ihre Mum warten musste.

Arme Casey. Sie hatte solche Angst und solche Schmerzen. Als wir schließlich nach der langen Fahrt quer durch die Stadt im Krankenhaus ankamen, klapperte sie mit den Zähnen und war so verschlossen, dass sie nicht mal mit den Ärzten reden wollte. Ich konnte es kaum mit ansehen.

Kaum war Mrs Garcia da, stürmte ich aus dem Krankenhaus und lief schnurstracks zu einem Scherzartikelladen gleich in der Nähe, an der Ecke Vermont und Hollywood, den jemand in einem Gespräch ganz beiläufig erwähnt hatte. Ich wollte irgendwas Lustiges besorgen, um Casey wieder zum Lachen zu bringen. Kurz vor dem Laden wäre ich beinahe von einer wild gewordenen Kinderhorde über den Haufen gerannt worden, die wie eine explodierende Bombe aus einem mexikanischen Restaurant an der Ecke platzte. Mit den farbenfrohen Ballons und den bunt bemalten Gesichtern wirkten sie so unbekümmert und fröhlich. So ganz anders als die arme kleine Casey.

Kurz nachdem eine sichtlich gestresste Mutter die Rasselbande wieder nach drinnen gescheucht hatte, stolperte ein Clown aus dem Laden und lehnte sich matt gegen die Wand. Er schien am Ende seiner Kräfte und seiner Nerven. Er kramte eine Schachtel Zigaretten heraus und zog eine in eine kleine braune Papiertüte gewickelte Flasche mexikanisches Bier aus der Tasche. Ich musste lachen, als er es aufmachte und einen langen, dankbaren Schluck davon trank. Er war ein sehr merkwürdiger Clown: ungeschminktes Gesicht, keine Perücke, nur eine rote Nase und wild zusammengewürfelte Klamotten. Und in der Hand ein illegales Bier.

»Das ist nicht das, wonach es aussieht«, brummte er, als er mich sah. »Ich würde nie auf einem Kindergeburtstag rauchen und trinken.« Ich beruhigte ihn und fragte ihn dann nach dem Weg zu dem Scherzartikelladen. Er wies die Hollywood hinunter auf eine mit Wandgemälden und Graffiti verzierte Ladenfront. »Kann ich mitkommen?«, fragte der Clown. »Ich bin schwer traumatisiert. Ich habe in Frankreich gelernt, bei Philippe Gaulier. Ich wollte Theater machen, nicht Kinder belustigen.«

Ich fragte ihn, wo da der Unterschied sei. Wie sich herausstellte, war der erheblich.

»Vorschlag«, sagte ich zu ihm und blieb auf den Stufen des Scherzartikelladens stehen. »Wenn ich verspreche, niemandem zu verraten, dass du bei einem Kindergeburtstag draußen vor der Tür gestanden und geraucht und getrunken hast, tust du mir dann einen kleinen Gefallen? Besser gesagt: einen ziemlich großen Gefallen?«

Also trottete der arme Kerl, der bestimmt nach Zigaretten und Alkohol roch, gottergeben hinter mir her zum Kinderkrankenhaus, um Casey einen kleinen Besuch abzustatten.

Kaum standen wir vor Caseys mit Vorhängen abgetrenntem Krankenbett, schien er eine Verwandlung durchzumachen. Seine Energie, seine Präsenz, alles war plötzlich ganz anders. »Ab jetzt bin ich Franc Fromage. Nenn mich nicht bei meinem richtigen Namen«, wies er mich an, obwohl ich gar nicht wusste, wie er »richtig« hieß.

Franc Fromage trat also an Caseys Krankenbett und kramte seine Ukulele heraus. Dann sang er ein Lied für ihren Arm, den armen, der gebrochen war, und obwohl Casey immer noch ganz verängstigt und verschüchtert guckte, musste sie doch irgendwann lachen. Und dann sollte sie sich die nächste Strophe selbst ausdenken, und sie konzentrierte sich so arg, dass sie ganz vergaß, wo sie war und wie viel Angst sie eigentlich hatte. Es dauerte nicht lange, da war sie so weit, dass die Ärzte ihren Arm richten und eingipsen durften.

Monsieur Fromage versicherte mir, ihm habe der Besuch viel Freude gemacht. Und dann ließ er sich von seiner Begeisterung mitreißen und war plötzlich ganz aufgeregt und benutzte alle möglichen dramatischen und psychologischen Fachbegriffe, die ich nicht verstand. Schließlich rettete eine Krankenschwester mich vor seinem Redeschwall, die ihn fragte, ob Franc Fromage vielleicht bald wiederkommen und den anderen Kindern einen Besuch abstatten könne, die auch den lustigen Mann mit der Ukulele und der roten Nase kennenlernen wollten.

Irgendwann standen wir draußen vor der Tür, und er gab mir seine Telefonnummer und erklärte – sichtlich erschrocken über seinen eigenen Mut –, ich schuldete ihm

241

einen Drink. »Ich heiße übrigens Reuben«, meinte er ganz ernst. »Reuben Mackey.«

Ein paar Tage später rief ich ihn an, und wir verabredeten uns. Reuben meinte, seit unserer letzten Begegnung hätte er viel über die Arbeit mit Clowns im Krankenhaus gelesen. Anscheinend war das eine ganz seriöse Sache, es gab verschiedene methodische Ansätze und sogar einige Studien zu dem Thema. In den Achtzigern war in New York die erste gemeinnützige Clowns-Organisation gegründet worden. Dort will ich mich ausbilden lassen, erklärte er. Ich möchte mein komisches Talent einsetzen, um Menschen zu helfen. Nicht bloß, um sie zum Lachen zu bringen.

An diesem Abend geschah nichts weiter. Ich glaube, dazu waren wir beide viel zu schüchtern. Und außerdem saßen Tommy und Jo auf der anderen Straßenseite im Café und beobachteten uns, »nur falls das einer von diesen irren Clowns ist, die wahllos Leute massakrieren«, wie Jo meinte.

Dann flehte Mrs Garcia mich an, Franc Fromage müsse noch mal ins Krankenhaus kommen, wenn Caseys Gips abgenommen werden sollte. Woraufhin er entgegnete, gerne, aber nur unter der Bedingung, dass ich ihn wieder auf einen Drink einlade.

Er stand nicht nur Casey bei, während ihr der Gips abgenommen wurde, sondern verbrachte anschließend Stunden bei den anderen Kindern in der Orthopädie. Und hörte erst auf, als er schließlich merkte, wie ihm vor Hun-

ger die Hände zitterten. »Bitte, kommen Sie bald wieder!«, rief ihm eine der Schwestern zum Abschied nach.

Das Problem war bloß, dass er es sich nicht leisten konnte, umsonst zu arbeiten. Er wohnte in einem winzigen Apartment in Korea Town, das er sich mit einem Mitbewohner teilte, wie er mir erzählte, und konnte es sich nicht erlauben, auch nur einen Cent weniger zu verdienen.

Worauf ich herausplatzte: »Wie wäre es, wenn ich das Geld auftreibe, damit du einen Tag im Monat im Krankenhaus sein kannst?« Ich erzählte ihm, dass ich für ziemlich viele wohlhabende Leute arbeitete und die Geschichte von seinem aufsehenerregenden Auftritt im Kinderkrankenhaus sich rasch herumgesprochen hatte.

Und so fing alles an. Meine Beziehung zu einem Clown und die Gründung unserer Organisation. Er ging nach New York, um sich bei renommierten Psychotherapeuten, Kinderpsychologen und Theaterpädagogen ausbilden zu lassen. Und als er zurückkam, legten wir los. Er besuchte die kranken Kinder, und ich hielt mich im Hintergrund, sammelte Spenden und organisierte die Termine. Mir war das nur recht. Ich wollte ein Teil davon sein – mehr als er je ahnen konnte –, aber ich wollte nicht an vorderster Front stehen.

Ich war wirklich gut. Und Reuben war wirklich gut. Die Leute sahen und hörten, was wir machten, und sie wollten, dass wir ihre kranken Kinder besuchten. Wir stellten drei weitere Clowns ein, die Reuben selbst ausbildete. Es dauerte nicht lange, da gründeten wir unsere eigene Clowns-

Akademie. Wir heirateten, mieteten eine Wohnung in Los Feliz, in der Nähe der Kinderklinik. Jahre später zogen dann die Hipster nach, und Reuben fühlte sich wie ein Fisch im Wasser.

Und ich, ich hatte endlich ein Ziel, einen Zweck und keine Zeit, über das Leben nachzudenken, das ich zurückgelassen hatte. Ich hatte einen Mann, für den ich stark sein musste, wenn er schwach war, und umgekehrt. Wir brauchten einander. Unsere Liebe war ein gegenseitiges Geben und Nehmen, und das funktionierte ganz wunderbar.

Für sehr lange Zeit glaubte ich, nicht mehr zu brauchen als diese Liebe. Als ich gelobte, ihn zu lieben und zu ehren, solange ich lebte, meinte ich das genau so. Aber so blieb es nicht. Die Jahre vergingen, und irgendwann brauchte ich ihn nicht mehr. Und unser fragiles Gleichgewicht wurde unwiderruflich gestört. Wir waren einander so wichtig, Eddie, aber ohne dieses Geben und Nehmen neigte sich die Waage immer mehr zu einer Seite. Dass ich kein Baby haben konnte, war der Anfang vom Ende. Nach dem Unfall ertrug ich es einfach nicht mehr, Kinder um mich zu haben. Ich ertrug den Gedanken nicht, ein Kind leiden zu sehen. Allein die Vorstellung, ein Kind in diese Welt zu setzen – ein schutzloses, hilfloses Baby, wie meine Schwester es gewesen war –, versetzte mich in blinde kopflose Panik.

Weshalb ich weiter hinter den Kulissen blieb und alles dafür tat, kranken Kindern helfen zu können. Damit konnte ich umgehen, dabei fühlte ich mich sicher. Am besten war ich, wenn ich organisieren konnte. Aber das war nicht genug für Reuben. Er wollte ein eigenes Kind in den Armen halten, sagte er mir. Er könne sich keine Zukunft vorstellen, in der das nicht möglich war.

Als er schließlich all seinen Mut zusammennahm, um es endgültig zu beenden, musste ich einsehen, dass ich gar nicht wusste, wie wahre Liebe sich anfühlt. Aber dann habe ich dich getroffen, und da wusste ich es. Die wenigen Tage, die wir zusammen verbracht haben, waren für mich unendlich mehr als ein kleiner belangloser Flirt. Und ich glaube, für dich auch.

Bitte schreib mir.

Sarah

Zweiundzwanzigstes Kapitel

Du hast recht, Sarah. Das war kein belangloser Flirt. Und es war auch nicht bloß eine Woche. Es war ein ganzes Leben.

Alles, was du empfunden hast, für dich und mich, habe ich genauso empfunden. Aber du musst aufhören, mir zu schreiben. Ich bin nicht der, für den du mich hältst. Oder vielleicht bin ich der, für den du mich nicht hältst.

Himmel, was für ein Desaster. Was für ein entsetzliches Desaster.

Eddie

✓ Gelöscht, 00.12 Uhr

Dreiundzwanzigstes Kapitel

Nach gerade mal vier Tagen bei meinen Eltern in Gloucestershire musste ich wieder zurück nach London. Ich war mit Charles, unserem Treuhänder, in Richmond zum Lunch verabredet. Anschließend sollte ich bei einer Konferenz zum Thema Palliativpflege sprechen, deren Mitorganisator er war. Danach wollte ich bei Tommy übernachten und früh am nächsten Morgen die fünfeinhalbtausend Meilen lange Rückreise nach Los Angeles antreten.

Im Zug nach London zurück saß ich da in dieser beschaulichen Stille und wusste nicht, war ich nur benommen oder schlicht schon resigniert. Beim Mittagessen mit Charles sagte ich zur richtigen Zeit die richtigen Dinge, und meine Rede bei der Konferenz war fehlerfrei, aber leidenschaftslos. Beim Abschied fragte mich Charles, ob alles in Ordnung sei. Seine offenkundige Sorge trieb mir die Tränen in die Augen, also erzählte ich ihm von Reubens und meiner Trennung.

»Bitte sag es nicht weiter«, flehte ich ihn an. »Ich

möchte das bei der nächsten Vorstandssitzung offiziell machen…«

»Natürlich«, hatte Charles leise und sehr verständnisvoll erwidert. »Es tut mir wirklich sehr leid, Sarah.«

Und ich hatte mich wie eine ganz gemeine Heuchlerin gefühlt.

Morgen, schwor ich mir, als ich im Zug zurück zur Central Station saß. Morgen würde ich wieder die Kontrolle über mein Leben übernehmen. Morgen würde ich in einen Flieger steigen und nach L.A. fliegen, wo ich mich wieder einlullen lassen würde von strahlendem Sonnenschein und zu strotzendem Selbstbewusstsein und meinem bestmöglichen Selbst zurückfinden konnte. Morgen.

Der Zug hielt in Battersea Station, und ich lehnte den Kopf gegen das schmierige Fenster und beobachtete das Gedränge auf dem Bahnsteig gegenüber. Passagiere quetschten sich in den Zug, ehe die drinnen aussteigen konnten. Ellbogen ausgefahren, Zähne zusammengebissen, Blick starr nach unten. Zornig und aufgebracht sahen sie aus.

Teilnahmslos schaute ich zu, wie sich ein Mann in rot-weißem Fußballtrikot aus dem Zug kämpfte, einen gefalteten Anzug über dem Arm. Einmal draußen, ging er zu einer der leeren Sitzbänke vor meinem stehenden Zug, und ich starrte geistesabwesend hinaus, während er seinen Anzug vorsichtig in einer Schultertasche verstaute. Irgendwann richtete er sich auf und warf einen Blick auf die Uhr. Kurz sah er auf und zu mir rüber und dann wieder weg. Warf die Tasche über die Schulter und marschierte los.

Und dann, gerade als mein Zug langsam vom Bahnsteig losrollte, drehte ich den Kopf und sah ihm nach, als er mit dem Rücken zu mir auf die Treppe zum Ausgang zusteuerte. Denn plötzlich war mir aufgegangen, was auf seinem Fußballdress gestanden hatte. *Old Robsonians. Gegründet 1996.*

In der Hoffnung auf eine alternative Google-Route, die mich zu Eddie führen könnte, hatte ich tausendfach versucht, mich an den Namen seiner Fußballmannschaft zu erinnern. Aber bis auf das »Old« war mir partout nichts mehr eingefallen. Mein Zug nahm Fahrt auf, und ich schloss die Augen und konzentrierte mich angestrengt auf die Erinnerung an Eddies Fußballpokale. *Old Robsonians?* Hatte das wirklich draufgestanden?

Ich erinnerte mich daran, wie Eddie mit dem Finger einen Staubwurm von einem der Pokale gewischt hatte. Ja! *Old Robsonians, The Elms, Battersea Monday.* Ich war mir ganz sicher!

Wieder schaute ich aus dem Fenster, obwohl wir den Bahnhof längst hinter uns gelassen hatten. Hinter dem alten Gaswerk ragten schwindelerregend hohe Baukräne über dem Skelett eines gewaltigen Gebäudeblocks auf.

Dieser Mann spielt im selben Team wie Eddie.

Old Robsonians Fussbslk, tippte ich hektisch, aber Google wusste gleich, wonach ich suchte, und bot mir eine entsprechende Webseite an. Fotos von mir unbekannten Männern. Links zu Spielpaarungen, Spielberichten, einem Artikel über eine US-Tour. (War er dort gewesen? In den Staaten?)

Ich scrollte durch den Twitterfeed in einer Ecke der Seite. Spielergebnisse, belangloses Geplänkel, weitere Fotos von mir unbekannten Männern. Und dann das Foto eines Mannes, den ich sehr wohl kannte. Datiert auf letzte Woche. Eddie im Hintergrund eines Fotos. Offensichtlich eine Pubrunde nach einem Spiel. Er stand da mit einem Pint in der Hand und redete mit einem Mann im Anzug. Eddie.

Ich starrte das Foto lange an, bevor ich auf »Über uns« klickte.

Die Old Robsonians spielten auf dem AstroTurf-Spielfeld gleich neben dem Bahnhof Battersea Park, und zwar jeden Montagabend. Anstoß war um acht Uhr.

Ich schaute auf die Uhr. Es war nicht einmal sieben. Warum war der andere Mann so früh dran gewesen?

In Vauxhall stand ich unschlüssig in der Tür und wusste nicht recht, was tun. Es gab keinerlei Garantie dafür, dass Eddie überhaupt in London war oder heute Abend zum Spiel kommen würde. Und der Webseite zufolge gehörte der Fußballplatz zum Sportgelände einer Schule: Entweder ich marschierte also todesmutig an den Spielfeldrand, um ihn vor versammelter Mannschaft zur Rede zu stellen, oder ich konnte es gleich bleiben lassen. Einfach ganz beiläufig vorbeizuschlendern konnte ich mir abschminken.

Die Türen des Zugs schlossen sich rumpelnd, und ich blieb vorerst an Bord.

Am Bahnhof Victoria stieg ich dann aus und blieb wie angewurzelt in der überfüllten Bahnhofshalle stehen. Menschen liefen beinahe in mich hinein, rempelten mich rüde an und schubsten mich unwirsch beiseite. Eine Frau sagte mir ins Gesicht, ich solle nicht »dumm in der Gegend rumstehen wie eine Kuh, wenn's donnert«. Ich rührte mich nicht vom Fleck. Ich merkte es kaum. Ich hatte nur einen Gedanken: Dass Eddie in nicht einmal einer Stunde nur ein paar Minuten von hier entfernt Fußball spielen würde.

Vierundzwanzigstes Kapitel

Hallo du,

*heute ist der 11. Juli – dein Geburtstag! Heute vor zwei-
unddreißig Jahren hast du dich ins grelle Licht dieser
Welt gekämpft, mit geballten Fäustchen, die du in der Luft
geschwenkt hast wie Tentakel.*

*Du kamst heraus, mitten hinein in das wohlig-warme,
alles umhüllende Licht der Liebe. »Sie ist zu klein«, rief ich,
als sie mich zu dir ließen. Ich konnte deine Rippen spüren,
diesen hoffnungslos fragilen Lattenzaun um dein winziges
schlagendes Herz. »Sie ist zu klein! Wie soll sie denn überleben?«*

*Aber das hast du, Igelchen. Ich kann mich heute noch so
gut wie damals an diese fantastische, überwältigende, über-
sprudelnde Liebe erinnern. Nichts auf der Welt hätte mich
darauf vorbereiten können. Es machte mir nichts aus, dass
Mum und Dad nur noch Zeit und Augen für dich hatten.
Ich wollte es so. Ich wollte, dass deine Rippen kräftiger werden, dass sie stabil und stark wurden, um diese klitzekleine
Lebensleuchte in deiner Brust zu schützen. Am liebsten hätte*

ich dich monatelang im Krankenhaus gelassen, nicht bloß die ersten Tage. »Es geht ihr gut«, versicherten Mum und Dad mir wieder und immer wieder. Dad backte mir einen Apfelkuchen, weil ich solche Angst um dich hatte, dass ich weinen musste. Und doch ging es dir gut. Dein Herz schlug weiter und weiter, jeden Tag und jede Nacht, weiter und weiter, während die Jahreszeiten wechselten und du wuchst und wuchst.

Wusstest du, dass heute dein Geburtstag ist, Igelchen? Hat es dir jemand gesagt? Hat dir jemand einen Kuchen gebacken, über und über voller Schokoladensterne, genau wie du es so mochtest? Hat jemand ein Lied für dich gesungen?

Wenn nicht, ich hab für dich gesungen. Vielleicht hast du mich ja gehört. Vielleicht bist du gerade hier bei mir, während ich dir diesen Brief schreibe. Kicherst, weil du eine viel ordentlichere Handschrift hast als ich, obwohl du so viel jünger bist. Vielleicht bist du auch draußen und spielst in deinem Baumhaus oder liest in eurem Versteck oben am Broad Ride Mädchenzeitschriften.

Vielleicht bist du überall. Die Vorstellung gefällt mir am besten. Oben in den rosarot schimmernden Wolken. Unten in der frischen Feuchtigkeit des anbrechenden Morgens.

Wo ich auch hingehe, ich suche dich. Und wo immer ich bin, da sehe ich dich.

Ich xxxxx

Fünfundzwanzigstes Kapitel

An meinem letzten Abend in London erschien ich als ungebetener Gast zu einem Sechs-gegen-Sechs-Fußballspiel in Battersea in der Hoffnung, einen Mann zu finden, den ich einmal gekannt hatte. Einen Mann, der nicht angerufen hatte.

Was ich an diesem Abend tat, lag weit jenseits der zersplitterten Scherben der Vernunft. Aber als ich kurz zuvor in der Bahnhofsvorhalle der Victoria Station gestanden und versucht hatte, mir diese fixe Idee aus dem Kopf zu schlagen, hatte ich mir eingestehen müssen, dass es mir wichtiger war, Eddie zu sehen, als mögliche unangenehme Konsequenzen zu bedenken. Und nun stand ich da, in eine stickige Ecke des 19.52er nach London Bridge über Crystal Palace, erster Halt Battersea Park, gequetscht. Nicht mal zwei Minuten vom Bahnhof entfernt lag der AstroTurf-Fußballplatz, und auf dem stand – mein Magen schlug einen Purzelbaum wie ein Pfannkuchen – Eddie David. Im Fußballdress. Just in diesem Moment. Wärmte sich sicher gerade für das Spiel um acht auf. Spielte einem

Mannschaftskameraden den Ball zu. Dehnte die Oberschenkelmuskeln.

Eddie David, live und in Farbe. Er, mit Haut und Haaren. Ich schloss die Augen und schob die wie eine Woge aufsteigende Sehnsucht nach ihm entschieden beiseite.

Der Zug fuhr bereits in den Bahnhof ein. Bremsenquietschen, Pendler, die mich in einer pulsierenden Welle die Treppe hinunterschoben. Und dann – plötzlich und unerwartet – stand ich mitten auf der Battersea Park Road. Hinter mir das elektronisch verstärkte Kläffen der Kartenverkäufer, das Echo eines Straßenmusikers mit seiner Gitarre. Und vor mir, irgendwo am Ende eines unbefestigten Wegs, Eddie David.

Eine ganze Weile blieb ich reglos stehen und atmete langsam ein und aus. Zwei weitere Pendlerwellen ergossen sich über mich. Einer von ihnen, ein Mann in einem rot-weißen Fußballtrikot mit der schwarzen Aufschrift »PAGLIERO« auf dem Rücken, sprintete den Weg zu den Fußballplätzen hinauf und versuchte gleichzeitig, eine Nachricht in sein Handy zu tippen und die Schienbeinschoner anzuziehen. Sein grüner Sportbeutel baumelte hin und her und traf ihn mitten ins Gesicht, aber er lief unbeirrt weiter.

Der Mann kennt Eddie, schoss es mir durch den Kopf. Bestimmt schon seit Jahren.

Vor mir tauchten die Fußballplätze auf, einer nach dem anderen, und alles war genauso, wie ich es mir vorgestellt hatte. Ringsum hohe Zähne, Bahnviadukte, Industriegebäude. Verstecken unmöglich. Und doch stand ich da, in voller Lebensgröße von einem Meter fünfundsiebzig, und marschierte in meiner schicken Kongressbluse unerschrocken drauflos.

Das muss das Haarsträubendste sein, was ich je im Leben tun werde.

Aber meine Beine liefen unbeirrt weiter.

Die Spieler auf dem ersten Platz waren gerade dabei, sich aufzuwärmen. Mit der Trillerpfeife im Mund joggte der Schiedsrichter zum Mittelpunkt. Alles ging ganz langsam wie bei einer alten VHS-Kassette, kurz bevor der Rekorder Bandsalat fabrizierte. Die Luft roch nach öligem Gummi und Abgasen.

Meine Beine bewegten sich weiter.

»Dreh dich um und lauf um dein Leben«, befahl ich mir in einem lauten Flüsterton. »Dreh dich um und lauf, und dann vergessen wir einfach, dass das je passiert ist.«

Meine Beine marschierten weiter.

Just in diesem Augenblick ging mir auf, dass, abgesehen von dem PAGLIERO-Kerl, weit und breit keine anderen Spieler im Rot-Weiß der Old Robsonians zu sehen waren. Auf dem Platz gleich nebenan standen eine Mannschaft in Blau und eine in Orange, auf dem anderen spielte Schwarz-Weiß gegen Grün.

PAGLIERO steckte die Schienbeinschoner gerade wieder in die Tasche. Richtete sich dann auf und bemerkte mich.

»Sind Sie ein Old Robsonian?«, fragte ich.

»Bin ich. Und sehr spät dran. Suchen Sie jemand Bestimmtes?«

»Na ja, alle eigentlich.«

PAGLIERO hatte ein verschmitztes Jungenlachen. »Das Spiel ist auf sieben Uhr vorgezogen worden, und ich hab's vergessen. Die sind also längst fertig.«

»Ach.«

Er nahm seine Tasche. »Aber sie sind gerade da drüben und trinken ein paar Bier. Möchten Sie vielleicht mitkommen?« Er wies auf etwas, das aussah wie ein rostiger Überseecontainer.

Ich schaute etwas genauer hin. Es *war* ein rostiger Überseecontainer. Typisch London. Bestimmt eine hippe Craftbierschänke in einem verdammten fensterlosen Kasten. »Bitte kommen Sie doch mit«, sagte er noch mal. »Wir lieben Gäste.«

PAGLIERO wirkte zu chaotisch, um ein gewissenloser Vergewaltiger oder Mörder zu sein, also trottete ich hinter ihm her und machte Smalltalk, der nicht mal meine eigenen Ohren erreichte. Ich hatte längst die Gewalt über mein Hirn verloren. Man könnte also behaupten, ich trug keinerlei Verantwortung für das, was hier gerade passierte.

»Bitte sehr«, posaunte PAGLIERO und hielt mir schwungvoll die seitlich in den Container geschweißte Tür auf.

Mit großen Augen starrte ich auf die nackte Kehrseite eines erwachsenen Mannes, und es dauerte ziemlich lange, bis ich kapierte, was ich hier tat. Nämlich unverhohlen auf die nackte Kehrseite eines erwachsenen Mannes starren, der mit einem Handtuch auf den Schultern und dem Rücken zur Tür dastand und mit maximaler Begeisterung und minimaler Musikalität irgendeinen Song grölte. Links und rechts von ihm auf den Bänken saßen weitere Männer, alle geringfügig bekleideter als er, und diskutierten das Spiel. Überall türmten sich achtlos hingeworfene Trikots mit Namen wie: »SAUNDERS«, »VAUGHAN«, »WOODEHOUSE«, »MORLEY-SMITH«, »ADAMS«, »HUNTER«.

Drüben an der Tür, wo es, wie mir jetzt aufging, wohl zu den Duschen ging, stand der nackte Mann, der jetzt in eine Boxershorts gestiegen war.

»O nein«, sagte etwas ganz tief in mir, aber die Worte schafften es nicht bis zu meinem Mund. Hinter mir, ungefähr dort, wo PAGLIERO gestanden hatte, war grölendes Männerlachen zu hören.

»Pags!«, rief einer. »Du kommst eine Stunde zu spät.« Und dann: »Oh. Hallo.«

Mit einem Ruck erwachte ich aus meiner Schockstarre. »Entschuldigung«, murmelte ich beschämt, zog den Kopf ein und drehte mich um, um möglichst unauffällig zu verschwinden. Laut lachend trat PAGLIERO einen Schritt beiseite und ließ mich durch.

»Herzlich willkommen!«, rief einer der Umstehenden gleich hinter mir. Kopflos stolperte ich nach draußen und fragte mich, wie ich dieses hochnotpeinliche Erlebnis je vergessen sollte. Ich war gerade in eine Umkleide voller halb nackter Fußballspieler geplatzt.

»Hallo?« Der Mann war mir nach draußen gefolgt. Immerhin war er vollständig bekleidet.

Er setzte eine Brille auf, während man hörte, wie die verblüffte Stille im Container sich plötzlich in brüllendem Gelächter entlud, das, wie es schien, gar nicht mehr aufhören wollte.

Er schüttelte den Kopf in Richtung Tür, als wollte er sagen: Achten Sie nicht auf die.

»Ich bin Martin. Mannschaftskapitän und Manager. Sie sind da gerade in unsere Umkleide marschiert, was vielleicht eine eher unkonventionelle Art ist, darum zu bitten, aber ich hatte das Gefühl, Sie könnten vielleicht Hilfe gebrauchen.«

»Könnte ich«, flüsterte ich und klammerte mich an meine Handtasche. »Ich glaube, ich kann alle Hilfe brauchen, die ich bekommen kann. Aber ich weiß nicht, ob Sie mir weiterhelfen können.«

»Kommt in den besten Familien vor«, meinte Martin freundlich.

»Nein, bestimmt nicht.«

Er dachte kurz darüber nach. »Nein, da haben Sie wohl recht. Es ist noch nie eine Frau in unsere Umkleide geplatzt, in zwanzig Jahren nicht. Aber die Old Robsonians sind eine moderne Mannschaft, wir befürworten Neuerungen und Wandel. Nach jedem Spiel zu duschen gehört zu unseren ältesten Grundsätzen, aber ich wüsste nicht, warum wir diese Regel nicht mit ein paar neuen Extras aufpeppen sollten – Gäste, eine Live-Band vielleicht, so was in der Art.«

Aus dem Container drangen dröhnendes Gelächter und Fetzen von Männergesprächen. Wie Kräuselband schlängelte sich heißer Wasserdampf aus den Duschen in die kühle Abendluft. Martin, der Mannschaftskapitän, schaute mich an und lachte, aber sehr nett und herzlich.

Ich holte tief Luft.

»Das war alles ein ganz großer Fehler«, flüsterte ich. »Ich suche…« Unvermittelt hielt ich inne. Scham und Schreck hatten mich vergessen lassen, warum ich überhaupt hergekommen war.

Gütiger Himmel. Ich war in eine Männerumkleide marschiert in der Hoffnung, Eddie David zu finden.

Ich verschränkte die Arme fest vor der Brust, als versuchte ich, die zerschmetterten Splitter meiner Selbstachtung zusammenzuhalten. Was hätte ich gesagt? Was hätte ich getan? Er könnte da drin sein, jetzt, in diesem Moment. Könnte sich gerade nach dem Duschen abtrocknen und mit wachsendem Entsetzen die Geschichte hören, die seine Mannschaftskameraden ihm lachend erzählten. Von einer großen, braun gebrannten Frau, die eben unangemeldet in die Umkleide geplatzt war.

Mir wurde übel bei dem Gedanken. Irgendwas stimmt

mit mir nicht, ging mir da auf. Irgendwas stimmt ganz entschieden nicht mit mir. So was macht doch kein normaler Mensch.

»Wen suchen Sie? Einen von den Old Robsonians? Oder von einer anderen Mannschaft?«

»Old Robsonians, hat sie gesagt«, erklärte PAGLIERO und trat zu uns vor die Tür. Und dann: »'tschuldigung übrigens. Das war etwas unverschämt von mir. Aber für die Jungs ist der Abend gerettet. Eins unserer Gründungsmitglieder ist gerade aus Cincinnati zu Besuch. Der glaubt, wir hätten Sie nur für ihn engagiert, als kleinen Willkommensgag.«

Betreten schaute ich zu Boden. »Ganz toller Witz«, murmelte ich. »Nicht weiter schlimm. Und ich habe mich wohl geirrt. Ich suche einen von den Old Robsonians. Ich wollte...«

»Einen von den Old Robsonians?« Martin spitzte die Ohren. »Wen den? Die sind doch alle verheiratet! Na ja, bis auf Wally, aber der...« Er unterbrach sich und starrte mich durchdringend an, und noch ehe er den Mund aufmachte, wusste ich, was er sagen würde. »Sind Sie Sarah?«, fragte er leise.

»Ähm... nein?«

Zwei weitere Männer kamen nach draußen. »Ist hier eben wirklich...«, setzte einer von ihnen an und sah mich dann. »Oh. Tatsächlich.«

»Diese beiden Herren sind Edwards und Fung-On«, stellte Martin die zwei vor und ließ mich dabei nicht aus den Augen. »Ich muss noch entscheiden, wer von ihnen der ›Spieler des Abends‹ wird.« Dann sagte er unvermittelt: »Ich bringe Sie zurück zur Straße«, und führte mich vom Platz in Richtung Ausgang.

»Bye!«, rief PAGLIERO. Und Edwards und Fung-On, von denen einer Spieler des Abends werden würde, salutierten. Ich hörte sie lachen, als sie wieder im Container verschwanden.

Als sie weg waren, blieb Martin stehen und sah mir ins Gesicht. »Er ist heute Abend nicht hier«, sagte er schließlich. »Er kommt nicht jede Woche zum Spiel. Meistens ist er im West Country.«

»Wer? Entschuldigen Sie, ich …«

Martin musterte mich mitfühlend, und da wurde mir klar, dass er wusste, wer ich war. Und dass er wusste, warum Eddie sich nicht gemeldet hatte.

»Dann ist er also in Gloucestershire?«, platzte ich heraus. Die ganze Situation war so demütigend, dass es mir heiße Tränen in die Augen trieb.

Martin nickte. »Er …« Abrupt hielt er inne, als fiele ihm gerade wieder ein, wem seine Loyalität eigentlich galt. »Tut mir leid«, murmelte er. »Ich sollte nicht über Eddie reden.«

»Schon okay.« Ich stand da mit vor Scham gesenktem Kopf. Ich wollte gehen, nur weg von hier, aber Schock und Selbsthass lähmten mich.

»Hören Sie, es geht mich ja eigentlich nichts an«, sagte er gedehnt und fuhr sich mit der Hand über das

Gesicht. »Aber ich kenne Eddie schon seit Jahren, und er… Hören Sie auf, ihn zu suchen, okay? Sie sind sicher ein netter Mensch, und vielleicht hilft es ja, wenn ich Ihnen sage, ich halte Sie nicht für verrückt, aber… lassen Sie es gut sein.«

»Hat er das gesagt? Dass er mich nicht für verrückt hält? Was hat er sonst noch über mich gesagt?« Die Tränen liefen mir über das Gesicht und fielen auf den rasch abkühlenden Beton darunter. Es war unvorstellbar, wie ich in diese Situation hatte geraten können. Hier mit diesem wildfremden Mann zu stehen, den ich wie eine Bettlerin um Almosen anflehte.

»Sie möchten ihn nicht finden«, meinte Martin schließlich. »Bitte, glauben Sie mir. Sie wollen Eddie David nicht finden.«

Und damit drehte er sich um, stiefelte zurück zum Container und rief mir über die Schulter zu, es sei nett, mich kennengelernt zu haben, und er hoffe, von dem Anblick in der Umkleide hätte ich keinen Schock fürs Leben.

Ein Zug ratterte über den Viadukt, der an die Spielfelder grenzte, und ich zitterte. Ich musste nach Hause.

Das Problem war bloß, ich wusste nicht mehr, wo ich überhaupt zu Hause war. Ich wusste eigentlich gar nichts mehr. Außer, dass ich Eddie David finden musste. Ganz gleich, was sein Freund eben gesagt hatte.

Sechsundzwanzigstes Kapitel

Ich schlüpfte in meine Joggingshorts. Es war 3.09 Uhr morgens, ziemlich genau sieben Stunden, nachdem ich beschämt vom Spielfeld gestolpert war. Das ganze Zimmer stank nach Schlaflosigkeit.

Sport-BH, Lauftop. Mir zitterten die Hände. Adrenalin sammelte sich in sprudelnden Pfützen in meinem Körper und tanzte über der übelkeiterregenden Müdigkeit darunter. Tommy hatte mir die Tür versperrt, als ich nach dem Zwischenfall auf dem Fußballplatz in Joggingsachen aus meinem Zimmer gekommen war. Hatte mir einen heißen Kakao gekocht und mich dann ins Bett geschickt. »Ich will gar nicht wissen, was da auf dem Platz vorgefallen ist«, hatte er streng gesagt, aber es hatte keine fünf Minuten gedauert, bis er eingeknickt war und an meine Tür geklopft und mich angefleht hatte, ihm zu sagen, was passiert war.

»Es tut mir leid«, hatte er sehr sanft gesagt, als ich ihm alles erzählt hatte. »Aber gut für dich, dass du endlich einsiehst, dass da etwas... mit dir nicht stimmt. Dazu braucht man eine Menge Mumm.«

»Die Briefe, Tommy, all die Briefe, die ich ihm über Facebook geschickt habe. Der Anruf in seiner Werkstatt. Dass ich seinem Freund Alan geschrieben habe. Was habe ich mir bloß dabei *gedacht*?«

»Ein stummes Telefon bringt in uns das Schlimmste zum Vorschein«, antwortete er. »In uns allen.«

Lange saßen wir so zusammen auf meinem Bett. Wir redeten nicht viel, aber ihn bei mir zu haben, war so beruhigend, dass ich sogar den Versuch wagen wollte zu schlafen.

»Es tut mir so leid«, schniefte ich, bevor er in sein eigenes Bett ging. »Ich bin dir schon wieder eine Last. Du solltest mir nicht ständig das Leben retten müssen.«

Tommy hatte nur gelächelt. »Ich habe dir damals nicht das Leben gerettet, und das tue ich auch jetzt nicht«, hatte er gesagt. »Ich bin für dich da, Harrington – das weißt du –, aber ich bin mir sicher, du kriegst das auch alleine wieder hin. Du bist eine Überlebenskünstlerin. Eine menschliche Kakerlake.«

Irgendwie hatte ich mir ein schiefes Lächeln abgerungen.

Jetzt, drei Stunden später, versuchte ich wieder und wieder mir die Schuhe zu schnüren, aber meine Hände wollten einfach nicht, wie ich wollte. Alles war falsch.

Mein Taxi zum Flughafen kam um fünf. Ich hatte kein Auge zugetan und würde es auch nicht mehr tun. Mehr als genug Zeit also, um eine Runde zu laufen, zu duschen und das entzückende Zitronenbäumchen einzuwickeln, das ich als Dankeschön für Tommy und Zoe gekauft hatte. Und ich würde nur eine kleine Joggingrunde drehen. Gerade genug, um nachher im Flieger schlafen zu können.

Lautlos schlüpfte ich aus dem Zimmer und war heilfroh, dass Zoe nicht da war. Wenn Tommy erst mal nach oben ins Bett gegangen war, dann blieb er auch dort. Aber Zoe stand oft in aller Herrgottsfrühe auf, um E-Mails aus Asien zu beantworten, und saß dann in ihren eleganten grauen Seidenkimono gehüllt auf der Couch. Mehr als einmal hatte sie mich dabei ertappt, wie ich noch vor Sonnenaufgang aus dem Haus huschte, um eine Runde zu laufen.

Wobei *das*, dachte ich mit einem Blick auf meine Uhr – 3.13 Uhr – keine Laufrunde war. *Das* war ein Problem.

Im Vorbeigehen sah ich mich in Zoes großem Spiegel, gerahmt mit Holz von einem Baum aus dem Garten ihrer verstorbenen Eltern in Berkshire, der draußen im Flur hing. Zoe hatte recht. Ich hatte abgenommen. Meine Arme waren sehnig und mein Gesicht schmaler, als hätte ich den Stöpsel herausgezogen und einen Teil von mir in den Abfluss laufen lassen.

Ich wandte mich ab. Es war beschämend, mich so zu sehen. Und erschreckend. Oft schon hatte ich mich gefragt, wie viel gesunden Menschenverstand psychisch Kranke anfangs noch hatten, bevor sich ihr Zustand nach und nach verschlechterte. Merkten sie die

Verschlimmerung selbst? Wie deutlich war die Grenze zwischen Wahn und Wirklichkeit, bevor sie endgültig verwischte?

War ich krank?

Ich ging in die Küche, um mir rasch ein Glas Wasser zu holen. Die Muskeln in meinen Beinen zuckten ungeduldig. Gleich, beruhigte ich sie. Gleich.

An der Schwelle zur Küche blieb ich wie angewurzelt stehen. Was? Zoe? Aber die war doch in …

»Gottverdammt!«, kreischte die Frau in der Küche.

Ich erstarrte. Die Frau war splitterfasernackt. Schon die zweite wildfremde nackte Person innerhalb von nicht mal sieben Stunden. Das künstliche orangerote Licht der Straßenlaterne streichelte Brust und Bauch, während die Fremde hektisch herumflitzte und irgendwas suchte, womit sie sich bedecken konnte. Ein Schwall Schimpfwörter sprudelte aus ihr heraus.

Ich wandte mich ab und hielt mir die Augen zu. Und dann drehte ich mich wieder um, denn in meinem Hirn begann sich gerade ein dünner Faden aufzuriffeln: Das war keine Fremde. »Sieh mich nicht an«, raunzte die Frau mich an, allerdings weniger heftig als eben, und mir entgleisten ungläubig die Gesichtszüge, als ich endlich meine älteste Freundin erkannte.

»Grundgütiger«, stammelte ich entgeistert.

»Grundgütiger«, stimmte Jo mir zu, schnappte sich einen Bluetooth-Lautsprecher von Zoes Arbeitsplatte und hielt ihn sich verlegen vor die Schamhaare.

»Jo?«, flüsterte ich. »Nein. Nein, nein. Sag mir bitte, dass es nicht das ist, wonach es aussieht.«

»Es ist nicht das, wonach es aussieht«, brummte Jo und tauschte den Lautsprecher gegen ein Kochbuch, um schließlich entnervt aufzugeben. »Ich habe dir doch gesagt, du sollst mich nicht angucken«, motzte sie und versank verschämt hinter der Kochinsel.

Wie gelähmt stand ich da, bis ein wütendes Flüstern von der anderen Seite der Küche zischte: »Sarah, Herrgott noch mal, würdest du mir bitte was zum Anziehen holen?« Wortlos tappte ich in den Flur und nahm wahllos einen Mantel von der Garderobe. Den reichte ich ihr und sank dann auf einen von Zoes Hockern.

»Was ist hier los?«, fragte ich.

Jo stand auf und zog sich, wie ich jetzt erst sah, eine riesengroße Skijacke über. Sie schnaubte nur unwillig und krempelte die Ärmel hoch, damit ihre Hände unten rausguckten.

»Möchtest du vielleicht eine Lifthose dazu?«, fragte ich benommen. »Skistöcke? Einen Helm? Jo, was soll das?«

»Das könnte ich dich auch fragen«, knurrte sie und begutachtete die Jacke mit einem verächtlichen Stirnrunzeln. »Reiche Arschlöcher«, fauchte sie, vermutlich gegen jeden gerichtet, der gerne Ski fuhr. »Was machst du hier?«

»Ich wohne hier«, sagte ich. »Wie du sehr wohl weißt. Ich gehe jetzt joggen, und danach fahre ich zum Flughafen.«

»Es ist Viertel nach drei nachts!«, zischte Jo. »Kein normaler Mensch geht um diese Uhrzeit joggen!«

»Du stehst nackt in Tommys Küche!«, zischte ich zurück. »Komm mir also nicht so!«

Jo machte die Jacke zu. »Unglaublich«, war alles, was sie herausbrachte.

Ich holte tief Luft. »Jo, schläfst du mit Tommy? Haben meine beiden ältesten Freunde eine Affäre? Zu mir kommen wir gleich«, fügte ich hinzu, bevor sie mich unterbrechen konnte.

»Ich war zu Besuch«, erklärte sie schließlich. »Tommy meinte, ich kann auf der Couch übernachten.«

»Netter Versuch«, konterte ich. »Netter Versuch, Joana Monk. Tommy ist um zehn ins Bett gegangen. Dachte ich zumindest. Da warst du noch nicht hier. Aber jetzt bist du hier, und du bist nackt, und ich weiß, wie sehr du deinen Satinpyjama liebst.«

»Ach, verdammt«, brummte jemand. Ich schaute auf. Tommy stand in der Tür, in einen Bademantel gewickelt. Eine Hand unschlüssig vor dem Gesicht in der Luft stand er da, als wolle er das volle Ausmaß der Katastrophe abschätzen. »Ich wusste doch, dass es keine gute Idee ist«, sagte er zu Jo.

»Ich wollte nur was trinken! Ich trinke nicht aus dem Wasserhahn im Bad, Tommy, das weißt du doch!« Sie klang angriffslustig, was hieß, dass sie langsam panisch wurde. »Und sie sollte jetzt eigentlich schlafen, statt sich mitten in der Nacht zum Joggen aus dem Haus zu schleichen.« Mit dem Kopf wies sie vorwurfsvoll auf mich.

Ich stützte den Ellbogen auf die Kücheninsel. »Also gut«, sagte ich. »Ich will ganz genau wissen, was hier vor sich geht. Und wie lange schon. Und wie ihr beiden das angesichts der Tatsache rechtfertigt, dass Tommy in einer festen Beziehung ist.« Ich unterbrach mich. »Na ja, du streng genommen ja auch, Jo. Aber du siehst mir sicher nach, dass es mir um Shawn nicht leidtut.«

Tommy tappte durch die Küche und hockte sich auf die Kochinsel, genau zwischen Jo und mich.

»Also, die Sache ist die ...«, setzte er an und brach dann ab.

Aus einem kurzen Stutzen wurde ein langes Schweigen, das in der Luft hing wie dichter Nebel. Betreten schaute er auf seine Hände. Knibbelte an einem Nagelhäutchen. Knabberte am Daumen.

»Und ich will wissen, wieso ich das jetzt erst erfahre«, kommandierte ich streng.

Jo setzte sich unvermittelt. »Wir hatten Sex«, sagte sie. Ihre Stimme war eine Spur zu laut.

Tommy zuckte zusammen, stritt es aber nicht ab.

»Ich glaube auch nicht, dass es dir um Zoe so leidtut, Sarah, aber – was soll's – sie schläft mit einem ihrer Klienten. Dem Vorstandschef der Firma, die sie vertritt, dieser Hersteller der Fitnessuhren. Darum ist sie nach Hongkong geflogen. Er hat sie eingeladen. Und Tommy hat kein Problem damit«, fügte sie mit voller Überzeugung hinzu. »An dem Abend, als sie es ihm gesagt hat, ist er zu mir gekommen, und wir haben zu viel getrunken, und... na ja.«

Tommy schaute Jo an, als wollte er sagen: *Echt jetzt?* Aber dann zuckte er die Schultern und ließ den Kopf hängen, wie zur Bestätigung dessen, was sie eben gesagt hatte. Er war hochrot geworden, so peinlich war ihm das alles.

Wieder betretenes Schweigen.

»Tut mir leid, aber das reicht mir nicht«, brummte ich. »Was soll das heißen: ›Wir haben zu viel getrunken, und... na ja‹? Sich zusammen zu betrinken und miteinander ins Bett zu gehen ist nicht interdependent, weißt du?«

»Komm mir nicht mit deinen Fremdwörtern«, brummte Jo.

»Ach, hör schon auf.«

Sie seufzte. »Es war an dem Abend, als wir alle zum Essen hier waren«, erklärte sie und wich meinem Blick dabei geflissentlich aus. »Die Ramen-Suppe, die du gekocht hast, Sarah. Du bist ins Bett gegangen und warst ganz außer dir wegen Eddie, und ich bin nach Hause gegangen. Dann hat Zoe Tommy gesagt, was Sache ist, und er ist stinksauer aus der Wohnung gestürmt. Aber ein paar Minuten später ging ihm auf, dass er nicht wusste, wohin. Also hat er mich angerufen, statt mit eingezogenem Schwanz nach Hause zurückzuschleichen, und ist mit einem Uber hergekommen.«

271

Ein Lächeln, wie ich es von ihr gar nicht kannte, ließ ihr Gesicht kurz aufleuchten. Sie schaute ihn an, womöglich hin- und hergerissen zwischen dem Wunsch, seine Privatsphäre zu respektieren und es endlich auszusprechen. Das zwischen ihnen offiziell zu machen.

Ich sah Tommy an. »Also steigst du in ein Taxi nach Ilford, und, ich meine, wolltest du …« Ich verstummte. Ich konnte es nicht mal laut sagen.

»Nein«, antwortete er hastig. »Nein, gar nicht. Was nicht heißen soll, dass es mir leidtut«, beeilte er sich zu versichern, als er sah, wie Jo das Lächeln im Gesicht verrutschte.

»Verstehe. Und ist das jetzt … ein … eine einmalige Angelegenheit? Oder etwas *anderes*?«, fragte ich.

Es folgte ein sehr langes Schweigen. »Na ja, also ich liebe ihn«, murmelte Jo. »Aber ich kann natürlich nicht für Tommy sprechen.«

Abrupt schaute Tommy auf. »Wie bitte?«

»Du hast genau gehört, was ich gesagt habe«, raunzte sie ihn an. Wutentbrannt öffnete und schloss sie den Reißverschluss an einer der zahlreichen Taschen der Skijacke. »Aber das nur nebenbei. Warum wir dir nichts davon gesagt haben, Sarah, ist ganz einfach, weil wir es noch niemandem gesagt haben. Zoe hat Tommy gesagt, er kann bleiben, so lange wie nötig – bis er eine andere Wohnung gefunden hat. Sie übernachtet sowieso bei ihrem komischen Fatzken, aber das soll Tommy dir selbst erzählen. Er findet ihr Angebot sehr großzügig. Ich finde, sie will einfach nicht die Böse sein in der Geschichte.«

Nach kurzem Überlegen musste ich lächeln. Da sagte sie was.

»Aber sie ist nicht das Problem. Das Problem ist Shawn.« Sie ließ den Reißverschluss los. »Der ist das eigentliche Problem.«

»Warum? Was hat er getan?«

»Es geht mehr darum, was er tun könnte«, entgegnete Tommy, als er merkte, dass Jo die Worte fehlten. »Sie hat Angst, die Sorgerechtsgeschichte könnte ein einziger Albtraum werden, wenn er rausfindet, dass sie was mit einem anderen Mann hat. Also will sie sich erst von ihm trennen und die Sorgerechtsfrage klären und mich da raushalten. Und dann … na ja, dann werden wir ja sehen, was passiert.«

Jo verzog keine Miene, aber ich sah es – selbst in meinem Schockzustand sah ich es. Sie war wirklich in ihn verliebt. Schon lange. Und sie hatte panische Angst, für ihn nur eine belanglose Affäre zu sein. Eine Bettgeschichte. Das arme Mädel konnte ihm kaum in die Augen schauen. *Dann werden wir ja sehen, was passiert* war für sie nicht annähernd genug.

Tommy schien es auch zu merken. Er ging um die Kochinsel herum und setzte sich neben sie. Ich sah, wie ihr Blick nach unten ging, als er ihr behutsam eine Hand aufs Bein legte, und ein überwältigendes Gefühl der Zärtlichkeit schnürte mir fast die Kehle zu.

»Er ist ein unberechenbarer Scheißkerl«, wisperte Jo leise. Shawn war unverfänglicheres Terrain als ihre Gefühle für Tommy. »Er darf das nicht erfahren.«

»Ich persönlich kann mir beim besten Willen nicht vorstellen, dass er das Sorgerecht bekommt«, meinte Tommy. »Es wird immer schlimmer – holt Rudi nicht von der Schule ab, ist meistens bekifft, und vor ein paar Wochen hat er Rudi sogar ganz allein zu Hause gelassen. Rudi hätte fast die Bude abgefackelt, als er versucht hat, sich was zu essen zu machen. Heute Abend ist er bei Jos Dad.« Er schaute Jo von der Seite an, aber die hatte dichtgemacht. Wie immer, wenn sie glaubte, zu viel von sich preisgegeben zu haben.

Zoes trendige Designwanduhr mit dem Kupferrahmen sprang lautlos auf 3.30 Uhr.

»Das war's also«, murmelte Jo, die das Schweigen nicht ertragen konnte. Sie legte die Hände auf die Ablage. Zwei rote kleine Fäuste. »Und ich habe mich mitten in der Nacht nackig gemacht. Wörtlich und im übertragenen Sinn. Sorry!«, murmelte sie, halb an Tommy gerichtet. »Es ist wirklich nicht schlimm, wenn es bloß Sex ist, Schnucki. Vergiss das mit der Liebe. War nur ein Scherz. Du kennst mich ja.«

Unbehagliches Schweigen.

»Ich sollte euch beide lieber allein lassen«, sagte ich.

»Bleib«, bellte Jo.

»Oh, danke«, rief Tommy zeitgleich.

Unschlüssig verharrte ich, halb sitzend, halb stehend.

»Ich bin wirklich nicht gut in solchen Sachen«, meinte Jo. Ihr Gesicht war so rot wie eine Backsteinfassade. »Mich darf man nicht allein lassen. Wenn du jetzt gehst, sage ich nur noch mehr dumme Sachen.«

Ich setzte mich wieder und lächelte Tommy entschuldigend an, aber der war tief in Gedanken, und seine Augenbrauen machten seltsame Verrenkungen, die ich beim besten Willen nicht zu deuten vermochte. Ich schaute wieder weg. Mein Blick schweifte über Zoes Kochbuchsammlung für die ehrgeizige Karrierefrau. Ging zu dem Bild von ihr und Tommy beim gemeinsamen Training in Kensington Gardens, damals, zu Beginn ihrer Beziehung, als sie die Finger nicht von ihm lassen konnte.

Am Ende von Zoes Straße fuhr ein Nachtbus heulend die Holland Park Road entlang. Ich fragte mich, wer wohl ihr Neuer war. Wo er wohnte. Zoe wirkte auf den gemeinen Pöbel wie mich unvorstellbar wohlhabend, und ihre weitläufige Wohnung in Holland Park war etwas, wovon ich sonst nur träumen konnte. Bestimmt war er so reich, dass einem die Tränen kamen, und er kannte jeden, der jemand war. Und natürlich war er der Richtige für Zoe. So richtig, wie Tommy es nie sein könnte, ganz gleich, wie viele Stufen sie ihn die Karriereleiter noch hochschubste.

Irgendwann holte Tommy tief Luft. Er sah Jo an. »Hör zu«, flüsterte er leise. »Ich liebe dich. Ich liebe dich wirklich, Jo. Ich hätte es dir nur gerne … na ja, unter anderen Umständen gesagt.«

Jo, die, wie ich vermutete, aufgehört hatte zu atmen, sagte nichts.

Tommy fuhr mit der Fingerspitze über die Kante von Zoes Kücheninsel. »Du bist der einzige Mensch, bei dem ich ich sein kann«, gestand er. »Der einzige Mensch, mit dem ich immer und über alles reden kann. Du fehlst mir, sobald du aus dem Zimmer gehst. Obwohl du mich für meinen Geschmack viel zu oft ein ›privilegiertes Arschloch‹ nennst. Obwohl du unmöglich bist und mich auf die Palme bringst und mich dazu zwingst, dir das alles hier vor Sarah zu sagen, weil du ausgerechnet in diesem Augenblick die Nerven verlieren musstest.«

Jo erlaubte sich den Anflug eines Lächelns, konnte ihn aber noch immer nicht anschauen.

»Ich dachte, ich sei glücklich«, fuhr Tommy fort, »als ich hier eingezogen bin. War ich aber nicht. Ich war nicht glücklich und bin es seit Jahren nicht gewesen. Noch vor einem Monat konnte ich mir einreden, das hier« – er schaute sich in Zoes makelloser Küche um – »das hier sei alles, was ich brauche. Was ich mir wünsche. Ist es aber nicht. Ich wünsche mir nur, ich zu sein. Mich in meiner eigenen Haut wohlzufühlen, echt und authentisch. Lachen zu können. Mit dir lache ich, bis mir die Tränen kommen, mehrmals die Woche. Mit Zoe ging das nicht.«

Jo blieb stumm.

»Ich meine, schau dir meine Karriere an. Als Personal

Trainer war ich ihr nie genug. Und ich bin mir ziemlich sicher, dass sie mich nur unterstützt hat, damit sie den Leuten erzählen kann, ich sei Inhaber einer Sportberatungsfirma.«

Jo zupfte an ihrer Jacke herum, bis Tommy ihre Hand nahm und sie festhielt.

»*Hör mir zu.*«

»Ich höre«, brummte Jo schroff.

Tommy stutzte, dann musste er lachen. »Ich fasse es nicht, dass wir dieses Gespräch mit Harrington im Zimmer führen. Das ist… Nichts für ungut, Harrington, aber das ist ein Albtraum.«

»Nicht schlimm. Und nur so nebenbei, ich finde das wunderbar. Wenn auch etwas eigenartig.«

Jo hatte sich immer noch nicht entspannt. »'tschuldigung«, murmelte sie. »Mir macht das alles Angst. Ich… ich habe mehr zu verlieren als du.«

Tommy nahm ihre Hand. »Nein, hast du nicht. Ich… Ach, verdammt noch mal, schaust du mich jetzt endlich mal an, du verrücktes Weib?«

Widerstrebend sah sie zu ihm.

»Ich bin hier, Jo. Mittendrin. Mit dir.«

Der Adrenalinschub ließ langsam nach. Ich saß in einem Raum mit meinen beiden ältesten Freunden, die sich gerade gestanden, sich ineinander verliebt zu haben, und auf einmal ergab alles einen Sinn. Ich musste an unsere gemeinsame Zeit in Kalifornien denken, und fragte mich, warum mir das nie in den Sinn gekommen war. Die beiden hatten Stunden um Stunden miteinander verbracht. Hatten Ausflüge unternommen, waren zusammen surfen gegangen, hatten in der Garage von Tommys Eltern ungenießbare Cocktails gemixt. Vielleicht hatte ich es damals nicht gesehen, weil ich mich so tief in Trauer und Schuldgefühlen vergraben hatte. Oder weil ich mir keine zwei Menschen vorstellen konnte, die weniger zusammenpassten. Aber so war die Liebe nicht, das hatte ich inzwischen lernen müssen. Da waren sie nun und schlichen umeinander wie Katzen. Linkisch, hilflos, verletzlich. Verliebt und unfähig, etwas anderes zu tun, als zusammen zu sein, allen Risiken zum Trotz.

»Also«, sagte ich gedehnt. Ich lächelte, und aus dem Lächeln wurde ein Gähnen. »Das wird wohl noch ein bisschen dauern. Aber ich freue mich für euch.«

Jo starrte auf Tommys Hand, die ihre ganz festhielt. »Das will ich auch«, sagte sie. »Glücklich sein. Alles andere ist mir inzwischen egal.«

Mir zog sich das Herz zusammen. Noch nie hatte ich Jo so etwas sagen hören.

Zähflüssiges orangerotes Licht von den Straßenlaternen ergoss sich über uns drei. Mir war nicht annähernd warm genug in der Joggingshorts und dem Top, aber gerade wünschte ich mir nur, dieser Moment würde nie enden. Ich hatte diese beiden Menschen so schrecklich gern. Ich liebte es, dass sie sich liebten, wie ich es nie gekannt hatte. Liebte es, dass sie sich so verzweifelt nacheinander gesehnt hatten, dass Tommy Jo heimlich ins Haus schmuggelte, nachdem ich ins Bett gegangen war.

»Ich muss jetzt fertig packen«, erklärte ich widerstrebend. »Ich wünschte, ich könnte hierbleiben.«

»Okay.« Tommy gähnte, als ich meinen Hocker zurückschob. »Aber ... Sarah. Ich muss dich das einfach fragen: Müssen wir uns Sorgen um dich machen?«

»Ich ...« Ich verstummte. »Ich mache mir in letzter Zeit selbst Sorgen um mich.«

»Wir auch«, meinte Jo. »Du benimmst dich ziemlich schräg, Süße.«

»Ich nehme an, du hast von dem Fußball-Zwischenfall gehört?«

Sie nickte.

Ich fuhr mir mit der Hand durch die Haare. »Als ich in die Umkleide spaziert bin, hatte ich einen schrecklichen Moment der Wahrheit. Der Klarheit. Als steckte ich unversehens wieder in meiner eigenen Haut. Und es hat mir Angst gemacht.«

Jo meinte: »Vielleicht solltest du mal mit so einem Psychodoc reden.«

Süschodoc. Ich musste lächeln. »Vielleicht. Die gibt es in L.A. wie Sand am Meer.«

Tommys aufgebrachte Augenbrauen beruhigten sich allmählich. »So was Durchgeknalltes hast du noch nie gemacht«, konstatierte er. »Vergiss das nicht.«

»Aber vielleicht auch nur, weil ich damals, als ich

Reuben kennengelernt habe, noch kein Handy hatte. Oder weil es noch keine sozialen Netzwerke gab.«

»Nein – du bist nicht verrückt, Sarah. Wenn auch nur die Hälfte von dem stimmt, was du uns erzählt hast, dann hätte Eddie dich anrufen müssen.«

Ich ging um die Kücheninsel herum und umarmte sie beide. Meine Freunde, die Liebenden. »Danke, Tommy, Jo. Ihr seid unbezahlbar. Danke, dass ihr immer noch zu mir haltet.«

»Du bist schließlich meine beste Freundin«, meinte Tommy. »Von Jo abgesehen«, fügte er rasch hinzu.

Zwanzig Minuten später, als ich mit meinem Koffer aus dem Zimmer kam, saßen die beiden immer noch da und mümmelten einträchtig getoastete Weißbrotscheiben. So was hätte Zoe nie in ihrer Küche geduldet. Sie sahen aus, als seien sie schon seit Jahren zusammen.

An der Tür stellte ich meinen Koffer ab. »Also dann.«

Tommy stand auf. »Hey, hör zu, Harrington. Nur noch eins, bevor du gehst. Ich … also, ich muss schon sagen, diese ganze Geschichte mit Eddie ist mir immer noch sehr suspekt.«

»Ach, da sind wir schon zwei, Tommy. Da sind wir schon zwei.«

Er schwieg kurz. »Es kann … es kann doch kein Zufall sein, dass du ihm ausgerechnet an diesem Tag und an diesem Ort begegnet bist.«

Im Baum vor Zoes Wohnung versuchte sich ein

Vogel zirpend an den ersten unsicheren Tönen eines Liedes.

»Wie meinst du das? Weißt du was, das ich nicht weiß?«

»Natürlich nicht! Ich meine bloß, denk doch mal nach, was du gerade gemacht hast, als ihr beide euch kennengelernt habt. Der Jahrestag des Unfalls, dein Spaziergang am Broad Ride. Ich finde, du solltest dich fragen, warum Eddie auch da war. Ausgerechnet an diesem Tag, von allen möglichen Tagen.« Seine Augenbrauen verselbstständigten sich schon wieder. »Hat er vielleicht etwas zu verbergen?«

»Natürlich hat er ... Nein. Nein, Tommy.«

Ein, zwei Minuten dachte ich darüber nach, verwarf den Gedanken aber dann gänzlich. Unmöglich. Absolut ausgeschlossen.

Siebenundzwanzigstes Kapitel

Lieber Eddie,

ich schreibe dir, um dir zu sagen, wie leid mir das alles tut.

All deine Signale, mich von dir fernzuhalten, habe ich ignoriert und dich dagegen von allen Seiten regelrecht bombardiert. Ich hätte dir nie schreiben, dich nie anrufen sollen. Und ganz sicher hätte ich gestern Abend nicht unangemeldet in dein Fußballspiel platzen dürfen. (Du hast bestimmt längst davon gehört.) Ich kann dir gar nicht sagen, wie peinlich mir das ist. Und auch wenn es das nicht besser macht, das winzige Körnchen Stolz, das mir geblieben ist, zwingt mich, dir zu sagen, dass ich mich sonst nicht so aufführe.

Aus mir nicht ganz nachvollziehbaren Gründen scheint unser Kennenlernen und dein darauffolgendes Schweigen bei mir viele alte Gefühle aufgewirbelt zu haben, die mit dem Autounfall vor neunzehn Jahren zusammenhängen. Ich nehme an, das hat nicht unerheblich zu meinem verrückten Verhalten beigetragen.

Ich bin gerade am Flughafen Heathrow und steige gleich

in den Flieger nach LAX. Die Sonne scheint, und ich bin unendlich traurig, so gehen zu müssen, in dem Wissen, dich nie wiederzusehen.

Und doch bin ich erleichtert, wieder nach Hause zu kommen, wo ich einen erfüllenden Job habe, Freunde, eine Chance auf ein neues Leben als Single. Ich werde an dem arbeiten, was hier passiert ist und weswegen ich mich so benommen habe. Ich bringe das wieder in Ordnung. Ich bringe mich wieder in Ordnung.

Und trotzdem muss ich sagen, dass ich es feige und respektlos von dir finde, dich einfach so auszuschweigen. Und ich hoffe, du überlegst es dir noch mal gründlich, bevor du einer anderen Frau das Gleiche antust. Aber ich muss es hinnehmen, dass du dich diesmal für diesen Weg entschieden hast. Und ich muss annehmen, dass du gute Gründe dafür hast.

Zum Schluss möchte ich dir danken. Unsere gemeinsamen Tage waren mit die strahlend schönsten meines Lebens. Ich werde noch sehr lange daran zurückdenken.

Pass auf dich auf, Eddie, und alles Gute.

Sarah x

Achtundzwanzigstes Kapitel

ORDNER ENTWÜRFE

Bitte, geh nicht. Geh nicht weg.

Ich habe aufgehört zu schreiben und wollte dich stattdessen anrufen, aber ich konnte es nicht.

Bestimmt bist du schon in der Luft. Ich werde nach draußen gehen und am Himmel nach dir suchen.

Eddie

✓ Gelöscht, 10.26 Uhr

2. Teil

Neunundzwanzigstes Kapitel

»Willkommen zu Hause!«, trompetete Jenni.

Nach all den Jahren, die ich nun schon kreuz und quer über den Atlantik geflogen bin, schaffte mich der Jetlag immer noch. Der zermalmende Druck auf der Brust beim ersten Schritt in die gleißende Sonne. Die Hitze wie eine massive Betonwand. Die Zickzackmuster am Rand des Sichtfelds im Taxi auf der I-110. 1997, als ich das erste Mal hier gelandet bin, glaubte ich zwei Tage lang, ich sei ernsthaft krank.

»Du hast mir gefehlt, Sarah Mackey.« Jenni drückte mich kurz und heftig. Sie roch nach frisch gebackenem Kuchen.

»Ach, Jenni, du hast mir auch gefehlt. Hallo, Frap«, sagte ich und streichelte Jennis Hund faul mit dem Fuß. Frap – kurz für Frappuccino, eine von Jennis großen Schwächen – versuchte wie üblich, das Bein an mir zu heben, aber ich war schneller und sprang gerade noch rechtzeitig zur Seite.

»Ach, Frap«, seufzte Jenni. »Warum willst du Sarah bloß immer unbedingt ans Bein pinkeln?«

Ich beugte mich nach vorne und fasste sie am Ellbogen. »Und?«

Sie wich meinem fragenden Blick aus.

»Die Testergebnisse? Solltest du die nicht heute bekommen?«

»Nein, morgen.« Sie drehte sich weg. »Ich bin supernervös. Je weniger wir also darüber reden, desto besser. Komm rein, mach's dir auf der Couch gemütlich.«

Ich trat ein, in diese kühle Oase schokoladig duftender Luft, und sah, dass Jenni schon wieder Kunst gekauft hatte. Ein abstraktes Gemälde einer schwangeren Frau, das aus Tausenden winzigen Fußabdrücken zusammengesetzt war. Der Therapeut, zu dem sie ging, hatte ihr geraten, das Prozedere der künstlichen Befruchtung mit positiver Visualisierung zu unterstützen. Vermutlich war das ihre Art, seinen Rat umzusetzen. Das Bild hing über dem Relaxsessel, in dem Javier jeden Tag von 17.15 Uhr bis 22.30 Uhr saß, bis er dann ins Bett ging. Auf der Theke, die das Wohnzimmer von der Küche trennte, standen eine zweistöckige Schokoladentorte und eine Flasche Rosé-Sekt im Eiskübel.

Ich lächelte, erschöpft und den Tränen nahe, als Jenni in die Küche ging und anfing, dicke Eiscremekugeln in den Mixer zu stopfen. »Jenni Carmichael, du bist sehr süß und sehr unartig. Wir bezahlen dich nicht, damit du von deinem Geld Champagner und Torten kaufst.«

Jenni zuckte bloß die Achseln, als wollte sie sagen: Wie soll ich dich denn sonst zu Hause begrüßen?

Sie gab noch einige weitere Zutaten in den Mixer – die wenigsten davon als Lebensmittel zu erkennen –, schaltete ihn ein und musste dann schreien, um den Lärm zu übertönen. »Ich habe Javier mit seinen Freunden zum Billardspielen geschickt. Du kannst mir also alles ganz in Ruhe erzählen«, brüllte sie. »Und ich kann dich nicht ohne einen ordentlichen Zuckerschock willkommen heißen. Das geht nicht.«

Ich versank in ihrer ausladenden Couch mit den unzähligen, marshmallowweichen Kissen, und plötzlich war ich so erleichtert, dass es sich fast wie ein stechender Schmerz anfühlte. Hier war ich sicher. Hier konnte ich nachdenken, nachjustieren, nach vorne schauen.

Jenni schaltete den Mixer aus. »Heute gibt's Shakes mit Bubblegum-Geschmack.«

»Herrje, wirklich?«

Jenni lachte. »Wenn schon, denn schon.« Mehr sagte sie dazu nicht.

Etliche Stunden später, nachdem wir unsere dickflüssigen Shakes getrunken, mehrere gigantische Stücke Torte gegessen und uns anschließend noch durch eine riesengroße Tüte Pita-Chips gemümmelt hatten, sank ich zufrieden in die Kissen und rülpste leise. Jenni tat es mir nach und lachte. »Bevor ich dich kennengelernt habe, habe ich nie gerülpst«, gestand sie.

Ich stupste ihren Fuß mit den Zehen an, weil ich viel

zu vollgefressen und zu schwerfällig war, um mich zu bewegen. »Das war ein grandioses Gelage. Danke.«

»Ach, gern geschehen«, brummte sie lächelnd und rieb sich den Bauch. »Also, Sarah, ich sollte lieber nichts trinken, aber du musst das rosa Blubberwasser unbedingt probieren, okay?«

Misstrauisch beäugte ich die Flasche, und mir wurde flau. »Geht nicht«, murmelte ich. »Danke, Liebes, aber ich habe es letzte Woche mit Jo ein bisschen übertrieben, und seitdem wird mir schlecht, wenn ich nur an Alkohol denke.«

»Echt jetzt?« Jenni wirkte ehrlich schockiert. »Nicht mal ein klitzekleines Gläschen?«

Aber ich brachte es nicht über mich. Nicht einmal für sie.

Dann erzählte ich ihr alles. Sogar die hässlichen Einzelheiten wie die Geschichte auf dem Fußballplatz, als ich mich plötzlich nicht nur mit dem nackten Hinterteil eines fremden Mannes konfrontiert sah, sondern auch mit der unwiderlegbaren Tatsache, dass ich offensichtlich den Verstand verloren hatte. Jenni murmelte »Aww« und schnalzte mit der Zunge und seufzte, und als ich ihr meine letzte Nachricht an Eddie zeigte, hatte sie sogar Tränen in den Augen. Sie machte sich nicht über mich lustig. Sie sah mich nicht mit hochgezogenen Augenbrauen an. Sie nickte nur mitfühlend, als sei alles, was ich getan hatte, absolut nachvollziehbar.

»Man muss versuchen, die Liebe mit beiden Händen

zu packen und festzuhalten«, erklärte sie. »Du hast alles richtig gemacht. Du hast alles versucht.« Sie schaute mich an. »Du hast dich in ihn verliebt, stimmt's?«

Nach kurzem Zögern nickte ich. »Dabei ist es doch eigentlich unmöglich, sich nach so kurzer Zeit…«

»Ach, ich bitte dich«, widersprach Jenni leise. »Natürlich kann man sich innerhalb von einer Woche verlieben.«

»Da hast du wohl recht.« Ich zupfte am Saum meines Tops herum. »Aber jetzt ist es vorbei, und ich muss wieder nach vorne schauen. Ich möchte die Ausschreibung für das Hospiz in Fresno gewinnen. Ich möchte George Attwood in Santa Ana mit an Bord nehmen. Ich möchte zurück in mein altes, vertrautes Leben.«

»Wenn du selbst nicht weiterweißt, hilf anderen, hm?«

»Ganz genau. Ich werde einen Schlussstrich ziehen unter alles, was in England passiert ist. Keine weiteren Versuche mehr, Eddie zu kontaktieren. Im Gegenteil, ich werde ihn sogar auf Facebook entfreunden. Jetzt sofort, mit dir als Zeugin.«

»Ach«, murmelte Jenni enttäuscht. »Aber das wird wohl das Beste sein. Es ist nur schrecklich schade. Ich dachte wirklich, er ist es, Sarah.«

»Ich auch.«

Jenni sagte nichts. Ich schaute zu ihr rüber. »Alles okay?«

Sie nickte. »Tut mir nur so leid für dich. Und ich hab Hormonwallungen.«

Ich ließ mich neben sie fallen, während ich darauf wartete, dass Facebook Eddie aus meiner Freundesliste kramte.

Unvermittelt drehte sich mir der Magen um.

»Er hat mich entfreundet«, wisperte ich. Ich lud sein Profil neu, nur für den Fall, dass es ein Irrtum war. War es nicht. *Freund hinzufügen?*, wurde ich gefragt.

»Ach, Sarah«, murmelte Jenni.

Die eiskalte Faust griff wieder nach meiner Brust, als sei sie nie weg gewesen. Diese bodenlose Sehnsucht, wie ein Brunnen, in dem ein Kieselstein in die Unendlichkeit fallen könnte.

»Ich …« Ich schluckte schwer. »Ich denke, das war's wohl.«

Und in dem Moment ging Frappuccino los wie eine Bombe, weil die Haustür aufging und Javier hereinkam. »Hey, Sarah!«, rief er und salutierte linkisch. Das machte er immer zur Begrüßung, statt mich zu umarmen. Zärtlichkeiten waren bei Javier ausschließlich für Jenni und Autos reserviert.

»Hey, Javier. Wie geht's? Danke, dass du uns ein bisschen allein gelassen hast.« Mein ganzer Körper fühlte sich schlaff und unförmig an.

»Gern geschehen«, erwiderte er und schlurfte in die Küche, um sich ein Bier zu holen. Jenni gab ihm einen Kuss und ging dann aufs Klo.

»Hast du dich gut um meine Süße gekümmert?«,

fragte er. Er setzte sich in seinen Sessel und machte das Bier auf.

»Na ja, sie sich eher um mich«, musste ich gestehen. »Du weißt ja, wie sie ist. Aber morgen bin ich für sie da, Javi. Ich kann den ganzen Tag bei ihr bleiben, wenn nötig.«

Javier trank einen großen Schluck Bier und sah mich fragend an. »Morgen?«

Ich schaute auf. Irgendwas stimmte hier nicht. »Ähm… ja«, stammelte ich. »Wenn sie die Testergebnisse bekommt?«

Javier stellte umständlich das Bier auf den Boden, und plötzlich wusste ich, was er sagen würde.

»Die Testergebnisse sind heute gekommen«, brummte er knapp. »Hat nicht geklappt. Sie ist nicht schwanger.«

Tiefes Schweigen hallte zwischen uns wider.

»Vermutlich wollte sie dich erst über deine eigenen… ähm… Probleme reden lassen«, meinte er. »Du weißt ja, wie sie ist.«

»Oh… O Gott«, wisperte ich. »Javi. Es tut mir so leid. Ich… O Gott, warum habe ich ihr bloß geglaubt? Ich wusste doch, dass heute der große Tag ist.«

Kurz schaute ich zur Küchentür. »Wie geht es ihr?«

Er zuckte die Achseln, aber sein Gesicht verriet mir alles, was ich wissen musste. Er wusste nicht weiter. Er war überfordert. Jahrelang hatte es immer noch einen kleinen Hoffnungsschimmer gegeben, an den Jenni sich verzweifelt geklammert hatte. Und Javiers Aufgabe war es gewesen, sie nach Leibeskräften zu unterstützen. Jetzt war alle Hoffnung tot, und seine Frau – die er all seinen emotionalen Unzulänglichkeiten zum Trotz mit jeder Faser seines Körpers liebte – steckte in ihrer Trauer wie in einem tiefen Loch. Für ihn blieb nichts mehr zu tun. Er hatte keine Aufgabe mehr und keine Hoffnung.

»Viel hat sie nicht gesagt. In der *clínica* war sie ganz still. Ich glaube, sie versucht gerade, nicht darüber nachzudenken. Noch nicht. Ich dachte, sie würde es dir sagen, und dann könnte sie endlich weinen. Alle Gefühle rauslassen, du weißt schon? Darum bin ich weggegangen. Wenn sie sonst nicht mit mir reden kann, redet sie mit dir.«

»O nein. Oh, Javi, es tut mir so leid.«

Er trank einen großen Schluck Bier und sank dann zurück in den Sessel und starrte aus dem Fenster.

Ich guckte rüber zur Tür. Nichts. Die Küchenuhr tickte wie eine Bombe.

Mehrere Minuten vergingen.

»Sie musste gar nicht zur Toilette«, sagte ich unvermittelt. »Sie wollte sich bloß verstecken. Weil sie wusste, dass du es mir sagen würdest. Wir sollten … wir sollten hingehen und sie holen.« Ich stand auf, aber Javier war schneller. Mit hochgezogenen Schultern marschierte er zur Tür.

Nutzlos und unschlüssig stand ich in der Küche herum, während er an die Badezimmertür klopfte. »Süße?«, rief er. »Süße, lass mich rein …«

Nach einer Weile ging die Tür auf, und da hörte ich es. Das erstickte Weinen seiner Frau, meiner treuen Freundin, die ihren eigenen Kummer zurückgestellt hatte, um sich um mich zu kümmern. Die schluchzend nach Luft schnappte, während Tränen und Verzweiflung unaufhaltsam aus ihr herausbrachen. »Ich halte das nicht aus«, stammelte sie. »Ich halte das nicht aus. Javi, ich weiß nicht, was ich machen soll.«

Und dann das schier unerträgliche Wimmern menschlichen Elends, gedämpft nur vom dünnen Baumwollhemd ihres Ehemanns.

Dreißigstes Kapitel

Als das Schlimmste vorbei war und sie sich ein bisschen beruhigt hatte, setzte Jenni sich zwischen mich und Javier auf die Couch und machte sich dann daran, methodisch alles Essbare zu vernichten, was wir vorhin übrig gelassen hatten. Ich ignorierte den brüllenden Jetlag und die Müdigkeit und blieb bis weit nach Mitternacht mit ihr wach. Gelegentlich musste ich ein Stückchen Torte essen, um nicht einzuschlafen.

Und jetzt wurde es Morgen. Ein strahlend heller, heißer Morgen, wie ich ihn mir erträumt hatte. Mein erster zu Hause in L.A. Während der letzten Woche in England war ich davon überzeugt gewesen, der erste Morgen würde Erneuerung und Klarheit und Hoffnung für die Zukunft mit sich bringen. Alles in ein neues Licht rücken, mich die Dinge anders sehen lassen als in London oder Gloucestershire. Und dass ich glücklich wäre. Entschlossen.

Aber nein. Ich war aufgedunsen und unausgeschlafen und fror nach einer Nacht mit voll aufgedrehter Klimaanlage. Ich ringelte mich in Jennis Gästebett zusammen, viel zu erschöpft, um aufzustehen und sie runterzudrehen. Auf der anderen Seite des Zimmers hing ein Spiegel, und ich starrte mich darin an. Verquollen sah ich aus, kreidebleich und krank. Noch ehe ich merkte, was ich tat, hatte ich schon das Handy in der Hand, um nachzusehen, ob Eddie auf meine Abschiedsnachricht reagiert hatte. Hatte er natürlich nicht, und mein Herz blähte sich auf vor Schmerz.

Freund hinzufügen?, fragte Facebook, als ich auf sein Profil ging. Nur so, um nachzuschauen. *Freund hinzufügen?*

Eine Stunde später schlich ich mich aus dem Haus, um eine Runde zu laufen. Es war noch nicht ganz acht, und Jenni und Javier lagen – ausnahmsweise – noch im Bett.

Ich wusste sehr wohl, dass es meinem Körper nicht unbedingt guttun würde, nach einem Transatlantikflug und einem emotional aufwühlenden Abend joggen zu gehen. Ganz zu schweigen von der schlaflosen Nacht, die ich davor in London gehabt hatte, oder der Tatsache, dass das Thermometer auf Jennis Veranda jetzt schon brütend heiße beinahe achtunddreißig Grad anzeigte. Aber ich konnte einfach nicht stillsitzen. Konnte nicht allein sein. Ich musste mich bewegen, und zwar so schnell, dass ich alles hinter mir lassen konnte.

Ich musste laufen.

Dreihundert Meter die Glendale Avenue hinunter fiel mir siedend heiß wieder ein, warum ich in dieser Stadt nie joggte. An der Ecke Temple lief ich ein bisschen auf der Stelle und tat, als wollte ich die Oberschenkel dehnen, damit ich mich unauffällig am Laternenmast festhalten konnte. Die Hitze war erstickend. Mein Blick ging zum Himmel, wo die Sonne heute nur verschwommen und undeutlich hinter einem Schleier feuchter Meeresluft zu erkennen war. Stur schüttelte ich den Kopf. Ich musste laufen!

Ich versuchte es also noch mal, aber als der Hollywood Freeway in Sicht kam, gaben meine Beine nach, und ich fand mich unvermittelt auf dem Grasstreifen vor den öffentlichen Tennisplätzen kauernd wieder. Mir war flau und schwindelig. Ich tat, als müsste ich mir die Schuhe zubinden, und gab mich endgültig geschlagen.

Ich konnte Jos Stimme fast hören, die mich eine taube Nuss nannte und mich fragte, ob ich überhaupt kein Mitleid mit meinem eigenen Körper hatte? Und ich musste ihr leider zustimmen, aus ganzem Herzen, als mir wieder einfiel, wie traurig und bemitleidenswert ich es immer gefunden hatte, diese mageren Joggerinnen in der sengenden Hitze die Hügel im Griffith Park hinaufhecheln zu sehen.

Ich ging zurück zu Jenni, duschte und bestellte mir ein Taxi. Es sah nicht aus, als könnte Jenni in absehbarer Zeit wieder ins Büro kommen, und ich konnte keinen Augenblick länger untätig herumsitzen.

Auf der Fahrt ins Büro in East Hollywood plante ich die anstehende Präsentation für die Direktoren eines Hospizbetreibers hier in Kalifornien. Wir waren inzwischen so sehr daran gewöhnt, dass medizinische Einrichtungen uns anfragten, dass ich, was Verkaufsgespräche anging, ein bisschen aus der Übung war. Die Vermont war völlig verstopft, also stieg ich an der Santa Monica aus und ging die letzten beiden Blocks zu Fuß. Während der Schweiß mir in dicken Perlen *pitsch, pitsch, pitsch* den Rücken hinunterlief, übte ich stumm meinen Text aufzusagen.

Doch dann plötzlich: Eddie?

Ein Mann im Taxi, das im Stau auf der Vermont stand. Unterwegs in Richtung meines Büros. Kurz geschorene Haare, Sonnenbrille, ein T-Shirt, das mir irgendwie bekannt vorkam.

Eddie?

Nein. Unmöglich.

Langsam ging ich auf den Wagen zu. Der Mann drinnen, das hätte ich auf jedes religiöse Buch dieser Welt geschworen, war Eddie David, der gerade verwirrt den wild wuchernden Schilderwald studierte und dann in den Stadtplan auf dem Handy-Display schaute.

Der Verkehr rollte wieder an, und alles hupte durcheinander. Ich stand mitten auf einer sechsspurigen Straße. Gerade, als ich gezwungenermaßen aufgeben und das Taxi fahren lassen musste, setzte der Mann die Sonnenbrille ab und schaute mich an. Doch bevor ich ihm in die Augen sehen und mich vergewissern konnte, dass es wirklich Eddie war, musste ich rasch beiseitespringen, um nicht überfahren zu werden.

Eddie?

Irgendwann später schickten meine Kollegen mich nach Hause (»Wir schaffen das schon, Sarah – ruh dich erst mal aus«), und weil ich noch immer nicht stillsitzen konnte, beschloss ich zu laufen. Eine geschlagene Viertelstunde stand ich an der Kreuzung, an der ich heute Morgen Eddie zu sehen geglaubt hatte, und beobachtete die vorbeifahrenden Autos und Taxis. Ein Rettungshubschrauber landete auf dem Dach des Kinderkrankenhauses, und ich bemerkte es kaum.

Einunddreißigstes Kapitel

Reuben und ich saßen schweigend in einem Business-Flieger nach Fresno. Draußen zerschmolzen die letzten Zipfel einer buttrigen Sonne über den Wolken. Drinnen hing der Haussegen zwischen uns windschief am seidenen Faden. Morgen früh sollten wir dem Vorstand der Hospizgesellschaft ein Angebot präsentieren, und Reuben war schon jetzt stinksauer auf mich.

Montagmorgen war er mit Kaia im Schlepptau ins Büro geschneit und hatte uns alle in den Konferenzraum gebeten. Wobei er es geflissentlich vermied, mir in die Augen zu sehen.

»Also, ich habe ganz tolle Neuigkeiten«, setzte er an.

»Ach, wie schön!«, rief Jenni. Sie klang noch immer nicht wie die alte Jenni, aber sie gab sich große Mühe.

»Als wir letzte Woche in London waren, hat Kaia einem alten Freund von ihr ein paar Mails geschrieben, einem gewissen Jim Burundo, der in L.A. eine private Förderschule betreibt. Kaia hat ihm von unserer Arbeit erzählt, ihm ein paar Videoclips geschickt, und er hat sich daraufhin bei ihr gemeldet und den Wunsch geäußert, dass die Kinder bald regelmäßig Besuch von den Clowndoctors bekommen!«

Kurzes Schweigen.

»Oh«, stammelte ich schließlich. »Großartig! Aber ... Reuben, momentan haben wir gar nicht genug Aktive, um da zuzusagen.«

Und Jenni meinte: »Reuben, Schatz, wir müssten das erst mal durchrechnen, damit ich ein Spendenziel formulieren kann. Ich brauche ...«

Reuben hob die Hand, um sie zu unterbrechen. »Die Finanzierung übernehmen sie selbst«, verkündete er stolz. »Die Spenden decken einhundert Prozent unserer Kosten. Wir können neue Clowndoctors anwerben und ausbilden, und Jims Gesellschaft bezahlt alles.«

Ich überlegte kurz. »Aber wir müssen trotzdem zuerst hingehen und die Schule besuchen, Roo. Ein paar Meetings ansetzen. Und hunderttausend andere Sachen. Wir können nicht einfach ...«

Reuben unterbrach mich mit einem Lächeln, das – zu meinem Entsetzen – zugleich eine eindeutige Warnung war. »Kaia hat etwas ganz Wunderbares eingefädelt«, erklärte er sehr bedächtig. »Ihr solltet euch alle freuen! Wir wachsen weiter!«

Jenni wirkte zu mitgenommen, um ihm zu widersprechen.

Zögerlich hob Kaia die Hand, als säßen wir im Klassenzimmer. »Eigentlich hatte ich nicht erwartet, dass

Jim sofort zusagt«, sagte sie leise. »Ich hoffe, ich habe die Sache nicht unnötig verkompliziert.«

»Ich setze ein paar Meetings an, damit wir alles genau besprechen können«, meinte Reuben. »Aber fürs Erste wäre ein dickes Dankeschön an Kaia wohl angebracht.«

Und dann fing er an zu klatschen.

Und alle klatschten mit. Mein Leben, dachte ich. Gott im Himmel, mein Leben.

Das erste Meeting war schon zwei Tage später angesetzt. Und obwohl es ganz danach aussah, als würde alles reibungslos über die Bühne gehen, obwohl Jims Leute tatsächlich zugesichert hatten, sämtliche Kosten zu übernehmen, einschließlich der Ausbildung neuer Clowndoctors – *kein Problem, sagen Sie uns nur, was Sie brauchen* –, war ich nervös und überreizt. Mir ging das alles zu schnell. Aber als ich heute Morgen versucht hatte, die Sprache auf das Thema zu bringen, hatte Reuben mich richtiggehend angeraunzt. Mir gesagt, ich solle weniger geschäftsmäßig sein und ein bisschen dankbarer.

Wir waren im Landeanflug auf Fresno, und ich guckte verstohlen aus den Augenwinkeln zu ihm rüber. Er war eingeschlafen, und sein Gesicht wirkte entspannt und offen. Wie gut ich dieses Gesicht kannte. Die langen, nachtschwarzen Wimpern, die perfekten Augenbrauen, die Adern an den tiefen Augenhöhlen. Ich schaute in dieses so vertraute Gesicht, und mein Magen zog sich schmerzhaft zusammen. Eigentlich hätte inzwischen alles wieder normal sein sollen, dachte ich, als das Flugzeug eine Schleife flog und die tiefstehende, goldene Sonne geometrische Formen über Reubens Gesicht huschen ließ. Eigentlich hätte es mir gut gehen sollen.

Später am selben Abend, nachdem wir in dem Steakhouse gleich neben unserem Hotel gegessen hatten, ging ich nach draußen und setzte mich an den kleinen, wohl schon lange ungenutzten Pool. Er war von einem hohen Metallzaun umgeben, und die wenigen klapprigen Sonnenliegen überzog ein feiner Schimmelpelz.

Zum ersten Mal nahm ich mir die Zeit, in Ruhe darüber nachzudenken, was Tommy letzte Woche über Eddie gesagt hatte. Ob es etwas zu bedeuten haben könnte, dass Eddie und ich uns ausgerechnet zu dieser Zeit, an diesem Tag und an diesem Ort über den Weg gelaufen waren? Ob er womöglich etwas zu verbergen hatte? Zuerst schien mir diese Theorie an den Haaren herbeigezogen: Eddie war an dem Morgen nur aus dem Haus gegangen, weil er ein bisschen Abstand von seiner Mutter brauchte. Und an der Dorfwiese hatte das flüchtige Schaf ihn aufgehalten. Mehr in diese zufällige Begegnung hineinzulesen, war einfach lächerlich.

Das Problem an der ganzen Sache war bloß, dass ich langsam – spät, aber besser spät als nie – jene Gedanken zu fassen bekam, die in den vergangenen Wochen ganz am Rand meines Bewusstseins herumgeflattert waren.

Allmählich begann ich, ein Muster zu erkennen. Und was ich da sah, gefiel mir ganz und gar nicht.

Gerade als die ersten silbern gezackten Blitze vom Himmel krachten, verschwand ich nach drinnen und konnte dabei das Gefühl nicht abschütteln, auf eine Katastrophe zuzuschlittern.

Am nächsten Morgen wurden wir vor dem Meeting durch das Hospiz geführt.

Wie wohl die meisten Menschen fand ich Hospize bedrückend – im Leben gibt es nur wenige Orte, an denen der Tod so allgegenwärtig, alltäglich und unausweichlich scheint. Aber ich gab mir große Mühe, eine unbeteiligte Miene aufzusetzen, die wild um sich schnappende Angst kleinzuhalten, bewusst langsam ein- und auszuatmen. Und es lief eigentlich ganz gut. Dachte ich. Bis wir in den Fernsehraum kamen und ich ein Mädchen im Sessel vor dem Fenster sitzen sah.

Fassungslos starrte ich es an.

»*Ruth?*« Die zierliche Gestalt war in eine weiche Fleecedecke gehüllt, bleich wie Wachs und erschreckend zerbrechlich.

Ruth schaute auf, und nach einem schier unendlich scheinenden Moment lächelte sie. »Ach herrje«, seufzte sie. »Mit euch habe ich ja gar nicht gerechnet.«

»Ruth!« Reuben stürzte zu ihr und umarmte sie.

»Vorsicht«, murmelte Ruth leise. »Meine Knochen sind ein bisschen brüchig. Du willst mich ja nicht durchbrechen oder so. Du weißt doch, wie gerne Mum Leute verklagt.«

Behutsam nahm Reuben sie in die Arme, und ich tat es ihm gleich.

Ruth war eine unserer ersten Patientinnen gewesen, damals, als es nur Reuben und mich gab und wir gerade erst von den Clowndoctors gehört hatten. Ein winzig kleines Baby war sie da, ständig hin- und hergeschoben zwischen Intensivstation und OP. Und wir hatten von Anfang an gewusst, dass ihre Lebenserwartung – sollte sie überhaupt überleben – sehr gering sein würde.

Aber mein Gott, wie hatte dieses kleine Mädchen gekämpft. Und ihre alleinstehende Mutter genauso, die irgendwie das Geld aufgetrieben hatte, mit ihr zum Children's Hospital in L.A. zu fliegen, weil die Neonatal-Ärzte dort die weltweit besten Spezialisten auf dem Gebiet von Ruths seltenem Gendefekt waren. Ihre Nein-gilt-nicht-als-Antwort-Haltung hatte Reuben und mich mehr als einmal angespornt, mit unserer eigenen Arbeit weiterzumachen.

Eigentlich kam ich selten in Kontakt mit den Kindern. Mir ging das einfach zu nahe. Aber Ruth hatte etwas, dem ich mich nicht entziehen konnte. Selbst als ich schon längst keine Krankenhausbesuche mehr machte, ging ich immer noch zu ihr. Ich konnte einfach nicht anders.

Und da saß sie nun, fünfzehneinhalb Jahre alt, in eine blaue Fleecedecke gewickelt, mit dünnen, brüchigen Haaren. Stocksteif stand ich da, und der Schock schnürte mir die Kehle zu.

»Na, also, das ist ja eine schöne Überraschung«, stammelte ich dann und setzte mich zu ihr.

»Was, dass ich aussehe wie ein totes Hühnchen und in einem Hospiz hocke?«, brummte sie. Ihre Stimme klang dünn. »Wie findest du meine Hände? Siehst du? Wie Hühnerfüße. Ach, bitte«, schnaubte sie, als ich schon widersprechen wollte. »Ihr werdet jetzt nicht versuchen mir einzureden, ich sähe aus wie das blühende Leben, oder? Wenn doch, könnt ihr gleich wieder gehen.« Sie lächelte mit aufgesprungenen Lippen, und ich spürte ein heftiges Reißen im Herz.

»Dann bist du also wieder nach Hause zurückgegangen«, stellte Reuben fest. »Ins sonnige Fresno.«

»Ja. Ich dachte mir, wenn ich schon den Löffel abgeben muss, dann lieber zu Hause«, meinte sie. »Ich muss es meiner Mum ja nicht schwerer machen, als es ist.«

Und dann fing sie an, ganz ohne Vorwarnung zu weinen. Still und lautlos, als fehlte ihr die Kraft für Geräusche oder Tränen.

»Das ist so ätzend«, heulte sie. »Und wo seid ihr Clowns eigentlich? Wo sind die verdammten roten Pappnasen, wenn man sie braucht?«

»Darum sind wir hier. Genau darüber wollen wir reden«, sagte Reuben und tupfte ihr mit einem Taschentuch die Tränen aus dem Gesicht. »Aber selbst wenn wir uns nicht einigen können, versuchen wir dir trotzdem einen Clowndoctor vorbeizuschicken. Natürlich nur, wenn du nicht findest, dass du dafür inzwischen zu alt bist.«

»Bin ich nicht«, entgegnete sie schwach. »Eure Clowns haben mich nie wie ein kleines Kind behandelt. Als ich Doctor Zee das letzte Mal gesehen habe, hat er versprochen, mir zu helfen, ein Gedicht für meine Beerdigung zu schreiben. Er ist ein toller Dichter, wenn er sich nicht gerade wie eine Arschgeige aufführt. Könnt ihr mir den schicken?«

»Das sprechen wir gleich als ersten Punkt beim Meeting an«, versprach ich. »Zee würde dich sicher gerne besuchen.«

»Ich liebe sie einfach«, meinte Ruth und lehnte sich erschöpft auf dem Sofa zurück. Reden schien sie schrecklich anzustrengen. »In all dem Mist waren sie die einzige Konstante. Die einzigen Typen, die größere Arschlöcher sind als ich. Nicht böse gemeint«, murmelte sie in Richtung Reuben. »Ich weiß, dass du auch als Clown angefangen hast.«

Er lächelte.

»Sollen wir dir auf dein Zimmer helfen?«, fragte ich Ruth und zog die Decke noch ein bisschen fester um sie. Ich hatte einen dicken Kloß im Hals. Wie konnte das sein? Die clevere, witzige Ruth mit dem lustigen rotblonden Pferdeschwanz und den petersiliengrünen Augen. Warum endete ihr Leben, bevor es richtig angefangen hatte? Warum konnte niemand was dagegen tun?

»Ja«, wisperte sie. »Ich muss mich ein bisschen hinlegen und schlafen. Alles eure Schuld. Was bringt ihr mich auch zum Heulen!«

Als wir ein paar Minuten später aus ihrem Zimmer gingen, wischte ich mir wütend eine heiße Träne aus dem Augenwinkel, und Reuben nahm meine Hand. »Ich weiß«, murmelte er. »Ich weiß.«

Nach der Präsentation vor dem Hospizvorstand setzten wir uns zum Kaffeetrinken alle nach draußen auf eine sonnige Terrasse. Der stellvertretende Leiter der Pflegeabteilung nahm mich zur Seite, weil er noch ein paar Fragen hatte.

Ich hätte es kommen sehen müssen. Hätte es mir von den vorangegangenen Fragen eigentlich denken können. Wie oft begegneten wir Menschen wie diesem Mann, der nur die roten Clownsnasen sieht und sich dagegen sträubt, in unseren Mitarbeitern etwas anderes zu sehen als alberne Partyclowns.

»Die Sache ist die«, erklärte der Mann mit der Glasbausteinbrille, dem schwabbeligen Kinn und der polternden Hochnäsigkeit, »mein Team besteht aus hochqualifizierten, bestens ausgebildeten Mitarbeitern. Ich weiß nicht, ob sie es begrüßen würden, Seite an Seite mit… na ja, Clowns arbeiten zu müssen.«

Die lodernde Leidenschaft, mit der wir eben noch unsere Arbeit präsentiert hatten, war verpufft. Ich wollte nur noch weg.

»Ihre Mitarbeiter sind natürlich auch weiterhin allein für die medizinische Versorgung der Kinder zuständig«, zwang ich mich leidenschaftslos herunterzubeten und beobachtete derweil einen Vogel im Baum über ihm. »Betrachten Sie unsere Mitarbeiter einfach wie jeden anderen Unterhalter, der die Kinder besucht. Der einzige Unterschied besteht darin, dass sie eine mehrmonatige intensive Zusatzausbildung absolviert haben.«

Stirnrunzelnd blickte er in seinen Kaffee und murmelte, seine Mitarbeiter seien ebenfalls bestens ausgebildet, herzlichen Dank, und bräuchten dazu weder alberne Klamotten noch Musikinstrumente. Und plötzlich – obwohl mich die vielen Jahre in meinem Beruf gelehrt hatten, mich nie, *niemals*, mit so einem Menschen anzulegen – tat ich genau das.

»Sie können sich natürlich auf die spielerische Seite unserer Arbeit fokussieren«, konterte ich. »Aber wir haben in der Vergangenheit von zahllosen Ärzten und Krankenpflegern gehört, dass sie sich von unseren Mitarbeitern wertvolle neue Herangehensweisen abschauen konnten.«

Der Mann stutzte. »Wie bitte?«, bellte er. Die Sonne spiegelte sich in seiner Brille. »Wollen Sie damit etwa andeuten, unsere Mitarbeiter könnten von einem Haufen arbeitsloser Schauspieler noch etwas lernen?«

Reuben, der mit dem Rest der Gruppe zusammenstand, drehte sich zu uns um.

»Genau das will ich damit nicht sagen«, widersprach

ich. Ich stand ihm gegenüber und starrte ihm in die Augen, als sei das ein Duell. Was machte ich denn hier?

»Was ich andeuten wollte – wie Sie wüssten, hätten Sie eben zugehört –, ist, dass wir von medizinischem Fachpersonal überwältigend positive Rückmeldungen bekommen. Aber diese Menschen verfügten zumindest über einen Hauch Demut und Bescheidenheit.«

»Mrs Mackey. Haben Sie gerade gesagt, was ich glaube, dass Sie gesagt haben?«

Hastig stürzte Reuben zu uns. »Kann ich vielleicht irgendwie weiterhelfen?«, fragte er.

»Ich glaube kaum«, entgegnete der Mann. »Ihre Geschäftspartnerin hat mir gerade mitgeteilt, meine Mitarbeiter könnten sich noch eine Scheibe von Ihren Clowns abschneiden. Einschließlich Demut und Bescheidenheit. Unglaubliche Frechheit. Das muss man sich mal vorstellen.«

»Mr Schreuder …«, setzte Reuben an, wurde aber rüde unterbrochen.

»Ich habe ein Team zu managen«, sagte Flaschenbodenbrille. »Guten Tag.«

Der Vogel im Baum über ihm flatterte auf und flog die Straße hinunter. Ich schaute ihm nach und wünschte mir, ich könnte das auch.

»Was zum Teufel ist bloß los mit dir?«, fauchte Reuben mich an, kaum dass wir im Taxi saßen.

»Sorry.«

»*Sorry?*« Reuben schäumte vor Wut. »Das könnte uns den gesamten Auftrag kosten. Was halb so schlimm wäre, Sarah, wenn es dabei nur um uns ginge. Oder um das Geld. Tut es aber nicht. Es geht um Ruth. Und um all die anderen Kinder dort. Und die in den anderen vier Hospizen, die denen gehören.«

Vorne aus dem Taxi waren Fetzen einer Latino-Stimme und Cumbia-Musik zu hören. Ich atmete ein paar Mal tief durch. An Reubens Stelle wäre ich auch stinksauer.

»Gottverdammt, Sarah!« Ihm platzte der Kragen. »Was ist bloß los?«

Der Taxifahrer beendete sein Telefonat und spitzte interessiert die Ohren. Allerdings umsonst. Ich hatte nämlich nichts zu sagen.

Nach langem Schweigen redete Reuben weiter. »Ist es wegen mir und Kaia?«, fragte er. Er starrte stur geradeaus in den entgegenkommenden Verkehr auf der anderen Seite des Highways. »Wenn ja, dann sollten wir dringend darüber reden. Ich …«

»Es ist nicht wegen Kaia«, sagte ich. »Wobei ich, wenn ich ehrlich bin, finde, sie sollte sich ein bisschen zurückhalten.«

»Und dann? Seit Wochen stehst du völlig neben dir. Sarah, wir waren siebzehn Jahre verheiratet«, sagte Reuben. »Ich kenne dich doch.«

»Nein, tust du nicht.«

Eine Mutter mit ihren beiden Kindern überquerte

vor uns an einer Fußgängerampel die Straße. Der kleine Junge im Buggy strampelte wild mit den Beinen, während seine große Schwester fröhlich vor ihnen hertanzte, in der Hand eine glänzende Spielzeugtrompete, auf der sie aus Leibeskräften herumtrötete. So eine hatte Hannah auch gehabt. Manchmal hatte sie mir damit direkt ins Ohr posaunt, wenn sie vor mir wach war. Und ich schrie vor Schreck das ganze Haus zusammen. Sie lachte sich dann immer kaputt und rannte mit ihrer Trompete herum und grölte und trötete und prustete.

Die Ampel sprang um, und wir fuhren weiter, und da merkte ich, dass ich weinte.

Später stand ich vor den schmutzverspritzten Fenstern der Abfluglounge und sah den Flugzeugen zu, die durch einen rostfarbenen Abend an mir vorbeirollten. Ein Handy klingelte dreimal, ehe mir aufging, dass es meins war.

»Jenni?«

»Ach, Sarah, ich bin so froh, dass du rangegangen bist.«

»Alles okay?«

»Nächste Frage. Hör zu, hier ist gerade was ganz Merkwürdiges passiert.«

Ich wartete.

Reuben winkte mich heran. Die letzten Passagiere verließen gerade die Abflughalle.

»Ich habe Eddie gesehen, Sarah. Hier im Haus.«

»Sarah!«, rief Reuben. »Jetzt komm schon!«

Ich hob die Hand zum Zeichen, dass er kurz warten sollte, und hielt sie dann in der Luft, als wartete ich darauf, dass jemand die Passagiere durchzählte.

»Ich habe mir das Foto von ihm oft genug angeschaut«, sagte Jenni gerade. »Verwechslung ausgeschlossen. Er hat mit Carmen an der Rezeption geredet, aber als ich rauskam, war er schon wieder weg.«

»Oh.«

Mein Arm hing dumm in der Luft, und das ganze Blut lief heraus.

»Er hat Carmen gefragt, ob du da bist, und ist dann gegangen, ohne eine Nachricht zu hinterlassen.«

»Oh.«

»Das war er, Sarah. Ganz sicher. Ich hab mir gleich danach noch mal das Foto angesehen. Und Carmen meinte, er hatte einen britischen Akzent.«

»Jenni, bist du dir ganz sicher? Bist du dir hundert Prozent sicher?«

»Hundert Prozent.«

»Okay.«

»Sarah? Was zum Teufel machst du da?«

»Ich muss los«, murmelte ich belegt. »Sonst verpasse ich meinen Flieger.«

Zweiunddreißigstes Kapitel

Lieber Eddie,

eigentlich hatte ich dir versprochen, mein voriger Brief an dich würde der letzte sein.

Die Sache ist nur die, langsam frage ich mich ernsthaft, wer du eigentlich bist. Mein Freund Tommy meinte neulich, ob du womöglich etwas mit dem Unfall zu tun haben könntest.

Die Idee habe ich zuerst abgetan, aber inzwischen bin ich mir da nicht mehr so sicher.

Warst du heute bei uns im Büro? Habe ich dich letzte Woche im Taxi an einer Ampel gesehen? Und wenn ja, warum? Was willst du hier?

Eddie, weißt du, wer ich bin? Warum ich nicht mehr nach England zurückkommen kann?

Bist du der Mensch, von dem ich fürchte, du könntest es sein?

Gut möglich, dass du jetzt denkst: Was redet die Verrückte da bloß? Warum lässt die mich nicht endlich in Ruhe? Hat die einen Sprung in der Schüssel?

Aber was, wenn du das nicht denkst? Was, wenn du ganz genau weißt, was ich da rede.

Das frage ich mich, Eddie. Immer wieder.

Sarah

Dreiunddreißigstes Kapitel

Auszug aus *The Stroud News & Journal*, 8. Juni 1997

Im Zusammenhang mit dem tödlichen Verkehrsunfall auf der A419 nahe Frampton Mansell Anfang des Monats hat die Polizei einen jungen Mann verhaftet. Der leitende Ermittlungsbeamte, PC John Metherell, hat gestern Abend offiziell bestätigt, dass ein Neunzehnjähriger aus Stroud wegen des Verdachts auf fahrlässige Tötung durch verkehrsgefährdende Fahrweise in Untersuchungshaft genommen worden ist.

Der Unfall, von dem eine Familie aus dem Bezirk betroffen ist, hat zu Forderungen nach strengeren Geschwindigkeitskontrollen auf diesem entlegenen, wenig befahrenen Streckenabschnitt geführt. Allgemein war in der Bevölkerung eine gewisse Frustration zu spüren, dass die Polizei bisher keinen dringend Tatverdächtigen im Zusammenhang mit dem Vorfall verhaften konnte.

Die Gloucestershire Constabulary hat seither den mutmaßlichen Unfallverursacher gesucht – der Fahndungsausschreibung zufolge etwa Anfang zwanzig –, der sich nach dem Zusammenprall zu Fuß über die Felder oder kleinere Fußpfade vom Unfallort entfernt haben soll. Neuere Informationen, welche die Ermittler am Montag erhalten haben, führten schließlich zur Identifizierung und erfolgreichen Ergreifung des Verdächtigen.

Der *SNJ* konnte bis zur Drucklegung nicht in Erfahrung bringen, ob der Verdächtige angeklagt worden ist.

Vierunddreißigstes Kapitel

Ich lag in Jennis Gästebett und hörte, wie Javier draußen seinen Truck belud. Im Autoradio berichtete ein Reporter in maschinengewehrfeuerschnellem Spanisch von den Waldbränden in den ausgetrockneten Hügeln Kaliforniens. »El fuego avanca rápidamente hacia nosotros«, sagte er. »Das Feuer kommt rasend schnell auf uns zu«. Als er das Wort »Feuer« sagte, wurde seine Stimme ganz langsam und umschmeichelte die einzelnen Silben, wie eine Flamme, die sich durch Papier frisst. *Fu-e-go.*

Jenni stand unter der Dusche und hörte Dina Carroll, sang aber nicht mit. Der Durchlauferhitzer ächzte. Die Nachbarskatze heulte wie ein kleines Kind, was wohl heißen musste, dass Frappuccino im Garten sein Unwesen trieb.

Ich drehte mich auf den Rücken und rieb mir den Bauch.

Irgendwo da draußen war ein Mann, ein namenloser Mann, der mich seit neunzehn Jahren verfolgte. Ich kannte weder sein Gesicht noch seine Stimme, wusste nichts über ihn außer seinem Nachnamen, aber ich hatte immer gewusst, wenn er mich findet, würde ich ihn erkennen. Ich würde ihm in die Augen schauen und würde es einfach wissen.

Weshalb Eddie David unmöglich dieser Mann sein konnte, sagte ich mir. Ungeachtet der Tatsache, dass sein Nachname ein anderer war, hätte ich es in dem Moment gespürt, als ich ihn das erste Mal sah. Ich hätte es gewusst.

Das Feuer kommt rasend schnell auf uns zu.

Ohne Vorwarnung sprang ich auf, rannte aufs Klo und übergab mich heftig.

»Ein Arbeitstagskater!« In Kaias warmen Augen blitzte ein Lächeln auf, was mir wohl ihr volles Verständnis signalisieren sollte. »Neben dir fühle ich mich steinalt, Sarah.«

Ich kauerte vor dem kleinen Kühlschrank, der vollgestopft war mit Salaten und Wraps, und schloss die Augen. Ich konnte meinen Lunch nicht essen. Ich konnte ihn ja noch nicht mal aus dem Kühlschrank holen. »Lass dich davon nicht beeindrucken«, sagte ich. »Mach mich lieber runter. Ich habe es nicht anders verdient.« Mühsam richtete ich mich auf.

»Ach, wer kennt das nicht«, meinte Kaia. Sie stand neben dem Wasserkocher, über irgendwas gebeugt, das sie wohl vor meinen Blicken schützen wollte. Neugierig spähte ich ihr über die Schulter. Wie erwartet pickte sie in einem knackig frischen Salat herum.

Ich wünschte, sie wüsste mich nicht so gut zu nehmen, dachte ich. Ich wünschte, sie wäre nicht so verdammt rücksichtsvoll. Den Salat versteckte sie bloß, damit ich mich nicht mies fühlte. Aber am allermeisten wünschte ich, sie wäre nicht hier im Büro. Gestern hatte sie als Ausrede für ihren unangekündigten Besuch Insiderinformationen aus einer Sitzung der Spendenabteilung des Kinderkrankenhauses vorgeschoben, aber heute sparte sie sich die Erklärung gleich ganz. Sie war einfach um zehn hereinspaziert und hatte sich an einen der Rechner gesetzt. Sogar Jenni war angesäuert.

Mit einem Glas Wasser in der einen Hand und einem Zittern in der anderen kroch ich zurück zu meinem Schreibtisch. Reuben und Kaia gingen gemeinsam auf unsere kleine Dachterrasse, um da ihren Lunch zu essen.

Ich versuchte, meine E-Mails zu lesen, aber die Worte fühlten sich formlos und schlaff an. Ich versuchte, einen Schluck Wasser zu trinken, aber mein Magen wollte nichts davon wissen. Eis!, schrie er. Da muss Eis ins Wasser! Kraftlos schleppte ich mich in die Küche, nur um dort festzustellen, dass der Eiswürfelbereiter leer im Gefrierfach stand. Ich setzte mich wieder an den Schreibtisch und sah meinem Mann und seiner Freundin draußen beim Knutschen zu. Kaia schmiegte sich in Reubens Armbeuge.

»Ich kann das nicht«, murmelte jemand.

Ich, wie mir einen Moment später aufging. Ich hatte das gesagt.

Fast musste ich lachen. Da saß ich nun, zitternd, flau und schwindelig an meinem Schreibtisch und führte Selbstgespräche. Was kam als Nächstes? Tierstimmen imitieren? Mir alle Kleider vom Leib reißen?

»Ich kann das nicht«, hörte ich mich erneut sagen. Die Stimme kam von irgendwo her und ließ sich nicht kontrollieren. »Ich kann das nicht. Alles.«

Schnell flüchtete ich mich in unseren Konferenzraum.

»Hör auf«, kommandierte ich streng hinter verschlossenen Türen. »Hör sofort damit auf.« Betont lässig spazierte ich um den Tisch und tat, als tippte ich eine Nachricht. Schaute wieder zu ihnen rüber. Kaia küsste Reuben auf die Stirn. Eine streunende Katze beobachtete sie vom Dach der benachbarten Botox-Klinik. Hinter ihnen ragte das Hochhausgewirr der Innenstadt in den Himmel.

»Ich kann das nicht.«

Hör auf!

Niemanden würde es kaltlassen, mit ansehen zu müssen, wie der frisch verliebte Exmann mit seiner neuen Flamme herumturtelte, versuchte ich mich zu entschuldigen. Es war okay, dass mich das mitnahm.

Aber es ging nicht um Reuben und Kaia.

Das Feuer kommt rasend schnell auf uns zu.

Ich versuchte, die Worte aufzuhalten, die sich mit aller Macht in meinen Mund schlängeln wollten. Doch mir fehlte die Kraft dazu. »Ich will nach Hause«, schluchzte ich.

Der Konferenzraum summte leise.

»Hör auf«, wisperte ich. Heiße Tränen standen mir in den Augen. »Hör auf. Das hier ist dein Zuhause.«

Nein, ist es nicht. Das hier war nie mehr als ein Versteck.

»Aber ich liebe diese Stadt! Ich liebe sie!«

Das macht sie noch lange nicht zu deinem Zuhause.

Jenni schlüpfte zur Tür herein. »Sarah«, wisperte sie. »Sarah, was ist los? Du führst Selbstgespräche.«

»Ich weiß.«

»Ist es wegen Reuben? Ich kann Kaia sagen, dass sie verschwinden soll, wenn dir das lieber ist. Die zwei führen sich auf wie notgeile Teenager. Haben die kein Zuhause?«

Ich holte tief Luft. Aber während ich noch nach Worten suchte, um ihr alles zu erklären, war Jenni bereits stinksauer zur Tür hinausmarschiert. Wie betäubt starrte ich ihr nach und verstand erst viel zu spät, was sie vorhatte.

Kaia und Reuben schauten auf. Jenni sagte etwas. Beide lächelten und nickten. Reuben pfiff vor sich hin, als er zur Tür hereinkam, aber irgendwas an seinem Gesicht verriet mir, dass er wusste, was jetzt kommen würde.

Nein, dachte ich matt. Nicht das. Das ist nicht das Problem. Aber da war Jenni schon nicht mehr zu bremsen. Entschlossen baute sie sich am Kopfende des Tisches auf und legte los mit einer autoritären Stimme, wie ich sie, seit ich Jenni kannte, vielleicht drei- oder viermal gehört hatte.

»Kaia, wir wissen es sehr zu schätzen, dass du uns unterstützen möchtest, aber ich glaube, wir sollten vorab klären, an welchen Projekten du konkret mitarbeitest und ob es irgendwo innerhalb unseres Teams ein nicht zu bewältigendes Arbeitspensum gibt oder nicht. Denn sollte das der Fall sein, müssen wir uns das genauer ansehen. Es ist jedenfalls nicht korrekt, dass du ständig hier bist und nebenbei aushilfst. Das wurde so nicht abgesegnet.«

Stille. Reubens Augen rollten zu mir, weit aufgerissen vor Schreck.

Kaia wurde leichenblass. »Klar«, stammelte sie, obwohl man ihr ansah, dass sie überhaupt nicht wusste, was sie dazu sagen sollte. »Ich … also, ich habe nur versucht, Reuben bei ein paar Sachen zu entlasten, die vom Schreibtisch mussten … Und Sarahs Stellvertreterin, Kate, schien das zu …« Sie fummelte an dem Ring herum, der mittig an ihrem Finger saß, und ich sah, wie ihr die Hände zitterten.

Das ist weder das Problem noch die Lösung, dachte ich. Ich war so müde. So unsagbar müde.

»Es tut mir leid«, flüsterte Kaia nach kurzem Schweigen. »Ich wollte nicht stören. Ich war wohl in letzter Zeit ein bisschen zu oft hier …« Ihre Augen füllten sich mit Tränen.

Ich wollte zu ihr, aber Jenni bremste mich. »Ich

mach das schon«, erklärte sie streng und reichte Kaia ein Papiertüchlein, ohne ihr den Arm um die Schultern zu legen. Entsetzt und fasziniert musste ich mit ansehen, wie meine Freundin all ihre Wut und ihre Enttäuschung auf die hilflose weinende Frau lenkte, die wie ein Häufchen Elend auf ihrem Stuhl hockte.

Reuben war wie gelähmt.

»Ich habe… ich habe… Es hilft mir sehr, hier zu sein…« Kaia zog sich zurück wie ein angefahrenes Tier. »Es tut mir leid. Es tut mir einfach gut. Ich komme nicht mehr her. Ich…« Sie machte einen Schritt auf die Tür zu.

Und da wusste ich es plötzlich. »Kaia«, murmelte ich leise. »Warte mal kurz.«

Sie zögerte.

»Hör mal, diese Geschichte, die du mir erzählt hast an dem Tag, als wir uns kennengelernt haben«, sagte ich, und ihr Gesicht erschlaffte, wurde irgendwie formlos und wellig wie ein Zelt, aus dem man die Stangen herausgezogen hat. »Die Geschichte mit dem kleinen Jungen auf der Kinderkrebsstation. Den die Clowns zum Lachen gebracht haben.« Das Zelt fiel in sich zusammen, und da war es: ein menschliches Wesen, seziert bis auf die Knochen. »War das dein Sohn?«, fragte ich vorsichtig.

Reuben starrte mich an. Kaia tat einen flachen, abgehackten Atemzug und nickte.

»Phoenix«, stammelte sie. »Das war mein Junge, ja.«

Ich schloss die Augen. Die arme Frau.

»Woher wusstest du das?«, fragte Reuben verdattert.

Als ich heute Morgen unsere Post geöffnet hatte, war ein Brief von einem Ehepaar namens Brett und Louise West dabei gewesen. Vier Monate, nachdem sie ihren Sohn verloren hatten, hatten sie es endlich geschafft, einen Stift aufs Papier zu setzen. Sie schrieben, es sei ihr erster Brief. *Wir danken Ihnen so sehr… Hat ihm die letzten Wochen unendlich erleichtert… Können wir Ihre Organisation irgendwie unterstützen?… Würden furchtbar gerne vorbeikommen und ehrenamtlich mitarbeiten… Wäre wunderbar, etwas zurückgeben zu können… Uns irgendwie nützlich zu machen…*

Da hatte ich mir so meine Gedanken gemacht über Kaia und warum sie immer hier war. Ich war nicht überzeugt, dass das nur an Reuben lag.

Ein paar Tage vorher hatten wir einen Anruf bekommen, dass ein Kind, mit dem wir mehrere Monate gearbeitet hatten, in Remission war und bald entlassen werden würde. Kaia, die das Kind gar nicht kannte, war spontan in Tränen ausgebrochen. »Eine zweite Chance«, hatte ich sie zu Kate, meiner Stellvertreterin, sagen gehört, die die frohe Botschaft verkündete. »Eine zweite Chance aufs Leben. Ach, das ist wirklich ein kleines Wunder.«

Und es war ein kleines Wunder. Wir hatten alle gejubelt. Aber ich hatte Kaia beobachtet, noch lange nachdem ich wieder an die Arbeit gegangen war. Und ich hatte mir so meine Gedanken gemacht. Und mich gefragt, ob jemand in ihrem Leben womöglich keine zweite Chance bekommen hatte.

Und als ich ihr zugesehen hatte bei ihrem hoffnungslosen Versuch, sich Jenni gegenüber zu erklären, da hatte ich plötzlich gewusst, dass der kleine Junge, von dem sie mir an dem Tag, als wir uns kennenlernten, erzählt hatte, ihr Sohn gewesen sein musste. Sie hatte ihren Sohn verloren und mit ihm einen unersetzlichen Teil ihrer selbst. Und irgendwann, als sie wieder aus dem Bett aufstehen, als sie wieder atmen konnte, da hatte sie angefangen, sich zu engagieren – genau wie die beiden Eltern, die mir heute geschrieben hatten – wie ich und so viele andere –, weil es die einzige Möglichkeit war, dem Grauen etwas Gutes abzutrotzen. Weiterzumachen.

»Es tut mir so leid«, murmelte ich.

Sie nickte. »Mir auch. Und ich muss mich dafür entschuldigen, dass ich ständig hier bei euch bin. Mein Partner und ich haben uns letztes Jahr getrennt. Er ist damit einfach nicht fertiggeworden. Und ich war … ein bisschen einsam. Nicht, dass euch das irgendwie interessieren sollte, aber es … es hilft mir, hier zu sein.«

Ich schloss die Augen. Ich war so verdammt müde. »Verstehe.«

Ich sah ihnen nach, als sie gingen. Jenni saß zusammengesackt am Kopfende des Tisches.

Ich ging zu ihr und legte ihr eine Hand auf die Schulter. »Hör auf«, sagte ich leise. »Das konntest du nicht wissen.«

Jenni schüttelte bloß den Kopf.

»Hör zu, Jen, es ist wirklich rührend, dass du mich verteidigst wie eine Löwin, mich und das ganze Team. Du warst höflich, du warst nett, du hast ihr ein Taschentuch gegeben. Was will man mehr von dir erwarten?«

»Ich hätte den Mund halten können«, entgegnete sie. Ihre Stimme klang klebrig vor Schuldgefühlen. »Ich hätte sie einfach in Ruhe lassen können.«

Ich tätschelte ihr die Schultern und starrte aus dem Fenster. Eins meiner Beine fing an zu zittern, also setzte ich mich neben sie.

»Das Schlimmste ist, wir sitzen im selben Boot, Kaia und ich«, murmelte Jenni matt. »Uns beiden fehlt etwas. Obwohl sie ein Kind hatte, Sarah, und es ihr wieder genommen wurde, und… o Gott, kannst du dir das vorstellen?«

Als sie sich schließlich einigermaßen beruhigt hatte, sagte ich ihr, ich müsse gehen. »Ich glaube, ich sollte zum Arzt. Ich bin nicht… Ich bin nicht ganz ich selbst im Moment, oder was meinst du?«

»Nein«, antwortete Jenni ohne Umschweife, und ich musste fast lächeln. »Aber wie soll dir da ein Arzt helfen? Du willst dir doch nichts verschreiben lassen, oder?«

Ich überlegte. »Nein«, erwiderte ich. »Ich möchte nur … ein bisschen reden.«

Sie runzelte die Stirn. »Aber du kannst doch mit mir reden, oder etwa nicht?«

»Schon. Und noch mal danke«, seufzte ich. »Für vorhin. Du hast es nur gut gemeint.«

Jenni seufzte. »Ach, ich weiß. Ich backe ihr eine gigantische Riesentorte. Ganz aus Gemüse oder grünen Pülverchen oder so was. Die wird Bombe.«

Ein paar Minuten später klickte die Tür unseres Gebäudes hinter mir zu. Wie ein gedämpfter Magenschwinger traf mich die Julimittagshitze. Ich musste mich am Türrahmen festhalten. Ich wollte nur noch schlafen, aber das Schweigen zwischen Jenni und Javier war unerträglich. Ich wollte in einem kühlen Luftschwall sitzen, aber zurück an meinen Schreibtisch konnte ich nicht. Ich wollte …

Ich erstarrte.

Eddie. Ich wollte Eddie. Und irgendwie musste es in meinem Hirn eine Fehlzündung gegeben haben, denn da stand er.

Da.

Auf der anderen Seite der Vermont Avenue. An der Fußgängerampel. Mit dem Blick zu mir.

Nein!

Doch.

Ich rührte mich nicht vom Fleck. Starrte ihn nur an.

Ein langer roter Metro-Bus schlängelte sich eine gefühlte Ewigkeit über die Straße zwischen uns. Dann war der Bus weg, und Eddie war immer noch da. Schaute mich immer noch an.

Mein Körper wurde ganz taub, als ich ihn ansah. Und eine seltsame Ruhe überkam mich, die so gar nicht zu dem tosenden Verkehr passte, der zwischen uns über die Straße rauschte. Die Ampel sprang um, und ein weißes Lichtzeichen forderte mich auf, zu ihm hinüberzugehen. Machte ich aber nicht, weil er schon zu mir herüberkam. Er sah mich noch immer unverwandt an. Er trug eine Shorts. Dieselbe, die er angehabt hatte, als wir uns das erste Mal begegnet waren. Dieselben Flip-Flops. Sie klatschten auf den kochenden Asphalt. Und darüber schlenkerten dieselben Arme, die sich im Schlaf um mich gewickelt hatten wie Geschenkband.

Eddie kam zu mir. Von der anderen Seite des Globus, von der anderen Seite der Straße.

Bis er sich unvermittelt umdrehte und wieder zurückging. Die Fußgängerampel zeigte eine rote Hand, zählte herunter, drei, zwei, eins, und der Verkehr floss weiter. Eddie warf mir noch einen Blick über die Schulter zu, dann ging er die Straße hinunter.

Als die Ampel endlich wieder umsprang und ich die Straße überqueren konnte, war er die Lexington Avenue hinunter verschwunden. Ich stand an der Ecke Lexington und Vermont, fassungslos angesichts des

Gefühlschaos, das in mir tobte. Selbst jetzt noch, nach Wochen der Demütigung.

Nichts hatte sich verändert. Ich liebte Eddie David immer noch. Nur dass ich jetzt wusste – dass ich nicht mehr leugnen konnte –, wer er war.

Ich ging zum Arzt.

Die Sonne stand tief im Westen der Stadt. Unter mir verliefen sich silbrige Straßen am Horizont und verschwanden in waberndem Dunst und Smog. Helikopter sprenkelten den Himmel, Raubvögel segelten in ihrem thermischen Sog. Wanderer liefen wie Käfer kreuz und quer die Pfade entlang, die sich wie Narben durch die Landschaft zogen.

Zwei Stunden war ich schon hier oben. Allein auf meiner Lieblingsbank unweit der Sternwarte im Griffith Park. Die meisten Touristen waren längst weg, hatten lange vor Einbruch der Dunkelheit den Heimweg angetreten. Nur eine Handvoll Menschen war noch da und wartete ungeduldig darauf, ein Foto vom perfekten Sonnenuntergang zu knipsen. Mitten zwischen ihnen hatte ich ganz still dagesessen und versucht zu vergessen, was die Ärztin mir vorhin gesagt hatte, und stattdessen nur an die eine Woche mit Eddie gedacht. Darauf gewartet, den entscheidenden Hinweis zu entdecken. Noch hatte ich ihn nicht gefunden, aber ich stand ganz dicht davor. Erstaunlich, was man alles findet, wenn man weiß, wonach man suchen soll.

Ich hatte meine Erinnerungen fast allesamt durchkämmt, und jetzt, als die Sonne sich blutrot über den unsichtbaren Pazifik ergoss, dachte ich über unseren letzten Morgen nach. Der strahlend helle Tag draußen, das Gefühl beim Abschied, etwas Wertvolles zu verlieren, und zugleich die Vorfreude auf das, was uns noch erwartete. Wie ich gegen den Treppenpfosten in seinem Haus lehnte. Das Fenster stand offen, und ich roch die muffige Süße der Weißdornblüten, den durchdringenden, sauberen Geruch nach warmem Gras. Ich hatte die Augen geschlossen. Er küsste mich, eine Hand unten auf meinen Rücken gelegt. Er drückte die Nase gegen mich mit geschlossenen Augen, und wir redeten. Er gab mir die Blumen, ließ sich meine Nummern geben, fügte mich auf Facebook als Freundin hinzu. Gab mir Maus, damit ich auf sie aufpasste, während er weg war. Sagte: »Ich glaube, ich habe mich in dich verliebt. Ist das zu früh?«

»Nein«, hatte ich gesagt. »Es ist genau richtig.« Und war dann gegangen.

Ich stellte mir vor, wie er sich umgedreht hatte, als ich weg war, und die letzten Stufen nach oben gegangen war. Die Teetasse mitgenommen hatte, die noch oben stand. Vielleicht kurz stehen geblieben war, um daran zu nippen. Das Handy noch in der Hand, weil wir eben unsere Kontaktdaten ausgetauscht hatten. Vielleicht hatte er sich auf einen Stuhl neben dem Fenster gesetzt und einen Blick in mein Facebook-Profil geworfen. Vielleicht hatte er ein bisschen heruntergescrollt, und…

Ich griff nach meinem Handy.

Seltsam ruhig durchstöberte ich meine eigene Facebook-Seite. Und natürlich, da war es. Eine kleine, unscheinbare Nachricht von Tommy Stenham vom 1. Juni 2016.

Willkommen zu Hause, Harrington! Hoffe, du hattest einen guten Flug. Kann es kaum erwarten, dich zu sehen.

Ich zog die Schuhe wieder an. Ging zurück zur Sternwarte und bestellte mir ein Uber. Während ich auf den Fahrer wartete, nahm ich das Handy heraus und fing an zu tippen. Ich hatte meine Antwort.

Fünfunddreißigstes Kapitel

Eddie,

ich weiß, wer du bist.

Jahrelang habe ich davon geträumt, dir zu begegnen.

Diese Träume spielten alle in den dunkelsten Winkeln meines Verstandes, und du hattest darin weder Gesicht noch Stimme. Aber immer warst du da, und immer war es schrecklich.

Und dann warst du auf einmal wirklich da, leibhaftig, an diesem Tag im Juni, auf dem Dorfanger von Sapperton, mit einem ausgebüxten Schaf. Hast mich angelächelt und mir Drinks spendiert und warst wunderbar.

Und ich hatte nicht die leiseste Ahnung.

Die Welt schmeckt wieder wie in dem Sommer, als ich gerade siebzehn geworden war. Nach Galle im Hals.

Wir müssen reden. Persönlich. Unten steht meine amerikanische Mobilnummer. Bitte ruf mich an, damit wir uns treffen können.

Sarah

Sechsunddreißigstes Kapitel

»Sarah Mackey«, sagte Jenni streng. »Wo hast du gesteckt? Ich habe versucht, dich zu erreichen.«

Ich schlüpfte aus den Ledersandalen und setzte mich auf die Kante eines Barhockers. »Entschuldige. Ich hatte mein Handy stumm geschaltet. Alles okay?«

Jenni wich meiner Frage aus und tappte stattdessen in die Küche, um uns ein Glas Wasser zu holen. »Ich kann dir auch eine Limo machen, wenn du magst«, meinte sie und gab mir das Glas. Ihre Augen waren blutunterlaufen, und man sah ihr an, dass sie sich im Bett verkrochen hatte, seit sie von der Arbeit nach Hause gekommen war.

Prompt brach ich in Tränen aus.

»Was ist denn los?« Jenni legte mir einen Arm um die Schulter. Sie roch nach Kokosshampoo und Marshmallow-Lotion. »Sarah ...?«

Wie sollte ich der Frau, die gerade ihre letzte Hoffnung auf eine eigene Familie aufgeben musste, diese grässliche, gruselige Geschichte erklären? Unvorstellbar. Sie würde zuhören und wäre unweigerlich außer sich.

Und dann am Boden zerstört, weil es nichts – überhaupt nichts – gab, was sie für mich tun konnte.

»Raus mit der Sprache«, kommandierte Jenni.

»Beim Doktor war alles gut«, log ich nach langem Schweigen. Ich putzte mir die Nase. »Bestens. Wir müssen noch die Ergebnisse der Blutuntersuchungen abwarten, aber sonst ist alles gut.«

»Gut…«

»Aber… ich…«

Mein Telefon klingelte.

»Das ist Eddie«, rief ich und stürzte hektisch durchs Zimmer auf der Suche nach meinem Handy.

»Was?!« Jenni, die plötzlich blitzschnell wie eine Superheldin agierte, zog das Telefon aus meiner Handtasche und warf es mir zu. »Ist er das?«, fragte sie. »Ist das Eddie?«

Und meine Brust hämmerte vor Schmerzen, denn er war es, und diese ganze Situation war schier unerträglich. Ich würde nie mit ihm zusammen sein können. Endlich hatte ich ihn gefunden, und doch gab es für uns keine gemeinsame Zukunft.

»Eddie?«, hauchte ich.

Eine kleine Pause, und dann seine Stimme, die einfach nur Hallo sagte. Genau wie ich es mir erträumt hatte, nur dass es diesmal echt war. Vertraut und fremd, perfekt und herzzerreißend. *Seine Stimme.*

Meine eigene hielt gerade lange genug, um ebenfalls Hallo zu sagen und dass wir uns morgen sehen können

336

und ja, dass Santa Monica Beach okay wäre. Um zehn vor dem Fahrradverleih am Pier zehn.

»Ich habe schon angefangen zu glauben, es sei nur eine Lüge, dass L.A. am Meer liegt«, murmelte er. Er klang müde. »Seit Tagen fahre ich schon durch die Stadt und habe es noch kein einziges Mal gesehen.«

Und dann war der Anruf vorbei, und ich ringelte mich in einer Ecke von Jennis Couch zusammen und weinte haltlos wie ein kleines Kind.

Siebenunddreißigstes Kapitel

Hallo du, mein Igelchen,

*fast zwei Wochen ist es her, seit du deinen zweiunddrei-
ßigsten Geburtstag hättest feiern sollen. Aber ich denke
jeden Tag an dich. Nicht nur an den Geburtstagen.*

*Manchmal versuche ich mir vorzustellen, was du
wohl machen würdest, wenn du noch hier wärst. Heute
habe ich mir ausgemalt, du würdest in Cornwall leben.
Eine junge, brotlose Künstlerin mit Farbe in den Haaren. In dieser Version der Geschichte hättest du in Fal-
mouth Kunst studiert und wärst dann mit deinen Künst-
lerfreunden in eine heruntergekommene Ruine ganz oben
auf einem Hügel gezogen. Du würdest bunte Tücher um
den Kopf tragen und wärst bestimmt Vegetarierin, und du
würdest ständig darum kämpfen, irgendwelche Stipendien
zu bekommen, würdest Ausstellungen organisieren und
Kindern das Malen beibringen. Du wärst mitreißend und
unwiderstehlich.*

*Und dann schwingt das Pendel zur anderen Seite und
trifft mich mit voller Wucht, und ich muss wieder daran den-*

ken, dass du nicht in einer verrückten Villa auf einem Berg in Cornwall wohnst. Du bist in einer friedlichen Ecke von Gloucestershire verstreut, ein leises Summen der Erinnerung, wo einmal dieser Sonnenschein war. Meine kleine Schwester.

Ich frage mich, ob du weißt, was ich morgen vorhabe. Wen ich am Strand treffe. Und ob du mir vergibst. Ich muss wissen, wie es dir ging an dem Tag, als du gestorben bist. Was du gemacht, was du gesagt, was du gegessen hast. Als ich deinen Leichnam identifizieren musste, bin ich zusammengesackt wie eine Pfütze. Stunden hat es gedauert, bis ich mich aufrappeln und nach Hause fahren konnte. Dort lag ein halbes Stückchen Toast neben der Spüle. Kalt und hart und mit Einkerbungen von deinen kleinen Zähnchen. Als hättest du noch einmal reinbeißen wollen, es dir dann aber überlegt und wärst stattdessen rausgehopst, um was anderes zu machen.

Was hast du an dem Tag noch gegessen? Hast du ein Lied gesungen? Hast du dich umgezogen? Warst du glücklich, Igelchen?

Auf all diese Fragen brauche ich eine Antwort. Vor allem auf die, warum ich trotz alledem den Menschen noch immer liebe, der dich uns weggenommen hat.

Ich habe das Gefühl, dich elendig zu verraten, wenn ich morgen da hingehe. Ich hoffe, du kannst verstehen, warum ich es trotzdem tue.

Ich hab dich lieb.

Ich xxxx

Achtunddreißigstes Kapitel

Ich schaute ein paar Kindern beim Volleyballspielen zu, während ich auf Eddie wartete. Und fragte mich, ob er überhaupt kommen würde. Und ob es nicht leichter, nicht besser wäre, wenn nicht.

Es war Ebbe und der Strand fast menschenleer. Ein zarter Wolkenteppich hatte sich zwischen Santa Monica und die unerbittlich vom Himmel brennende Sonne geschoben. Die Luft roch klebrig-süß – nach geschmolzenem Zucker oder frisch gebackenen Donuts –, ein Duft aus meiner Kindheit, der alte Erinnerungen weckte. Lange Urlaube in Devon. Pieksiger Sand, salzverkrustete Arme und Beine, glitschige Felsen. Regen, der sanft auf unser Zelt prasselt. Geflüster bis spät in die Nacht mit meiner kleinen Schwester, deren Dasein in meinem Leben ich damals nie infrage gestellt hatte.

Ich schaute auf die Uhr.

Die Kinder drüben auf dem Volleyballfeld waren fertig und fingen an einzupacken. Ein einsamer Rollerblader ratterte rumpelnd über den Broadwalk. Mit schwitzigen Fingern fuhr ich mir durch die Haare.

Schluckte, gähnte, ballte die Fäuste und öffnete sie wieder.

Eddies Stimme, die zögerlich nach mir rief, kam von irgendwo hinter mir. »Sarah?«

Ich zögerte kurz, dann drehte ich mich zu ihm um. Zu diesem Mann, der so viele Jahre in meinem Kopf gelebt hatte.

Aber als ich ihn dann anschaute, sah ich nur Eddie David. Und spürte nur das, was ich für ihn empfunden hatte, bevor ich wusste, wer er ist: Liebe, Sehnsucht, Begierde. Ein *Wummp!*, als mein Körper auf ihn ansprang wie ein Durchlauferhitzer.

»Hallo«, murmelte ich.

Eddie gab keine Antwort. Er sah mir direkt in die Augen, und ich musste an den Tag denken, als ich ihn das erste Mal gesehen hatte. Wie ich bei mir gedacht hatte, dass seine Augenfarbe mich an fremde ferne Meere erinnerte, so warm und voll guter Absichten. Heute waren sie kalt und leer.

Befangen trat ich von einem Fuß auf den anderen. »Danke, dass du gekommen bist.«

Ein kaum merkliches Achselzucken. »Eigentlich versuche ich schon seit zwei Wochen mit dir zu reden. Ich habe mich bei meinem Kumpel Nate einquartiert. Aber ich …« Er brach ab und zuckte die Schultern.

»Ja. Verstehe.«

Eine Familie auf gelben Leihfahrrädern strampelte den Broadwalk zwischen uns entlang, und er trat einen

Schritt beiseite, ohne mich dabei aus den Augen zu lassen.

Wir gingen zum Strand hinunter und setzten uns in den Sand, dort, wo er sich zum Wasser hin neigte. Lange saßen wir nur da und schauten zu, wie die Wellen sich brachen. Schäumende silbergraue Wogen auf ihrem unendlichen Weg nach Nirgendwo. Eddie hatte die Arme um die Knie geschlungen. Er zog die Flip-Flops aus und spreizte die Zehen im Sand.

Unvermittelt traf mich die Sehnsucht nach ihm wie ein Schlag und nahm mir den Atem.

»Ich weiß nicht, wo ich anfangen soll, Sarah«, sagte er schließlich. Sein Blick wirkte gläsern. »Ich weiß nicht, was ich sagen soll. Du…« Hilflos breitete er die Arme aus.

Früher einmal hatte Eddie eine Schwester gehabt. Ein süßes kleines Ding namens Alex. Alex hatte blonde, strubbelige Haare. Sie sang viel. Sie hatte große blaue Augen, die sprühten vor Leben und Plänen, und sie liebte fruchtige Süßigkeiten. Sie war die beste Freundin meiner Schwester.

Mein Magen krampfte sich zusammen, als ich sie vor mir sah, und ich wusste, was jetzt kommen würde.

»Du hast meine Schwester umgebracht«, keuchte Eddie. Er schnappte nach Luft, und ich schloss die Augen.

Das letzte Mal hatte ich diese Worte auf dem großen Panasonic-Anrufbeantworter von Mums und Dads

Telefon gehört. Das musste ein, vielleicht zwei Wochen nach dem Unfall gewesen sein. Da war Hannah endlich aus dem Krankenhaus entlassen worden. Sie hatte sich standhaft geweigert, mit mir ins Auto zu steigen. Hatte sich sogar geweigert, überhaupt nach Hause zu kommen. Hatte eine unbeschreibliche Szene gemacht, bis sich schließlich ein Krankentransporter gefunden hatte, mit dem sie und Mum nach Hause fahren konnten, während Dad und ich das Auto nahmen.

Wir gingen hinein, das rote Lämpchen blinkte – mir graute schon davor –, und darauf war eine Nachricht von Alex' Mutter, die kurz zuvor in eine psychiatrische Klinik eingewiesen worden war. Ihre Stimme klang wie zerschlagenes Porzellan.

»Damit kommt Ihre Tochter nicht durch. Ganz sicher nicht. Sarah hat meine Kleine umgebracht. Sie hat Alex umgebracht, und deshalb muss sie ins Gefängnis. Dafür werde ich sorgen. Sie verdient es nicht, frei herumzulaufen. Sie darf nicht frei herumlaufen, wo Alex ... Alex ...«

»Sie sorgt dafür, dass du ins Gefängnis kommst«, hatte Hannah wiederholt und mich mit Tränen in den Augen wütend angefunkelt. Schnitte und Prellungen überzogen ihren ganzen Körper wie grobkörniger Kieselputz. »Du hast meine beste Freundin umgebracht. Du hast es nicht verdient, hier zu sein, wenn sie nicht hier ist.« Sie brach in Tränen aus. »Ich hasse dich, Sarah. Ich hasse dich!« Und das war das Letzte, was sie je zu mir gesagt hat. Neunzehn Jahre waren seitdem vergangen. Neunzehn Jahre, sechs Wochen und zwei Tage. Und sie hatte kein Wort mehr mit mir geredet. Ganz gleich, wie sehr ich mich auch bemühte, ganz gleich, wie oft unsere Eltern auch versuchten, zwischen uns zu vermitteln.

»Es tut mir so leid, Eddie«, wisperte ich. Mit zitternden Händen rieb ich mir die Knöchel. »Falls es dir irgendwie hilft, ich habe mir das selbst nie verziehen. Und Hannah auch nicht.«

»Ach ja, Hannah.« Er schaute mich an und wandte sich gleich wieder ab, als widerte ich ihn an. »Du hast mir erzählt, du hättest deine Schwester verloren.«

»Na ja ... habe ich ja auch.« Ich malte eine krakelige Linie in den Sand. »Hannah redet nicht mehr mit mir. Sie hat mich aus ihrem Leben gelöscht. Es ist, als hätte ich keine Schwester mehr. Sie ist wie ausradiert.«

Er sah kurz zu der Linie, die ich im Sand gezogen hatte. »Hannah hat nie wieder mit dir geredet?«

»Nein. Und ich habe es weiß Gott versucht.«

Er wurde eine Weile ganz still. »Ich kann nicht behaupten, dass mich das sonderlich wundert. Sie hat immer den Kontakt zu meiner Mutter gehalten. Du kannst dir ihre Gespräche wohl vorstellen.« Seine Stimme war hart wie Feuerstein. »Aber das nur nebenbei. Bleibt festzuhalten, du hast eine Schwester. Auch wenn sie nichts mit dir zu tun haben will, hast du eine Schwester.«

Ich stockte. Am liebsten würde ich wegrennen. Ich

bin die Frau, der er kaum in die Augen schauen kann. Ich bin die Frau, der er vermutlich all die Jahre insgeheim den Tod gewünscht hat.

»Es tut mir so leid, dass deine Schwester die beste Freundin meiner Schwester war, Eddie. Es tut mir so leid, dass ich an dem Tag mit ihnen rausgegangen bin. Es tut mir so leid, dass ich nicht richtig reagiert habe … als dieser Mistkerl …« Ich schluckte schwer. »Ich fasse es immer noch nicht, dass du Alex' großer Bruder bist.«

Eddie verzog das Gesicht. »Ich möchte, dass du mir alles erzählst«, sagte er, und ich hörte, wie schwer es ihm fiel, ganz nüchtern und sachlich zu klingen.

»Ich … ganz sicher?«

Sein Körper – dieser starke, warme, wunderbare Körper, von dem ich so oft geträumt hatte – zuckte kurz wie zur Bestätigung.

Also erzählte ich ihm alles.

Es war schwer gewesen, in dem Sommer nicht aus Mandys und Claires Clique zu fliegen. So entsetzlich, schrecklich, ermüdend schwer und anstrengend. In der Woche nach den letzten Prüfungen trafen sie sich jeden Tag, sagten mir aber nur hin und wieder Bescheid. »Himmel, Sarah, musst du immer alles überinterpretieren«, schnaubte Mandy, als ich endlich all meinen Mut zusammengenommen und sie zur Rede gestellt hatte.

Wir waren Teenager. Natürlich musste ich alles überinterpretieren.

Und da die beiden aneinanderklebten wie Briefmarken, dachten sie sich immer neue Insiderwitze und Verhaltensregeln aus, von denen ich nichts wusste. Die ersten Wochen in der Zwölften waren ein veritables Minenfeld. Ich sagte ständig die falschen Sachen, redete über die falschen Leute, trug die falschen Klamotten und merkte erst, als ich sah, wie sie entnervt die Augen verdrehten, dass ich nicht mehr dazugehörte.

Eines Tages kam ich nichtsahnend zur Schule, nur um feststellen zu müssen, dass sie nicht mehr in »unserer« Ecke im Gemeinschaftsraum der Oberstufe saßen und sich jetzt wohl woanders trafen. Und ich wusste nicht einmal, ob ich dort willkommen war.

Im Frühlingshalbjahr hatte Mandy dann plötzlich einen Freund. Einen Jungen aus Stroud, wo wir zur Schule gingen. Greggsy hieß er. Er war zwanzig und darum für uns damals heiß begehrt, obwohl er ein fieser, wieselgesichtiger Kerl mit einem zweifelhaften Verhältnis zu Recht und Gesetz war. Claire war ganz grün vor Neid und folgte ihnen überallhin wie ein eifersüchtiges Hündchen. Ich war kurz davor zu verzweifeln und war mir sicher, das war's für mich. Mädchen, die mit älteren Männern ausgingen, spielten in einer ganz anderen Liga. Die waren erotisch, erfolgreich, selbstbewusst. Der pickeligen Existenzangst der Abschlussklässler weit entrückt.

Mandy würde Claire vielleicht noch mitnehmen, bevor sie die Leiter hinter sich hochzog, dachte ich. Aber mich würden sie ganz bestimmt zurücklassen.

Doch eines Tages im März meinte Mandy – ganz beiläufig –, Bradley Steward habe nach mir gefragt. Bradley Steward war Greggsys Cousin. Er fuhr einen Astra. Er war einer der bestaussehenden Jungs in dieser gruseligen Gang, und ich war so ein erbärmliches Würstchen, dass mir das schmeichelte.

»Ach?«, meinte ich und schaute nicht von meiner Cola light auf, von der ich gerade das Etikett knibbelte. Ich musste unbedingt ganz cool bleiben. Mandy würde alles, was ich jetzt sagte, später gegen mich verwenden, sollte ich übermäßige Begeisterung zeigen. »Der ist ganz okay.«

»Ich bringe euch zusammen«, verkündete sie großspurig. Claire, mit der Mandy sich kurz vorher gezankt hatte, schäumte vor Wut, und ich sah ein, dass sich diese einmalige Gelegenheit nie ergeben hätte, wenn die beiden sich nicht gestritten hätten.

Wir verabredeten uns nicht richtig, weil das damals niemand machte. Wir trafen uns einfach in der Fußgängerzone vor dem Pelican mit all den anderen saufenden Teenagern. Wir tranken Fusel und Smirnoff Ice aus Flaschen, und ich gab mir allergrößte Mühe, schlagfertig und witzig zu sein. Bradley mit den schwarzen Haaren und den schwarzen Turnschuhen und dem durchdringenden Blick überredete mich, mit ihm »zum Trinken« in das riesengroße Parkhaus an der London Road zu gehen. Dort drückte er mich gegen die Wand und fing an, mich zu küssen. Dann schob er die Hände unter mein Top und befummelte mich, und ich ließ ihn gewähren. Ich wollte zwar nicht, aber ich hatte gar keine Erfahrung mit Jungs, und so eine Chance würde sich so schnell nicht wieder ergeben. Er wollte mit mir schlafen, ich sagte Nein. Dann fragte er, ob ich ihm einen blase, und gab sich letztendlich zähneknirschend damit zufrieden, dass ich ihm linkisch und ungeschickt einen runterholte. Was ich eher nicht so toll fand, er aber schon. Und das reichte mir.

Danach meldete er sich nicht wie versprochen bei mir, und ich war am Boden zerstört. Tagelang hockte ich zu Hause herum und wartete darauf, dass das Telefon klingelte, bis ich es schließlich nicht mehr aushielt und versuchte, ihn unter der Nummer zu erreichen, die er mir gegeben hatte. Ich rief an, aber es ging niemand ran. Verzweifelt fuhr ich mit dem Bus zu ihm nach Hause irgendwo in der Nähe von Stroud und lief innerhalb einer halben Stunde dreimal an seiner Haustür vorbei. Hoffnungsvoll, regennass und rettungslos.

»Du hättest mit ihm schlafen sollen«, kanzelte Mandy mich ab. »Er hat bestimmt gedacht, du hast noch einen anderen Kerl. Oder bist frigide.«

Claire, inzwischen wieder ihre liebste Busenfreundin, lachte hämisch.

Und ich spürte schon, wie er mir wieder aus den Händen glitt, dieser winzig kleine Fetzen Anerkennung, den ich gehabt hatte, nachdem Bradley mit mir im Parkhaus verschwunden war. Also sagte ich Mandy, ich wäre so weit, »es mit ihm zu machen« (ihre Worte), und prompt rief er mich an.

Wir wurden ein Paar. Sozusagen. Ich redete mir ein, ich sei verliebt, und wäre nie auf die Idee gekommen, etwas Besseres verdient zu haben. Und ich wollte auch gar nichts Besseres. Ich war jetzt Teil einer Gang. Ich war wer. Ich stand ganz oben, auf einer Stufe mit Mandy, und da wollte ich nie wieder runter.

Bradley erzählte mir mit schöner Regelmäßigkeit von anderen Mädels, die auf ihn standen, und mein Teenie-Herz blieb jedes Mal fast stehen vor Schreck. Oft meldete er sich tagelang nicht, nie brachte er mich zur Bushaltestelle, und immer öfter wollte er lieber allein zu Maltings, einem üblen Aufreißerschuppen, gehen, um ein bisschen »er selbst« zu sein. Mehr als einmal überlegte er sich das, als wir schon gemeinsam in der Schlange davor anstanden, wohl wissend, dass ich geliefert war, wenn ich nicht bei ihm übernachten konnte. Als ich meine Führerscheinprüfung bestand, gratulierte er mir nicht mal. Er meinte bloß, dann könnte ich ja zum Vögeln rüberkommen.

»Klingt nach einem echten Traumtypen«, stellte Eddie trocken fest.

Ich zuckte die Achseln.

Er schaute mich kurz an, und ich musste an unseren

ersten gemeinsamen Morgen denken, als wir uns an seiner Frühstückstheke gegenübergesessen hatten. Er und ich und der Duft von frischem Brot und Hoffnung in der Luft. Dann wandte er den Blick ab, als ertrage er es nicht, mich anzusehen. »Wenn es dir nichts ausmacht, komm doch einfach zum Punkt«, sagte er leise. »Ich verstehe ja, warum du mir das alles erzählst, aber ich… ich muss es einfach wissen.«

»Entschuldige. Natürlich.« Ich kämpfte mit der unaufhaltsam aufsteigenden Panik. Seit Jahren hatte ich mit niemandem mehr darüber gesprochen, was an diesem Tag geschehen war. »Ich… Wie wäre es, wenn wir ein bisschen spazieren gehen? Es ist einfach zu heiß zum Stillsitzen.«

Nach kurzem Zögern stand Eddie auf.

Wir gingen vorbei an einer himmelblauen Rettungsschwimmerhütte und hoch zum Broadwalk, der sich südlich bis hinein nach Venice zog. Radfahrer und Rollerblader sausten an uns vorbei. Am Himmel über uns überschlugen sich die Möwen. Den dünnen morgendlichen Wolkenschleier hatte die Sonne verdampft, und die Luft flimmerte vor Hitze.

Es war Sommer, ein Wochenende im Juni. Mum und Dad waren nach Cheltenham gefahren und hatten mich beauftragt, auf Hannah aufzupassen. Hannah hatte Alex mit zu uns nach Hause gebracht. Nachdem sie eine Weile ums Haus herumgestromert waren, erklärten sie mir, ihnen sei so todlangweilig, dass sie ernsthaft gleich sterben würden, und verlangten dann ultimativ, ich solle sie zu Burger Star nach Stroud fahren. Ich sagte Nein. Nach langem Hin und Her einigten wir uns schließlich auf ein Picknick am Broad Ride. Da oben hatten sie vor Jahren mal eine Hütte im Wald gebaut, als Hüttenbauen im Wald noch angesagt war. Dafür waren sie zwar längst zu cool und erwachsen, nutzten die Laube aber immer noch gerne zum Musikhören und Zeitschriftenlesen.

Ich machte es mir ein Stückchen entfernt auf einer Decke bequem und las ein Buch. Das Getuschel über die Jungs in ihrer Klasse interessierte mich nicht die Bohne, aber die beiden waren erst zwölf, also konnte ich sie nicht einfach sich selbst überlassen. Dafür war Hannah eine viel zu große Angeberin. Man durfte sie nicht aus den Augen lassen, denn sie schien nicht zu begreifen, wie zerbrechlich so ein Leben sein konnte. Sie hatte überhaupt keinen Sinn für die Konsequenzen ihrer kindlichen Tollkühnheit.

Es war ein warmer Tag, dünne Wolkenschleier zogen über den Himmel, und mir war so friedlich zumute, wie es damals nur sein konnte. Bis ich plötzlich ein Auto hörte, mit viel zu laut aufgedrehter Musik, die hämmernd aus den dicken Boxen dröhnte. Ich schaute auf, und mein Herz machte einen Satz, um mir dann in die Hose zu rutschen. Bradley hatte mich vorhin angerufen und gefragt, ob ich rüberkomme und ihn abhole. Sein

Auto wollte nicht anspringen, hatte er gesagt, ob ich ihn nicht schnell holen könne? Ihm vielleicht ein bisschen Geld für die Reparatur leihen? Nein, war meine Antwort auf beide Fragen gewesen. Dass ich auf zwei zwölfjährige Mädchen aufpassen musste und er mir außerdem schon siebzig Pfund schuldete. »Hab mir Greggsys Karre ausgeliehen«, meinte er jetzt, als er mit einem seltenen Lächeln auf den Lippen auf mich zukam. »Du warst ja zu lahm, mir zu helfen.« Sein Blick ging interessiert zu Hannah und Alex. »Alles klar, Mädels?«

»Hi«, glucksten sie und guckten ihn mit großen Augen an.

»Seit wann fährt Greggsy denn so einen Wagen?«, fragte ich. Es war ein BMW. Getuned und aufgemotzt, wie Bradley und Greggsy es mochten. Aber immer noch ein BMW.

»Er hat ein bisschen Kohle gekriegt«, meinte Bradley und tippte sich verschwörerisch an die Nase.

Hannah war ganz aufgeregt. »Ist der vom LKW gefallen?«

Bradley lachte. »Nein, Kleines. Der ist total legal.«

Er fläzte sich zu mir auf die Decke, konnte aber nicht lange stillsitzen. Nach höchstens zehn Minuten schlug er vor, ein kleines Autorennen zu fahren.

»Ganz bestimmt nicht«, erklärte ich vehement. »Nicht mit den Mädchen.« Ich hatte schon einmal bei einem Rennen neben ihm gesessen. Bradley gegen

Greggsy, die Ebley-Umgehung hoch und runter, mitten in der Nacht. Das waren die längsten zwanzig Minuten meines Lebens gewesen. Ich hatte Todesängste ausgestanden. Als sie schließlich auf dem neuen Sainsbury-Parkplatz angehalten hatten, war mein Kopf auf meine Brust gesunken, und ich war in Tränen ausgebrochen. Sie hatten mich bloß ausgelacht. Mandy auch, obwohl die genauso viel Angst gehabt hatte wie ich.

Hannah und Alex dagegen standen auf Zehenspitzen auf dem wackligen Sprungbrett in die Pubertät und fanden die Idee einfach genial. »Ja, lasst uns ein Rennen machen«, kreischten sie begeistert, als hätte Dad mir einen kleinen Sportwagen geliehen und nicht eine klapprige alte Rostlaube mit Ein-Liter-Motor und einer Zylinderkopfdichtung, die ihre besten Tage längst hinter sich hatte.

Sie ließen nicht locker, Hannah und Alex. Und Bradley feuerte sie noch an. »Das ist doch nicht der M5, verdammt, Sare. Es ist bloß ein Feldweg mitten im Nichts.« Alex warf immer wieder die blonden Haare über die Schulter, und Hannah machte es ihr nach, wenn auch nicht ganz so überzeugend.

Der Drang, Hannah zu beschützen, hatte über die Jahre nicht nachgelassen. Ganz im Gegenteil. Gerade jetzt, wo aus dem furchtlosen kleinen Mädchen ein großmäuliger Teenager geworden war. Also weigerte ich mich. Standhaft und beharrlich. Bradley wurde immer gereizter. Ich wurde immer angespannter. Dass ich auch mal Nein sagte, das war einfach niemand gewohnt.

Und dann plötzlich überschlugen sich die Ereignisse. Wild kichernd rannte Hannah zur Beifahrerseite von Bradleys Auto und sprang hinein. Bradley reagierte blitzschnell und lief zur Fahrerseite. Ich schrie ihnen nach, aber sie hörten mich nicht, weil der Wagen, den Bradley ausgeliehen hatte, einen Doppelauspuff hatte und der Motor ohrenbetäubend laut aufheulte. Und dann schoss er los, Richtung Frampton, und mir sackte der Magen in die Kniekehlen.

»Hannah!«, kreischte ich. Ich lief zu meinem Auto, Alex hinter mir.

»Scheiße!«, keuchte sie beeindruckt und verängstigt zugleich. »Die sind weg!«

Ich sagte ihr, sie solle sich anschnallen. Ich sagte ihr, sie solle nicht fluchen. Ich betete.

»Und dann fuhren wir los«, sagte ich und blieb mitten auf dem Broadwalk stehen.

Eddie wandte sich von mir ab und starrte hinaus aufs offene Meer, die Hände tief in den Hosentaschen vergraben.

»Du warst auf der Dorfwiese, weil du gerade den Broad Ride entlanggelaufen warst«, mutmaßte ich. »Oder nicht? An dem Tag, als wir uns kennengelernt haben. Du warst aus demselben Grund da wie ich.«

Er nickte.

»Ich war zum ersten Mal an ihrem Todestag da oben.«
Seine Stimme klang gepresst, als müsse er sie fest zusammenhalten, damit sie nicht in sich zusammenfiel.
»Sonst bin ich immer bei Mum, die den ganzen Tag in
alten Fotoalben blättert und weint. Aber an dem Tag
musste ich ... ich konnte einfach nicht mehr. Ich wollte
raus, in die Sonne, und an all die schönen Erinnerungen
mit meiner Schwester denken.«

Ich. Ich hatte das angerichtet. Ich mit meiner Schwä-
che, meiner unsäglichen Dummheit.

»An jedem 2. Juni gehe ich da lang«, sagte ich zu ihm.
Ich wollte mich um ihn schlingen. Ihm den Schmerz
irgendwie nehmen. »Ich gehe immer da hin. Nicht hoch
zur Hauptstraße. Weil der Broad Ride an diesem Nachmittag ihnen gehörte. Er war ihr Königreich. Sie hatten nur Nagellack und Mädchenzeitschriften im Kopf
und waren so sorglos und unbekümmert. So sehe ich
sie immer vor mir.«

Eddie schaute kurz zu mir rüber. »Was für Zeitschrif-
ten? Weißt du das noch? Was für Nagellack? Was haben
sie gegessen?«

»Die *Mizz* haben sie gelesen«, antwortete ich leise.
Natürlich wusste ich das noch. Dieser Tag lief mein ganzes Erwachsenenleben lang wie ein Film immer wieder
vor meinem inneren Auge ab. »Den Nagellack hatten
sie von mir. Den hatte ich kostenlos zu einer Zeitschrift
dazubekommen. Sugar Bliss hieß er. Wir haben vegetarische Würstchen im Schlafrock von Linda McCartney

gegessen, weil sie beide gerade ihre vegetarische Phase hatten. Käse-Zwiebel-Chips und dazu Obstsalat aus der Dose. Und Alex hatte noch ein paar Süßigkeiten eingeschmuggelt.«

Ich erinnerte mich daran, als sei es gestern gewesen. Wie die Wespen über dem Obstsalat gekreist waren, Hannahs neue Sonnenbrille, die tausend Grüntöne, die sich sanft im Wind wiegten.

»Skittles«, murmelte Eddie. »Ich wette, sie hatte Skittles dabei. Die mochte sie am liebsten.«

»Genau.« Ich konnte ihm nicht in die Augen sehen. »Skittles.«

Auf der Hauptstraße holte ich sie ein. Bradley wollte gerade rechts abbiegen, in Richtung Stroud, aber eine lange Wagenkolonne, die hinter einem Traktor herkroch, hielt ihn auf.

Ganz ruhig, sagte ich mir, als ich aus dem Wagen stieg und zu seiner Beifahrertür joggte. Steig einfach aus, und dann tun wir so, als wäre das Ganze nur ein harmloser Scherz gewesen. Alles halb so wild, wenn …

Bradley sah mich, und bevor ich den Wagen erreicht hatte, bog er mit heulendem Motor unvermittelt nach links ab. Keuchend rannte ich zurück zu meinem Auto.

»Du kannst ruhig schneller fahren, wenn du willst«, meinte Alex. Von Bradleys Wagen war nur noch eine Staubwolke zu sehen. »Drück aufs Gas. Mir macht das nichts.«

»Nein. Dann wird er wieder langsamer und wartet, bis wir ihn eingeholt haben, damit er uns abhängen kann. Ich weiß doch, wie er ist.« Das Blut rauschte mir in den Ohren. Bitte, lieber Gott, mach, dass ihr nichts passiert. Pass auf meine kleine Schwester auf. Ich schaute auf den Tacho. Fünfundfünfzig Meilen die Stunde. Ich ging vom Gas. Dann trat ich das Pedal wieder durch. Ich hielt diese Ungewissheit nicht aus.

Alex schaltete das Radio ein. Eine amerikanische Boyband, Hanson, die einen albernen Ohrwurm sang: »MMMBop«. Auch neunzehn Jahre später konnte ich den noch nicht wieder hören.

Nach erschreckend kurzer Zeit kam Bradley mit sechzig, vielleicht sogar siebzig Meilen aus der entgegenkommenden Richtung auf uns zugerast. »Nicht so schnell!«, brüllte ich und versuchte, ihn mit der Lichthupe zum Bremsen zu bewegen. Er musste irgendwo weiter vorne auf der Strecke gewendet haben.

»Bleib cool!«, meinte Alex und schnippte nervös die Haare nach hinten. »Hannah passiert schon nix.«

Hupend schoss Bradley an uns vorbei und lenkte den Wagen dann mit quietschenden Reifen schlingernd auf unsere Spur. »Wow, ein Handbremsendrift«, hauchte Alex beeindruckt. Ich war beinahe zum Stehen gekommen und beobachtete das andere Auto im Rückspiegel. Ich hielt fast die Luft an, bis er den Wagen wieder ausgerichtet hatte und sie dann hinter uns waren. Ich konnte Hannah sehen, wie sie da neben ihm auf dem

Beifahrersitz hockte, einen ganzen Kopf kleiner als er. Ein kleines Mädchen, Herrgott noch mal.

Sie guckte stur geradeaus. So ruhig war Hannah nur, wenn sie richtig Angst hatte.

»Woher weißt du denn, was ein Handbremsendrift ist?«, hörte ich mich fragen. Ich fuhr ganz langsam mit eingeschaltetem Warnblinker. *Bitte, halt an. Gib mir meine Schwester zurück.* Ich kurbelte das Fenster herunter und gestikulierte hektisch in Richtung Randstreifen.

»Hat mir mein Bruder erklärt«, verkündete Alex stolz. »Der ist an der Uni.«

Und ich war stinksauer, dass ihr Bruder – irgend so ein Idiot – es offensichtlich witzig fand, seiner kleinen Schwester beizubringen, was ein Handbremsendrift war. Aber dann ließ Bradley sich zurückfallen, um mit heulendem Motor und quietschenden Reifen heranzurasen und in allerletzter Sekunde abzubremsen. Ich schnappte entsetzt nach Luft. Er machte es noch mal. Und noch mal. Und noch mal. Mehrmals wollte ich anhalten, aber jedes Mal versuchte er dann, mich zu überholen. Also fuhr ich immer weiter, genau wie er es wollte. Ich konnte ihn nicht wieder mit meiner kleinen Schwester im Auto losrasen lassen.

So ging es hin und her, bis wir an die Senke in der Straße kamen, nicht weit von der Kreuzung nach Sapperton entfernt und dem Wald. Ihm wurde wohl langweilig, denn diesmal bremste er nicht ab, als er von hinten angerast kam. Er fuhr uns von hinten auf. Sachte zwar, aber der Aufprall war hart genug, dass ich die Nerven verlor. Ich hatte seit gerade mal drei Wochen meinen Führerschein.

»Scheiße«, murmelte Alex, deutlich leiser als vorhin. Sie versuchte zu tun, als mache ihr das alles Spaß. Aber man sah ihr an der Nasenspitze an, dass sie Angst hatte. Mit langen schlanken Fingern krallte sie sich fest an den alten angegrauten Sitzgurt.

Wir fuhren runter in die Senke. Bradley klebte an meiner Stoßstange, wild hupend und Lichtzeichen gebend. Er lachte wie ein Wahnsinniger. Und dann – obwohl wir nach unten in die Kurve fuhren, wo man nichts sah – zog er raus und setzte an, uns zu überholen.

Die Zeit schien stillzustehen, und die Wirklichkeit hing wie ein Tropfen am Wasserhahn, der jeden Augenblick herunterfallen und zerplatzen konnte.

In der Biegung kam uns ein Auto entgegen. Genau wie ich es befürchtet hatte.

Bradley war beinahe auf gleicher Höhe mit uns. Unmöglich für ihn, noch rechtzeitig auszuweichen.

Meine Schwester. Hannah.

Was dann passierte, lief ganz automatisch ab. Als hätte der Autopilot die Steuerung übernommen. So erklärte ich es nachher der Polizei. Was ich so genau wusste, weil das, was dann kam, keine bewusste Entscheidung war. Es passierte einfach. Mein Gehirn wies meine Arme an, das Lenkrad herumzureißen, und das Auto schleuderte nach links.

»Solltest du die Kontrolle über den Wagen verlieren, musst du unbedingt versuchen, den Bäumen auszuweichen«, hatte Dad mir eingebläut, als er mir Fahrstunden gab. »Versuch lieber, eine Mauer oder einen Zaun zu treffen. Die geben nach. Bäume nicht.«

Und tatsächlich, der Baum gab nicht nach, als der Wagen mit der Beifahrerseite – der Seite, auf der die süße kleine Alex Wallace mit den fliegenden blonden Haaren und den Skittles und dem klumpigen Nagellack saß – zuerst hineinkrachte.

Der Baum gab nicht nach. Alex schon.

Ich zwang mich, Eddie anzusehen, aber der schaute immer noch stur geradeaus, raus aufs Meer. Wie eine glänzende kleine Schneekugel kullerte ihm eine einzelne Träne über die Wange, und er wischte sie weg und drückte mit Daumen und Zeigefinger oben die Nase zusammen. Dann ließ er die Hand kraftlos fallen, und mit ihr fielen auch die Tränen. Hilflos stand er da und weinte, dieser große, liebenswerte Mann. Und in diesem Moment spürte ich es stärker als seit vielen Jahren. Den Selbsthass, die Abscheu vor mir selbst, den verzweifelten Wunsch, etwas zu tun, die Dinge zu verändern, und dann die bodenlose Verzweiflung, einsehen zu müssen, dass man machtlos ist. Die Zeit war weitergegangen und hatte Alex' schlagendes Herz angehalten. Hatte Eddie in winzig kleine Fragmente zerschlagen und es meiner Schwester unmöglich gemacht, mir zu verzeihen.

»Jahrelang habe ich gegrübelt, was ich machen würde, wenn wir uns begegnen«, meinte Eddie schließlich. Mit den Unterarmen wischte er die Tränen weg und drehte sich zu mir um. »Ich habe dich gehasst. Ich konnte es nicht fassen, dass dieser Scheißkerl ins Gefängnis musste und du nicht.«

Ich nickte, denn ich hasste mich auch.

»Ich habe sie gefragt, warum sie mich nicht bestrafen«, stammelte ich hilflos. »Aber sie haben nur gesagt, ich hätte nichts Illegales getan. Ich hätte den Straßenverkehr nicht gefährdet.«

»Das musste der Sozialarbeiter uns auch erst mal erklären.« Eddies Stimme klang tonlos. »Meine Mutter konnte es einfach nicht begreifen.«

Ich schloss die Augen, denn ich wusste, was jetzt kommen würde.

»Ich weiß nur, dass du dich entschieden hast, deine Schwester zu retten. Und dass meine deshalb sterben musste.«

Ich schlang die Arme um mich. »Das war nicht meine Entscheidung«, flüsterte ich. Tränen erstickten meine Stimme. »Das war keine bewusste Entscheidung, Eddie.«

Er seufzte. »Kann sein. Aber am Ende läuft es auf dasselbe hinaus.«

Die Polizei war zu mir ins Krankenhaus gekommen. Der BMW sei gestohlen gewesen, erklärten sie.

Warum hatte ich ihm alles geglaubt, was er mir

erzählt hatte? Warum hatte ich *überhaupt* auf ihn gehört? Mir wurde speiübel bei dem Gedanken, was ich diesem Kerl alles bereitwillig hinterhergeworfen hatte. Meine Jungfräulichkeit. Mein Herz. Meine Selbstachtung. Und nun auch noch das Leben eines jungen Mädchens. Der besten Freundin meiner Schwester.

Ein Zeuge hatte nach dem Unfall gesehen, wie der Fahrer über die Felder geflüchtet war. Wer das war?

»Wer war das?«, wiederholte mein Dad konsterniert. Er saß an meinem Bett und hielt meine Hand. Mum stand auf der anderen Seite, ein menschlicher Schutzschild zwischen der Polizei und ihrer Tochter. »Wer war das, Sarah?«

»Mein Freund. Bradley.«

»Dein was?« Dad schien vollkommen perplex. »Du hast einen Freund? Seit wann? Warum hast du uns denn nichts davon gesagt?«

Und ich hatte den Kopf weggedreht und in mein Kissen geschluchzt, weil ich die Augen nicht mehr vor dem Offensichtlichen verschließen konnte. Bradley war ein widerlicher Kerl – immer schon gewesen –, und ich hatte das, ganz tief drinnen, unter einem beinahe undurchdringlichen Panzer pubertärer Unsicherheit immer schon gewusst.

Ich hatte meine Schwester zwar vor dem Tod bewahrt, aber nicht vor Schaden. Bradley war in die Lücke geschlingert, die ich ihm aufgemacht hatte, und der gestohlene Wagen war mit Hannahs Seite zuerst von hinten in mein Auto gekracht. Innerhalb von nur zwei Tagen musste Hannah zweimal operiert werden. Sie lag auf der Station ein Stockwerk über mir, schwer verletzt, und, zum ersten Mal in ihren zwölf Lebensjahren, vollkommen stumm.

Bradley, dessen Namen und Adresse ich der Polizei genannt hatte, war nirgendwo zu finden. *Versuchen Sie es bei Greggsy*, hatte ich ihnen gesagt. Dort wurde er noch am selben Nachmittag festgenommen.

Nach meiner Entlassung saß ich zwei Wochen lang jeden Tag an Hannahs Bett, bis sie endlich nach Hause durfte. Ich ging nicht zur Schule. Ich ging kaum nach Hause. Ich erinnerte mich an fast nichts. Außer an das leise Piepsen der Geräte und das Bienenstocksummen der geschäftigen Kinderkrankenstation. Die Angst, wenn einer von Hannahs Apparaten komische Geräusche machte. Die Schuldgefühle, die sich wie ein glühender Schneidbrenner in meine Brust fraßen. Meistens schlief sie. Manchmal weinte sie und sagte mir, dass sie mich hasste.

Die Polizei erklärte auf Nachfrage beharrlich, gegen mich würde nicht ermittelt, obwohl Alex' Familie nachdrücklich verlangte, ich müsse hart bestraft werden. Die Schuldgefühle wurden schlimmer. Ich sagte vor dem Gloucester Crown Court gegen Bradley aus und wurde verwarnt, als ich den Richter förmlich anflehte, auch gegen mich eine harte Strafe zu verhängen.

Alex' Familie kannte ich nicht. Mum und Dad hatten sie immer abgeholt und nach Hause gebracht, wenn die beiden zusammen spielen wollten, weil Alex' Mutter – wie Mum sich ausdrückte – »es manchmal nicht so leicht hat«. Vor Gericht hieß es, sie hätte zwischenzeitlich einen Nervenzusammenbruch erlitten. Und nicht nur das, sie war, seit Alex noch ganz klein war, alleinerziehend. Weshalb ihr erwachsener Sohn sein Studium abbrechen und nach Hause kommen und sich um sie kümmern musste. Keiner der beiden erschien zur Gerichtsverhandlung.

Eine der Geschworenen hatte mich angesehen. Eine Frau, ungefähr in Mums Alter, die sich wohl vorstellen konnte, wie es sein musste, ein Kind zu verlieren. Sie hatte mich angesehen, und ihr Blick hatte gesagt: Das ist auch deine Schuld, du kleine Schlampe. Das ist auch deine Schuld.

Carole Wallace hatte es irgendwie geschafft, dreimal bei uns anzurufen, ehe die Pfleger in der Psychiatrie dahinterkamen, dass sie nicht mit ihrem Sohn telefonierte, und ihren Telefonanschluss abstellen ließen. Ich sei eine Mörderin, hatte sie gesagt, einmal Dad, zweimal dem Anrufbeantworter. Unsere Nachbarn luden Mum und Dad nicht mehr zum Essen ein und hörten auf zu reden, wenn sie vorbeigingen. Ich konnte es ihnen nicht verdenken. Sie wussten einfach nicht, was sie sagen sollten. »Vielleicht ist zu viel Porzellan zerschlagen worden«, hatte Dad gemeint.

Hannah weigerte sich strikt, mit mir an einem Tisch zu sitzen. Im Supermarkt wurden meine Eltern angestarrt. Alex' Foto erschien immer wieder in der Lokalzeitung. Ich ging wieder zur Schule, aber schon nach ein paar Stunden wusste ich, da konnte ich nicht mehr hin. Meine Mitschüler tuschelten hinter meinem Rücken. Claire meinte, ich sollte wegen Totschlags im Gefängnis sitzen. Mandy redete überhaupt nicht mehr mit mir, weil ich die Polizei auf Greggsys Cousin angesetzt hatte. Selbst meine Lehrer konnten mir nicht mehr in die Augen schauen.

Noch am selben Abend setzten Mum und Dad sich mit mir hin und sagten, sie hätten sich überlegt, das Haus zum Verkauf anzubieten. Was ich davon hielt, nach Leicestershire zu ziehen? Mum war in Leicestershire aufgewachsen. »Wir könnten alle einen Neuanfang gebrauchen. Was meinst du?«, fragte sie. Ihr Gesicht war so blass vor Sorge und Erschöpfung, dass es fast durchscheinend wirkte. »Ich bin mir sicher, wir finden was, wo du in Ruhe deinen Abschluss machen kannst.«

Mum war Lehrerin. Sie wusste, dass das eigentlich unmöglich war. Und mir ging auf, wie verzweifelt sie sein musste.

Ich lief nach oben und rief Tommy an, und am nächsten Tag flog ich nach L.A.

Ich ging, um Alex' Familie Zeit zu geben zu trauern, ohne befürchten zu müssen, mir zu begegnen. Ich ging, damit meine Eltern nicht auf die andere Seite von England ziehen mussten und eine Chance auf einen echten Neuanfang hatten, der nicht überschattet wurde von dem Ruf, der ihrer Tochter nun vorauseilte. Ich ging, um einen sicheren Zufluchtsort zu finden, wo niemand wusste, was passiert war. Wo ich nicht *dieses Mädchen* war.

Aber mehr noch ging ich, um in L.A. die Frau zu werden, von der ich mir gewünscht hätte, ich wäre sie an dem Tag gewesen, als ich Bradley kennengelernt hatte. Stark, selbstbewusst, furchtlos. Eine Frau, die keine Angst davor hatte, laut und deutlich Nein zu sagen.

Eddie und ich waren schon fast in Venice, und der Broadwalk schlängelte sich vorbei an kleinen Läden und Verkaufsbuden, die billigen Plunder, kitschige Souvenirs und Hennatattoos feilboten. Irgendwo dröhnte Musik aus einem Lautsprecher. Obdachlose schliefen unter Palmen. Ich drückte einem Mann mit einem ringsum mit Flicken besetzten Rucksack ein paar Dollar in die Hand. Teilnahmslos beobachtete Eddie mich dabei. »Ich muss mich kurz setzen«, meinte er. »Ich muss was essen.«

Wir setzten uns draußen vor eine Bar, wo wir prompt die Aufmerksamkeit einer Verrückten mit einem Papagei und eines Straßenmusikers mit einem Akkordeon erregten. Eddie gab keine Antworten auf die Fragen der Verrückten und starrte blicklos an dem Musikanten vorbei, der sich um uns herum im Takt zu seiner Melodie wiegte.

»Wir können auch rüber in die Abbot Kinney gehen, wenn du magst«, schlug ich vor. »Das ist eine Straße ganz in der Nähe. Ein bisschen gediegener, falls es dir hier zu alternativ ist.«

Reuben liebte die Abbot Kinney.

»Nein danke«, antwortete Eddie. Kurz sah es aus, als wolle er womöglich lächeln. »Seit wann bin ich denn gediegen?«

Ich zuckte die Achseln und schämte mich. »Mir blieb nicht genug Zeit, das herauszufinden.«

Er warf mir einen kleinen Seitenblick zu, und ich sah etwas in seinen Augen aufblitzen, das aussah wie ein Funken Wärme. »Ich glaube, wir haben einen ganz guten Eindruck voneinander bekommen.«

Ich liebe dich, dachte ich. Ich liebe dich, Eddie, und ich weiß nicht, was ich machen soll.

Der Kellner brachte seinen Muffin. Ich stellte mir mein Leben vor, das nun vor mir lag, ohne Eddie David, und mir wurde schlecht und schwindelig vor Angst. Und dann stellte ich mir vor, wie es damals für ihn gewesen sein musste, sich ein Leben ohne seine Schwester vorzustellen.

Schweigend aß er seinen Muffin.

»Die Organisation«, sagte ich schließlich. »Die Organisation habe ich für Alex aufgebaut.«

»Das dachte ich mir schon.«

»Für Alex und für Hannah.« Ich zupfte an einem Nietnagel. »Hannah hat inzwischen selbst Kinder. Ich habe sie auf Fotos gesehen. Am Anfang habe ich ihnen immer Geschenke zum Geburtstag geschickt, aber irgendwann hat Hannah mir über Mum ausrichten lassen, ich solle das lassen. Mum und Dad macht das fertig. Sie haben nichts unversucht gelassen, damit wir uns wieder versöhnen. Sie dachten, irgendwann renkt sich das wieder ein. Hätte es vielleicht auch, wenn ich in England geblieben wäre... Ich weiß es nicht. Sie war schon als Kind ein sturer Esel. Daran hat sich bis heute wohl nichts geändert.«

Eddie schaute hinunter zum Strand. »Du solltest nicht unterschätzen, welchen Einfluss meine Mutter auf sie hat. Sie hat nie aufgehört, dich zu hassen. Manchmal war es das Einzige, was sie am Leben gehalten hat.«

Ich versuchte mir nicht das Haus von Eddies Mutter vorzustellen, dessen Mauern getränkt sein mussten mit kondensierter Wut wie mit Nikotinbelägen. Ich versuchte mir nicht vorzustellen, wie meine Schwester dort mit Carole Wallace zusammensaß. Die Sätze, die sie sagten, den Tee, den sie tranken. Obwohl dieses Bild auch irgendwie etwas eigenartig Tröstliches hatte. Dass die vollkommene Verweigerung meiner Schwester, ihre absolute Ablehnung, womöglich einem anderen Menschen geholfen haben könnte.

»Meinst du, es liegt auch daran?«, fragte ich, wieder mit Blick zu ihm. Meine Verzweiflung war fast greifbar. »Meinst du, deine Mum könnte sie angestachelt haben, auch nach all den Jahren noch?«

Eddie zuckte die Achseln. »So gut kenne ich deine Schwester nicht. Aber ich kenne meine Mutter. Ich hätte sicher anders auf dich reagiert, hätte ich meine Mum nicht neunzehn Jahre lang ständig über dich reden gehört.«

Er sah aus, als wolle er noch etwas sagen, klappte dann den Mund aber wieder zu.

»Seitdem fällt es mir schwer, Kinder in meiner Nähe zu haben«, erklärte ich. »Ich wollte beruflich nichts mit Kindern zu tun haben, wollte nicht babysitten und habe Reuben nur dann auf die Krankenstationen begleitet, wenn es unvermeidlich war.«

Ich hielt inne. »Ich wollte nicht mal ein Kind mit ihm haben. Er hat mich schließlich sogar zu einer Therapie überredet. Aber nichts konnte mich umstimmen. Wenn ich ein Kind sehe – irgendeins –, sehe ich immer deine Schwester. Also halte ich mich von ihnen fern. Ist einfacher.«

Eddie aß den letzten Bissen seines Muffins und stützte die Stirn in die Hand. Dann murmelte er: »Ich wünschte, du hättest dich mit deinem Familiennamen vorgestellt, als wir uns kennengelernt haben. Ich wünschte, du hättest gesagt: ›Ich bin Sarah Harrington.‹«

Mit einem Ruck riss ich den Nietnagel ab, der einen brennenden grellrosa Streifen empfindlicher Haut zurückließ. »Ich nehme meinen alten Namen nicht wieder an, auch nach der Scheidung nicht. Ich will nie wieder Sarah Harrington sein.«

Eddie tupfte mit dem Finger die letzten Krümel vom Teller. »Hätte uns beiden eine Menge Kummer erspart.« Ich nickte.

»Und deine Eltern sollten angeblich nach Leicester gezogen sein. Wochenlang stand ein ›Verkauft‹-Schild vor dem Haus.«

»Wollten sie ja auch. Aber dann bin ich nach L.A. gegangen. Und ich war das Problem. Der Verkauf kam dann doch nicht zustande, also beschlossen sie zu bleiben. Ich glaube, da waren sich alle Beteiligten bereits darüber im Klaren, dass ich nicht mehr zurückkommen würde.«

Tiefes Schweigen.

»Darf ich fragen, warum du dich Eddie David nennst?«, fragte ich, als das Schweigen schier unerträglich wurde. »Du müsstest doch eigentlich Eddie Wallace heißen, oder?«

»David ist mein zweiter Vorname. Nach dem Unfall fing ich an, den zu benutzen. In der ersten Zeit danach hat jeder meinen Namen erkannt, und dann war es… ich weiß nicht… das Mitleid war erdrückend, wenn die Leuten kapiert haben, wer ich war. Es war einfacher, Eddie David zu sein. Den kannte niemand. Genau wie niemand Sarah Mackey kannte.«

Nach einer Weile drehte er sich zu mir um, aber seine Augen schienen sich wieder zurückzuziehen. Wie das Wasser, das sich bei Ebbe ins Meer verabschiedet. »Ich hätte alles darum gegeben zu erfahren, wer du bist,

370

bevor es zu spät war«, flüsterte er. »Ich … ich fasse es einfach nicht, dass wir das beide nicht kapiert haben.« Ratlos kratzte er sich am Kopf. »Weißt du, dass sie ihn nach fünf Jahren vorzeitig entlassen haben?«

Ich nickte. »Ich habe gehört, er wohnt jetzt in Portsmouth.«

Eddie sagte kein Wort.

»Es war mein Facebook-Profil, oder?«, fragte ich. »Du hast Tommys Post gelesen. Den, in dem er mich Harrington genannt hat.«

»Ungefähr zwanzig Sekunden, nachdem du weg warst. Und im ersten Moment, bevor der Schock richtig einsetzte, dachte ich nur: Nein. Tu einfach, als hättest du das nicht gesehen. Mach das weg. Ich kann nicht ohne sie sein. Es war zwar nur eine Woche, aber sie ist …« Er wurde rot. »Sie ist alles«, beendete er den Satz. »Das habe ich gedacht.«

Lange saßen wir schweigend da. Mein Herz raste. Eddies Wangen waren gerötet.

Dann erzählte er mir von seiner Mutter, ihren Depressionen, dem Zusammenbruch nach Alex' Tod und wie sie sich davon nie wieder erholt hatte. Er erzählte mir, als das Schlimmste überstanden war, sei sie nach Sapperton gezogen, um »näher« bei ihrer toten Tochter zu sein. Eddie, der einsehen musste, dass sie viel zu fragil war, um allein zurechtzukommen, brach sein Studium ab und zog für eine Weile bei ihr ein. Dann überre-

371

dete er Frank, den Schafzüchter, ihm seine halb verfallene Scheune am Rand des Siccaridge Wood zu überlassen, die er nach und nach zur Werkstatt umbaute. Und dann, als er seine Mutter wieder allein lassen konnte, auch zu seinem neuen Zuhause machte.

»Dad hat mir das alles finanziert«, sagte er. »Nachdem er sich aus dem Staub gemacht hatte, war Geld für ihn die Lösung aller Probleme. Uns nach Alex' Beerdigung noch mal anzurufen oder vorbeizukommen und uns zu besuchen, brachte er nicht über sich. Aber wohl um sein schlechtes Gewissen zu beruhigen, schickte er uns regelmäßig Geld. Und ich beschloss irgendwann, es ohne Reue auszugeben.«

Er erzählte von dem Tag, als ihm aufging, wer ich bin. Wie die Bäume vor der Scheune auf ihn einzustürzen drohten, als er einsehen musste, dass ich Sarah Harrington war. Die Frau, die seine Schwester auf dem Gewissen hatte. Wie er seinen Urlaub in Spanien abgesagt, all seine Aufträge auf Eis gelegt hatte. Wie er irgendwann zu seiner Mutter gegangen war, um nach dem Rechten zu sehen, und sie nicht ansprechbar gewesen war, weil sie eine Medikamentenüberdosis genommen hatte, und wie schuldig er sich gefühlt hatte, als er sie bewusstlos auffand.

»Es wäre eine Katastrophe, sollte sie je von der Sache zwischen uns erfahren«, sagte er leise. »Obwohl es auch so schon eine Katastrophe ist. Ich bin in ein tiefes Loch gefallen. Habe mich verkrochen. Bin ziemlich viel spazieren gegangen. Hab ziemlich viel nachgedacht und Selbstgespräche geführt.«

Er ließ die Fingerknöchel knacken. »Bis mein Kumpel Alan aufgetaucht ist, um nachzusehen, ob ich noch lebe, und mir gesagt hat, du hättest dich bei ihm gemeldet.«

Er seufzte. »Ich hätte mich bei dir melden sollen«, sagte er. »Es tut mir leid. Du hattest Recht – so was sollte man keinem Menschen antun. Immer und immer wieder habe ich angesetzt, dir zu schreiben, aber ich habe es einfach nicht über mich gebracht, mit dir zu reden.«

Ich hätte mich auch totgestellt, dachte ich. Wenn ich es gekonnt hätte.

»Aber deine Lebensgeschichte zu lesen war wunderbar. Deine Nachrichten. Sehnsüchtig habe ich darauf gewartet und sie immer wieder gelesen.«

Ich schluckte und versuchte, nichts hineinzuinterpretieren. »Hast du versucht mich anzurufen?«, fragte ich zögerlich.

Er schüttelte den Kopf.

»Ganz sicher? Ich hatte … ich hatte ein paar Anrufe. Als ich ranging, hat sich keiner gemeldet. Und, na ja, eine Nachricht, ich solle die Finger von dir lassen.«

Er schien verwirrt. »Ach. Hast du mir davon geschrieben? In einem deiner Briefe? Tut mir leid – vielleicht habe ich das überlesen. Oder dachte, du hättest dir das nur ausgedacht.«

Ich zog den Kopf ein.

»Tut mir leid«, murmelte er. »Hast du seitdem noch mal was gehört?«

»Nein. Aber ich habe mir gedacht… Ich habe mich gefragt, ob es deine Mutter gewesen sein könnte. Besteht irgendeine Möglichkeit, dass sie das mit uns beiden herausgefunden hat? Ich habe eine Frau gesehen, auf dem alten Kanalpfad zwischen dem Haus meiner Eltern und deiner Scheune… Und als ich zu Tommys Sportdings an meiner alten Schule war, habe ich dort jemanden in genau demselben Mantel gesehen. Ich meine, ich kann natürlich nicht mit Gewissheit sagen, dass es ein und dieselbe Person war, aber ich bin mir ziemlich sicher. Sie hat nichts auffallend Eigenartiges gemacht, aber beide Male hatte ich das Gefühl, dass sie mich, na ja, anstarrt. Richtig feindselig.«

Eddie verschränkte die Arme. »Das ist echt seltsam«, sagte er gedehnt. »Aber das kann auf gar keinen Fall meine Mum gewesen sein. Sie hat nicht den Hauch einer Ahnung von uns. Und außerdem, sie…« Er brach ab. »Sie könnte so was nicht. Telefonstreiche, Bespitzelungsaktionen – zu so was wäre sie gar nicht fähig. Allein bei dem Gedanken daran würde sie Schweißausbrüche bekommen. Ich glaube, das würde sie nicht durchstehen.«

»Und sonst kann es niemand gewesen sein?«

Eddie wirkte völlig verdattert. »Nein«, sagte er, und ich glaubte ihm. »Ich habe nur meinem besten Freund

Alan und seiner Frau Gia davon erzählt. Ach ja, und Martin vom Fußball, weil er deinen Post auf meiner Facebook-Seite gesehen hat. Und denen habe ich es im Vertrauen gesagt.«

Er beugte sich nach vorne und verzog hochkonzentriert das Gesicht. Kam aber wohl zu keinem Ergebnis, denn nach einigem Nachdenken zuckte er resigniert die Achseln und richtete sich wieder auf. »Ich weiß es wirklich nicht«, murmelte er. »Aber Mum war es ganz bestimmt nicht. Da bin ich mir sicher.«

»Okay.« Ich schlüpfte aus einem Flip-Flop und zog den Fuß auf den Stuhl. Eddie wirkte wieder ganz niedergeschlagen. Mit dem Finger drückte er auf den Tellerrand, der sich aufrichtete wie eine fliegende Untertasse. Er drehte ihn nach links und dann nach rechts.

»Warum bist du hier, Eddie?«, fragte ich schließlich. »Warum bist du hergekommen?«

Da, endlich, schaute er mich an. Sah mir ins Gesicht, in die Augen, und mein Magen hob sich bis zum Hals.

»Ich bin hergekommen, weil du mir geschrieben hast, dass du nach L.A. zurückgehst, und weil ich Panik gekriegt habe. Ich war immer noch wütend, aber ich konnte nicht zulassen, dass du einfach so wieder aus meinem Leben verschwindest. Nicht, ehe ich mit dir geredet habe. Mir angehört habe, was du zu sagen hast. Ich wusste, dass Mums Sicht der Dinge nicht die einzige sein konnte.«

»Verstehe.«

»Also habe ich einen Flug gebucht und meinen Kumpel Nate gefragt, ob ich eine Weile bei ihm auf der Couch schlafen kann. Habe meine Tante angerufen, damit sie kommt und sich um meine Mum kümmert. Es war fast, als passierte das alles nicht mir. Als würde ich mir selbst dabei zusehen. Ich wusste, ich sollte nicht herkommen, aber irgendwie konnte ich mich nicht davon abhalten. Und dich konnte ich auch nicht abhalten zu gehen. Du warst ja schon im Flieger, als du mir geschrieben hast.«

Aber hier angekommen war er wie gelähmt gewesen. Dreimal hatte er versucht, mit mir zu reden. Dreimal hatten die Schuldgefühle ihn dazu getrieben, wieder in der anonymen Großstadt unterzutauchen. Ich sackte auf meinem Stuhl zusammen. Er konnte nicht mal mit mir reden, ohne das Gefühl zu haben, seine tote Schwester zu verraten.

»Warum hast du mir nichts von dem Unfall erzählt?«, fragte er, als ich dem Kellner winkte, uns die Rechnung zu bringen. »Du hast mir so viel von dir erzählt. Warum hast du mit keinem Wort erwähnt, was damals passiert ist?«

Ich holte Geld aus dem Portemonnaie. »Weil ich das niemandem erzähle, Punkt. Der letzte Mensch, dem ich davon erzählt habe, war meine Freundin Jenni, und das ist mittlerweile siebzehn Jahre her. Wenn ich ... Hätten wir ...« Ich räusperte mich. »Wäre das mit uns was geworden, hätte ich dir davon erzählt. Hätte ich sogar fast schon an unserem letzten Abend. Aber dann ist uns was dazwischengekommen.«

Eddie wirkte nachdenklich. »Ich bin es gewöhnt, ständig Leuten davon erzählen zu müssen. Vor allem wegen Mums instabilem Zustand. Aber die Woche mit dir war so ganz anders. Ich war nicht mehr Eddie, Caroles Sohn, der Typ, der seine Schwester verloren hat und sich rund um die Uhr um seine depressive Mutter kümmern muss. Ich war einfach nur ich.« Er steckte das Handy in die Tasche. »Zum ersten Mal seit Jahren war die Vergangenheit nicht allgegenwärtig. Und Mums Schwester war da, weil ich ja nach Spanien wollte, also brauchte ich mir keine Sorgen um sie zu machen.«

Er stand auf und lächelte mich schief an. »Irgendwie ironisch, wenn man bedenkt, mit wem ich da gerade zusammen war.«

Ich legte ein paar Dollar auf den Tisch, und wir gingen hinunter zum Ufer. Winzige Wellen kräuselten sich seidig um unsere Füße und flossen dann zurück in die endlose blaue Weite des Pazifiks. Der Horizont kochte und waberte verschwommen.

Ich steckte die Hand in die Tasche. Maus. Mit dem Daumen streichelte ich sie ein letztes Mal, dann hielt ich sie Eddie in der offenen Hand hin.

Lange sah er sie an. »Die hatte ich für Alex gemacht«, murmelte er. »Zu ihrem zweiten Geburtstag. Maus war das erste schöne Stück, das ich aus Holz gemacht habe.«

Zärtlich nahm er sie und hielt sie hoch, als müsse er

sie noch mal mit ganz neuen Augen ansehen. Ich stellte mir vor, wie er an einem klitzekleinen Holzklotz herumwerkelte, vielleicht in der Garage seines Vaters oder einfach am Küchentisch, und es brach mir das Herz. Ein pausbäckiger kleiner Junge, der seiner kleinen Schwester zum Geburtstag eine Spielzeugmaus schnitzte.

»Als sie noch klein war, dachte Alex immer, Maus sei ein Igel. Nur konnte sie das nicht aussprechen, sie sagte immer ›Ih-eh‹. Worüber ich dann lachen musste. Irgendwann habe ich angefangen, sie Igelchen zu nennen, und irgendwie ist sie diesen Spitznamen nie wieder losgeworden.« Er machte Maus wieder am Schlüsselbund fest und steckte ihn zurück in die Hosentasche.

Mir fiel nichts mehr ein, womit ich noch ein bisschen Zeit schinden könnte. Das Meer wogte vor und zurück. Niemand sagte ein Wort.

Stumm schauten wir zu, wie die Silbermöwen und Strandläufer über einer picknickenden Familie kreisten, und dann stürzte eine Welle auf uns zu, schneller als wir zurücklaufen konnten. Seine Shorts wurden nass. Mein Rock wurde nass. Er lachte und stolperte und wäre beinahe hingefallen, und einen Augenblick konnte ich ihn riechen: seine Haut, die sauberen Haare, den unverwechselbaren Eddie-Duft.

»Morgen fliege ich wieder nach Hause«, sagte er schließlich. »Ich bin froh, dass wir miteinander geredet haben. Aber ich weiß nicht, ob es noch irgendwas zu sagen gibt. Oder zu tun.«

Nein, dachte ich verzweifelt. Nein! Du kannst dich nicht einfach umdrehen und gehen! Es ist hier! Das zwischen uns! Es ist hier, hier in der Luft! Merkst du es nicht?

Aber es kam kein Laut aus meinem Mund, weil das nicht meine Entscheidung war. Ich hatte das Auto gefahren, das Alex gegen den Baum geschleudert hatte, und sie war gestorben, gleich neben mir. Die Zeit konnte daran nichts ändern. Nichts konnte daran etwas ändern.

Er nahm meine Hände und öffnete meine geballten Fäuste. Die Fingernägel hinterließen traurige weiße Halbmonde in meinen Handflächen. »Wir könnten nie wieder zurück zu dem, was vorher war«, sagte er und strich mit dem Daumen sanft über die Nagelabdrücke, wie ein Vater über die aufgeschrammten Knie seines Kindes. »Es ist vorbei. Das verstehst du doch, Sarah, nicht wahr?«

Ich nickte und machte ein Gesicht, das Zustimmung zeigen sollte oder vielleicht auch nur Resignation. Er ließ meine Hände los und schaute eine ganze Weile hinaus aufs Meer. Und dann, ohne Vorwarnung, beugte er sich zu mir herunter und küsste mich.

Es dauerte einen Moment, bis ich begriff, was da gerade geschah. Sein Mund, der sich gegen meinen drückte. Seine Lippen, seine Wärme, sein Atem. Alles, wie ich es mir hundertfach vorgestellt hatte. Ein paar Sekunden lang hielt ich ganz still. Und dann erwiderte ich seinen Kuss, glückselig, und er schlang die Arme um mich, genau wie beim ersten Mal. Küsste mich fester, und ich küsste ihn zurück, und die kreisenden Möwen und die kreischenden Kinder um uns herum verschwanden.

Aber gerade, als ich mich ganz hingab, hörte er auf und stützte das Kinn auf meinen Kopf. Ich konnte seinen Atem hören, schnell und unstet.

»Leb wohl, Sarah«, wisperte er. »Pass gut auf dich auf.«

Seine Arme ließen mich los, und fort war er.

Ich sah ihm nach, als er ging. Die Arme hingen schlaff an den Seiten herunter. Weiter und weiter ging er. Weiter und weiter weg.

Erst als er oben am Broadwalk war, sprach ich laut aus, was ich bisher nicht hatte sagen können, nicht einmal vor mir selbst.

»Ich bin schwanger, Eddie«, flüsterte ich, und der Wind trug meine Worte davon. Genau wie ich es gewollt hatte.

Neununddreißigstes Kapitel

Ich legte eine Hand auf meinen Bauch. Ich bin schwanger. Ich trage ein Baby in mir.

Jenni erzählte Javier gerade von einem slowenischen Genforscher, den sie gestern im Wartezimmer der Akkupunkturpraxis kennengelernt hatte. Javier hörte seiner Frau aufmerksam zu, während er die Ohren in Richtung der Dame spitzte, die an der Essensausgabe die Bestellungen ausrief. Die letzte Nummer war die vierundachtzig gewesen. Unser Bon, den Javier aufgerollt in der Hand hielt, hatte die siebenundachtzig.

Ich stellte mir vor, wie die Zellen angefangen hatten, sich zu teilen. Damals, vor Wochen schon. Sarah-Zellen, Eddie-Zellen. Sarah-und-Eddie-Zellen, die sich in noch mehr Sarah-und-Eddie-Zellen teilten. Im Internet stand, inzwischen müsste es so groß wie eine Erdbeere sein. Auf der Seite war auch ein computeranimiertes Bild, das aussah wie ein winzig kleines Kind. Eine gefühlte Ewigkeit hatte ich auf dieses Bild gestarrt und dabei Dinge empfunden, die ich gar nicht kannte. Für die ich nicht mal einen Namen hatte.

Ich bin in der neunten Woche schwanger.

Aber wir hatten doch aufgepasst! Jedes einzelne Mal! Und wie konnte ich überhaupt schwanger sein, wo ich doch über ein Kilo abgenommen hatte!

»Sie haben selbst gesagt, dass Ihr Appetit zu wünschen übrig lässt«, hatte die Ärztin mir geduldig erklärt. »Bei Morgenübelkeit ist anfänglicher Gewichtsverlust ein weitverbreitetes Phänomen.«

Übelkeit. Müdigkeit. Hormonwallungen. Unerklärliche Essensabneigungen. Ein Hirn wie mit Watte vollgestopft. Die eigentliche Überraschung an der ganzen Sache war wohl nicht, dass ich schwanger war, sondern dass ich es geschafft hatte, so viele eindeutige Anzeichen zu übersehen.

Morgens war ein Päckchen für mich angekommen. Ich hatte im Bett gelegen und die Formulare für den Ultraschall ausgefüllt, und es kam mir alles so unwirklich vor, dass ich mich im ersten Augenblick ernsthaft fragte, ob es Eddie sein könnte. Eddie, zusammengefaltet in einem Karton, der gleich herausspringen und rufen würde: »Ich habe es mir anders überlegt! Natürlich will ich mit dir zusammen sein – mit der Frau, die meine Schwester umgebracht hat! Lass uns gemeinsam eine Familie gründen!«

Aber statt Eddie hatte ich ein Spielzeugschaf ausgewickelt, mit kleinen Lederhufen, einem dicken Wollpelz und einem Schild um den Hals, auf dem – in Eddies Handschrift – *LUCY* stand. Daneben ein Brief in einem

Umschlag, der eigenartigerweise dezent nach Fruchtsorbet duftete. Ich nahm ihn und ging damit nach draußen.

Auf Jennis Sonnenterrasse ringelte ich mich auf einem der Liegestühle zusammen und starrte auf das schmutzige Gewirr aus Klimaanlagen und Fernsehantennen unterhalb. Mit den Fingerspitzen fuhr ich über die leichten Rillen, die Eddies Kugelschreiber dort hinterlassen hatte, wo er meinen Namen geschrieben hatte. Ich wusste, was in diesem Brief stehen würde. Es würde der endgültige Schlusspunkt einer Beziehung sein, die schon neunzehn Jahre, bevor sie überhaupt begonnen hatte, zu Ende gewesen war. Und doch wollte ich mir noch ein paar Minuten Schonzeit gönnen, bevor ich es mit eigenen Augen sah. Nur noch ein paar Minuten törichter, toxischer Verdrängung.

Ich saß da und beobachtete eine Katze. Die Katze beobachtete mich. Ich atmete ganz langsam ein und aus. Ruhige, gleichmäßige Atemzüge wie bei jemandem, der weiß, dass das große Drama vorbei ist. Der weiß, dass er vernichtend geschlagen worden ist. Als die Katze verächtlich mit hoch erhobenem Schwanz davonstakste, fuhr ich mit dem Daumen unter die Lasche des Briefumschlags.

Liebe Sarah,

danke für deine schonungslose Ehrlichkeit gestern. Es ist tröstlich zu wissen, dass Alex an ihrem letzten Tag so unbeschwert und fröhlich war.

Gerne würde ich sagen, es ist alles gut. Aber das ist es nicht, und das kann es nicht sein. Und darum denke ich auch, es wäre besser, wenn wir den Kontakt abbrechen – Freunde zu bleiben wäre wohl zu verwirrend. Aber ich wünsche dir alles Gute, Sarah Harrington, und ich werde die Zeit mit dir nie vergessen. Sie hat mir alles bedeutet.

Was für ein grausamer Zufall, hm? Von allen Menschen auf der ganzen Welt. Ausgerechnet.

Aber egal, ich wollte dir etwas schicken, das dich zum Lachen bringt. Ich weiß, wie schwer das alles auch für dich gewesen ist.

Werde glücklich, Sarah, und pass auf dich auf.

Eddie

Dreimal las ich den Brief, dann steckte ich ihn wieder in den Umschlag.

Werde glücklich, Sarah, und pass auf dich auf.

Ich lehnte den Kopf an die Außenwand von Jennis Bungalow und starrte in den Himmel. Milchig und erwartungsvoll lag er über allem, mit zarten Wolken wie Rosengeleekonfekt überzogen. Ein Vogelschwarm schwirrte hoch oben vorbei, darunter ein Flugzeug im Landeanflug.

384

Ich hatte Jenni noch nichts von dem Baby gesagt. Ich konnte es einfach nicht. Ich brachte es nicht übers Herz, ihr zu sagen, dass ich trotz Verhütung schwanger geworden war, während sie zehn Jahre lang jedes Fitzelchen ihrer emotionalen, körperlichen und finanziellen Ressourcen dafür eingesetzt hatte, endlich eine eigene Familie zu gründen.

Ich starrte auf meinen Bauch und versuchte mir die winzigen Anfänge menschlichen Lebens darin vorzustellen. Und hatte dabei ein ganz eigenartiges Ziehen in der Brust. War das Freude? Oder Angst? Es hatte jetzt ein eigenes Herz, hatte die Ärztin mir erklärt. Der schlechten Ernährung, dem Wein und dem Stress zum Trotz, mit denen ich es bisher gefüttert hatte. Es hatte ein eigenes winziges Herz, das doppelt so schnell schlug wie meins, und morgen Nachmittag würde ich es im Ultraschall sehen.

Ich sah in den Himmel. Ob er schon da oben war? Oder noch in der Abflughalle? Halb stemmte ich mich aus dem Stuhl. Ich musste zum Flughafen. Ihn finden. Ihn aufhalten. Diesem Baby zuliebe musste ich ihn dazu bringen, seine Meinung zu ändern, ihn davon überzeugen, dass ...

Was? Dass ich nicht Sarah Harrington war? Dass ich seine Schwester an diesem verhängnisvollen Tag nicht gegen einen Baum gefahren hatte?

Ich saß da und trommelte mit den Fingern auf meinen Oberschenkeln herum, bis Javier irgendwann Frappuccino in den Garten ließ und der Hund mir ans Bein pinkelte. Da musste ich erst lachen und dann weinen, und dann fragte ich mich, wie um alles auf der Welt ich ein Baby großziehen sollte, wo ich doch mein ganzes Erwachsenenleben krampfhaft versucht hatte, Kindern großräumig aus dem Weg zu gehen. Fragte mich, wie ich ein Kind in die Welt setzen konnte in dem Wissen, dass sein Vater nichts mit mir zu tun haben wollte. Und doch wissend, dass es längst zu spät war, es sich noch mal anders zu überlegen. Dass ich dieses Baby unbedingt wollte, es vielleicht sogar brauchte, auf eine Weise, die ich selbst nicht ganz verstand.

Stundenlang saß ich so da und grübelte. Als Jenni sich schließlich aus dem Bett schleppte, versuchte sie mich aufzuheitern, aber sie war selbst genauso leer und verzweifelt wie ich. Zwei Stunden saßen wir nebeneinander und schwiegen uns an.

Bis Javier diese erdrückende Gefühlsschwere keinen Augenblick länger ertragen konnte und vorschlug, wir sollten alle zusammen zu Neptune's Net fahren, einem Biker-Café in Malibu, und dort frische frittierte Meeresfrüchte essen. Seine Lösung für sämtliche Probleme des Lebens. Tief über den Lenker gebeugt chauffierte er uns die gewundene Küstenstraße entlang, wobei nicht ganz klar war, ob er das machte, um uns schneller zu unserem dringend benötigten Trostessen zu bringen oder um sich vor dem unappetitlichen Gefühlschaos um sich herum zu schützen. Ich wusste es nicht.

Und da saßen wir nun wie Sardinen in der Büchse in unsere kleine Sitznische gequetscht. Das Restaurant war völlig überlaufen. Sämtliche Plätze waren besetzt, und vor dem Eingang drängten sich die Leute, um noch einen Tisch zu ergattern. Wir, die glücklichen Sitzenden, ignorierten sie geflissentlich, während sie, die unglücklichen Stehenden, uns vorwurfsvoll musterten. Die dudelnde Hintergrundmusik wurde übertönt vom ohrenbetäubenden Dröhnen fröhlich-lauter Unterhaltungen, dem Röhren der Harley-Davidson-Motoren vor der Tür und dem heftigen Gebrutzel des morgendlichen Fangs, der in der Fritteuse ins siedend heiße Öl tauchte. Das Ganze war eine große, lange Motorradfahrt entfernt von Ruhe und meditativer Stille, aber irgendwie half es. Zumindest etwas.

»Siebenundachtzig!«, rief die Dame hinter der Theke, und Javier sprang auf und brüllte mit vor Erleichterung heiserer Stimme: »*Sí! Sí!*«

Nur selten ließ Jenni sich angesichts der emotionalen Schwerfälligkeit ihres Mannes etwas anmerken, aber heute, nur für mich, gestattete sie es sich, ganz kurz die Augen zu verdrehen. Dann fragte sie mich, was ich bezüglich Eddie zu tun gedachte.

»Nichts«, entgegnete ich. »Es gibt nichts zu tun, Jenni. Du weißt das. Ich weiß das. Sogar Javier weiß das.«

Schweigend stellte Javier ein Körbchen mit Meeresfrüchten zwischen uns auf den Tisch, reichte Jenni eine Sprite und mir ein Mountain Dew. Dann seufzte er vor Erleichterung leise, aber unüberhörbar auf und machte sich über seinen eigenen Berg an Shrimp Tacos, blass panierten Calamari und käsigen Chili-Fritten her, im wohligen Wissen, dass es eine ganze Weile dauern würde, bis man von ihm erwarten würde, wieder etwas zu unserem Gespräch beizutragen.

»Und er hat dir wirklich keine Tür offen gelassen? Nicht das kleinste bisschen?«

»Nicht mal den allerkleinsten Spalt«, sagte ich. »Hör zu, Jenni, ich sage das jetzt zum letzten Mal. Stell dir vor, es wäre deine Schwester Nancy gewesen. Stell dir vor, ein Mann hätte deine süße kleine Nancy gegen einen Baum gefahren. Könntest du dir vorstellen, mit ihm eine Beziehung einzugehen? Ernsthaft?«

Jenni legte das Besteck beiseite, als müsste sie eine Niederlage eingestehen.

»Vierundneunzig!«, brüllte die Frau hinter dem Tresen.

Ich spießte eine Jakobsmuschel auf.

Darf ich das überhaupt noch essen?, schoss es mir unvermittelt durch den Kopf. Und war mir sicher, mich erinnern zu können, dass schwangere Freundinnen Meeresfrüchte immer gemieden hatten. Ich guckte auf die Mahlzeit vor mir. Meeresfrüchte, Schalentiere und ein großer Becher Mountain Dew. War Koffein nicht auch verboten?

Wieder spürte ich, wie sich die tektonischen Platten unter meinen Füßen verschoben. Ich bin in der neunten Woche schwanger.

»Hier«, sagte Jenni mit belegter Stimme. »Nimm dir ein paar von den Jakobsmuscheln, Sarah, bevor ich sie alle auffuttere. Ich fürchte, ich kriege gleich wieder einen Fressanfall.«

Ich lehnte dankend ab.

»Aber du liebst doch Jakobsmuscheln.«

»Ich weiß ... Aber heute spüre ich diese Liebe irgendwie nicht.«

»Echt nicht? Na ja, dann nimm dir wenigstens was von der Blauschimmelkäsesoße für die Fritten. Ich glaube, die machen die hier mit richtigem Käse. Wirklich lecker.«

»Ach, mir reicht der Ketchup. Nimm du sie.«

Jenni lachte. »Sarah Mackey, du kannst Ketchup nicht ausstehen. Keine Jakobsmuscheln, kein Blauschimmelkäse – man könnte glatt meinen, du bist schwanger. Hör zu, versuchst du bitte, nicht zu verhungern, Süße? Damit ist keinem geholfen, und außerdem, das Leben ist ein Jammertal ohne Essen.«

Ich lachte auf. Ein bisschen zu laut. Nahm eine Jakobsmuschel zum Beweis, dass es mir ganz prima ging und ich ganz bestimmt nicht schwanger war. Aber ich konnte es einfach nicht. Ich konnte mich nicht dazu zwingen, das blöde Ding zu essen. Ich hatte ein Baby so groß wie eine Erdbeere im Bauch. Ein Baby, das weder geplant noch gewollt gewesen war. Und trotzdem konnte ich die verflixte Muschel einfach nicht herunterbringen. Ein leichtes Stirnrunzeln seitens Jenni.

»Achte gar nicht auf mich«, wiegelte ich mit erzwungen fröhlicher Stimme ab.

Javier schaute auf. »Du bist heute aber wählerisch.«

»Wäre das nicht der Gipfel der Ironie, hm?«, rief Jenni. »Du schwanger!«

»Ha! Kannst du dir das vorstellen?«

Jenni widmete sich ihrem Essen, aber es dauerte nicht lange, bis sie mich wieder ansah. »Ich meine, bist du doch nicht, oder?«

»Natürlich bin ich…« Ich konnte es einfach nicht. Ich konnte sie nicht anlügen.

Jenni ließ die Gabel auf den Tisch sinken. »Sarah? Du bist doch nicht etwa schwanger, oder?«

Mein Gesicht glühte. Ich senkte den Blick, nach unten zum Boden, irgendwohin, nur nicht zu Jenni.

»Darum warst du doch nicht… Darum warst du doch nicht… krank? Dein Arztbesuch…?«

Javier starrte mich an. Wage es nicht, sagte sein Blick. Wage es ja nicht.

Jenni ließ mich nicht aus den Augen, und plötzlich schwammen sie in Tränen. »Warum sagst du denn nichts? Warum antwortest du mir nicht?«

Ich schloss die Augen. »Jenni«, stammelte ich. »O Gott, Jenni, ich…«

Sie hob die Hand an den Mund. Sah mich ungläubig an, und dann liefen ihre Augen über, und die Tränen kullerten ihr übers Gesicht. »Nein, du bist nicht… du kannst doch nicht schw… Ach herrje, Sarah.«

Schützend legte Javier seiner Frau den Arm um die Schulter. Er atmete tief durch, dann schaute er mich an. Und zum ersten Mal in den vergangenen fünfzehn Jahren war seinem Gesicht eine eindeutige Gefühlsregung anzusehen: Wut.

»Jenni«, sagte ich leise. »Hör zu, Schatz. Als ich beim Arzt war, meinte sie … Sie hat ein paar Tests gemacht, und sie meinte … Jenni, es tut mir so leid …«

»Du bekommst ein Baby.«

»Ich … Ja. Ich kann dir gar nicht sagen, wie leid mir das tut.«

Mitten hinein in die Totenstille an unserem Tisch klingelte mein Handy.

»Eddie?«, wisperte Jenni, weil sie nicht mal, nachdem ihre Freundin ihr eine schallende Ohrfeige verpasst hatte, die Hoffnung aufgeben wollte.

»Ich … ich weiß es nicht. Ich habe seine Nummer gelöscht. Aber es ist eine Mobilnummer aus Großbritannien.«

»Geh ran«, murmelte sie tonlos. »Geh einfach ran. Er ist schließlich der Vater deines Kindes.«

Kurz bevor ich mit dem Handy in der Hand zur Tür kam, an der sich die Leute drängten, schoss mir ein Gedanke durch den Kopf: mich noch mal umzudrehen und ein letztes Mal Jennis Gesicht zu sehen. Ein letztes Mal, bevor was?

Ich drehte mich um und wusste selbst nicht recht, warum, aber eine bierfassdicke Frau quetschte sich gerade in einen der festgeschraubten Sitze und versperrte mir dabei die Sicht auf Jenni.

Also ging ich weiter und schlängelte mich durch die wartenden Gäste nach draußen auf die Terrasse. Vorbei an den Bikern und ihren Bikes, auf die Straße zu. Und fragte mich, ob Jenni mir das wohl je verzeihen könnte. Ob unsere Freundschaft das überstehen würde.

Resigniert ging ich ans Telefon.

Ein paar Sekunden Verzögerung, während eine Stimme durch die Kabel tief unter dem Atlantik rauschte.

Dann: »Sarah?«

»Ja.«

Es dauerte einen Moment, dann sagte die Stimme: »Hier ist Hannah.«

»Hannah?«

»Ja. Ähm … Hannah Harrington.«

Ich musste die Hand ausstrecken, um mich irgendwo abzustützen. Aber da war nichts. Also klammerte ich mich mit beiden Händen an das Telefon, das einzig Greifbare weit und breit.

»Hannah?«

»Ja.«

»Meine Schwester Hannah?«

»Ja.«

Kurzes Schweigen.

»Ich kann verstehen, wenn dich das etwas überrascht.«

»Deine Stimme«, wisperte ich. »Deine Stimme.« Ich

hielt das Handy noch fester. Sie setzte gerade an, noch etwas zu sagen, aber ihre Worte gingen in einer Salve Motorengeheul unter, weil plötzlich ein Schwarm aufgemotzter Motorräder auf den Parkplatz röhrte.

»Wie bitte?«, fragte ich. »Was hast du gesagt? Hannah?«

»Verstehst du mich jetzt?«, hörte ich sie sagen. »Ich muss schon schreien…« Die Biker waren inzwischen alle zum Stehen gekommen, ließen aber aus unerfindlichen Gründen die Motoren weiter aufheulen. Unverhältnismäßige Wut brodelte in meiner Brust. »Schnauze!«, brüllte ich. »Bitte, hört auf damit!«

Auf der anderen Seite der Straße führte ein idyllisch wirkender Pfad auf das in der Ferne aufblitzende Meer zu. Ich muss über die Straße, dachte ich verzweifelt, während vor mir die Fahrzeuge über den Highway tosten und hinter mir die Motorräder brüllten. Ich muss über die Straße. Jetzt sofort.

»Bist du noch da?«, hörte ich sie fragen.

»Ja? Hörst du mich?«

»Gerade so. Was zum Teufel ist denn da los?«

Ich wusste genau, wie Hannah aussah. Mum und Dad hatten mir immer Fotos von ihr geschickt, bis es irgendwann zu wehtat, sie mir anzuschauen. Es war beinahe unmöglich, sich vorzustellen, dass die Frau von den Bildern die Frau war, mit der ich gerade telefonierte. Die Frau mit dem lockenköpfigen Ehemann, den zwei Kindern und dem Hund. Meine kleine Schwester.

»Hör zu, Hannah, ich muss nur schnell über die Straße. Ich bin gerade in einem Biker-Café, es ist tierisch laut, aber drüben ist es bestimmt leiser…«

»Bist du neuerdings unter die Biker gegangen?« Man hörte den Anflug eines Grinsens in ihrer Stimme.

»Nein, bin ich nicht. Ich… Moment, ich laufe nur eben schnell auf die andere Seite. *Bitte* leg nicht auf…« Da war eine Lücke im Verkehr in südlicher Richtung. Und aus unerfindlichen Gründen kam ich gar nicht auf den Gedanken, nach dem aus der anderen Richtung zu sehen. Ich lief einfach los. Zum Meer, zu Hannah.

Ich hörte nichts. Ich sah nichts. Nicht den tödlichen Riesentruck, der mit hoher Geschwindigkeit direkt auf mich zukam. Nicht die kreischenden Bremsen, nicht die panischen Schreie von der Restaurantterrasse. Nicht meine eigene Stimme, die in einem tierischen Schrei aus meiner Lunge gepresst wurde und dann abrupt verstummte. Wie ein Rettungswagen, der das Martinshorn abschaltet, weil alles zu spät ist. Und auch nicht das Wimmern aus Jennis Mund, die sich rempelnd und schubsend aus dem Restaurant drängelte.

Ich hörte nichts.

3. Teil

Vierzigstes Kapitel

EDDIE

Hallo du,

es ist 3.37 Uhr, beinahe acht Stunden, nachdem ich in Heathrow gelandet bin.

Natürlich hat niemand auf mich gewartet, denn die Einzige, die wusste, dass ich heute nach Hause komme, war Mum. Ich habe versucht, so zu tun, als würde es mir nichts ausmachen, als ich in der Ankunftshalle vor einem Meer aus Willkommensschildern stand, von denen keins meinen Namen trug. Ich habe ein bisschen Bowie gepfiffen.

Auf dem Weg zum Parkhaus für Langzeitparker habe ich Mum angerufen. Aus unerfindlichen Gründen scheint es ihr diesmal mehr zugesetzt zu haben als sonst, dass ich eine Weile weg war. Vielleicht lag es an der Entfernung. Es ist ja nicht das erste Mal, dass ich für zwei Wochen verreist bin. Jedenfalls erzählte sie mir, sie habe die ganze Nacht kein Auge zugetan aus Angst, mein Flugzeug könne abstür-

zen. »Es war furchtbar«, sagte sie mir. »Ich bin so müde, ich bringe kaum ein Wort heraus.« Allerdings muss sie sich dann blitzartig erholt haben, denn gleich darauf hat sie mir geschlagene zehn Minuten lang in aller Ausführlichkeit aufgezählt, was ihre Schwester in meiner Abwesenheit alles nicht gemacht hat. »Sie hat die Wertstoffe nicht zum Container gebracht. Die stehen immer noch vorne am Tor! Ich mag gar nicht mehr aus dem Fenster schauen. Eddie, meinst du, du könntest auf dem Nachhauseweg kurz vorbeikommen?«

Arme Tante Margaret.

Mum hätte beinahe eine Panikattacke bekommen, als Margaret versuchte, sie zu einem Termin bei ihrem Psychologen zu bringen, also muss ich wohl nächste Woche mit ihr hingehen. Sie meinte, es sei ihr einfach alles zu viel: Autos und Krankenhäuser und Menschen. Das ganze Gespräch war gespickt mit schweren Schuldgefühlen. Ich, weil ich einfach abgehauen bin – obwohl Mum mir immer ausdrücklich sagt, ich solle mein eigenes Leben leben –, und sie, weil sie genau weiß, was passiert, wenn ich es tatsächlich tue.

Ich habe den Land Rover aus dem Parkhaus geholt und bin den M4 runtergefahren. Zurück nach Gloucestershire, nach Sapperton, in dieses Leben. Eine Weile habe ich Radio gehört, weil es mich davon abhielt, an Sarah zu denken. Bei Membury Services bin ich abgefahren und habe mir ein Käsesandwich geholt.

Dann bin ich die Cirencester Road hinuntergefahren,

und da ist was Komisches passiert: Ich habe vor der Aus-
fahrt nicht gebremst, um nach Sapperton abzubiegen.
Habe nicht mal geblinkt. Sondern bin einfach weitergefah-
ren. Bis zur Abfahrt nach Frampton. Aber auch da bin ich
nicht raus. Ich bin immer weiter geradeaus gefahren. Bis
nach Minchinhampton Common. Dort habe ich am Was-
serspeicher geparkt und mir ein Eis geholt und bin bis nach
Amberly spaziert und schließlich im Black Horse gelandet.
Habe ein Orangen-Henry getrunken und dann zwei Stun-
den dagesessen und einfach nur über das Woodchester Val-
ley hinausgestarrt.

Ich bin mir nicht sicher, was in meinem Kopf vor sich
ging. Alles war seltsam entrückt, als schaute ich ein Über-
wachungsvideo von mir selbst an. Ich wusste nur, ich
konnte nicht zu Mum.

Da hatte sie bereits mehrfach geschrieben und ange-
rufen, weil sie sich sorgte, ich hätte einen Unfall gehabt.
Ich sagte ihr also, es sei alles bestens, ich sei nur aufgehal-
ten worden und habe noch etwas erledigen müssen. Aber
eigentlich mehr, weil ich selbst nicht wusste, was ich hier
machte. Nicht, weil ich irgendwas vor ihr zu verbergen
hatte. Gegen vier war ich wieder an Tom Long's Post, und
da fing ich an, mir ernsthaft Sorgen zu machen. Denn statt
in Richtung Sapperton zu fahren, ertappte ich mich dabei,
wie ich links nach Stroud abbog.

Ich trank im Golden Fleece ein Pint und schaute dann
bei Alan und seiner Frau Gia vorbei. Sie waren toll. So
nett und verständnisvoll. Sie machten Lily gerade einen

kleinen Snack, den sie mit mir teilte, und sagten, es sei die richtige Entscheidung gewesen, Sarah endgültig Lebewohl zu sagen. Sie hatten keine Ahnung, dass ich mich bei ihnen vor meiner eigenen Mutter versteckte.

Lily wollte nicht ins Bett. Sie saß auf meinem Schoß und malte Meerjungfrauen. Seit ich Sarah kenne, schnürt es mir oft die Luft ab, mit Lily zusammen zu sein. Eine tiefe Traurigkeit mischt sich unter die Liebe und Zuneigung, die ich für die kleine Tochter meines besten Freundes empfinde. Sarah muss wohl irgendwo in mir ein Siegel gebrochen haben. Nach Jahren, in denen ich die Vorstellung weit von mir geschoben habe, kann ich mir plötzlich vorstellen, ein eigenes Kind zu haben. Lily malte eine Kuli-Meerjungfrau, und es war, als öffnete sich in mir ein abgrundtiefer Graben, wie ein Spalt im Meeresboden.

Ich schrieb Mum, es sei was dazwischengekommen und ich würde heute bei Alan übernachten, weil ich es nicht mehr nach Hause schaffte. Ich komme gleich morgen früh vorbei, versprach ich ihr. Worüber sie zwar nicht sonderlich erfreut war, aber sie nahm es hin. Außerdem kam es wirklich selten vor, dass ich sie versetzte.

Erleichterung und Verzweiflung, als ich endlich meine Haustür aufschloss. Ich liebe diese Scheune mehr, als ich mir je erträumt hätte, ein Ding aus Backstein und Mörtel lieben zu können. Aber sie ist auch eine düstere Erinnerung an unumstößliche unschöne Tatsachen in meinem Leben. Außenstehenden scheint meine Scheune zuzurufen: Das gute Leben! Ein Glas eisgekühlter Picpoul bei Sonnen-

untergang drüben unter den uralten Bäumen! Abendessen aus selbst angebautem Biogemüse, während im Ofen der Vogel schmort! Kristallklares Cotswolds-Wasser, frisch aus der Erde gezapft!

Sie ahnen nicht, wie gefangen ich bin. Selbst wenn ich ihnen erzählen würde, wie es mit Mum ist, sie würden es mir nicht glauben.

Später räumte ich die Werkstatt ein bisschen auf und schrieb auf das Whiteboard eine Liste all der Dinge, die ich morgen zu erledigen hatte. Abendessen machte ich mir keins. Als ich in die Küche kam, bestürmten mich die Erinnerungen an Sarah von allen Seiten: wie wir hier gekocht und geredet und gelacht und unsere Gedanken wild in die Zukunft hatten galoppieren lassen. Da konnte ich mich einfach nicht an den Herd stellen und in dieser Stille etwas nur für mich allein kochen. Also aß ich ein Fertigcurry und ging dann ins Bett. Sarah gehen zu lassen war die richtige Entscheidung, sagte ich mir beim Zähneputzen. Im Spiegel fiel mir auf, dass ich ein bisschen Sonne abbekommen hatte.

Dann legte ich mich unter mein Dachfenster, während oben die Sterne langsam über den Nachthimmel zogen, und beglückwünschte mich zu meiner Tapferkeit, meiner Entschlossenheit, meiner Willensstärke. Gut gemacht, mein Lieber. Leicht war es nicht. Aber du hast getan, was getan werden musste.

Bloß, je länger ich auf den Schlaf wartete, desto weniger glaubte ich mir.

Nach einer Weile stand ich auf, um ein bisschen fern-
zusehen. Mich abzulenken. Aber da kam nur ein Bericht
in den Nachrichten über eine schreckliche Massenkaram-
bolage auf dem M25 mit mehreren Toten und Schwerver-
letzten, und ehe ich michs versah, war da diese Stimme
in meinem Kopf, die mich fragte, was wäre, wenn Sarah
tot wäre. (Toll. Wirklich eine große Hilfe.) Was, wenn du
einen Anruf bekämst, sie hätte einen schweren Autounfall
gehabt? Sei in eine Bandenschießerei geraten? Von einem
LKW überfahren worden? Wärst du dann immer noch
überzeugt, dass es die richtige Entscheidung war?

Rasch schaltete ich den Fernseher aus und ging wieder
ins Bett. Aber der Gedanke hatte sich längst in meinem
Gehirn festgesetzt. Wie ein rostiger Haken zog und zerrte
er an meinem Bewusstsein. Wenn Sarah tot wäre, wärst
du dann immer noch überzeugt, dass es die richtige Ent-
scheidung war?

Und genau da liegt das Problem, Alex, denn – wenn ich
ganz ehrlich zu mir bin – ich wäre es nicht. Wenn Sarah tot
wäre, würde ich das für den Rest meines Lebens bereuen.

Ich hatte ein gutes Leben in den letzten zwanzig Jah-
ren. Habe mich herausgearbeitet aus meiner abgrund-
tiefen Trauer. Mich in ein neues Leben gewagt. Aber ich
habe zugelassen, dass Mum wichtiger war als ich, immer
und jederzeit. Weil ich das Gefühl hatte, mir bliebe keine
andere Wahl. Welcher anständige Mensch wäre nicht für
seine Mutter da, wenn sie Hilfe braucht? Aber als ich mich
umgedreht und Sarah am Strand stehen gelassen habe, da

hat sich etwas verändert. Mich für Mum zu entscheiden fühlte sich nicht richtig an. Tut es immer noch nicht.

Es ist 3.58 Uhr. Und ich bete um Schlaf.

Ich x

Einundvierzigstes Kapitel

»Der Mann da. Der starrt mich ständig an.«

Ich sehe Mum an, wie sie tief in den Sitz gedrückt dasitzt und den Hals vorschiebt wie eine Schildkröte. Dann schaue ich rüber zu dem Mann. Armes Schwein. Unglaublich fett schwabbelt er gleich über drei Sitze und trinkt Cola light aus einer Zwei-Liter-Flasche. Über seinem Kopf brummt eine blaugrün schimmernde Schmeißfliege wieder und wieder gegen das Fenster, wie ein Kind, das ständig denselben Witz erzählt, weil vor einer halben Stunde mal jemand darüber gelacht hat.

Ich beobachte den Mann eine ganze Weile, aber er würdigt Mum keines Blickes. Er ist in eine NHS-Broschüre mit dem Titel »Wir müssen reden« vertieft.

»Er starrt dich nicht an«, wispere ich. »Aber wir können uns da drüben hinsetzen, wenn dir das lieber ist.«

Ich weise auf eine Reihe grüner Sitzschalen, die von dem vollkommen unschuldigen Mann wegzeigen, weiß aber jetzt schon, dass sie nicht darauf eingehen wird. Am Ende der Reihe sitzt eine Mutter mit ihrem schlafenden Baby im Buggy, und Mum kann einfach keine Kinder um sich haben. Letzten Monat hat sie sich bei ihrem Hausarzt auf der Toilette verbarrikadiert, nachdem ein Kleinkind ihr im Wartezimmer seinen Duplo-Klotz angeboten hatte.

»Ich glaube, ich bleibe lieber hier«, erklärt sie nach reichlicher Überlegung. »Entschuldige, Eddie, ich möchte dir keine Umstände machen, aber würdest du ihn bitte im Auge behalten?«

Ich nicke und schließe die Augen. Es ist zu warm hier drin. Und das hat nichts damit zu tun, dass draußen die Sonne scheint. Es ist diese wabbelige Wartezimmerwärme, befeuert von hastigem Atem und unbeweglichen Körpern.

»Fehlt dir der Strand?«, fragt Mum. Den Tonfall schlägt sie immer an, wenn sie fürchtet, mich verärgert zu haben. Unbeschwerter als sonst, leicht überdreht vor gespielter Fröhlichkeit. »Santa Monica?«

»Ha! Nein, eigentlich nicht. Habe ich dir davon erzählt?«

Sie nickt, und ihr Blick huscht zum Cola-light-Mann, um dann zu meinem Gesicht zurückzukehren. »Klang traumhaft«, säuselt sie, und ich frage mich, welche verworrene Lügengeschichte ich ihr jetlagmüde über meinen Tag am Meer aufgetischt habe. Ich kann es nicht ausstehen, sie anlügen zu müssen. Es ist schwer, nicht früher oder später ihre Sichtweise zu übernehmen, dass das Leben sie betrogen hat. Weshalb es besonders übel ist, wenn ich das auch tue. Selbst wenn es nur zu ihrem eigenen Besten ist.

Mum wendet sich ab, und ich muss wieder an die Beerdigungsprozession denken, die ich vorhin gesehen habe, als wir an der Dorfwiese vorbei in Richtung Frampton Mansell fuhren. Der Leichenwagen war über und über mit Wildblumen geschmückt, die in üppig gebundenen Sträußen und dichten Büscheln über den Rand der Holzkiste quollen wie Blüten an einem Bachufer. Gefolgt wurde er von drei leeren schwarzen Limousinen. Muss jung gewesen sein, dachte ich. Im Alter hat man selten so viele Trauergäste. Ich frage mich, wen sie da wohl abgeholt haben. Welche gebrochene, verzweifelte Familie sich irgendwo in einem Haus ganz in der Nähe zusammengefunden hat, gerade die Kaffeetassen austrank, die unbequemen schwarzen Kleider richtete und sich wieder und wieder fragte: *Wieso gerade wir?*

Mit einem Seitenblick hatte ich Mum angesehen, als wir die Prozession passierten, und gehofft, das würde sie nicht aus der Fassung bringen.

Zu meinem Erstaunen sah ich, wie sie eine gehässige Fratze schnitt. »Sieht aus, als wollten sie nach Frampton Mansell«, stellte sie fest und klang dabei eigenartig schadenfroh. »Hoffen wir, dieses Mädchen ist gestorben. *Sarah.*« Und dann schaute sie mich an, als erwartete sie, dass ich ihr zustimme.

Mehrere Minuten brachte ich kein Wort heraus. Ich atmete nur flach durch den Mund – der Eddie-Alarm-

Reflex, der mir in den ersten Wochen nach Alex' Tod half zu überleben. Mir war schlecht. Körperlich übel. Als hätte sich ein Band um meine Brust gelegt. Mit allen mir verfügbaren Mitteln versuchte ich zu verdrängen, was sie gerade gesagt hatte. Aber es gelang mir nicht.

Kein Wunder, dass Sarah ans andere Ende der Welt geflüchtet ist, dachte ich schwach. Wie hätte sie hier weiterleben sollen?

Die Schmeißfliege gibt kurz Ruhe, und ich muss daran denken, wie schön Sarah die Vorstellung von Wildblumen auf einem Sarg gefunden hätte. In dicken Sträußen hatte sie die Blumen ins Haus geschleppt in der einen Woche, die wir miteinander verbracht hatten. Beinahe jeden Krug, den ich mein Eigen nenne, hatte sie damit gefüllt. »Gibt es irgendwas Schöneres?«, hatte sie mich gefragt und strahlend die Blütenpracht betrachtet.

Du, hatte ich gedacht. Du bist das Schönste, was je in dieses Haus gekommen ist.

Von meinem Kumpel Baz mal abgesehen, der im National History Unit in Bristol arbeitet, ist Sarah der einzige Mensch unter sechzig, den ich kenne, der sich so mit Tieren und der Natur auskennt. Ich weiß noch, wie ihre Stimme ganz kieksig wurde vor Aufregung, als ich die Vögel aus dem Collins-Gem-Buch abfragte. Kleiber! Schwarzkehlchen! Und dann dieses Lachen, so herrlich ungeniert und voller Leben.

Himmel, tut das weh. Ein Schmerz, wie ich ihn mir gar nicht hatte vorstellen können.

Ich drehe mich um und sehe Mum an, um mir selbst noch mal plastisch vor Augen zu führen, dass Sarah die allerletzte Frau auf dem Planeten ist, mit der ich eine Beziehung führen könnte. Das ist deine Mutter, sagte ich mir. Deine Mutter, die seit beinahe zwanzig Jahren in psychiatrischer Behandlung ist. Die Frau, die sich gar nicht mehr erinnern kann, wie sich das Leben anfühlt. Die den Rhythmus der Welt nicht mehr kennt, weil sie sich so isoliert hat. Die dich braucht.

Mum tut, als stütze sie den Kopf todmüde in die Hände, dabei versucht sie bloß, den Cola-light-Typen unauffällig durch die gespreizten Finger zu beobachten.

»Mum«, flüstere ich. »Es ist alles okay.«

Ich weiß nicht, ob sie mich überhaupt hört.

Als ich neulich Abend bei Alan war, meinte er, ich solle mich bei Tinder anmelden. Ich meinte, okay, weil er das hören wollte, und dann musste ich aufs Klo, fast wie um die Abscheu, die ich dabei empfand, wegzuspülen wie einen stinkenden Haufen. Tinder? Wieso sagt einem niemand, dass das Leben kompliziert bleibt, auch nachdem man das Richtige getan hat. Seit neun Tagen bin ich wieder zu Hause, und wenn überhaupt, dann fühle ich mich jetzt mieser als an dem Tag, als ich Sarah am Strand stehen gelassen habe.

Tinder! Ich meine, wirklich!

»Wo ist Arun?«, flüstert Mum. »Wir warten jetzt schon eine Ewigkeit.«

Ich schaue auf die Uhr. Wir warten seit genau zehn Minuten.

»Meinst du, er ist krank, Eddie?«, fragt sie mich. »Meinst du, er ist nicht da?« Bei dem Gedanken legt sich ein besorgter Schatten über ihr Gesicht.

»Nein.« Ich ziehe ihre Hand in meine Ellbogenbeuge. »Ich glaube, er ist einfach spät dran. Keine Sorge.«

Mums Psychologe, Arun, ist einer von nur zwei Nicht-Familienmitgliedern, mit denen sie reden kann, ohne dass es ihr gleich zu viel wird. Der andere ist Derek, unser Gemeindekrankenpfleger, der besser mit Mum zurechtkommt als jeder andere. Gelegentlich bekommt sie auch anderen Besuch – unsere Vikarin Frances schaut vorbei, wann immer sie es einrichten kann, weil Mum es inzwischen zu nervenaufreibend findet, mit »all diesen Leuten« den Gottesdienst zu besuchen. Und Hannah Harrington, Sarahs Schwester, hat sie tatsächlich lange Zeit regelmäßig besucht. Aber Mum hat sie seit Längerem nicht mehr erwähnt, weshalb ich mich frage, ob sie ihre Besuche vielleicht eingestellt hat. Aber weder Hannah noch die Vikarin bleiben lange. Nach spätestens einer halben Stunde springt Mum wieder auf die Füße und fängt an, alles wegzuräumen und nervös auf die Uhr zu schauen, als müsste sie zu einem wichtigen Termin.

Arun kommt einerseits so gut mit Mum zurecht,

weil er wirklich nett ist und ein hervorragender Therapeut, aber andererseits auch, weil sie, glaube ich, heimlich ein bisschen in ihn verschossen ist. Und natürlich ist er nicht einfach weg. Und krank ist er auch nicht. Dann hätte er ihren Termin abgesagt und uns vermutlich an seine Vertretung verwiesen. Aber sie hat sich das jetzt in den Kopf gesetzt, genau wie ich mir diesen vertrackten Gedanken an Sarah.

Was, wenn Sarah tot wäre? Wärst du dann immer noch überzeugt, dass es die richtige Entscheidung war? Die Frage begann alles zu durchdringen wie aufsteigender Dampf. Wo kam der bloß her? Warum ging er nicht mehr weg?

Sarah geht es bestens, sage ich mir streng. Bestimmt schläft sie gerade tausend Meilen entfernt im kleinen Bungalow ihrer Freundin. Atmet sanft ein und aus. Arme und Beine ausgestreckt wie ein Seestern, das Gesicht ganz entspannt.

Und dann ertappe ich mich dabei, wie ich mir vorstelle, neben ihr zu liegen und verschlafen den Arm um ihre Taille zu legen, und stehe auf. »Ich frage mal nach, wie lange es noch dauert«, sage ich meiner Mum.

Die Dame an der Anmeldung weiß, dass ich nicht meinetwegen nachfrage. *SUE*, steht auf ihrem Hausausweis. »Sie sind gleich dran«, sagt sie so laut, dass Mum es hört. Hinter ihr das Bild einer netten Familie. Ein sympathisch wirkender Mann, zwei Kinder, eins davon in einem Löwenkostüm. Ob Sue, wenn sie Familien wie meine sieht, denkt: Gott sei Dank ist das nicht meine! So ungefähr hat meine letzte Freundin Gemma es bei unserer Trennung formuliert. Nach drei Monaten hat sie mit mir Schluss gemacht. Sie kam nicht damit zurecht, dass ich mindestens einmal die Woche alles stehen und liegen lassen und mich um einen meine Mum betreffenden Notfall kümmern musste.

Das mit Gemma hatte mir eine Weile wirklich leidgetan – sie war die dritte Freundin in sechs Jahren, die Mums Bedürftigkeit an den Rand ihrer Möglichkeiten gebracht hat –, aber als wir uns vor ein paar Monaten zufällig in Bristol über den Weg liefen, hielt sie Händchen mit einem Kerl mit affigem Männerdutt, der sich Tay nannte und mir erklärte, er mache Straßenkunst. Und wie wir da so standen und Gemma und ich belanglose Nettigkeiten austauschten, ging mir auf, dass wir beide eigentlich nie so richtig verrückt nacheinander gewesen waren.

Verrückt nacheinander – so wie Sarah und ich. So musste es sich anfühlen. So gut musste es sein.

Als ich mich wieder hinsetze, prüft Mum gerade im Taschenspiegel den Sitz ihrer Haare. Ihre Frisur erinnert heute entfernt an einen Rugbyball. »Das ist ein Bienenkorb«, erklärt sie. »Den habe ich in den Sechzigern immer getragen.« Skeptisch linst sie in den Spiegel. »Meinst du, es ist zu übertrieben?«

»Nein, gar nicht, Mum. Steht dir hervorragend.«

Tatsächlich ist der Bienenkorb a) innen hohl und b)

windschief wie der Schiefe Turm von Pisa. Aber ich weiß, sie hat es nur für Arun gemacht.

Sie steckt den Spiegel weg und fummelt stattdessen an ihrem Handy herum. Nach einer Weile geht mir auf, dass sie nur so tut, als schriebe sie eine Nachricht, um heimlich Fotos von dem armen Kerl in der Ecke zu knipsen. Vermutlich als Beweismittel für den Fall, sollte er sie nachher brutal ermorden. Wenn Arun mit seinem gemeißelten Kashmiri-Gesicht und dem warmen Lächeln nicht bald rauskommt, wird das heute kein guter Tag. Und ich muss wirklich zurück an die Arbeit.

»Hallo Carole«, höre ich da plötzlich Dereks Stimme. Er trippelt herein – Derek macht immer ganz kleine Schritte –, gibt mir die Hand und setzt sich auf den freien Platz neben Mum. »Wie geht es Ihnen heute?« Er streckt die Beine von sich, und ich entspanne mich langsam, als sie ihm erzählt, sie habe schon bessere Tage gehabt, danke der Nachfrage.

»Sagenhafte Frisur haben Sie da heute«, sagt er zu ihr, als sie fertig ist.

»Finden Sie?« Sie lächelt.

»Absolut, Carole. Sagenhaft.«

Dem Himmel sei Dank für Derek! Jede Woche besucht er meine Mum, zuverlässig und beständig. Er ist wie ein Zauberer, denke ich manchmal – er sieht Dinge, die sonst keiner sieht. Er bringt sie zum Reden, wenn es sonst keiner kann. Und nie verliert er die Fassung, ganz gleich, wie schlecht ihre Stimmung auch ist.

412

»Hat deine Mutter eine genaue Diagnose bekommen?«, hatte Sarah eines Tages gefragt. Ich hatte gerade den Rasen auf der Lichtung gemäht, in der Hoffnung, sie mit dem Duft von frisch geschnittenem Gras nach England zurückzulocken. Als ich fertig war, hatten wir uns mit einem eiskalten Ingwerschnaps hingesetzt, und sie hatte glücklich die aromatische Luft geschnuppert. Und dann hatte sie mich einfach angesehen und sich nach Mum erkundigt – geradeaus, ohne um den heißen Brei herumzureden, und ich hatte sie dafür umso mehr gemocht.

Trotzdem hatte ich zuerst gar nicht antworten wollen. Ich wollte der Mann mit der Scheune in den Cotswolds sein, der Brot backen und Ingwerschnaps brauen konnte und ein verlockendes, unwiderstehliches einfaches Landleben führte. Nicht der Mann, der jeden Tag etliche Anrufe seiner depressiven Mutter entgegennehmen musste. Aber es war eine nachvollziehbare Frage, und sie verdiente eine nachvollziehbare Antwort.

Also wappnete ich mich dafür, die lange Liste verschiedenster Diagnosen herunterzurattern, die sie im Laufe der vergangenen Jahre erhalten hatte – chronische Depressionen, generalisierte Angststörung, Cluster-C-Persönlichkeitsstörung, die irgendwo zwischen ängstlich, abhängig und zwanghaft changierte –, aber als ich den Mund aufmachte, überkam mich plötzlich eine ungeheure Müdigkeit. Irgendwann hatte ich es aufgegeben, ihre Krankheit mit Etiketten versehen zu wollen. Etiketten bargen die trügerische Hoffnung auf Heilung oder zumindest Besserung, und Mum litt nun schon seit beinahe zwanzig Jahren unter dieser Krankheit.

»Sie hat es nicht leicht«, sagte ich schließlich nur. »Wenn meine Tante diese Woche nicht bei ihr wäre, hätte ich wohl öfter mal ans Telefon gehen müssen. Und zwischendurch auch hinfahren und nach ihr sehen.«

Jetzt wünschte ich, ich hätte ihr mehr über sie erzählt. Aber was hätte das schon gebracht, außer das Ende für unsere gemeinsame Zeit? Es hätte nur Minuten gedauert, bis wir darauf gekommen wären, wer wir waren. Und dann hätte ich nie erfahren, wie es war, sich so glücklich zu fühlen. So sicher.

»Mrs Wallace.« Ich schaue auf. Mums Hände flattern nervös zu dem Bienenkorb/Rugbyball auf ihrem Kopf. Und dann drückt sie sich, plötzlich schüchtern wie ein kleines Mädchen, an mich, als Derek und ich sie zu Arun und der geöffneten Tür bringen.

Zweiundvierzigstes Kapitel

Ein paar Stunden später bin ich endlich frei.

Allein spaziere ich durch einen Abend, der von sanftem Nieselregen weichgezeichnet wird, und summe irgendeine Melodie. Meistens laufe ich auf schmalen Fußpfaden, aber gelegentlich nehme ich auch einen Feldweg. Feuchte Erde, feuchter Asphalt, feuchtes Laub. Feuchter Eddie. Hin und wieder klatschen kleine Tröpfchen vom Rand meiner Kapuze.

Ich kicke einen Stein vor mir her und denke an die Sitzung mit Mum heute. Dereks letzten Berichten zufolge möchte Arun Mums Medikation etwas zurücknehmen. Ich halte das für eine gute Idee. Mir ist nicht entgangen, dass sie langsam in eine Paranoia abzugleiten droht – zuerst dachte ich, das sei bloß eine temporäre Überreaktion auf meine Abwesenheit, aber Derek meinte, er hätte bereits vor meiner Abreise frühe Warnzeichen ausgemacht.

Schon vor Jahren habe ich lernen müssen, dass es keine Wunder gibt. Weshalb ich auch keine bahnbrechenden Veränderungen erwarte. Aber mit etwas Glück

wird Aruns neuer Medikamentencocktail die Abwärtsspirale aufhalten und die drohende Krise abwenden.
Und damit wäre ich schon mehr als zufrieden. Aber
ganz gleich, wie großartig die Therapeuten auch sind,
wie fortschrittlich die Forschung, wie effektiv die Behandlung: Sie können Mum kein neues Hirn transplan-
tieren.

Das Beste ist, dass sie nach der Sitzung relativ guter
Dinge war. So gut sogar, dass ich sie überreden konnte,
mit mir nach Cheltenham in ein kleines Café zu Tee
und Kuchen zu fahren. Sie aß ein großes Stück Hafer-
kuchen und verdächtigte nur einen Mann, ein Mord-
komplott gegen sie zu schmieden. Und sie schaffte es
sogar, über sich selbst zu lachen.

Als ich sie dann auf dem Weg in die Werkstatt zu
Hause absetzte, sagte sie, ich sei der beste und bestaus-
sehendste Mann auf der ganzen Welt und sie sei so stolz
auf mich, dass sie es gar nicht in Worte fassen könne.

Das war wirklich sehr nett.

Später rief Derek mich an. »Wie geht es dir?«, fragte
er.

Ich sagte ihm: »Gut.«

»Sicher?«

Er meinte, ich hätte erschöpft ausgesehen. »Denk
dran, ich bin immer für dich da, Eddie, wenn's dir mal
nicht gutgeht.«

Eine halbe Stunde später bin ich in Bisley, und der

Himmel öffnet seine Schleusen. »Herrlich«, sage ich zu einer Krähe auf einem Zaunpfosten. Sie flattert auf und davon, vermutlich irgendwohin, wo es schöner ist, und ich bin glatt ein bisschen neidisch. Ich bin nicht frei, und ich kann Sarah nicht haben. Und nichts, was Derek für mich tun kann – keine Strippen, die er irgendwo ziehen könnte –, wird daran irgendwas ändern.

»Also gut, Ed«, brummt Alan ein paar Minuten später. Er macht das ernsteste Gesicht, das er hinbekommt. Also eigentlich so gar nicht ernst. »Das wird leider nicht reichen.« Alan ist einer der mitfühlendsten, warmherzigsten Menschen, die ich kenne. Heute Abend riecht er etwas säuerlich und vage nach Erdbeeren, und sein Pullover hat überall zartrosa Flecken. Lily hatte wohl einen kleinen Tobsuchtsanfall in Kooperation mit einem Erdbeerjoghurt, als er ihr sagte, er könne ihr heute Abend leider keine Gutenachtgeschichte vorlesen.

Ich grinse ihn an, obwohl ich mich nicht daran erinnern kann, wann mir das letzte Mal so wenig zum Lachen zumute war. »Ich weiß. Lass mir nur noch eine Woche oder zwei, um über die Sache mit…«

Ich kann nicht mal ihren Namen aussprechen.

»…mit… ihr… hinwegzukommen.«

Ihr?

Alan ist so nett, mich nicht auszulachen. Ich bin in den Pub bestellt worden, um meinen in nicht mal vier Wochen anstehenden vierzigsten Geburtstag zu besprechen. Bisher habe ich rein gar nichts organisiert, und Alan meint, er sei »besorgt«. *Ich glaube, ich muss mal nach dem Rechten sehen,* schrieb er mir gestern. *Ein paar Ideen ausbrüten & mich vergewissern, dass du dir keinen Bart wachsen lässt.*

Für diese Intervention hat er sich für das Bear in Bisley entschieden. Ein wirklich gemütlicher alter Pub, der uns beide an die gute alte Zeit erinnert, als wir noch jung und schön waren. Praktisch gelegen ist er für uns beide nicht. Wir werden uns nachher ein Taxi teilen müssen, und dann muss Alan morgen irgendwann sein Auto abholen. Aber er und Gia ziehen bald hierher, und da wollte er wohl das Bierangebot in der Gegend schon mal checken. Und ich konnte nach einem Tag Krankenhaus und Küchenbau einen ausgedehnten Spaziergang gut gebrauchen.

Hannah Harrington wohnt nur ein paar Häuser weiter. Vor einigen Jahren sind wir uns mal zufällig in Stroud über den Weg gelaufen, ausgerechnet in einem Bioladen. Ich habe gerade was ziemlich Ungesundes gekauft, Bananenchips oder so was, während sie den Arm voller Getreideflocken und allem möglichen anderen Krimskrams hatte, ohne den die wohlhabende Mittelklasse heutzutage anscheinend nicht mehr leben kann. Es war vielleicht das vierte oder fünfte Mal, dass wir uns begegnet sind, seit Alex gestorben ist, und wie jedes Mal war ich fassungslos angesichts der frappierenden Ähnlichkeit zwischen dem zwölfjährigen Mädchen und der erwachsenen Frau.

Ich fragte mich, wie sehr meine Schwester sich wohl verändert hätte, wenn sie noch am Leben wäre.

Hannah erzählte mir damals, sie und ihr Mann hätten gerade ein Haus in Bisley gekauft. Wir redeten über Immobilienpreise und Renovierungsarbeiten, und dann ging jeder seiner Wege. Ich wünschte, sie hätte mir von Sarahs Umzug nach Amerika erzählt. Ich wünschte, sie hätte gesagt: »Hey, erinnerst du dich noch an meine böse große Schwester? Die hat sich über den großen Teich abgesetzt, vor Jahren schon, also brauchen Carole und du euch keine Sorgen zu machen, ihr je wieder über den Weg zu laufen!«

Alan stellt mir ein Pint vor die Nase und setzt sich.

»Denkst du an sie?«, fragt er.

»Ja. Du musst dafür sorgen, dass das aufhört.«

Er verpasst mir einen Karate-Handkantenschlag auf den Unterarm und sagt: »Hör auf damit, Ed. Sofort.«

Dann guckt er mich an, und ich sehe in seinen Augen die makabre Faszination des Langzeitverheirateten aufblitzen. »Woran hast du gerade gedacht? War sie nackt?«

Ich muss grinsen. »Nein.«

»Was denn dann?«

»Nur, dass das alles vermeidbar gewesen wäre und all so was. Dass ich bestimmt gleich draufgekommen wäre, wenn ich gewusst hätte, dass sie nach Amerika gezogen ist.«

Alan wirkt nachdenklich. Er trinkt einen großen Schluck von seinem Pint, und ich sehe, dass die Joghurtflecken sich bis über die Shorts ziehen. Sogar zwischen den Haaren an seinen nackten Beinen hat er rosarote Spritzer.

»Selbst wenn du draufgekommen wärst, hätte dich das womöglich nicht aufgehalten«, meinte er. »Du hast doch selbst gesagt, du hast dich Hals über Kopf in sie verknallt.«

Ich muss an die ersten Augenblicke mit Sarah denken. Wie schlagfertig und witzig sie war, und wie hübsch. Wie ich den Witz mit dem Schaf viel zu breit ausgewalzt hatte, weil ich unbedingt wollte, dass sie bleibt.

»Aber ich habe mich doch selbst aufgehalten. Sobald ich wusste, wer sie ist. Und da war eigentlich alles längst zu spät. Hör zu, du Pfosten, ich habe dir gesagt, du sollst dafür sorgen, dass ich nicht mehr an sie denke.«

Er gluckst. »Ach ja. Sorry.«

Alan ist so, wie die Leute glauben, dass ich bin. Unverstellt, unerschütterlich. Jemand, der immer lachen kann, selbst wenn er gerade den Zug verpasst (was ihm mit schönster Regelmäßigkeit passiert) oder sein Portemonnaie verloren hat (dito). Wir freundeten uns an dem Tag miteinander an, als ich ihn dabei beobachtete, wie er während der Willkommensrede zum Schulbeginn in der Mittelschule explorativ den Zeigefinger in die Nase steckte, und er, statt rot zu werden, mich bloß ungeniert angrinste und unbeeindruckt weitermachte.

Später hat er mich zu einer Runde »Zehn wenden« herausgefordert und die daraus resultierende vernichtende Niederlage wie ein Mann getragen.

Ob wir beste Freunde waren, darüber verloren wir kein Wort. Wir waren viel zu beschäftigt damit, Fußbälle herumzukicken und alle Mädchen wie Luft zu behandeln. Aber natürlich waren wir es. Kumpels, Kameraden, Komplizen, die immer wieder Ärger bekamen. Einmal wurden wir sogar vom Unterricht ausgeschlossen, weil wir eine kotzeähnliche Substanz zusammengebraut und aus den Klofenstern geschüttet hatten, unter denen die unkonventionellen Lehrer rauchten. Die mit den Lederjacken und den zu langen Haaren. Ich dachte, Mum würde mich umbringen, aber als wir zu ihr ins Auto stiegen, fing sie an zu lachen. Damals hat sie oft gelacht. »Typisch Jungs«, meinte sie nur.

Beinahe dreißig Jahre später haben Alan und ich uns dem Anschein nach kaum verändert.

Aber ich bin nicht mehr wie Alan. Dieser jungenhafte, unbeschwerte Eddie ging unweigerlich, endgültig verloren, als ich Mum bewusstlos in einer Pfütze aus Erbrochenem entdeckte, umringt von umgeworfenen Pillenfläschchen. Und wenn nicht da, dann wurde er beim zweiten Mal ausgelöscht oder beim dritten, als ich sie mit frisch aufgeschnittenen Pulsadern fand, die lange rote Fäden in die Badewanne bluteten. Und wenn diese drei Versuche nicht ausgereicht hatten, der vierte hätte es ganz sicher geschafft. Jahre nachdem sie aus der Psychiatrie entlassen worden war, lange nachdem ich die Schnauze endgültig voll gehabt hatte von Krankenwagenfahrten und dem Psychiatriegesetz und endlos langen Nächten, in denen ich in Wartezimmern vor Getränkeautomaten stand und in den Hosentaschen nach Kleingeld kramte.

Verstehen Sie mich nicht falsch. Die vergangenen zwanzig Jahre waren kein einziger Albtraum, ganz und gar nicht. Ich habe viele Freunde, ein reges Sozialleben (für einen scheunenbewohnenden Eremiten), und ich hatte sogar hin und wieder eine feste Freundin. Ich habe einen Beruf, den ich liebe, wohne in einem märchenhaften Haus mitten in einem märchenhaften Wald, und wenn ich mal wegmuss, habe ich eine engelsgeduldige Tante, die gerne kommt und sich um meine Mum kümmert.

Aber dann habe ich Sarah kennengelernt, und sie hat mich daran erinnert, wie das Leben sich eigentlich anfühlen sollte. Die Leichtigkeit, die Unbeschwertheit, das Lachen. Leben in Dur.

Oft habe ich mich gefragt, ob ich ihr in dieser einen Woche eine geschönte Version meiner selbst gezeigt habe. Einen fröhlicheren, glücklicheren, freieren Eddie? Aber das glaube ich nicht. Ich glaube, sie hat nur einen Eddie zu sehen bekommen, den ich lange Zeit vergessen hatte. Einen Eddie, dem nur sie wieder Leben einhauchen konnte.

»Das ist echt nicht leicht, Ed«, meint Alan seufzend und beugt sich dann vornüber, um sich einen Joghurtspritzer vom Bein zu kratzen. »Tut mir leid.«

Sehr bestimmt sage ich ihm, dass ich schon drüber hinwegkommen werde.

Ich trinke einen großen Schluck Bier und lehne mich zurück, um über Lilys Probleme in der Grundschule zu diskutieren oder die verstörende Nachricht, dass unser gemeinsamer Freund Tim von seiner hochschwangeren Frau betrogen wurde.

Aber Alan ist noch nicht fertig mit mir. »Ganz sicher?«, fragt er. »Entschuldige, Ed, wenn ich das sage, aber es wirkt nicht gerade, als würdest du darüber hinwegkommen. Du siehst grauenhaft aus.«

Damit erwischt er mich eiskalt. »Ja, ganz sicher«, sage ich. Aber es klingt mehr wie eine Frage als eine Feststellung. »Aber so oder so, was bleibt mir denn anderes übrig? Würden Sarah und ich zusammenkommen, würde Mum das nicht überleben. Und das meine ich wortwörtlich.«

Alan zieht den Kopf ein. »Ich weiß. Ich sage auch gar nichts. Aber das war nicht meine Frage. Ich wollte wissen, ob du dir sicher bist, dass du darüber hinwegkommst.«

Dann schaut er mir tief in die Augen, und da spüre ich es. Direkt unter der Haut. Jahre um Jahre angestauter Emotionen, die nun mit aller Macht nach draußen drängen, zurückgehalten nur von einer dünnen Gewebeschicht.

»Nein«, sage ich nach kurzem Schweigen. »Bin ich nicht.«

Er nickt. Er weiß es.

»Ich stehe am Abgrund. Am Abgrund, gottverdammt noch mal, und ich weiß nicht mehr, was ich noch machen soll.« Ich drehe mein Pint im Kreis, wieder und wieder, und muss gegen die Hitze ankämpfen, die mir in die Augen steigt. »Ich kann nicht schlafen. Kann mich nicht konzentrieren. Kann an nichts anderes mehr denken als an Sarah. Ich bin … na ja, völlig verzweifelt, weil ich weiß, dass ich jede Hoffnung auf irgendwas zwischen uns im Keim erstickt habe. Und immer wieder ertappe ich mich dabei, wie ich denke: *Ich kann das nicht mehr*. Aber es geht nicht, Alan, denn was zum Teufel soll sie machen, wenn ich einfach austicke und abhaue? Ich … Scheiße.«

»Scheiße«, pflichtet Alan mir leise bei.

Ich traue mich nicht, noch was hinzuzufügen, aus Angst, dass mir die Stimme versagt.

Alan nippt an seinem Pint. »Ich habe mich schon oft gefragt, ob du vielleicht ein bisschen mehr Hilfe mit deiner Mum brauchst, Ed. Gia hat neulich von einer Freundin erzählt, die seit fünfzehn Jahren ihren Ehemann pflegt. Schlimme Geschichte, er hatte einen Fahrradunfall und ist seitdem komplett gelähmt… Wie dem auch sei, die Frau ist letzten Monat zusammengeklappt. Konnte einfach nicht mehr. Hat es nicht mehr ausgehalten. Und das hat nichts damit zu tun, dass sie ihn nicht mehr liebt. Sie liebt ihn aus ganzem Herzen.«

Er unterbricht sich, trinkt noch einen Schluck. »Da musste ich an dich denken, Kumpel. Ich meine, das muss dir doch auf die Dauer auch an die Substanz gehen.«

Ich schnaube vage, weil ich dieses Gespräch gerade gar nicht führen will. Gemma war die Letzte, die dieses Thema angesprochen hat – die versucht hat, mir zu sagen, dass ich irgendwann vor die Wand fahre, wenn ich mir nicht ein paar mehr Freiräume schaffe. Was ich als Kritik an meiner Mutter empfunden hatte, was dann zu einem handfesten Streit führte. Aber eigentlich wusste ich, dass sie vermutlich recht hatte.

»Aber niemand kann mich ersetzen. Niemand kann tun, was ich für sie tue«, wende ich ein. »Sie braucht ja niemanden, der sie wäscht oder für sie kocht – sie braucht einfach nur einen Menschen, dem sie vertraut, am anderen Ende der Leitung oder der vorbeikommt, wenn ihr alles zu viel wird. Ich fahre mit ihr zum Einkaufen, ich kümmere mich darum, dass alles erledigt wird, ich rede mit ihr. Ich bin ihr Vertrauter. Nicht ihr Krankenpfleger.«

Alan nickt, aber ich weiß nicht, ob er das auch so sieht. »Denk mal drüber nach«, meint er. »Aber was Sarah angeht… Das war die richtige Entscheidung, Ed. Die einzig richtige Entscheidung.«

»Mmmm.«

»Denk an Romeo und Julia. Oder Tony und Maria.«

Sonst heitert Alans große Liebe zum Musical mich immer auf, aber heute Abend bin ich nicht in der Stimmung für die *Westside Story*.

»Sie wussten, dass es falsch war, zusammenzukommen«, legt er beharrlich nach. »Aber sie haben es trotzdem riskiert, und am Ende waren beide tot. Da war deine Entscheidung wesentlich klüger. Du hast der Versuchung widerstanden. Das braucht Mut und Tapferkeit.«

»Tja, gut zu wissen, Alan. Besten Dank. Das Problem bei der Sache ist bloß, dass ich aufhören muss, sie zu lieben, und keine Ahnung habe, wie ich das anstellen soll.«

Alan wirkt nachdenklich. »Ich habe mich schon oft gefragt, wie es gehen soll, sich wieder zu entlieben«, meint er. »Wie stellt man das bitte an? Warum hat Haynes noch kein Handbuch dazu rausgebracht?« Seine Heuhaufenhaare stehen wild in alle Richtungen vom Kopf ab, während er über diese knifflige Frage nachdenkt. Alan musste sich noch nie entlieben. Er und Gia sind seit neun Jahren verheiratet und seit neunzehn Jahren zusammen. Vor ihr gab es nur Shelley, der Alan das Herz gebrochen hat, und eine Handvoll Mädels in der Schule, vor denen er hauptsächlich seine permanente Teenager-Erektion zu verbergen versuchte.

Ja, wie entliebte man sich eigentlich? Die Liebe, die ich für Sarah empfand, war nicht bloß eine andere

Variante dessen, was schon vorher in mir gelebt hatte. Es war etwas ganz Neues. Etwas, das ich gepflanzt hatte. Es kodierte Gesten, Augenblicke, Beobachtungen, Gedanken. Es kodierte *sie*. Als wir uns voneinander verabschiedeten, war es genauso greifbar wie sie selbst. Tausende DNA-Stränge, wie ein dicht gewebter Stoff.

Wie soll ich das einfach abstellen? Selbst wenn das Gewebe mit der Zeit fadenscheinig würde, kursierten immer noch unzählige Kodeketten überall in meinem Organismus. Ihr unerwartetes erdiges Lachen, ihr fächeriges Haar auf dem Kissen. Das blökende Schafsmähen. Maus zwischen ihren schlanken Fingern.

»Ich habe keine Ahnung, wie man aufhört, jemanden zu lieben«, sage ich schließlich. Alan beobachtet mich ganz genau. »Ich nehme an, einfach abwarten und Tee trinken, bis… Ich weiß es nicht. Die Intensität langsam nachlässt? Da komme ich mir ja vor wie ein Schnellkochtopf.«

»Vielleicht schreiben deshalb so viele Dichter über gebrochene Herzen. Weil das hilft, Dampf abzulassen. Wie ein Aderlass. Schnelle Entladung überwältigender Gefühle.«

»Genau«, meine ich seufzend. »Schnelle Entladung klingt gut. Erleichterung.«

Und dann Schweigen und ein Grunzen, und dann prusten wir beide vor Lachen. »Wenn du mal eben kurz nach Hause willst, um dich schnell zu erleichtern, tu dir keinen Zwang an«, grölt Alan.

Er steht auf und geht zur Theke. Mein Blick fällt auf seine Knöchel. Er ist eigentlich recht stämmig, aber seine Fesseln sind so schmal, dass man sie mit einer Hand umfassen kann. Er kann es auf den Tod nicht ausstehen, wenn ich das mache.

Der Weinkühlschrank brummt. Irgendwo in einer Küche schabt jemand Teller sauber.

Ich schaue auf die Uhr. 20.40 Uhr. Ich frage mich, was Sarah wohl zum Lunch isst, und kann den Gedanken daran kaum ertragen.

Alan kommt mit unseren Pints zurück an den Tisch und reibt sich voller Vorfreude die Hände. Er hat uns Steaks bestellt. Und ich wünsche mir so sehr, ich könnte mich einfach mitfreuen. Ich wünschte, ich wäre Alan Glover, leicht nach Joghurt riechend, mit beiden Beinen im Leben stehend, verantwortlich allein für das Wohlergehen seiner entzückenden kleinen Tochter.

»Ich muss mal aufs Klo«, sage ich zu ihm.

Auf dem Weg zurück fällt mir ein Pärchen auf, das sich an einen Tisch in der Ecke gesetzt hat. Beide tragen Schwarz, und man sieht auf den ersten Blick, dass irgendwas nicht stimmt. Sie reden nicht miteinander, aber die Frau klammert sich an den Mann, als umtose sie ein Wirbelsturm.

Dann sehe ich, dass die Frau weint. Und mir geht auf, dass ich sie kenne. Ich gehe ein bisschen langsamer, schaue etwas genauer hin, aber es dauert einen Augenblick, bis mir aufgeht, dass es Hannah Harrington ist. Sarahs kleine Schwester. Nicht mal zwei Meter entfernt sitzt sie und drückt sich fest an diesen Mann, der sicher ihr Ehemann ist. Ihr Gesicht ist rot und verquollen vor Trauer, und trotzdem sehe ich *sie*. Sarah. Genau wie sie am Strand ausgesehen hat – wie betäubt, todtraurig, starr und stumm.

Hannah sieht mich nicht, und ich gehe schnell zurück an unseren Tisch. Ich erzähle Alan von dem Leichenzug, der allem Anschein nach zu Sarahs Heimatort unterwegs war. Und weil sich mir gerade der Magen umdreht, platze ich heraus, dass es jemand gewesen sein muss, der Sarahs Familie sehr nahestand. »Vielleicht ist Sarah ja zur Beerdigung gekommen.« Meine Stimme kippt verdächtig in Richtung Wahnsinn. »Womöglich ist sie nur ein paar Meilen entfernt, Alan!«

Alan wirkt alarmiert. »Komm bloß nicht auf die Idee, sie zu suchen«, sagt er schließlich streng.

Kurz darauf werden die Steaks serviert. Am Ende isst Alan meins mit.

Als ich später noch mal aufstehe, um eine neue Runde zu holen, sind Hannah und ihr Mann gegangen. Ich kann einfach nicht aufhören zu grübeln, wer da gestorben sein könnte. Einen grässlichen Augenblick lang kommt mir gar der Gedanke, es könnte Sarah selbst gewesen sein.

Was natürlich völliger Blödsinn ist. Und doch geht

mir das den ganzen Abend nicht mehr aus dem Kopf. Die Vorstellung passt nur zu gut zu meinen ungebetenen Überlegungen auf dem Weg von L.A. nach Hause. Die Stimme, die mich fragte, ob es immer noch die richtige Entscheidung wäre, wenn Sarah tot wäre.

Bald bin ich geradezu beschämend betrunken und haue irgendwann mit der Faust auf den Tisch, weil alles so frustrierend und aussichtslos ist.

Ich bin sonst nicht der Typ Mann, der mit der Faust auf den Tisch haut. Und als Alan meint, er kommt noch mit zu mir, wir müssten Whisky trinken und Olympia gucken, versuche ich erst gar nicht zu widersprechen. Ich bin mir auch nicht sicher, ob ich mich an seiner Stelle allein lassen würde.

Dreiundvierzigstes Kapitel

Hallo du,

es reicht: Ich muss Sarah vergessen. Es mir nicht nur sagen und dann doch wieder ununterbrochen an sie denken – ich muss damit aufhören, sobald auch nur der kleinste Gedanke an sie aufkommt.

Denn diese Gedanken sind nicht nur nicht hilfreich, sie sind brandgefährlich. Einmal losgelassen verbreiten sie sich rasend schnell wie ein Virus und sind dann kaum noch aufzuhalten – und ich brauche mir nur Mum anzusehen, um zu wissen, wohin das führen kann.

Das war's also, Igelchen. Von jetzt an werde ich dir nichts mehr von Sarah erzählen. Ich werde Alan nichts mehr von Sarah erzählen. Und irgendwann werde ich mir selbst nichts mehr von Sarah erzählen. Zeit für meine vielbeschworene Entscheidungsfreiheit, über die ich mich sonst so gerne auslasse.

Danke, dass du meine Zeugin bist. Wie immer.

Ich x

Ich lese den Brief noch mal durch, bevor ich ihn in den Umschlag stecke. Als wollte ich Sarah noch einen kleinen Augenblick festhalten. Die ersten Strahlen der Morgensonne fallen schräg durchs Fenster auf das Trümmerfeld, das sich über meinen Schreibtisch erstreckt: verstaubte Kataloge, Rechnungen, ein Lineal, zahllose Bleistifte und Holzabschnitte, Tassen mit kaltem Tee. All diesen Hindernissen zum Trotz schafft es ein winziger Lichtfleck bis auf das kleine Rechteck aus lila Papier, das ich gerade beschrieben habe. Wie ein ausgestreckter Finger zeigt er auf den Brief, scheint mit den im Wind sich wiegenden Bäumen fast die Wörter nachzumalen. Dann zieht eine Wolke vorbei und verschluckt ihn, und der Brief verschwindet wieder im blassen Morgengrau.

Ich ziehe einen lila Umschlag heraus, just als ein Knarzen über mir von Alans Erwachen kündet. Eine gedämpfte Stimme: »Ed? Oi, Ed!«

Er ist gestern Abend auf der Couch eingeschlafen, während er Gia gerade eine Nachricht über meinen kritischen Gemütszustand schreiben wollte. *Ich kann ihn jetzt nicht allein lassen*, hatte er noch geschrieben. Dann war er in einen todesähnlichen Schlaf gefallen. Ich hatte die Nachricht zu Ende getippt und sie Gia geschickt, damit sie sich keine Sorgen macht. *Im Pub ist er eingeknickt*, schrieb ich. *Ich bleibe besser bei ihm.* Gia hat wirklich viel Verständnis für Alan und mich.

Alan schnarchte gelegentlich. Die britische Mannschaft gewann das Synchronspringen der Männer. Ich saß auf dem Sofa und versuchte, nicht an Sarah zu denken.

Das Schlurfen verkaterter Schritte über mir. Bald wird Alan wie ein halb verhungerter Bär auf der Suche nach etwas Essbarem, das er in die Tatzen kriegen kann, in die Küche tappen. Er wird eine große Tasse Tee verlangen, mindestens vier Scheiben Toast und dann, dass ihn jemand zur Arbeit fährt. Vermutlich auch frische Klamotten, weil seine Sachen mit Erdbeerjoghurt vollgekleckert sind.

Kann er gerne haben, schließlich ist Alan mein bester Freund. Er wusste, dass ich letzte Nacht Gesellschaft brauchte. Er wusste, dass ich unglücklich war wegen Sarah. Und er wusste auch, dass es mit Mum gerade sehr schwierig ist. Da ist es doch das Mindeste, ihm morgens einen Toast zu machen.

Ich nehme den Brief und stecke ihn in den Umschlag, auf den ich Alex' Namen schreibe. Ganz leise, damit Alan es nicht hört, schleiche ich zu den Schubladen unter meiner Werkbank und öffne die mit der Aufschrift *Meißel*.

Drinnen ein weiches wogendes Meer aus lila Papier. Meine traurige kleine Schatzkiste, mein dunkles Geheimnis. Die Schublade füllt sich langsam. Manche Briefe drohen schon in die Schublade darunter zu fallen, in der tatsächlich die Meißel liegen. Oder zerknittert oder zerdrückt oder sonst wie beschädigt zu werden.

Ich atme tief durch und stehe starr davor.

Ich schreibe nicht jeden Tag – manchmal alle zwei Wochen, wenn ich gerade viel zu tun habe noch seltener – und doch ist das schon die dritte Schublade, die ich im Laufe der vergangenen zwanzig Jahre gefüllt habe. Mit der Hand fahre ich hinein, zärtlich und beschämt zugleich. Was hat er bloß?, stelle ich mir vor, würden die Leute sagen. Hängt er immer noch an dem toten Mädchen? Er sollte sich wirklich Hilfe holen.

Eine Dame namens Jeanne Burrows, unsere Trauerbegleiterin, hat mir damals den Rat gegeben, Briefe an meine tote Schwester zu schreiben. Ich konnte den Gedanken nicht ertragen, nie wieder mit ihr zu reden. Mir wurde dann schwindelig vor Panik.

»Schreiben Sie ihr einen Brief«, hatte Jeanne mir geraten. »Erzählen Sie ihr, wie es Ihnen geht, wie sehr sie Ihnen fehlt. Sagen Sie ihr alles, was Sie ihr gesagt hätten, wenn Sie gewusst hätten, dass es so kommt.«

In den stillen Stunden zwischen den Fahrten zum Crown Court, der psychiatrischen Anstalt und meinem nun leeren Elternhaus fand ich Trost in diesen Briefen. Natürlich hatte ich Freunde. Ich hatte sogar eine neue Freundin in Birmingham, wo ich gerade mein zweites Semester beendet hatte. Mums Schwester Margaret rief jeden Tag an, und Dad kam aus Cumbria, um bei der Organisation der Beerdigung zu helfen. Aber niemand wusste so recht, was mit mir machen, was sagen. Meine Freunde meinten es gut, waren aber auch keine Hilfe, und meine Freundin verließ mich, sobald sie konnte, ohne allzu herzlos zu erscheinen. Dad versuchte seine eigene Trauer zu verdrängen, indem er die meiste Zeit mit seiner neuen Frau telefonierte.

Den ersten Brief schrieb ich in meinem leeren Zimmer im Studentenwohnheim, an dem Tag, als ich zurückfuhr, um meine Sachen zu packen. Da war Mum gerade in die Geschlossene eingeliefert worden. Zum nächsten Semester mein Studium wieder aufzunehmen, stand vollkommen außer Frage.

Nachdem ich den Brief geschrieben hatte, konnte ich endlich schlafen. Ich schlief die ganze Nacht, und obwohl ich am nächsten Morgen weinen musste, als ich den lila Umschlag sah, fühlte ich mich nicht mehr so… erstickt. Als hätte ich ein kleines Loch gebohrt, durch das der Druck ein bisschen entweichen konnte. Am nächsten Abend, als ich meine Sachen in Gloucestershire ausgepackt hatte, schrieb ich wieder einen Brief, und seitdem habe ich nie ganz aufgehört.

In ein paar Tagen habe ich einen Termin bei Jeanne. Sie praktiziert noch immer von zu Hause in der Rodborough Avenue aus. Ihre Stimme klingt noch genauso wie damals, und sie erinnerte sich nicht nur an mich, nein, sie meinte sogar, sie freue sich sehr, von mir zu hören. Ich erklärte ihr, ich wolle mit ihr sprechen, weil ein Zusammentreffen mit Sarah Harrington »alte Wunden« geöffnet hatte. Aber ich weiß nicht, ob es das trifft. Seit ich wieder zu Hause bin, habe ich das Gefühl, dass einfach alles falsch ist. Als sei ich ins falsche Leben zurückgekehrt. Das falsche Bett, die falschen Schuhe.

Aber was mich wirklich fertigmacht, ist die Befürchtung, dass schon immer alles falsch war. Die ganzen letzten zwanzig Jahre. Und ich es bloß nicht gemerkt habe.

Ich schaue auf und sehe mich um in meiner Werkstatt. Mein sicherer Hafen, mein Rückzugsort. Hier, wo ich mich durch Zorn und Verzweiflung gesägt und gehämmert habe. Hunderttausende Tassen Tee getrunken, zu den Songs aus dem Radio mitgesungen, ein ganzes Floß Splitter aus den Händen gezogen und gelegentlich vollbetrunken eine Frau gevögelt habe. Ich weiß nicht, was ich ohne diese Bude gemacht hätte.

Und eigentlich habe ich das alles nur Mum zu verdanken. Dad, der daran schuld ist, dass ich mich überhaupt für Holz begeistert habe, war strikt dagegen, dass ich das zu meinem Beruf mache. In den zehn Jahren zwischen seinem Abgang mit Victoria Arschgesicht (den Namen hat Alan ihr damals verpasst und irgendwie ist sie ihn nie wieder losgeworden) und Alex' Tod hat Dad sich immer wieder in mein Leben und meine Entscheidungen eingemischt, als säße er immer noch mit uns am Tisch. Als ich ihm sagte, ich wolle lieber Schreiner werden, als irgendwelche blöden Leistungskurse zu belegen, ist er ausgeflippt. »Du hast einen Akademikerverstand«, hatte er mich übers Telefon angebrüllt. »Wie kannst du es wagen, das einfach wegzuwerfen! Du zerstörst dir sämtliche Karrierechancen!«

Damals konnte Mum noch Kontra geben. »Und wenn er kein Buchhalter werden will, verdammt noch mal?«, hatte sie gegengehalten und mir sehr entschieden den Hörer aus der Hand genommen. Ihre Stimme zitterte vor Wut. »Hast du dir überhaupt mal angesehen, was der Junge da macht, Neil? Vermutlich nicht, so selten, wie du hier bist. Aber eins lass dir gesagt sein, dein Sohn hat eine außergewöhnliche Begabung. Also lass ihn endlich in Ruhe.«

Sie hat mir mein erstes siebener Fugeisen gekauft. Ein schönes altes Stanley. Das benutze ich heute noch. Viel von dem, was ich heute habe, habe ich ihr zu verdanken.

»Bonjour«, nuschelt Alan mit wollig-belegter Stimme. Er steht am Ende der Treppe, nur mit Unterhose und einer Socke bekleidet. »Ich brauche Tee und Toast und ein Taxi, Eddie. Meinst du, das lässt sich machen?«

Eine Stunde später halten wir vor seinem Haus oben in Stroud. Ich lasse den Motor laufen, während er fix reinflitzt, um sich was Ordentliches für die Arbeit anzuziehen (meine Sachen hat er vorhin kategorisch abgelehnt), und schaue versonnen auf den alten Friedhof unter uns. Er liegt da wie ein Schachbrett aus Liebe und Verlust. Er ist menschenleer, nur eine Katze schleicht um eine Reihe Sandsteingrabmale.

Ich lächele. Typisch Katze. Warum respektvoll über den Rasen gehen, wenn man genauso gut respektlos über menschliche Gräber laufen kann?

Irgendwo läutet eine Kirchenglocke – vermutlich schlägt sie gerade neun –, und ich muss unvermittelt wieder an den Leichenzug von gestern denken. Den Leichenwagen, poliert und lautlos und verstörend. Die pietätvolle Miene des Fahrers, die Wildblumenkaskaden, die den Sarg fast verdeckten, die Angst, die einem die Luft abschnürt, wenn man an seine eigene Sterblichkeit erinnert wird. Mir ist plötzlich flau, und ich verschränke die Arme vor der Brust.

Wer lag in diesem Sarg? Wer?

Aber dann muss ich an das Versprechen denken, das ich meiner Schwester gegeben habe, vor ein paar Minuten erst. Nicht mehr an Sarah zu denken. Nicht jetzt und nicht irgendwann. Überhaupt nicht mehr. Also ziehe ich ein Rollo vor diesen Teil meines Gehirns und zwinge mich zu überlegen, was heute alles zu tun ist. Erstens: Im Straßencafé in Aston Down ein Bacon-Sandwich besorgen.

»Miau!«, rufe ich der Katze nach. Aber die ist gerade damit beschäftigt, den Tod einiger bemitleidenswerter Spitzmäuse zu planen.

Vierundvierzigstes Kapitel

Sechs Wochen später

Der Herbst ist da. Ich rieche ihn in der Luft, rau und roh und – wie ich immer fand – seltsam schuldbewusst. Als schäme er sich dafür, unsere berauschenden Sommerträume zunichtezumachen und den Weg zu ebnen für die bevorstehende graue, grausame Jahreszeit.

Wobei ich persönlich nichts gegen den Winter habe. An manchen Tagen hat man eine erlesen anderswelt-liche Aussicht über dieses Tal, wenn Raureif den Boden überzieht und die Bäume lange Schatten auf die nackte Erde werfen. Ich liebe es, wenn sich der Rauch aus einem einsamen Schornstein schlängelt, und das mär-chenhaft schimmernde Licht in einem entlegenen Fenster. Ich liebe es, wie meine Freunde sich schamlos selbst einladen, um bei mir vor dem Kamin zu sitzen und den herzhaften Eintopf zu löffeln, den ich in ihrer Vorstellung wohl tagtäglich koche, nur weil ich in einer Scheune auf dem Land lebe.

Seltsamerweise scheint auch Mum im Winter immer ein wenig fröhlicher. Was meines Erachtens daran liegen könnte, dass es gesellschaftlich legitimiert ist, zu Hause zu bleiben, sobald die Temperaturen fallen. Im Sommer wird erwartet, dass man sich draußen mit Freunden trifft und sich so viel wie möglich im Freien aufhält. Wohingegen ihre krankheitsbedingt kleine, eingeschränkte Existenz im Winter weniger nach Entschuldigungen oder Erklärungen verlangt.

Aber es ist erst September, und ich trage noch Shorts, als ich den halb kompostierten Hang in der Hügellandschaft des Siccaridge Wood hinaufklettere. Shorts und einen Pulli, den zu waschen und entpillen ich noch immer nicht über mich gebracht habe, weil Sarah ihn zuletzt anhatte.

Ich gehe ein bisschen schneller. Ein leichtes Brennen zieht sich durch meine Wadenmuskeln, als ich den Berg hinaufstampfe, zu schnell, als dass meine Füße im viellagigen Mulch versinken könnten. Ich fange an, Merry Claytons Part von »Gimme Shelter« zu schmettern. Die Einzigen, die mich inbrünstig von Vergewaltigung und Mord singen hören, sind ein paar verstörte Vögel, die mich vermutlich ohnehin längst für vollkommen verrückt halten.

Ich komme zum Höhepunkt des Songs, da, wo Clayton alles rausschreit, und muss unvermittelt lachen. Mein Leben ist zwar alles andere als ruhig, aber das eine Weile zu verdrängen und nicht daran zu denken, verschafft mir eine dringend benötigte Atempause.

Das Problem ist nur, Jeanne Burrows hält überhaupt nichts von meinem genialen Vorhaben, sämtliche Gedanken an Sarah strikt aus meinem Hirn zu verbannen. Nach den Sitzungen bei ihr geht es mir immer besser, und ich fühle mich nicht mehr so allein. Und doch bricht sie mir jede Woche aufs Neue das Kreuz. Ich hätte nie gedacht, dass man jemandem so durch und durch mitfühlend, sanft und respektvoll das Kreuz brechen kann, aber genau das tut Jeanne.

Die heutige Sitzung verlief allerdings ganz anders.

Gerade, als ich in der Rodborough Avenue ankam, wo Jeanne wohnt, wen sah ich da vom Parkplatz fahren? Niemand anderen als Hannah Harrington. Sie war so darauf konzentriert, nicht die geparkten Autos der Nachbarn anzuschrammen, dass sie mich gar nicht bemerkte. Aber ich erkannte sie ganz eindeutig. Sie sah nicht viel anders aus als beim letzten Mal, als ich ihr begegnet bin: müde, verweint, verloren.

Ich fragte mich natürlich sofort, warum Hannah bei Jeanne war. Und ehe ich michs versah, sprang die olle Angstmaschine wieder an. Was, wenn einem von Sarahs Eltern etwas zugestoßen ist? Sarah wäre am Boden zerstört. Sie hat mir in ihren Briefen ihr schlechtes Gewissen geschildert, all die Jahre Tausende Meilen von ihnen entfernt gelebt zu haben. Ich überlegte, dass es meine Pflicht sei, ihr beizustehen.

»Ich möchte Sarah Harrington anrufen«, erklärte ich Jeanne gleich beim Reinkommen statt einer Begrüßung. »Kann ich das gleich von hier aus machen, bei Ihnen?«

»Kommen Sie erst mal herein und setzen Sie sich«, sagte sie ganz ruhig. Na toll, stellte ich mir vor, musste sie jetzt denken. Jetzt geht das wieder los.

Innerhalb weniger Minuten hatte ich mich ein wenig beruhigt und mich davon überzeugen lassen, dass es unangebracht wäre, Sarah Harrington aus heiterem Himmel anzurufen. Aber natürlich führte dieser kleine Zwischenfall dazu, dass wir wieder über sie redeten. Jeanne fragte mich, ob ich der Meinung sei, alle Gedanken an Sarah abzublocken würde mir helfen, sie endgültig loszulassen.

»Ja«, entgegnete ich stur. Und dann: »Vielleicht.« Und dann: »Nein.«

Wir sprachen über den Prozess des Loslassens. Ich sagte ihr, ich hätte die Schnauze gestrichen voll davon, mich so mies zu fühlen, wüsste aber nicht, was ich dagegen machen sollte. »Ich will einfach nur glücklich sein«, brummte ich. »Ich will frei sein.«

Jeanne lachte, als ich mich beklagte, es gebe keine Anleitung fürs Entlieben. Ich gestand, dass der Witz eigentlich von Alan war, und sie schaute mich ganz nüchtern an und meinte: »Wo wir gerade beim Thema persönliche Freiheit sind, Eddie: Ich frage mich, wie Sie das in Bezug auf Ihre Mutter sehen? Was empfinden Sie bei der Vorstellung, frei zu sein von den Verpflichtungen ihr gegenüber?«

Ich war so schockiert, dass ich sie bitten musste, die Frage zu wiederholen.

»Wie fühlen Sie sich bei dem Gedanken, sich ein wenig von dieser Bürde zu befreien?« Sie klang vollkommen unbeteiligt. »So haben Sie es letzte Woche beschrieben. Mal sehen…« Sie schaute in ihre Notizen. »Eine ›beklemmende Bürde‹ haben Sie es genannt.«

Mein Gesicht wurde heiß wie unter einem Fön. Ich zupfte an einem losen Faden ihres Sofas und war nicht dazu in der Lage, ihr ins Gesicht zu sehen. Wie konnte sie es wagen, mir so eine Frage zu stellen?

»Eddie, ich möchte Sie nachdrücklich noch einmal daran erinnern, dass es keine Schande ist – wirklich gar keine –, das anstrengend zu finden. Pflegende, die sich um kranke Familienangehörige kümmern, empfinden meistens große Liebe und Loyalität, sind aber auch immer wieder mit Verbitterung, Verzweiflung, Einsamkeit und vielen anderen Gefühlen konfrontiert, die sie sich vor dem Patienten nicht anmerken lassen wollen. Manchmal kommen sie dadurch an einen Punkt, an dem sie eine Pause brauchen. Oder die ganze Betreuungssituation von Grund auf überdacht werden muss.«

Ich starrte auf den Boden. Seien Sie still!, hätte ich sie am liebsten angeschrien. Wir reden hier von meiner Mutter! Aber es kam kein Laut über meine Lippen.

»Was denken Sie gerade?«, erkundigte Jeanne sich.

Ich werde nicht oft wütend – das musste ich mir Mum zuliebe abgewöhnen –, aber mit einem Mal war ich fuchsteufelswild. Viel zu aufgebracht, um zu erkennen, dass sie mir eigentlich nur helfen wollte. Um ihr dankbar zu sein, dass sie wochenlang geduldig abgewartet hatte, bis sie dieses sensible Thema auf den Tisch gebracht hatte. Ich hätte am liebsten die Vase mit den pfirsichfarbenen Löwenmäulchen vom Kaminsims genommen und mit Wucht gegen die Wand gepfeffert.

»Sie können sich das nicht vorstellen«, sagte ich zu meiner Therapeutin mit siebenunddreißig Jahren Berufserfahrung.

Wenn diese Bemerkung Jeanne traf, so war sie professionell genug, sich nichts anmerken zu lassen.

»Wie können Sie nur?«, empörte ich mich, und meine Stimme wurde lauter und schriller. »Wie können Sie mir allen Ernstes nahelegen, mich einfach aus dem Staub zu machen und sie im Stich zu lassen? Viermal hat meine Mutter versucht, sich das Leben zu nehmen! In ihrer Küche sieht es aus wie in einer Krankenhausapotheke, verdammt noch mal! Sie ist der instabilste, verletzlichste Mensch, den ich kenne, Jeanne, und sie ist meine *Mutter*. Haben Sie eine Mutter? Lieben Sie sie?«

Es dauerte beinahe eine halbe Stunde, bis ich mich einigermaßen beruhigt und mich bei ihr entschuldigt hatte. Jeanne stellte einige einfühlsame, respektvolle Fragen, und ich antwortete brüsk und einsilbig. Aber sie ließ sich nicht beirren. Schubste mich mit ihren verflixten, cleveren Fragen schrittchenweise auf die Einsicht zu, dass ich kurz vor einem Zusammenbruch stand.

Wegen Mum. Wegen meinem Leben im Allgemeinen. Schubste mich sanft, aber beharrlich zu der widerstrebenden Erkenntnis, dass es womöglich meine eigene Trauer war, die mich davon abgehalten hatte, schon früher etwas zu unternehmen.

Jeanne war felsenfest davon überzeugt, Derek könne mir dabei helfen. »Das ist schließlich sein Job«, meinte sie immer wieder. »Er ist der Gemeindekrankenpfleger, Eddie. Er ist für Sie beide da.«

Und ich sagte nur wieder und immer wieder, ich könne doch meine Mutter nicht einfach Derek überlassen. Ganz gleich, wie unglaublich der Mann auch sein mochte. »Ich bin der einzige Mensch, den sie anruft, wenn sie Hilfe braucht«, erklärte ich. »Sonst vertraut sie niemandem.«

»Das können Sie doch gar nicht wissen.«

»Tue ich aber! Wenn ich ihr sage, sie darf mich nicht anrufen – selbst wenn ich ihr nur sage, sie soll mich nicht ganz so oft anrufen –, sie würde nicht auf mich hören und einfach so weitermachen wie bisher. Oder sie würde ernsthaft krank werden. Sie kennen doch ihre Krankheitsgeschichte. Sie wissen, das ist nicht bloß eine pessimistische Prognose.«

Als die Stunde um war, hatten wir eigentlich überhaupt keine Fortschritte gemacht, aber ich versprach ihr, nächste Woche ohne Wutausbrüche weiterzumachen.

Jeanne lachte nur. Sie fand, ich mache das schon ganz gut.

Endlich erreiche ich die Spitze des Hügels und stehe unter einer Buche. Wegen der bin ich hergekommen. (Nur ein paar Meter entfernt ist der geheimnisvolle Gummistiefel.) Im Juni, als ich durch Wiesen und Wälder gestreift bin und wirre, wütende Gedanken über Sarah dachte, ist mir aufgefallen, dass die Feinwurzeln abzusterben scheinen – inzwischen sieht der Baum noch schlimmer aus. Ich vermute einen Käfer, da an der Rinde kein Krankheitserreger zu erkennen ist. Aber hier kommt leider jede Hilfe zu spät. Ich lege eine Hand auf den Stamm. Der Gedanke, so einen majestätischen Riesen von einer Kettensäge gefällt zu sehen, macht mich ganz traurig.

»Tut mir leid«, murmele ich, weil es sich falsch anfühlt, gar nichts zu sagen. »Und danke. Für den Sauerstoff. Und alles.«

Ich schaue nach den umstehenden Bäumen (der Gummistiefel ist noch da), dann spaziere ich, die Hände in den Taschen, wieder den Hang hinunter. Immer wieder macht mein Hirn Anstalten, um Sarah und den Kummer ihrer Schwester zu kreisen. Aber ich widerstehe tapfer der Versuchung. Stattdessen zwinge ich mich, über den Baum nachzudenken. Der Baum ist ein lösbares Problem. Morgen rufe ich beim Gloucestershire Wildlife Trust an und erkundige mich, ob sie Hilfe brauchen, ihn zu fällen.

Zuhause in meiner Scheune angekommen fühle ich mich fast schon wieder normal.

Ich gehe hinein und sehe meine Mutter vor der Schublade mit den lila Briefen stehen. Meine geheime Schublade mit den lila Briefen. Von der kein Mensch weiß, außer Jeanne. Ich sehe, dass Mum einen meiner Briefe an Alex in der Hand hat und ihn liest – ganz ruhig und ohne Hast. Und dazu macht sie ein sehr hässliches Gesicht.

Ich brauche einen Moment, bis ich verstehe, dass das kein Traum ist. Ich muss mich erst vergewissern, dass meine Mutter – meine arme liebe Mutter – derart ungeniert meine Privatsphäre verletzt. Aber just in dem Augenblick dreht Mum den Brief um und liest auch die Rückseite. Und da gibt es keinen Zweifel mehr.

Ungläubiges Entsetzen wird zu rasender Wut.

»Mum?«, keuche ich. Meine Hand klammert sich wie eine Schraubzwinge an den Türrahmen.

Rasch versucht sie den Brief mit einer geschickten Bewegung hinter dem Rücken zu verstecken und dreht sich dann zu mir um.

Ehe ich vorhin das Haus verlassen habe, hatte ich ihr eine Nachricht geschickt: *Mache einen kleinen Spaziergang, nur damit du Bescheid weißt. Ich brauche ein bisschen Ruhe und lasse das Telefon zu Hause. In ein, zwei Stunden bin ich wieder da.*

Ich bin immer sehr großzügig bei meinen Zeitangaben. Sonst bekommt sie Panikattacken, wenn sie mich nicht erreicht.

»Hallo, Schatz!« Wieder diese Stimme, die sie immer aufsetzt, wenn sie weiß, dass sie zu weit gegangen ist.

Nur, dass sie heute noch höher und schriller klingt. »Du bist aber früh zurück.«

»Was machst du da?«

»Ich …«

Schweres, fast panisches Schweigen macht sich breit, während sie wohl verschiedene Ausflüchte durchgeht. Alles ist totenstill. Selbst die Bäume vor dem Haus scheinen den Atem anzuhalten und der Bestätigung dieses ungeheuerlichen Verrats zu harren. Aber sie bringt es nicht über sich. Sie kann mir einfach nicht die Wahrheit sagen. »Ich habe etwas gehört«, flunkert sie, und ihre Stimme klingt künstlich und gestellt. Damit könnte sie glatt als überdrehte Moderatorin im Kinderfernsehen auftreten. »Es klang wie eine Maus. Hast du in letzter Zeit Probleme mit Mäusen, Eddie? Ich war gerade in der Nähe. Da habe ich mich ein bisschen umgeschaut … ein paar Schubladen aufgemacht. Das macht dir doch nichts aus …«

Und so plappert sie unverdrossen weiter, bis ich sie anschnauze – nein, sie regelrecht anbrülle: »WIE LANGE LIEST DU SCHON MEINE BRIEFE?«

Boden-der-Tiefsee-Stille.

»Ich habe tatsächlich ein paar Briefe gefunden, eben, kurz bevor du hereingekommen bist«, stammelt sie schließlich. »Aber ich habe sie natürlich nicht gelesen. Ich habe einen herausgenommen und mir gedacht: Ach, das geht mich gar nichts an, also wollte ich ihn gerade wieder zurücklegen, als …«

»Lüg mich nicht an! Wie lange liest du schon meine Briefe?«

Hektisch hält Mum sich die Hand vor den Mund und greift dann nach ihrer Brille, nimmt sie aber nicht ab, sodass sie krumm und schief auf ihrer Nase sitzt wie eine Kinderwippe auf dem Spielplatz. Ich schaue sie an und sehe nicht mehr meine Mutter. Nur Wut. Einen gigantischen brodelnden Kessel rot glühenden Zorns.

»Wie lange liest du schon meine Briefe?«, frage ich zum dritten Mal. Ich kann mich nicht erinnern, schon mal so mit ihr gesprochen zu haben. »Und keine Lügen«, füge ich hinzu. »Nicht schon wieder. Ehrlich, Mum, lüg mich nicht an.«

Auf das, was dann passiert, bin ich überhaupt nicht gefasst. Ich rechne damit, dass sie weint, wie ein Häufchen Elend auf den Boden sinkt und mich anfleht, ihr zu verzeihen. Stattdessen dreht sie sich abrupt um und wirbelt die Briefe mit beiden Händen in die Luft wie Falschparker-Tickets oder irgendeine unverschämte Beleidigung ihrer Person. Wie Konfetti regnen sie auf den Boden. »So, wie du mich angelogen hast?«, zischt sie. »So, wie du mich angelogen hast, als du mir gesagt hast, du willst in L.A. ›Urlaub machen‹? Deinen Freund Nathan besuchen und ein bisschen surfen? Wie du mich angelogen hast, Alan hätte einen ›Notfall‹ gehabt an dem Tag, als du zurückgekommen bist?«

Mit rechtschaffener Empörung, die mich irgendwie fasziniert, kommt sie auf mich zu und stemmt die

Hände auf die Werkbank, die mitten durch diesen Teil der Werkstatt verläuft. »Wie du mich angelogen hast über dieses ... dieses *Mädchen*?« Mit irrem Blick schaut sie mich an, als suche sie im Gesicht eines Serienkillers nach ihrem Sohn. »Wie konntest du nur? Wie konntest du nur mit ihr schlafen, Eddie? Wie konntest du deine Schwester nur so verraten?«

Sie muss schon seit Monaten meine Briefe lesen.

Kein Wunder, dass sie so paranoid und anhänglich war, als ich aus L.A. zurückgekommen bin. Und kein Wunder, dass sie alles in ihrer Macht stehende getan hat, um mich davon abzuhalten hinzufliegen. Wenn ich ihr sonst erzähle, dass ich eine Reise plane, freut sie sich mit mir, weil das für sie ein Beweis zu sein scheint, dass ich immer noch mein eigenes Leben führe. Beim letzten Mal hat sie sich allerdings aufgeführt, als wollte ich nach Australien auswandern.

»Diese Frau«, wiederholt sie und schüttelt sich. Sie sieht aus, als redete sie über einen Serienvergewaltiger oder Pädophilen, nicht über Sarah Harrington. Wobei die für Mum moralisch gesehen wohl alle in dieselbe Kategorie fallen. »Ich habe das ganz ernst gemeint, was ich damals gesagt habe. Ich hoffe, sie war das in dem Leichenwagen.«

»Herrgott, Mum!«, stöhne ich. Meine Stimme ist weich, wundere ich mich. »Nach allem, was du durchgemacht hast, wünschst du einem anderen Menschen denselben Schmerz? Ist das dein Ernst?«

Sie schnaubt nur abfällig. Meine Gedanken stieben in alle Richtungen, und überall werden sie fündig. Darum also ging es ihr schleichend immer schlechter. Sie weiß das mit Sarah schon seit Monaten.

»Hast du sie angerufen?«, frage ich leise. »Warst du das am Telefon? Hast du ihr die Drohnachricht geschickt? Wolltest du deshalb im Juli unbedingt ein neues Handy?«

»Ständig bekomme ich diese Werbeanrufe«, hatte sie mir gesagt. »Das stresst mich wirklich ungemein, Eddie. Ich brauche dringend eine neue Telefonnummer.«

»Ja. Ich habe sie angerufen. Und ich bereue nichts.« Sie trägt einen rosa Pullover. Und irgendwie erscheint diese ganze Gehässigkeit im Kontrast zu der zarten Farbe umso schockierender.

»Und bist du auch in ihrer alten Schule gewesen? Hast du ihr auf dem alten Pfad am Kanal in der Nähe ihres Elternhauses aufgelauert, als sie zu Besuch hier war?«

»Ja!« Sie schreit mich fast an. »Jemand musste etwas tun. Ich konnte nicht zulassen, dass sie dich infiziert. Du bist alles, was mir noch geblieben ist.«

»Jemand musste etwas tun«, wiederholt sie, als ich darauf nichts sage. »Und du hättest es augenscheinlich nicht getan. So, wie du ihr nachgeheult hast und deiner Schwester vorgeschwärmt hast, wie sehr du sie *liebst*. Ausgerechnet die Frau, die sie auf dem Gewissen hat…« Sie bricht ab. Sie zischt wie ein Drache. Ich höre die Worte gar nicht mehr. Ich kann nur noch denken:

Weißt du überhaupt, was ich durchgemacht habe, um dir das alles hier zu ersparen? Wie einsam ich gewesen bin? Hast du überhaupt eine Ahnung, welche Opfer ich dir zuliebe gebracht habe?

Irgendwann geht mir auf, dass sie aufgehört hat zu reden. Ihre Augen sind groß und glänzen vor Tränen.

»Wie bist du an Sarahs Telefonnummer gekommen?«, höre ich mich fragen, obwohl ich die Antwort längst weiß. »Woher wusstest du, dass sie an dem Tag in ihrer alten Schule ist? Hast du etwa auch in meinem Handy herumgeschnüffelt?«

Sie sagt Ja. »Und das ist alles ganz allein deine Schuld, Eddie. Also wage es nicht, mir deswegen böse zu sein. Ich musste irgendwie eingreifen. Ich musste versuchen, Alex zu schützen vor ... vor *all dem*.«

Eine Träne rinnt ihr über die Wange, aber ihre Stimme bleibt fest. »Das ist alles deine Schuld«, wiederholt sie. »Du mit deinem freien Willen! Du konntest dich frei entscheiden, und du hast dich für diese Frau entschieden. Dieses Mädchen.«

Ich schüttele den Kopf, und mir wird übel. Ihr Hass ist so lebendig und lodernd wie in den Wochen nach Alex' Tod. Ungemindert selbst nach all den Jahren.

»Das ist alles deine Schuld«, wiederholt sie erneut. »Und ich werde mich nicht dafür entschuldigen.«

Und plötzlich ist es, als platze meine Haut auf – all die vielen Schichten, so dünn und gespannt, all die vielen Jahre, geben einfach nach, und alles quillt heraus.

All die Verbitterung, die Wut, die Einsamkeit, die Angst, die Anspannung, was auch immer – alles sprudelt aus mir heraus wie aus einer geborstenen Hauptwasserleitung. Und in dem Moment weiß ich, so kann es nicht weitergehen. Ich kann nicht mehr. Ich bin am Ende.

Erschöpft lehne ich mich gegen die Tür. Und als ich schließlich meine eigene Stimme höre, klingt sie seltsam unbeteiligt. Als läse ich den Wetterbericht.

»Nein«, sage ich nüchtern. (*Golf von Biskaya: heiter.*) »Nein, Mum, das kannst du mir nicht anhängen. Ich bin nicht dafür verantwortlich, was du tust. Ich bin nicht dafür verantwortlich, wie es dir geht oder was du denkst. Das kommt alles aus dir. Du hast bewusst entschieden, das, was ich in den vergangenen Monaten durchgemacht habe – was, nur fürs Protokoll, die Hölle war –, zu einem großen Verrat aufzubauschen. Das hast du ganz allein zu verantworten. Damit habe ich nichts zu tun.«

Worauf sie in Tränen ausbricht, obwohl sie immer noch aussieht, als schäumte sie innerlich vor Wut.

»Ich bin nicht verantwortlich für deine Krankheit, Mum. Und Sarah auch nicht. Ich habe mein Bestes gegeben – mein Allerbestes –, um für dich da zu sein, und du hast das letzte bisschen Privatsphäre, das mir noch geblieben ist, mit Füßen getreten.«

Sie schüttelt bloß den Kopf.

»Ja, ich habe Sarah kennengelernt, und ja, ich habe mich in sie verliebt. Aber in dem Moment – in der Sekunde –, als ich herausgefunden habe, wer sie wirklich ist, habe ich sie aufgegeben. Und trotzdem gibst du mir die Schuld dafür?«

Ich kann zusehen, wie sie versucht, sich eine Antwort zurechtzulegen. Langsam wird sie panisch. Nicht, dass sie mir zugehört oder darüber nachgedacht oder (Gott bewahre) vielleicht sogar eingesehen hat, dass ich womöglich nicht ganz unrecht habe. Nein, weit gefehlt. Aber eigentlich ist sie es gewohnt, dass ich irgendwann nachgebe und einlenke, und allmählich dämmert es ihr, dass das diesmal nicht so sein wird.

Also tut sie, was sie früher oder später immer tut: das arme Opfer spielen.

»Okay«, schluchzt sie, und die Tränen laufen ihr nur so übers Gesicht. »Okay, Eddie, es ist meine Schuld. Es ist meine Schuld, dass ich so ein entsetzliches, elendes Leben führe, dass ich in meinem eigenen Haus gefangen bin, dass ich all diese scheußlichen Medikamente nehmen muss. Das ist alles meine Schuld.«

Suchend schaut sie mir ins Gesicht, aber ich verziehe keine Miene. »Du kannst dir ruhig was vormachen, Eddie. Aber du hast wirklich keine Ahnung, wie schwer mein Leben tatsächlich ist.«

Wenn man bedenkt, dass ich mich nun schon seit neunzehn Jahren um sie kümmere, finde ich das doch ein wenig vermessen.

Wir stehen uns gegenüber wie zwei Bauern bei einem Schachduell. Mum schaut zuerst weg. Zweifellos, damit ich mir vorkomme wie der böse Aggressor.

Jämmerlich steht sie da über die Werkbank gebeugt, und die Tränen tropfen und triefen in die tiefen Kerben und Sägespuren im Holz.

»Verlass mich nicht, Eddie«, jammert sie schließlich, genau, wie ich es erwartet habe. »Es tut mir leid, was ich gemacht habe. Aber der Gedanke, dass du und sie … Ich ertrage das nicht.«

Ich schließe die Augen.

»Verlass mich nicht, Eddie«, fleht sie mich an.

Ich gehe um die Werkbank herum und nehme sie in den Arm. Diesen winzigen Spatz von einem Menschen, so leicht und zerbrechlich. Ich halte sie, stocksteif, und muss an meine Exfreundin Gemma denken. Dieser Moment war es, den sie beim besten Willen nicht verstehen konnte. Der Moment, wenn ich, obwohl Mum mich bis weit über meine Grenzen getrieben hatte, sie trotzdem trösten und ihr sagen musste, dass alles gut ist. Diese bedingungslose Kapitulation konnte Gemma nicht begreifen. Aber wie die meisten war sie bisher nie für das geistige Wohlergehen eines ihr nahestehenden Menschen verantwortlich. Sie hat nicht ihre Schwester verloren und kurz danach auch fast ihre Mutter.

Diesmal allerdings ist es anders. Ich nehme Mum zwar in die Arme, weil ich es muss, aber irgendwas in mir hat sich unwiederbringlich verändert.

Es regnet, als ich sie schließlich in den Land Rover setze und nach Hause bringe. Am Himmel drängen sich dicke graue Wolken, die sich übereinanderschieben wie wütende Gedanken. Ich entschuldige mich stumm bei Sarah. Wo auch immer sie gerade sein mag. Ich wünsche nicht, du wärst tot, sage ich ihr. Ich wünsche dir nur Gutes.

Bei Mum zu Hause drehe ich die Heizung auf und mache ihr einen Toast, bevor ich sie ins Bett bringe. Ich gebe ihr die Schlaftablette und halte ihre Hand, bis sie eingeschlafen ist. Ich weiß zwar nicht, wie es ist, dem eigenen Kind beim Schlafen zuzusehen, aber ich stelle mir vor, dass es ein ganz ähnliches Gefühl sein muss. Sie sieht irgendwie verloren und friedlich zugleich aus, wie sie daliegt, an meine Hand geschmiegt wie an eine Kuscheldecke, der Atem kaum hörbar.

Dann gehe ich nach draußen und wähle Dereks Nummer und hinterlasse ihm eine Nachricht auf dem Anrufbeantworter, in der ich ihm sehr sachlich erkläre, dass ich am Ende bin und dringend Hilfe brauche.

Zu Hause angekommen schaue ich drei Folgen einer Netflix-Serie und verbringe – todmüde, aber nicht in der Lage zu schlafen – die restliche Nacht damit, in meine Bettdecke gewickelt auf der Gartenbank zu sitzen und eine sehr einseitige Unterhaltung mit Steve, dem renitenten Eichhörnchen, zu führen.

Fünfundvierzigstes Kapitel

Dezember – drei Monate später

Hallo du,

hohoho! Frohe Weihnachten!!!

Bin ich erleichtert, dass dieses Jahr endlich zu Ende ist.

Mein erster Brief an dich seit drei Monaten. Ich musste wohl über vieles nachdenken. Außerdem hatte ich alle Hände voll damit zu tun, einiges mit Mum zu verändern, ohne dass sie es merkt. Das war Dereks Idee: die geheime Kommandosache »Eddies Befreiung« mit List und Tücke einzufädeln. Er war, wie nicht anders zu erwarten, grandios. Wie immer.

Er hat ein Treffen mit Frances arrangiert, der Vikarin, die Mum schon seit Jahren besucht. Sie meinte, es gebe einige Ehrenamtliche im Ort, die gerne sozial isolierte Gemeindemitglieder besuchen. Derek erklärte dann, Sinn und Zweck des Ganzen sei, eine Freundschaft zwischen Mum und einem der Ehrenamtler zu initiieren – ganz gleich, wie lange es auch dauern würde –, bis sie ihm genug vertraute, dass sie mit ihm einkaufen gehen oder sich von ihm zum Arzt begleiten lassen würde. Jemanden außer mir, den sie anrufen, dem sie sich anvertrauen konnte.

So kam es dann, dass ein Freiwilliger namens Felix Mum zusammen mit Frances regelmäßig einmal die Woche besuchte. Felix ist Golfkriegsveteran. Er hat einen Arm verloren. Dann hat seine Frau ihn verlassen, weil sie mit der ganzen Situation nicht zurechtkam. Und dann hat er 2006 seinen Sohn im Irak verloren. Wenn jemand Schmerz und Verlust kennt, dann Felix. Aber weißt du was, Igelchen? Er ist so fröhlich! Ich habe ihn erst zweimal getroffen, aber er wirkt so positiv und optimistisch. Zuzuhören, wie er und Mum sich unterhalten, ist unnachahmlich – sie sieht immer alles schwarz, und er hat so ein sonniges Gemüt. Manchmal, wenn er redet, kann ich ihr ansehen, wie sie denkt: Hat der vollkommen den Verstand verloren?

»Lassen wir ihr noch ein paar Wochen«, hat Derek neulich zu mir gesagt. »Ich glaube, bald ist sie so weit, mit ihm aus dem Haus zu gehen.«

Derek hat sie sogar überredet, Weihnachten bei ihrer Schwester zu verbringen, damit ich ein bisschen ausspannen kann.

Und so … schaffe ich mir peu à peu ein paar neue Freiheiten. Mehr Raum. Mehr Luft zum Atmen. Gelegentlich erhasche ich einen flüchtigen Blick auf mich, wie ich vor alledem war. Wie ich in der Woche mit Sarah war. Wie ich war, als ich jung war. Und es fühlt sich gut an.

Aber genug davon! Es ist Weihnachten, und ich sitze in Alans neuem Gästezimmer in Bisley. Es ist Viertel vor sechs morgens, und Lily ist schon wach und hämmert an Alans und Gias Schlafzimmertür. Ich hab's ein bisschen übertrieben und ihr einen ganzen Weihnachtsstrumpf voller Geschenke gekauft. Alan meint, ich sei ein egoistischer Mistkerl und ließe ihn schlecht dastehen.

Gerade jetzt schaue ich aus dem noch auf Gardinen wartenden Fenster in den bleigrauen Himmel und denke an dich. Meine liebste, meine wunderbarste Alex.

Ich weiß nicht, ob du da bist. Ob du all die Jahre an meiner Seite warst und alle Worte gelesen hast, die ich dir geschrieben habe. Oder ob du nicht mehr warst als ein Zucken verbrauchter Energie. Wie dem auch sein mag, ich hoffe, du weißt, wie sehr du geliebt wurdest und wie sehr du vermisst wirst.

Ich weiß nicht, ob ich es ohne dich und diese Briefe geschafft hätte. Im Tod warst du wie im Leben: süß, bunt, warm, freundlich. Ich habe dich gespürt durch diese lila Seiten. Deine Lebendigkeit und deine Albernheit, deine Neugierde, deine Güte, deine Unschuld, deine Liebenswürdigkeit. Deinetwegen habe ich nicht aufgehört, einen Fuß vor den anderen zu setzen. Du hast mir geholfen zu atmen, als das Leben mich zu ersticken drohte.

Aber Jeanne meint, es sei an der Zeit, allein weiterzugehen. Auf eigenen Füßen zu stehen. Und darum, mein kleines Igelchen, soll das unser letzter Brief sein.

Ich schaffe das. Da ist Jeanne sich ganz sicher. Und

ich – ich bin es eigentlich auch. Was bleibt mir auch anderes übrig? Jeden Tag sehe ich an deiner Mutter, wie es wäre zu kapitulieren.

Ich habe sogar vor, auf Alan zu hören, der mich ständig bearbeitet, dass ich mich wieder verabreden soll. Eigentlich habe ich keine Lust dazu, aber ich sehe ein, ich sollte mir zumindest die Gelegenheit geben, mich in eine andere Frau zu verlieben.

Denn es ist doch so: Mum kann sich nicht ändern. Ich mich schon. Und das werde ich auch. Ich werde den Winter über weiter meinen Weg gehen, werde meine Aufträge erledigen und neue annehmen. Im Sommer will ich Workshops für junge Leute anbieten. Ich werde dieses dämliche Tinderdings ausprobieren. Ich werde mich wieder in Form bringen und ein immer besserer Steinmetz und der denkbar beste Patenonkel für Lily sein. Und das alles mit einem Lächeln im Gesicht. Denn das ist der Eddie, für den die Leute mich halten, und das ist der Eddie, der ich sein will.

Das verspreche ich dir, Igelchen. Dir und mir selbst.

Ich werde dich nie vergessen, Alex Hayley Wallace. Nicht mal einen Tag. Ich werde dich bis an mein Lebensende lieben. Du wirst mir immer fehlen, und ich werde immer dein großer Bruder sein.

Danke, dass du da bist. Im Leben wie im Tod.

Danke und Lebewohl, mein liebstes Igelchen.

Ich xxxxxxxxxxx

Sechsundvierzigstes Kapitel

Anfang März – drei Monate später

Der Tag, der mein Leben für immer verändert. Ich mache mich gerade fertig für mein erstes Tinder-Date – und bin lächerlich nervös. (Da hilft es auch nicht, dass Alan mir stündlich schreibt, nur um sich zu vergewissern, dass ich nicht doch noch einen Rückzieher mache.) Sie heißt Heather, und sie hat hübsche Haare und wirkt klug und witzig. Und trotzdem will ich nicht. Vorhin habe ich mich bei dem Gedanken ertappt, ob ich mir vielleicht einen Nagel in die Hand schlagen könnte, weil ich den Nachmittag lieber in der Notaufnahme verbringen würde als bei einem Date.

Alan habe ich das lieber nicht erzählt.

Außerdem ist heute Mums siebenundsechzigster Geburtstag. Also habe ich sie zum Mittagessen eingeladen. Wir sind nach Stroud gefahren, ins Withy's Yard, wo sie sich immer schon wohl und geborgen gefühlt hat – vermutlich, weil es versteckt am Ende einer alten steingemauerten Gasse liegt und von der Straße nicht einsehbar ist –, und heute hat sie in einem fort munter drauflosgeplappert. Felix war gestern mit ihr einkaufen, und mit ihm geht das sogar besser als mit mir. Der einzige Nachteil ist, dass er nicht so viele Einkaufstüten tragen kann, weil er nur einen Arm hat.

Ehrlich gesagt habe ich nur mit einem Ohr hingehört, weil ich mir ständig das peinliche Schweigen und das schrille gestellte Gelächter heute Abend ausmalte – weshalb ich es erst gar nicht merke, als Mum nichts mehr sagt.

Ich schaue auf. Stocksteif und starr sitzt sie da und starrt nach rechts, der Suppenlöffel Zentimeter über dem Teller. Ich folge ihrem Blick.

Zuerst erkenne ich sie nicht. Sie sitzen am Tisch und essen Salat und sehen aus wie jedes andere ältere Ehepaar. Sie, in einem karierten Rock, spricht in ein Handy. Er trägt eine Cordjacke und schaut sie an. Wie Mum haben die beiden aufgehört zu essen. Irgendwie kommen sie mir vage bekannt vor, wenn ich mir den Mann so von der Seite ansehe. Aber ich weiß nicht so recht, woher.

Aber dann schaue ich zurück zu Mum, und mir geht auf, wer die beiden sind. Die einzigen Menschen, die diesen lähmenden Effekt auf sie haben. Der Löffel ist in die Suppe gefallen, und der Griff versinkt langsam wie der Bug eines havarierten Schiffs.

Ich schaue rüber zu Sarah Harringtons Eltern. Jetzt

erkenne ich sie. Wie oft haben sie Alex zum Spielen abgeholt oder die kleine Hannah nachmittags zu uns gebracht. Ich weiß noch, wie nett sie immer waren. So nett, dass ich am liebsten auch zum Spielen mit nach Frampton Mansell gefahren wäre. Sie wirkten so geeint, so unerschütterlich, wie eine richtige Familie. Wohingegen meine aus einem Vater bestand, der Hunderte Meilen entfernt mit seiner neuen Frau ein neues Baby erwartete, und einer Mutter, die Verbitterung und Depression kaputt gemacht hatten.

Ich habe zwei sehr klare Gedanken: Erstens, was mache ich mit Mum? Sie kann nicht zwei Tische neben den Harringtons sitzen. Und zweitens, wenn nicht Michael oder Patsy letztes Jahr gestorben sind, wer dann?

Ich höre ganz genau, wie sie sagt: »Wir sind schon auf dem Weg.« Und dann springen beide auf und gehen, ohne auch nur die Stühle an den Tisch zu rücken oder sich bei der Dame hinter dem Kuchentresen zu entschuldigen. Sarahs Mutter zieht im Gehen die Jacke über, während sie runter zur Hauptstraße laufen. Mum und ich sitzen eine Weile reglos da, schweigend inmitten des Gesprächsgesumms und Besteckklapperns. Erst als der Milchaufschäumer laut loskreischt, schauen wir uns wieder an.

Schließlich gehen wir zum Bauernladen auf der Cirencester Road und besorgen uns eine gute Suppe, die wir bei Mum zu Hause essen können. Nachdem die Harringtons gegangen waren, meinte sie, nun sei ihr Geburtstagsessen ruiniert und sie wolle nie wieder hier essen.

Unsere bisherige Unterhaltung verlief wie folgt:

Ich: »Alles okay?«

Mum: »Ich will nicht darüber reden.«

Ich lasse sie in Ruhe. Aber ich kann an nichts anderes mehr denken. Sarahs Eltern. Die Menschen, die sie gemacht haben. Wo wollten sie hin? Was war da los? Das sah nicht gerade nach guten Nachrichten aus.

Sarah sieht aus wie ihre Mutter. Aber irgendwie auch wie ihr Vater. Stundenlang hätte ich mir ihre Gesichter anschauen und nach winzigsten Ähnlichkeiten suchen können.

Wir gingen zurück zu Mum nach Hause, wo ich die Suppe aufwärme und ein paar Scheiben köstlich duftendes Sauerteigbrot unter den Grill lege. Aber sie wird nichts essen wollen. Sie scheint wütend auf mich zu sein, obwohl ich nicht weiß, warum. Wollte sie, dass ich hingehe und Sarahs Eltern einen rechten Haken verpasse, weil sie sie gemacht haben? Ich stehe in Mums Küche und fühle mich leer und bedrückt, und wieder frage ich mich, wer da letzten August gestorben ist. Am anderen Ende ihres Gartens, unter dem Pflaumenbaum, schimmert eine kleine goldene Pfütze aus Schöllkraut, das sich mutig durch das noch spärliche Gras geschoben hat. Ich muss an die Wildblumen auf dem Sarg denken, und dann muss ich mich sehr streng ermahnen, weil diese Gedanken eine sehr ungute Richtung zu nehmen drohen.

Wie erwartet will Mum nichts essen. »Sie haben mir den ganzen Tag verdorben«, klagt sie wieder. »Mir ist der Appetit vergangen.«

»Okay«, sage ich. »Ich esse meine Suppe jetzt. Du kannst dir deine ja dann später noch mal aufwärmen.«

»Damit ich eine Lebensmittelvergiftung bekomme? Man darf Sachen nicht zweimal aufwärmen.«

Gerade will ich schon sagen: »Mum, es ist eine Tomatensuppe!«, aber ich lasse es sein. Es ist sinnlos.

Und dann sitze ich da und esse mit einsam gegen das Porzellan klapperndem Löffel meine Suppe, in die ich dicke Brocken Sauerteigbrot tunke. Als ich fertig bin, spüle ich ab, gebe Mum ihr Geschenk, das sie erst später öffnen will, und hole schließlich meinen Mantel.

»Ich kann auch bleiben und wir unterhalten uns noch ein bisschen«, biete ich ihr an. Mum hat sich wie eine Katze an einem Ende der Couch zusammengerollt.

»Schon gut«, entgegnet sie steif. »Danke, dass du vorbeigekommen bist.«

Ich gehe zu ihr und gebe ihr einen Kuss auf die Wange. »Bye, Mum. Alles Gute zum Geburtstag.«

In der Tür bleibe ich noch mal stehen. »Ich hab dich lieb.«

Ich bin schon zur Tür hinaus, als sie nach mir ruft: »Eddie?«

»Ja?«

Ich gehe wieder rein, und das ist der Augenblick, der alles verändern wird. Auch wenn ich das da noch nicht weiß.

»Es gibt da etwas, das du wissen solltest«, sagt sie. Sie meidet meinen Blick.

Misstrauisch setze ich mich in einen Sessel ihr gegenüber. Hinter ihr auf dem Beistelltisch steht ein Foto von Alex auf der Schaukel, kurz nachdem sie in die Schule gekommen ist. Sie schreit vor Vergnügen und scheint schwerelos auf den Fotografen zuzufliegen. Pure Glückseligkeit. In der Vergangenheit habe ich mich manchmal gefragt, ob Mum absichtlich schwanger geworden ist, damit mein Vater uns nicht verlässt – die Affäre mit Victoria Arschgesicht zog sich da schon über Jahre –, aber immer, wenn ich dieses Foto sehe, denke ich mir, es ist egal. Alex hat nichts als Freude in unser Leben gebracht, ob nun mit Dad oder ohne.

»Vorhin die Harringtons zu sehen hat mir den ganzen Tag verdorben«, wiederholt Mum nach kurzem Schweigen. Sie knabbert an einem Fingernagel.

»Ich weiß«, erwidere ich müde. »Das sagtest du bereits.«

Sie sieht sich um und fährt mit der Hand über den Beistelltisch, um zu kontrollieren, ob er staubig ist. »Ich verstehe einfach nicht, wie sie ihrer Tochter das je verzeihen konnten…«

Ich stehe auf und will schon gehen, aber irgendwas

an ihrem Blick lässt mich wieder auf die Sessellehne sinken. Sie weiß etwas.

»Mum, was wolltest du mir gerade sagen?«

»Wenigstens Hannah ist gut geraten«, murmelt Mum und überhört geflissentlich meine Nachfrage. »Sie besucht mich immer noch, weißt du? Ihr bin ich nicht egal, anders als ihren Eltern.« Sie unterbricht sich und ballt die Hände abwechselnd zu Fäusten und öffnet sie wieder. »Wobei ich sie seit Weihnachten auch nicht mehr gesehen habe. Es gab eine kleine Meinungsverschiedenheit.«

»Weshalb?«

Mum schaut immer noch überall hin, nur nicht zu mir. »Wegen dieser Hexe von ihrer Schwester.«

»Sarah?« Ich beuge mich vor und starre sie an. »Was hat sie über Sarah gesagt?«

Mum zuckt verächtlich mit den Schultern. Ihr Gesicht ist verkniffen, und plötzlich wird mir angst und bange beim Gedanken daran, was sie mir womöglich verheimlicht.

»Mum...?« Mir schlägt das Herz bis zum Hals. Es muss etwas damit zu tun haben, weshalb Sarahs Eltern vorhin so überstürzt aus dem Café gestürmt sind. »Mum, bitte sag es mir.«

Mum seufzt. Sie streckt die Beine aus, stellt die Füße auf den Boden und setzt sich aufrecht hin. Fast wie bei einem Polizeiverhör. Die Hände hat sie fest im Schoß gefaltet. »Hannah war kurz vor Weihnachten hier. Sie hat mir gesagt, es gebe Neuigkeiten, die für mich womöglich schwer erträglich sein könnten. Nun ja, zumindest damit hatte sie recht.«

Sie unterbricht sich, findet nicht die richtigen Worte, und mir wird übel. Was ist mit Sarah? O Gott, was ist mit Sarah? Meine Hände kriechen herum wie Vogelspinnen, ohne dass ich weiß, wonach sie eigentlich suchen.

»Was hat sie dir erzählt?«, frage ich.

Mum sagt kein Wort.

»Mum, es ist wirklich wichtig, dass du mir das sagst.«

Sie beißt die Zähne zusammen, und die Ader an den Schläfen tritt hervor. Ich kann mich nicht daran erinnern, wann ich das letzte Mal so nervös war. Schließlich sagt sie: »Sarah ist wieder in England. Seit August vergangenen Jahres.«

Das Blut schießt mir in den Kopf, und ich lehne mich im Sessel zurück. Ich dachte, sie erzählt mir jetzt... Ich dachte, sie sagt jetzt...

Wieder und wieder habe ich mich gefragt, wer das im Leichenwagen war. Wessen Leben da gefeiert und betrauert wurde mit all den wunderschönen Wildblumen. Ich habe mir allergrößte Mühe gegeben, mir meine paranoiden Hirngespinste auszureden. Aber diese hartnäckigen Fragen sind nie ganz verschwunden. Was, wenn sie tot ist? Was, wenn Sarah in diesem Sarg lag?

Sarah ist gesund und munter. Sie ist in England.

Es dauert eine Weile, bis das wirklich bei mir an-

kommt. »Moment«, sage ich und setze mich auf. »Mum...
sagtest du, sie ist wieder hier? In England?«

Mit einer ungeahnten Energie springt Mum von der
Couch. Baut sich vor mir auf, eine winzige Gestalt,
stocksteif in ihrem selbstgerechten Zorn. »Wie kannst
du bloß so zufrieden gucken?«, zischt sie mich an. »Was
du für ein Gesicht machst, Eddie. Was hast du bloß?
Sie...«

»Wo ist sie?«, falle ich ihr ins Wort. »Wo ist Sarah
jetzt?«

Mum schüttelt nur den Kopf und geht ans Fenster.
»Bei ihren Eltern, habe ich gehört«, murmelt sie. Dann
dreht sie sich wieder um und geht zurück zum Sofa,
den Blick stur auf Alex' Foto geheftet. Vermutlich, damit ich es sehe. Denk nur an deine arme kleine Schwester.

»Wie ein Parasit hat sie sich bei ihren Eltern eingenis-
tet. Ohne einen Penny in der Tasche und – angeblich –
schwanger.« Rasch hält sie sich die Hand vor den Mund,
als sei ihr das versehentlich herausgerutscht. Dann setzt
sie sich wieder, schließt die Augen und sinkt ins Sofa.
Schüttelt sich widerwillig. »Ich meine, wenn man in
ihrem Alter den Platz im Leben noch nicht gefunden
hat, ist doch alles zu spät, oder nicht?«

Ich starre sie nur an. »Schwanger? Sarah ist schwanger?«

Ein stechender Schmerz, als hätte man mir eine
Klinge zwischen die Rippen gestoßen.

Mum gibt keine Antwort.

»Mum!«

Sie nickt, einmal nur und mit unübersehbarer Abscheu. »Schwanger«, bestätigt sie.

»Nein«, flüstere ich, aber das Wort kommt mir nicht über die Lippen.

Nein. Nein, nein, nein.

Sarah kann doch nicht das Kind eines anderen bekommen. Mum verschwimmt vor meinen Augen, und mir ist, als spaltete es mir schier den Schädel und mein Hirn spritzte in Hunderten verschiedener Nuancen des Elends heraus. Aber dann neigt sich die Achterbahn wieder, und ein ganz neues Gefühl kommt in mir auf: Hoffnung. Mir wird ganz schwindelig von der rasenden Geschwindigkeit, mit der meine Emotionen wechseln. Aber die Hoffnung bleibt – zwei Sekunden, drei, vier, fünf… Sie geht nicht mehr weg. Es könnte von mir sein, denke ich. Es könnte von mir sein.

»Sie ist zurückgekommen, als ihr Großvater gestorben ist«, erklärt Mum schmallippig. »Die Beerdigung, die wir damals gesehen haben. Das war wohl seine.«

Fast bin ich erleichtert, dass es nur ihr Großvater war. Und viel zu schockiert, um deshalb ein schlechtes Gewissen zu haben. Sarah ist schwanger, und das Kind könnte von mir sein.

»Was weißt du sonst noch, Mum? Bitte sag es mir.«

Mum nimmt ihre immer noch randvolle Suppenschale und geht damit in die Küche. Ich folge ihr wie ein kleines Hündchen. »Mum.«

»Hannah hat ihrer Schwester die schlimme Nachricht wohl am Telefon überbracht«, erzählt sie widerstrebend. Ihre Stimme ist ein kaum hörbares Wispern. »Der Schock, Hannah so unvermittelt am Telefon zu hören, hat sie anscheinend beinahe das Leben gekostet. Sie ist blind auf die Straße gelaufen und fast von einem LKW überfahren worden, die blöde Kuh. Aber...« Sie stellt die Suppenschale ab und schaut sich in der makellosen Küche um. »Aber so oder so, sie ist nicht tot.«

Mum unterbricht sich. Sie regt sich zusehends auf. Atmet ganz flach und kann einfach nicht still stehen. Sarah ist hier in England, und sie ist schwanger. Gut möglich, dass das Kind von mir ist. Ich folge Mum zurück ins Wohnzimmer. Sie bekommt kaum noch Luft.

Mechanisch fange ich an, ihr Anweisungen für Dereks Atemübungen zu geben. Leite sie an, bis sie tiefe, ruhige Atemzüge macht, und frage mich, warum sie mir das ausgerechnet jetzt sagt, nachdem sie es mir monatelang verschwiegen hat. Sie kann doch nicht wollen, dass ich erfahre, dass Sarah wieder hier ist. Geschweige denn, dass sie schwanger ist. Mum hasst die Vorstellung, dass ich auch nur an Sarah Harrington denke.

Es muss irgendwas mit Sarahs Eltern zu tun haben, überlege ich. Damit, dass sie das Café so überstürzt verlassen haben. Verzweifelt starre ich sie an, während Mum versucht, ihre Atmung wieder unter Kontrolle zu bringen. Sag es mir!, will ich sie am liebsten anschreien. Sag mir alles, was du weißt! Stattdessen frage ich ganz vorsichtig: »Und weißt du sonst noch irgendwas? Wie es ihr geht? Wie es ihr ergangen ist?«

»Sie ist wohl ziemlich niedergeschlagen«, meint Mum schließlich. »Wollte niemandem sagen, wer der Vater ist.«

Die Hoffnung keimt und treibt erste Blättchen.

»Bei der Beerdigung hat sie Hannah zum ersten Mal seit zwanzig Jahren wiedergesehen. Hannah hat mir gesagt, sie und ihre Schwester... sie... sie seien sich einig gewesen, dass sie genug verloren haben. Sie wollen versuchen, sich wieder zu versöhnen.«

Mum wirkt angewidert von den Worten, die da aus ihrem Mund kommen. Und jetzt verstehe ich auch, warum sie sich mit Hannah überworfen hat. All die Jahre hatte Mum in Hannah eine Verbündete. Das muss ihr nun wie ein ungeheuerlicher Verrat vorkommen.

»Und Sarah wohnt also seitdem in Frampton Mansell? Seit einem halben Jahr schon?«

Mum nickt und mustert mich. »Ich nehme an, du hast sie noch nicht gesehen.« Die Antwort auf diese Frage steht mir sicher überdeutlich im Gesicht geschrieben.

»Und sie ist schwanger? Bist du dir da ganz sicher, Mum?« Die Worte bleiben mir fast im staubtrockenen Hals stecken.

Mum guckt mich an, und ihr Gesicht verdunkelt sich vor Enttäuschung. Man kann mir sicher ansehen, was das mit mir macht. »Ich bin mir ganz sicher.«

»Wann kommt es? Das Baby?«

»Weiß ich nicht.« Mum wringt die Hände. Ich sehe ihr an, dass sie nicht lügt.

Was auch immer sie veranlasst hat, mir das alles zu erzählen, es muss in ihr einen unerbittlichen Kampf ausgelöst haben. Sie macht mit ihren Atemübungen weiter.

»Du weißt wirklich nicht, wann es kommen soll?«, versuche ich ihr auf die Sprünge zu helfen. »Nicht mal ungefähr? Ich werde es sowieso herausfinden«, murmele ich. »Du kannst es mir also auch gleich sagen.«

Mum schließt die Augen. »27. Februar. Vor sechs Tagen«, sagt sie schließlich. »Was heißt, das Kind muss letztes Jahr im Juni gezeugt worden sein.« Sie zuckt zusammen, als sie sich das sagen hört.

Totenstille.

»Und niemand weiß, wer der Vater ist?«

»Irgendein dahergelaufener wildfremder Kerl vermutlich«, bemerkt Mum spitz. Aber natürlich meint sie das nicht ernst. Sie weiß ganz genau, was das heißt.

Ich zittere am ganzen Körper, als ich vor ihr in die Hocke gehe, und meine Beine geben nach, weshalb ich schließlich seitlich auf dem Hintern sitze. Auf dem Teppich vor ihr wie ein kleines Kind zur Märchenstunde. »Sagst du mir das alles, weil du denkst, dass es von mir ist? Mum? Denkst du das?«

Sie macht die Augen auf, und sie füllen sich mit Tränen. »Sarah Harrington kann nicht mein Enkelkind bekommen«, krächzt sie mit leiser, brüchiger Stimme. »Eddie, das ertrage ich nicht… Aber ich…« Ihre Stimme zittert. »Aber ich muss immer daran denken, dass das Kind jetzt sicher schon da ist, und es könnte…«

Ich sehe sie an, ohne sie zu sehen. Sarah. Mein Baby. Alles um mich herum wogt wie ein Weizenfeld im Wind.

Ich versuche, meine Gedanken zu ordnen. »Was meinst du, warum ihre Eltern so schnell wegmussten? Meinst du, es ist was passiert?« Ich muss mich mit dem rechten Arm abstützen.

Von irgendwo höre ich Mums Stimme: »Ich weiß es nicht. Aber seitdem mache ich mir große Sorgen. Darum habe ich es dir auch gesagt.« Zum dritten Mal versucht sie, ruhig und tief durchzuatmen.

Ich lege ihr eine zitternde Hand aufs Knie, während sie ein paar unsichere Atemzüge macht. Ich muss zu Sarah. »Mum…«, setze ich an. »Hilf mir.«

Nach schier endlosem Schweigen holt Mum lang und hörbar Luft und weist dann nickend auf das Telefon, das auf dem Beistelltisch liegt. »Die Nummer der Harringtons ist sicher noch da drin. Im Adressverzeichnis.«

Ich rappele mich auf und gehe durchs Zimmer, wohl wissend, welche Überwindung sie das gekostet haben muss. Sie ist immer noch ein guter Mensch, meine

Mutter. Sie kann noch immer lieben. Ganz gleich, wie trostlos ihr Leben auch geworden sein mag.

Es ist Jahre her, seit ich so für sie empfunden habe.

Die Nummer ist noch da. Zwischen »Nigel Harlyn«, einem alten Kollegen von Dad, und »Harris Klempnerei Cirencester«. Hineingekritzelt in einem anderen Leben von einer gestressten Mutter: *Patsy Harrington – Hannahs Mum aus der Spielgruppe – 02185…*

Ich will die Nummer in mein Handy tippen, aber das kennt sie – natürlich – schon. Sarah hat sie mir letzten Juni gegeben, als dieses Baby kaum mehr gewesen sein kann als ein klitzekleiner Zellklumpen.

»Mum«, sage ich behutsam. »Ich muss jetzt los. Okay? Ich muss los und herausfinden, was passiert ist. Es kann sein, dass du mich eine Weile nicht erreichst. Aber wenn was ist, hast du ja deine Notfallnummer und Dereks Nummer und die von Felix. Du schaffst das schon, Mum. Du kriegst das hin. Ich muss los. Ich muss…« Meine Stimme verliert sich. Mühsam komme ich auf die Beine, gebe meiner Mutter einen Kuss auf den Kopf und taumele mit zitternden Knien zum Auto.

Und Mum sagt keinen Ton. Sie weiß, dass es ihr Enkelkind sein könnte. Und sie weiß, dass irgendwas nicht stimmt. Und das ist größer und wichtiger als alles andere. Sie kann es nicht aussprechen – lieber würde sie sterben, als sich das einzugestehen –, aber eigentlich möchte sie, dass ich herausfinde, was los ist.

»Ich hoffe für dich, du rufst mich nicht an, weil du den Schwanz einziehen willst«, knurrt Alan, als er ans Telefon geht. »Echt jetzt, Ed…«

»Sarah hat ein Kind bekommen«, keuche ich. »Oder bekommt es bald. Und ich bin mir sicher, dass es von mir ist. Ich habe schon versucht, ihre Eltern anzurufen, aber es geht niemand ran. Ich brauche Hannahs Mobilnummer. Hast du die vielleicht?«

Langes Schweigen.

»Was?«, fragt Alan. Wie üblich isst er gerade irgendwas. Alan arbeitet in einem Architekturbüro, und seine Kollegen sind immer wieder aufs Neue fasziniert und fassungslos angesichts der Unmengen an Nahrungsmitteln, die er in seinem Schreibtisch bunkert. Für »Notfälle«, wie er meint. »Machst du Witze?«

»Nein.«

»Wow«, brummt er nach reiflicher Überlegung.

»Ich brauche Hannahs Nummer.«

»Oh, Kumpel, du weißt doch, ich kann keine Kundendaten weitergeben.« Alan hat kürzlich Pläne für den Anbau eines Wirtschaftsraums an der Rückseite von Hannahs Haus in Bisley gezeichnet. Als er mir von dem Auftrag erzählte, waren wir uns einig gewesen, nicht weiter darüber zu reden. Aber die Abmachung zählt jetzt nicht mehr.

»Gia und Hannah sind doch nach dem Yoga immer zusammen Kaffee trinken gegangen«, sage ich rasch. (Vor ungefähr sieben Jahren.) »Gia hat bestimmt noch ihre Telefonnummer. Du könntest mir ein bisschen Zeit sparen und sie mir rasch aus dem Rechner vor deiner Nase ziehen, statt mich zu zwingen, deine Frau anzurufen. Alan, echt jetzt, rück diese Nummer raus.«

Alan fängt an zu flüstern, als mache ihn das in einem stillen Büro weniger verdächtig. »Also gut. Aber du schreibst Gia eine Nachricht und fragst sie nach der Nummer. Sollte ich je dazu befragt werden, kann ich mit Fug und Recht behaupten: ›Nein, die Nummer hat er von meiner Frau.‹«

Ich muss mich beherrschen, ihn nicht anzuschreien. »Gib mir diese gottverdammte Nummer, Alan!«

Was er dann auch tut.

»Dann gehst du wohl nicht zu deinem Date«, seufzt er.

Hannahs Handy ist ausgeschaltet. Ihre Mailbox-Ansage klingt verblüffend nach Sarah. Nur etwas brüsker, geschäftsmäßiger. So klingt Sarah vermutlich, wenn sie bei einer Konferenz spricht oder im Fernsehen.

Ein Kind. Mein Kind. Mir schwimmt der Kopf. Der Himmel ist schmutzig weiß. Meine Hände zittern immer noch.

Ich schaue auf die Uhr. 15.45 Uhr. Mir fällt ein, dass Hannahs Kinder inzwischen aus der Schule nach Hause gekommen sein müssten. Und dass, mit ein bisschen Glück, sie oder ihr Mann sie abgeholt haben. Unzählige Gefühle schießen durch meinen Körper, schneller, als ich sie erfassen kann. Ich weiß nur, dass ich sie finden muss.

Ich starte den Land Rover und mache mich auf den Weg nach Bisley. Versuche, nicht an Mum zu denken, die ganz allein zu Hause sitzt und mit dieser Situation kämpft, die für sie der reinste Albtraum sein muss. Aber dann denke ich: Fast drei Monate weiß sie es schon. Drei gottverdammte Monate!

Immerhin hat sie es mir schließlich doch erzählt, sage ich mir. Weil ich es muss. Sarah zu hassen hat Mum für sehr, sehr lange Zeit davor geschützt, den schlimmsten – den beinahe unerträglichen – Schmerz zu spüren. Er war die beste Medizin für sie. Dieses Nicken in Richtung Telefon, als würde sie mir widerstrebend ihren Segen erteilen, das sollte ich nicht unterschätzen.

Die Winterlandschaft fliegt draußen vorbei, dürr und triefend. Ich versuche mir Hannah vorzustellen, wie sie zum ersten Mal ihre Schwester wiedersieht, nach all den Jahren, in denen Mum ihr unablässig Galle ins Ohr geträufelt hat. Und ich stelle mir Sarah vor, verunsichert und verängstigt und doch voller Hoffnung. Wie sie unbedingt das Richtige sagen und Hannah für sich einnehmen will.

Kein Wunder, dass sie niemandem erzählt hat, wer der Vater ist. Das wäre, als werfe man eine Handgranate mitten in diese gerade wieder zusammenwachsende Familie.

3.51 Uhr. »Bitte mach, dass Hannah keine Nanny

hat«, murmele ich am Stadtrand von Bisley angekommen. »Bitte mach, dass Hannah oder ihr Mann mir die Tür aufmachen.«

Ich fahre viel zu schnell, aber das ist mir zu meinem eigenen Erstaunen vollkommen egal. Die letzten Monate stoischer Ergebenheit, des Das-Richtige-Tun, fallen von mir ab und legen den blinden Masochismus und den Wahnsinn frei, die darunter verborgen lagen. Ich weiß seit gerade mal fünfzehn Minuten, dass Sarah mit meinem Kind schwanger ist, und schon ist alles vergessen, was ich mir eingeredet habe, um mich von ihr fernzuhalten. Ich will nur noch zu ihr.

Ein Baby. Sarah ist mit meinem Baby schwanger.

Ich erkenne Hannahs Mann gleich, als er mir die Haustür öffnet. Von dem Abend, als ich im Pub mit der Faust auf den Tisch gehauen habe. »Stinki!«, schreit er, als ein schwarzer Labrador an ihm vorbeigaloppiert und in mich hineinkegelt, eine verschlissene Schmusedecke in der Schnauze. Der Hund springt an mir hoch und kreist vor Freude mit dem Schwanz wie ein Rotorblatt.

»Stinki!«, schimpft Hannahs Mann. »Lass das!«

Er zerrt am Halsband und versucht, den Hund von mir wegzuziehen.

»Stinki?«, frage ich. So kurz davor zu lachen war ich schon lange nicht mehr.

»Blöde Idee, die Kinder den Namen für den Hund aussuchen zu lassen.« Er grinst entschuldigend. »Kann ich Ihnen irgendwie helfen?«

Stinki versucht sich zu befreien und mich wieder anzuspringen, und ich tätschele ihm den Kopf, während ich diesem wildfremden Menschen das Unmögliche zu erklären versuche.

»Entschuldigung, ja. Ich bin Eddie Wallace. Ich kenne Hannah schon sehr lange. Sie …«

»Ach ja«, entgegnet der Mann. »Ja, ich weiß, wer Sie sind. Sie sind der ältere Bruder von Hannahs Sandkastenfreundin …« Er unterbricht sich verlegen, wobei ich nicht weiß, ob das daran liegt, dass er Alex' Namen vergessen hat oder meine tote Schwester nicht erwähnen will.

»Alex«, helfe ich ihm auf die Sprünge. Ich habe keine Zeit für peinliche Gesprächspausen.

Er nickt. Irgendwo im Haus hinter ihm hört man ein lautes *Rums* und dann Kindergeschrei. Nervös schaut er sich um, scheint aber beruhigt, als eine Piepsstimme von hinten irgendwas schreit, der Unwürdige soll sich bereit machen, durch das Schwert zu sterben.

Er dreht sich wieder zu mir um, und ich verliere vor Verzweiflung fast den Verstand. Ich muss auf der Stelle alles erfahren.

Stinki schnüffelt mir im Schritt.

»Also, das klingt jetzt vielleicht ein bisschen eigenartig, aber … soweit ich weiß, hat Hannahs Schwester kürzlich ein Kind bekommen oder bekommt bald eins. Ich meine, womöglich liegt sie sogar gerade in den Wehen …«

Der Mann lächelt. »Stimmt! Hannah ist gerade bei ihr im Krankenhaus. Die arme Sarah hat seit zwei Tagen Wehen. Sind Sie ein Freund von ihr?« Dann verstummt er, augenscheinlich irritiert, dass ich Eddie Wallace sein soll und gleichzeitig ein Freund von Sarah. Sein perplexes Gesicht wirkt alarmiert. Als fürchtete er, womöglich etwas verraten zu haben, das ich nicht wissen soll.

Im ersten Moment kann ich gar nichts sagen. Weshalb ich nur stumm dastehe und Stinki streichle. Grinsend blickt der Hund mir entgegen, und ich muss sein Grinsen erwidern. Dann sehe ich Hannahs Mann unverblümt an. Ich habe keine Zeit, mir eine glaubhafte Ausrede einfallen zu lassen, die er mir abkauft. »Freund würde ich nicht unbedingt sagen ... eher der Vater des Kindes.«

Schweigen.

Ungläubig starrt der Mann mich an. »Wie bitte?«

»Ich habe es selbst erst vor ungefähr einer halben Stunde erfahren ...« Der Mann runzelt die Stirn. Es scheint ihm schleierhaft, wie um alles auf der Welt ich der Vater von Sarahs Baby sein kann. Ich schlucke. »Es ist eine lange Geschichte. Aber ich hätte nicht an Ihrer Tür geklingelt, wenn ich mir nicht sicher wäre, dass es von mir ist.«

Schweigen.

»Hören Sie – ich bin ein grundanständiger Kerl, der gerade erfahren hat, dass er Vater geworden ist oder es bald wird. Und ich möchte mich Sarah ganz bestimmt nicht aufdrängen, aber ich…« Ich verstumme, weil mir zu meinem eigenen Entsetzen die Stimme zu versagen droht. »Ich will einfach nur für sie da sein. Wenn ich darf.«

»Verstehe«, brummt der Mann irgendwann.

Stinki sitzt zu meinen Füßen und guckt mich an. Ich scheine eine Riesenenttäuschung zu sein.

»Ich möchte Sie ja wirklich nicht unnötig unter Druck setzen, aber ich flippe gleich aus. Ich will einfach nur da hin und helfen oder Sarah zumindest sagen, dass ich an sie denke. Oder… ich weiß es doch auch nicht. Ich wollte Sie nur bitten, mir zu sagen, ob sie in Stroud im Krankenhaus ist oder in Gloucestershire oder ganz woanders.«

Der Mann verschränkt die Arme vor der Brust. »Da muss ich erst Hannah fragen«, meint er schließlich. »Ich hoffe, Sie verstehen das.«

Natürlich verstehe ich das. Trotzdem will ich ihm am liebsten mit der Faust ins Gesicht schlagen.

Ich hole tief Luft und nicke. »Ich verstehe das. Wobei, falls es Ihnen hilft, Hannah hat das Handy ausgeschaltet. Ich habe vorhin schon versucht sie anzurufen.«

Der Mann nickt. »Ja, das kann ich mir denken.« Aber er besteht trotzdem darauf, es zu versuchen, und geht in den Flur, damit ich nicht höre, was er sagt. »Du wirst es nicht glauben…«

Es dauert nicht lange, bis er wieder da ist. »Sie geht nicht ran«, sagt er. Spielt mit dem Handy herum und scheint nicht zu wissen, was tun. Er als Vater versteht mich – man sieht ihm an, wie gern er mir helfen möchte. Aber das ist eine wirklich delikate Angelegenheit.

Langsam werde ich panisch. Womöglich sagt er es mir nicht.

»Ich kann auch auf gut Glück nach Stroud fahren oder nach Gloucester ... Aber sagen Sie mir wenigstens, wie es ihr geht?«, frage ich. Ich bin völlig verzweifelt und nehme, was ich kriegen kann. Jedes Krümelchen, das er die Gütigkeit besitzt, mir vom Tisch zuzuwerfen. Stinki seufzt und lehnt den großen dicken Kopf gegen mein Bein.

Er zögert. »Ich weiß nur, dass sie seit zwei Tagen Wehen hat. Und dass sie von der Hebammenstation in den Facharztbereich verlegt wurde.«

»Und was heißt das?«

»Das war bei Elsas Geburt genauso, und das heißt, dass es nicht so gut läuft«, gibt er widerstrebend zu. »Aber das könnte verschiedene Ursachen haben – vermutlich ist sie einfach erschöpft und braucht ein anständiges Schmerzmittel. Ich an Ihrer Stelle würde mir nicht allzu viele Sorgen machen.«

»Bitte sagen Sie mir, wo Sarah ist.« Meine Stimme ist zu laut, aber ich glaube, ich klinge einfach nur verzweifelt, nicht bedrohlich oder irre. »Bitte. Ich bin ein ganz normaler Kerl. Kein Psychopath. Ich will einfach nur zu ihr.«

Er seufzt und gibt schließlich auf. »Okay ... Okay. Sie

sind im Gloucester Royal. Ich glaube, die Geburtsstation nennt sich Frauenzentrum. Aber ich warne Sie, die lassen Sie nicht durch die Tür, wenn Sarah das nicht möchte. Ich schreibe Hannah eine Nachricht und sage ihr, dass Sie kommen. Ich sollte das eigentlich nicht machen, aber … na ja, wenn ich in Ihrer Lage wäre …«

Ich sacke zusammen und lege Stinki die Hand auf den glänzenden schwarzen Kopf. Der ist wie ein tröstlicher Holzklotz, warm und – ja – bestimmt auch ein bisschen stinkig. »Danke«, flüstere ich leise. »Vielen lieben Dank.«

»Dad?« Eine Kinderstimme von oben. Hinter dem Mann sehe ich einen Kopf auftauchen, kopfüber am Geländer. Kastanienrote Locken fallen um das Gesicht nach unten. »Was ist das für ein Mann?«

»Viel Glück«, sagt er und überhört die Frage seiner Tochter. Sarahs Nichte, Elsa, von der sie glaubte, sie würde sie nie kennenlernen. »Ich bin übrigens Hamish.«

»Eddie«, sage ich, obwohl ich mich eben bestimmt schon vorgestellt habe. »Ich kann Ihnen gar nicht sagen, wie dankbar ich Ihnen bin.«

Und dann bin ich auch schon auf dem Weg.

Siebenundvierzigstes Kapitel

Die Autofahrt ist die längste halbe Stunde meines Lebens. Auf der A417 angekommen stehe ich schon völlig neben mir.

Alex hätte sich schrecklich über eine kleine Nichte gefreut, denke ich, als ich am Kreisverkehr warten muss. (Und: Wie kann es sein, dass die Ampel immer noch rot ist?) Und noch mehr hätte sie sich über eine Nichte gefreut, über die sie mit Hannah verwandt wäre.

Und ich? Natürlich wollte ich ein Kind. Ich glaube, das wusste ich schon seit Jahren. Aber ich hätte nicht gedacht, dass es jemals so kommen würde – zumindest nicht, bis ich Sarah kennengelernt habe. Da fühlte es sich plötzlich nicht mehr wie eine weit entfernte Wunschvorstellung an, sondern wie eine erfüllbare Sehnsucht.

Ich liebe sie, denke ich, als ich aufs Gaspedal trete und in den Kreisverkehr schieße. Mit ihr war plötzlich alles möglich.

Sarah Harrington war all die Monate mit meinem Kind schwanger. Neben all dem Kummer und der

Trauer und dem Verlust ihres Großvaters. Sie ist auf die andere Seite der Welt gezogen. Zurück an den Ort, an den sie nie wieder wollte. Und irgendwie hat sie es geschafft, die Wunde heilen zu lassen, die ihre ganze Familie zerrissen hatte. Ganz allein. Obwohl ich nicht mal mit ihr befreundet sein wollte.

Ich erinnere mich nur zu gut an diese unerträgliche Traurigkeit in ihren Augen, als sie von Hannah und ihren Kindern erzählt hat, und wieder frage ich mich, wie es wohl für die beiden gewesen sein muss, unter derart außergewöhnlichen Umständen eine ganz neue Beziehung zueinander aufzubauen. Ich hoffe, das hat Sarah glücklich gemacht. Ich hoffe, dass Hannah ihre Geburtsbegleiterin ist, heißt, dass sie sich wieder so nahestehen, wie Schwestern es sollten.

KRANKENHAUS 1 MEILE, steht auf einem Schild. Eine Meile zu weit. Ich fahre unter einer Eisenbahnbrücke hindurch und einen Hügel hinauf und verfluche den Verkehr. Dann passiere ich, viel zu langsam, einen Fish-and-Chips-Laden. Ein Mann steht im Dämmerlicht davor, und eine Plastiktüte mit warmen Papierpäckchen baumelt an seinem Handgelenk. Er telefoniert und lacht und bemerkt nicht den verzweifelten Autofahrer, der mit seinem im Schneckentempo weiterkriechenden Land Rover im Feierabendverkehr feststeckt.

Etwa eine Minute später zeigt ein Schild an, dass das Krankenhaus noch eine halbe Meile entfernt ist. Immer noch viel zu weit. Die nächste Ampel springt auf Rot. Ich komme aus dem Fluchen nicht mehr heraus.

Der Land Rover läuft ganz leise, und man hört nur das altmodische Ticken des Blinkers. Ich stelle mir Sarah vor, meine wunderschöne Sarah, wie sie erschöpft im Bett liegt. Ich denke daran, was ich aus Filmen über Geburten weiß: schreckliche Schreie, panische Hebammen, brüllende Ärzte, schrilles Alarmpiepsen. Es kommt mir vor, als hätte mich jemand mit einem Eisportionierer ausgehöhlt. Vor Angst habe ich das Gefühl, die Bodenhaftung zu verlieren. Was, wenn etwas schiefgeht?

Ich biege links ab und sage mir selbst, dass Frauen auf der ganzen Welt jeden Tag Kinder gebären. Müssen sie ja, sonst wäre die Menschheit längst ausgestorben. Vor mir erscheint das gedrungene braune Gebäude des Gloucester Royal.

Vor dem Krankenhaus geht es zu wie in einem Bienenstock. Krankheit scheint keine Geschäftszeiten zu kennen. Etliche Leute kreuzen vor mir die Straße. Überall sind Geschwindigkeitshemmer. Der erste Parkplatz ist überfüllt. Ich möchte am liebsten laut schreien. Ich möchte zum nächsten Eingang rennen und mein Auto einfach irgendwo abstellen.

Und jetzt weiß ich auch, wie Sarah sich an dem Tag gefühlt haben muss, als sie hinter ihrem Freund und ihrer kleinen Schwester hergefahren ist. Ich weiß, was für eine Angst sie ausgestanden haben muss und was für ein Impuls sie dazu gebracht hat, das Lenkrad herumzureißen, um den Zusammenprall zu vermeiden, den Hannah nicht überlebt hätte. Ich weiß, dass sie nicht ausgewichen ist, weil Alex ihr egal war. Aus Liebe und aus Angst hat sie das Auto herumgerissen. Ich würde auch den Parkplatz des Krankenhauses blockieren. Ich würde die zulässige Höchstgeschwindigkeit überschreiten. Und ich würde, genau wie Sarah 1997, den Wagen nach links herumreißen, um den Menschen zu retten, den ich am meisten liebe.

Achtundvierzigstes Kapitel

Hamish hat natürlich recht. Sie lassen mich nicht rein. Die Dame auf der anderen Seite der Gegensprechanlage scheint irritiert, dass ich die Dreistigkeit besitze, es überhaupt zu versuchen.

»Kann ich denn irgendwo warten?«, frage ich. »Ich habe Sarahs Geburtsbegleiterin gesagt, dass ich hier bin... Ähm, und ich bin der Vater, falls das irgendwie weiterhilft... Oder nehme es zumindest stark an...« An diesem Punkt beendet die Dame das Gespräch. Ich frage mich, ob sie jetzt den Wachdienst ruft.

Hinter dem Eingang gibt es einen kleinen Wartebereich, da setze ich mich unter eine Rolltreppe, gleich gegenüber von den beiden Aufzügen. Würde ich versuchen, die zu benutzen, würde das vermutlich meine sofortige Verhaftung zur Folge haben. Und hier, in diesem neonröhrenbeleuchteten Krankenhauskorridor – um mich herum, wo ich auch hinschaue, überall Paare, richtige Familien – habe ich die Dämlichkeit dieses ganzen Unternehmens plötzlich so gleißend hell vor Augen, dass ich beinahe laut lachen muss.

Was hatte ich mir denn bitte erhofft? Dass Hannah zwischen den Wehen ihr Handy checken, vielleicht ein paar E-Mails beantworten würde? Dass sie Hamishs Nachricht lesen und denken würde: Ach, wunderbar! Eddie Wallace ist der Vater des Kindes! Und er ist hier, im Krankenhaus – ist das nicht traumhaft! Und würde dann rasch den Kopf zur Tür herausstrecken und mich hineinrufen?

Ich vergrabe das Gesicht in den Händen und frage mich, ob Hamish in Bisley wohl gerade genau dasselbe macht.

Wenn überhaupt noch eine Chance besteht, Sarah zurückzugewinnen, dann wird es dazu mehr brauchen als einen spontanen Abstecher zum Gloucester Royal. Ganze sechs Monate hat sie nicht mal eine Meile von mir entfernt gewohnt. Sechs Monate hätte sie Zeit gehabt, sich bei mir zu melden. Mir zu sagen, dass ich Vater werde. Und ich habe keinen Pieps von ihr gehört.

Aber obwohl ich weiß, dass es eigentlich vollkommen zwecklos ist, bleibe ich da. Ich kann nicht weg. Ich kann sie nicht noch mal im Stich lassen.

Der Aufzug pingt, und ich zucke zusammen und gucke hoch. Aber natürlich ist es nicht Sarah mit dem Baby im Arm, sondern ein müde wirkender Mann mit einem Schlüsselband um den Hals und einer Schachtel Zigaretten, die er schon halb aus der Tasche gekramt hat.

Wir können uns frei entscheiden, habe ich zu ihr

gesagt an dem Tag, als wir uns kennenlernten. Wir sind nicht Opfer der Umstände. Wir können uns entscheiden, glücklich zu sein. Und doch habe ich mich entschieden, unglücklich zu sein. Trotz allem, was ich gesagt habe. Ich habe Sarah Harrington und diesem Einmal-im-Leben-Ding zwischen uns den Rücken gekehrt, und ich habe mich für die Pflicht entschieden. Das halb gelebte Leben.

Heute entscheide ich mich für sie. Uns. Ganz gleich, welche Konsequenzen das auch haben mag: Wenn Sarah mich noch will, entscheide ich mich für sie.

Wenn sie mich noch will.

Eine Stunde vergeht. Zwei Stunden. Drei. Menschen kommen und gehen und bringen eiskalte Winterluft mit herein, die schnell warm und abgestanden ist. Eine Glühbirne geht kaputt. Sie flackert unstet, und gleich darauf taucht ein Mann auf und repariert sie, noch bevor ich überhaupt auf die Idee gekommen bin, jemandem Bescheid zu sagen. Ich schicke ein stilles Dankgebet für den staatlichen Gesundheitsdienst gen Himmel. Ein Stoßgebet für Sarah. Für meine Mutter, deren momentane Gefühlslage ich mir nicht einmal ansatzweise vorzustellen vermag. Vielleicht ist Felix bei ihr. Felix mit seinem sonnigen Gemüt und dem unerschütterlichen Optimismus, ganz gleich, welche Steine ihm das Leben auch in den Weg legt.

Irgendwann, nachdem die Dunkelheit sich über das

Frauenzentrum gelegt hat, kommt eine Familie in den kleinen Wartebereich. Vater, Mutter, Kind. Der Junge hat einen blonden Afro und ein schelmisches Koboldgesicht, das mir gleich sympathisch ist. Er schaut sich neugierig um, erklärt das Krankenhaus für sterbenslangweilig und fragt seine Mum, was sie dagegen zu unternehmen gedenkt. Sie tippt ganz vertieft auf ihrem Handy herum. Sagt irgendwas zu ihrem Mann bezüglich der Besuchszeiten.

Dann fragt das Kind: »Warum hat Sarahs Kind keinen Dad, Mum? Warum ist Sarahs Schwester bei ihr und nicht der Vater von ihrem Kind?«

Mir bleibt fast das Herz stehen. Mit hochroten Wangen starre ich in meinen Schoß.

Die Mutter entgegnet: »Das solltest du vor Sarah lieber nicht sagen, Schatz. Wenn wir reingehen und sie besuchen, kannst du sie alles fragen, was du willst, nur nichts über den Daddy von ihrem Kind. Rudi, hörst du mir überhaupt zu?«

»Ja, aber …«

»Wenn du mir versprichst, dass du den Mund hältst, gehe ich morgen mit dir in die Eisdiele. Die neue Ice-Cream-Factory in Stroud, von der ich dir erzählt habe.«

Mir schlägt das Herz bis zum Hals. Verstohlen linse ich rüber zu dem Jungen, doch der interessiert sich nicht die Bohne für mich.

»Ist das der gemeine Mann, der ihr das Herz gebrochen hat? Wegen dem sie geweint hat, weil er sie nicht angerufen hat?«

Mir ist, als würde man mir bei lebendigem Leib die Haut abziehen.

Das Handy der Frau – offenkundig Sarahs Freundin Jo – klingelt. Sie läuft rüber zu den Aufzügen, bevor sie rangeht, während Rudi mit seinem Vater spielt. Der allerdings gar nicht sein Vater sein kann. Denn als er ihn bei Stein, Papier, Schere vernichtend schlägt, nennt Rudi ihn Tommy.

Tommy! Sarahs alter Schulfreund! Wobei das nicht ganz zu dem passt, was sie mir in ihren Briefen geschrieben hat. Nie hat sie mit einem Wort erwähnt, Jo und Tommy wären ein Paar. Vielleicht habe ich das überlesen? Ich wünschte, ich wüsste mehr über Sarah und ihr Leben. Ich wünschte, ich wüsste, was sie zum Frühstück gegessen hat an dem Tag, als die Wehen einsetzten. Wie die Schwangerschaft verlaufen ist. Wie es sich anfühlt, sich nach all den Jahren mit ihrer Schwester zu versöhnen. Ich wünschte, ich wüsste, dass es ihr gutgeht.

Jo kommt zurück und fängt an, ihre Sachen zusammenzupacken. Über Rudis Afro hinweg schaut sie Tommy an und schüttelt leicht den Kopf.

»Mum? Wo gehen wir hin? Mum! Ich will zu Sarah!«

»Wir fahren zu Sarahs Mum und Dad«, erklärt sie ihrem Sohn. »Sie haben gerade angerufen und uns eingeladen, bei ihnen zu übernachten. Es wird langsam spät, du musst ins Bett, und Sarah darf heute keinen Besuch bekommen. Vielleicht morgen auch noch nicht.«

»Und wann können wir dann zu ihr?«

Jos Miene ist nicht zu deuten. »Ich weiß es nicht«, gesteht sie schließlich.

Danach gibt es eine hässliche Szene. Rudi liebt seine Tante Sarah wohl sehr und will partout nicht unverrichteter Dinge wieder gehen. Aber irgendwann lässt er sich – stinksauer – doch überreden, die Jacke anzuziehen. Als sie sich auf den Rückweg machen und Tommy an mir vorbeikommt, stutzt er plötzlich und bleibt stehen. Geht zögerlich weiter und bleibt dann wieder stehen. Ich spüre seinen prüfenden Blick, und nach kurzem Zögern gucke ich hoch. Ich bin so verzweifelt, dass ich selbst ein hochnotpeinliches Gespräch mit Sarahs ältesten Freunden nicht scheue.

»Entschuldigen Sie«, sagt er, als ich aufschaue. »Ich muss Sie wohl verwechselt haben …«

Er dreht sich wieder um. Bleibt wieder stehen. »Nein, Sie … Sind Sie Eddie?«

Jo, die vor den Aufzügen steht, dreht sich auf dem Absatz um. Starrt mich durchdringend an. Alle beide. Rudi guckt kurz zu mir rüber. Aber er ist so beschäftigt, fuchsteufelswild zu sein, dass er kaum Notiz von mir nimmt. Ich sehe, wie Jo zu ihm ein paar wohlgewählte Worte sagt – ob vor Wut oder Schreck –, um ihren Sohn dann durch die automatische Schiebetür nach draußen zu bugsieren.

Ich stehe auf und reiche Tommy die Hand. Er zögert merklich, nimmt sie dann aber doch.

»Woher wissen Sie...?«, fragt er. »Hat Sarah sich bei Ihnen gemeldet?« Er ist puterrot angelaufen, und ich weiß gar nicht, warum. Wenn sich jemand schämen sollte, dann ich.

»Ich habe es erst heute Nachmittag erfahren. Lange Geschichte. Aber Hannah weiß, dass ich hier bin. Glaube ich.«

Bevor er irgendwas sagen kann, platze ich heraus: »Wie geht es ihr? Ist alles okay? Ist das Baby schon da? Geht es Sarah gut? Es tut mir leid – ich weiß, ich muss wie ein Wahnsinniger klingen, und ich habe dafür gesorgt, dass Sarah einen schrecklichen Sommer hatte, aber... ich ertrage das nicht. Ich will einfach nur wissen, ob alles in Ordnung ist.«

Tommys Gesicht glüht noch etwas heftiger. Seine Augenbrauen haben ein Eigenleben entwickelt und scheinen sich gerade eine Rede auszudenken oder ein vertracktes Rätsel zu lösen.

»Ich weiß es wirklich nicht«, murmelt er schließlich. »Jo hat gerade eben mit Sarahs Mum telefoniert. Ich nehme an, sie wollte mir vor Rudi nicht sagen, was los ist.«

»Scheiße«, keuche ich. »Heißt das, es sieht nicht gut aus?«

Tommy wirkt hilflos und in die Ecke gedrängt. »Ich weiß es nicht«, wiederholt er. »Ich hoffe nicht. Ich meine, ihre Eltern waren vorhin hier und sind wieder nach Hause gefahren, es wird also nicht so … Hören Sie, ich muss los. Ich …« Er bricht ab und schiebt sich in Richtung Ausgang. »Sorry, Kumpel«, murmelt er, dann ist er weg.

Es ist mitten in der Nacht, und ich tigere unruhig auf und ab, wie man es in Filmen immer sieht. Jetzt verstehe ich das. Still sitzen wäre wie stillhalten, während einem ein rot glühendes Eisen auf die Haut gedrückt wird.

Ich teile mir den Wartebereich mit einem älteren Herrn im Pyjama, aber keiner von uns macht Anstalten, irgendwie mit dem anderen ins Gespräch zu kommen. Er wirkt genauso nervös wie ich. Vielleicht ein Patenonkel. Genau wie ich kann er wenig mehr tun als gähnen, mit den Knien wippen und immer wieder auf den Eingang zum Kreißsaal starren.

So stelle ich mir das Fegefeuer vor. Unendlicher Aufschub. Angestrengtes Warten in Schiss Moll. Nichts bewegt sich, außer den schleichenden Zeigern der Uhr.

Alan hat versucht, mich zu beruhigen – und mir unter anderem mehrere Artikel über Geburten geschickt. *Gia meint, ich soll dir sagen, eine Geburt muss nicht zwangsläufig eine Horrorshow sein, wie man sie im Fernsehen sieht*, schrieb er mir vorhin. *Frauen gebären alle*

Tage Kinder, überall auf der Welt. Sie meint, du sollst die-
ses ganze verkopfte Drama vergessen und dir stattdessen
vorstellen, dass Sarah ein ganz wunderbares Geburtser-
lebnis hat. Wie sie mit langen, tiefen Atemzügen das Kind
zur Welt bringt.

Oder so was in der Art. Ich sollte auf die beiden
hören und mir nicht so viele Gedanken machen. Aber
ich bin längst jenseits von Gut und Böse.

In meiner Verzweiflung lese ich all die Nachrichten, die Sarah mir letzten Sommer geschrieben hat,
noch mal von vorne. Von dem Tag an, als sie aus meiner
Scheune gegangen ist, bis zu dem Tag, als wir uns am
Santa Monica Beach wiedergesehen haben. Ich lese sie
einmal, zweimal, dreimal. Als suchte ich darin etwas,
von dem ich weiß, dass ich es nicht finden werde.

Dann geht die Tür zum Kreißsaal auf, und mein Herz
bleibt stehen. Aber es ist bloß eine Krankenschwester,
die sich im Gehen eine Mütze aufsetzt, während sie
gähnend und die Hände tief in den Taschen ihres Man-
tels vergraben hinausgeht. Erschöpft, wie sie ist, würdigt sie uns keines Blickes.

Ich halte das nicht aus. Ich scrolle zurück zu der ersten Nachricht, die Sarah mir geschrieben hat, zwanzig
Minuten nachdem wir uns verabschiedet haben.

Wieder zu Hause, stand da. *War wirklich wunderschön*
mit dir. Danke für alles. X

Fand es auch wunderschön mit dir, schreibe ich ihr
jetzt zurück. *Das war die schönste Woche meines Lebens.*

Kann immer noch nicht glauben, dass das wirklich wahr ist.

Auf dem Weg nach Leicester und denke an dich, hatte sie ein paar Stunden später geschrieben.

Habe auch an dich gedacht, schreibe ich. *Auch wenn meine Gedanken da schon nicht mehr so romantisch und rosarot waren wie deine. Aber ich war trotzdem rettungslos in dich verliebt. Deshalb hat es auch so wehgetan – ich hatte mich in dich verliebt: rettungslos, hoffnungslos, kopflos. Konnte gar nicht glauben, dass es so was wie dich überhaupt gibt. Kann ich bis heute nicht.*

Ab da merkt man ihren Nachrichten an, dass sie sich langsam Sorgen machte. *Hey – alles okay? Rechtzeitig in Gatwick gewesen?*

Ich schlucke. Kann kaum ertragen, tatenlos mit anzusehen, wie die Angst sie langsam erfasst, wissend, dass ich es hätte aufhalten können.

Ich lese noch ein paar Nachrichten und muss dann aufhören, weil ich mich so mies fühle.

Du bist der wunderbarste, wunderschönste Mensch, den ich kenne, schreibe ich ihr. *Das wusste ich gleich am ersten Tag. Du bist eingeschlafen, und ich habe gedacht: Ich will diese Frau heiraten.*

Ich liebe dich, Sarah, schreibe ich. *Ich glaube, ich weine. Ich wünschte, ich wäre jetzt bei dir und könnte dich unterstützen. Ich will nur, dass es dir und dem Baby gutgeht.*

Tut mir so leid, dass ich nicht für dich da war. Ich wünschte, es wäre anders gewesen. Ich wünschte, wir wären zusammen gewesen. Ich hätte mutiger sein sollen. Hätte darauf vertrauen sollen, das mit Mum irgendwie hinzubekommen. Hätte mich durch nichts aufhalten lassen sollen.

Ich weine tatsächlich. Eine einzelne Träne tropft auf das Handydisplay und hinterlässt eine kleine Pfütze. Ich versuche, sie mit meinem schmuddeligen Ärmelbündchen wegzuwischen, und mache es nur noch schlimmer, weil alles verschmiert. Dann kullert noch eine Träne von meiner Nase, und ich bekomme plötzlich Angst, unkontrolliert loszuschluchzen. Also springe ich auf und laufe wieder im Kreis. Gehe dann nach draußen. Die Luft ist kalt wie das arktische Meer. Aber die Tränen versiegen augenblicklich, also bleibe ich dort. Der Parkplatz ist menschenleer. Kupferstichiges Licht, laublose Bäume, die sich in der bitterkalten Brise wiegen.

Ich schicke dir alles an Kraft und Mut, was ich habe. Obwohl du sie nicht brauchen wirst. Du bist eine außergewöhnliche Frau, Sarah Harrington. Die liebenswerteste, die ich kenne.

Meine Finger zittern. Schneidend wie ein Messer fährt die Kälte in meinen offenen Dufflecoat, aber mir ist schon alles egal.

Bitte, meinst du, wir können es noch mal miteinander ver-
suchen? Können wir einen Schlussstrich ziehen unter alles,
was passiert ist – selbst das, von dem ich dachte, ich würde
nie darüber hinwegkommen? Können wir noch mal ganz
von vorne anfangen? Nichts würde mich glücklicher ma-
chen, als mit dir zusammen zu sein. Du, ich, das Baby.
Eine kleine Familie.
Ich liebe dich, Sarah Harrington.

Das Martinshorn eines Rettungswagens heult auf, und
ein frostig-kalter Windstoß trifft mich wie eine Ohrfeige.

Ich liebe dich. Es tut mir leid.

Neunundvierzigstes Kapitel

SARAH

Ich drehe mich langsam um mich selbst, schwebend über meinem Leben. Hexagone sind da und Oktagone. Vielleicht Deckenfliesen oder vielleicht auch nur Details von diesem Ding, auf das ich vorhin die Unterarme gestützt habe. Dieses Dings, auf dem man sitzt.

Da waren viele Möbeldetails in dieser Parallelzeit. Dinge, die ich so lange angestarrt habe, bis sie zu Makroaufnahmen wurden und Muster bekamen und anfingen zu tanzen: ein Kaleidoskop im Himmel.

Schöne Zeiten. Schöne Bilder. Alles, was die Oxytozinbildung anregt. Daran sollte ich denken. Ich spiele schöne Erinnerungen auf dem Bildschirm vor meinem Brauenknochen. Da ist das kleine dicke Pony, das der Frau gehörte, die in dem Haus hinter Tommy gewohnt hat.

Schmerz. Wie ein brutaler brüllender Wasserfall. Aber: Ich vertraue meinem Körper. Ich vertraue meinem Körper. Mein Körper bringt mir mein Baby.

Da ist Hugo, Tommys Katze, die komische, die im Sommer nicht genug getrunken hat.

Die Hebamme macht wieder irgendwas an meinem Bauch. Befestigt Bänder. Seit sie mich in dieses Zimmer gebracht haben, überwachen sie den Herzschlag des Babys mit einem Gerät, das aussieht wie ein Laborexperiment. Ein Sensor für die Wehen, einer für das Baby, erklären sie mir geduldig, als sie mein Gesicht sehen. Ich nicke und versuche, wieder an was Schönes zu denken.

Da ist ein Kind namens Hannah, sie ist vielleicht zwölf Jahre alt. Sie trägt den Arm in einer Schlinge. Sie hat ein blaues Auge. Ihre Haut ist übersät von Schnitten und Prellungen. Ihre beste Freundin ist tot, und sie hasst mich.

Nein, das ist keine schöne Erinnerung. Unter den vielen Schichten Schmerz und Erschöpfung suche ich nach etwas Besserem. Auf vier atme ich ein, auf sechs wieder aus. Oder war es acht? Vertraue deinem Körper, hieß es in dem Kurs. Vertraue deinem Körper. Vertraue den Geburtswehen.

Aber ich bin in einem Tunnel, und der ist so lang und tief, dass ich nicht mehr weiß, wo ich bin. Ich glaube, das sind die Medikamente. Stimmt: Ich habe eine Spritze in die Hüfte bekommen, und dann ist da dieses Ding an meinem Mund. Ich beiße drauf und atme liebliche Geschichten ein, während ich den nächsten Berg erklimme. Er treibt ab – jemand versucht ihn wegzuziehen, also klammere ich mich daran fest.

Der ganze Raum ist voller medizinischer Apparate, und das Mädchen von eben, Hannah, ist auch da. Nur anders. Sie ist wieder meine Schwester, aber sie ist eine erwachsene Frau mit eigener Familie und Karriere. Sie ist meine Geburtsbegleiterin. Sie geht zur Therapie, weil sie sich selbst nicht so richtig lieb hat. Sie meint, sie war schrecklich zu mir.

Aber sie war nicht schrecklich. Sie war nie schrecklich. Hannah ist ein unerschöpflicher Quell traumschöner Erinnerungen, die mich durch diesen Schmerz tragen.

Ich atme das Erstaunen ein, das mein ganzes Herz erfüllt hat, als ich sie wiedersah. Damals, am Tag von Großvaters Beerdigung, als sie morgens zu Mum und Dad ins Haus kam. Wie sie stocksteif vor mir stand und mir dann plötzlich um den Hals fiel. Und dann die explosive, fast überirdische Freude, als ich meine Schwester zum ersten Mal seit beinahe zwanzig Jahren umarmte.

Noch mehr Formen und Muster: ein bewegliches Erinnerungsalbum. Ich nehme die anderen Menschen um mich herum und was sie mit meinem Körper machen und die sanften Kommandos nur halb wahr.

Ich erinnere mich an das Café in Stroud, wo Hannah und ich uns das erste Mal als Erwachsene verabredet haben. Schweigen und nervöses Lachen. Entschuldigungen von beiden Seiten und mein Vater, der weinte, als ich ihm und Mum sagte, dass Hannah mich zu sich nach Hause eingeladen hat, damit ich ihre Familie kennenlerne.

Aber… mein Baby. Wo ist mein Baby?

Das Meer bricht sich in seinen eigenen Wellen, wieder und wieder, und ein Kuckuck singt zwei Töne in einem dämmrigen Wald. Eddie lacht. Jetzt untersuchen sie mich wieder. Menschen, sehr viele, schauen auf einen Bildschirm, der eine gezackte Linie ausgespuckt hat…

Wo ist mein Baby?

Mein Baby. Das Baby, das ich mit Eddie gemacht habe.

Eddie. Ich habe ihn so geliebt.

Eddie. Den Namen sagt Hannah zu mir. Sie erzählt mir von Eddie. Sie sagt, er ist draußen. Sie wirkt erschrocken, erstaunt, aber ich muss der Ärztin zuhören, oder vielleicht ist es auch die Hebamme. Sie nimmt mir die Schläuche ab und fängt an, sehr langsam und deutlich mit mir zu reden. »Wir können leider nicht mehr warten…«, sagt sie. »Wir müssen das Baby rausholen. Sie sind immer noch nicht vollständig geöffnet… haben eine fetale Blutprobe genommen… Sauerstoff… Sarah, verstehen Sie, was ich sage?«

»Eddie?«, frage ich. »Draußen?« Aber es kommen nur noch mehr Worte vom medizinischen Personal, und dann fängt der Bettstuhl an, sich zu bewegen. Er fährt aus dem Zimmer.

Der Tunnel verschwindet langsam. Da sind Deckenfliesen. Hannahs Stimme ganz nahe an meinem Ohr.
»Du hast einem Kaiserschnitt zugestimmt«, erklärt
sie mir. »Du liegst schon zu lange in den Wehen, und
das Baby bekommt nicht genug Sauerstoff. Aber keine
Sorge, Sarah, das kommt öfter vor. Du kommst jetzt
sofort in den OP, und in ein paar Minuten ist das Baby
da. Alles wird gut…«

Ich frage sie nach Eddie, weil das womöglich auch
nur eine Geschichte aus dem Kaleidoskop-Tunnel war.
Ich bin so müde.

Nicht genug Sauerstoff?

Aber es ist kein Tunnelgespinst. Es ist wirklich wahr:
Eddie wartet auf mich. Er ist draußen. Er hat mir geschrieben. Er sagt, er liebt mich. »Und er sagt dauernd,
dass es ihm leidtut«, meint Hannah zu mir. »Eddie Wallace«, brummt sie, dann fasst jemand sie am Ellbogen
und sagt ihr, dass sie einen OP-Kittel anziehen muss.
»Der Vater deines Kindes. Ich meine, was?«

Eddie sagt, er liebt mich. Mein Kind kommt.

Und dann stürzen sich die Ärzte alle gleichzeitig
auf mich und reden auf mich ein, und ich muss ihnen
zuhören, denn es ist ernst.

Fünfzigstes Kapitel

EDDIE

Ich setze mich kerzengerade auf: Die Tür zum Kreiß-saal geht auf. Ich muss kurz eingeschlafen sein. Mir ist hundeelend. Und eiskalt. Ich zittere am ganzen Leib. Warum habe ich bloß keinen ordentlichen Mantel mit-genommen? Warum habe ich nicht mal einen Augen-blick nachgedacht, ehe ich Hals über Kopf losgerast bin? Warum habe ich einfach alles vor die Wand gefah-ren, seit Sarah im Juni aus meinem Haus gegangen ist?

»Ist hier ein Eddie Wallace?«, fragt die Frau in der Tür. Sie trägt OP-Kleidung.

»Ja! Das bin ich!«

Sie zögert kurz, dann weist sie nickend zu den Auf-zügen, wo wir ungestört reden können, ohne dass mein Wartezimmergenosse mithört. Er war auch eingeschla-fen, beäugt mich aber nun neidisch.

Angstpfeile schießen durch meinen Körper, und ich gehe viel zu langsam. Die Dame im OP-Outfit wartet mit verschränkten Armen auf mich, und ich sehe, dass sie angestrengt auf den Boden schaut.

Das gefällt mir ganz und gar nicht.

Und ich denke nur, wenn sie jetzt schlechte Nachrichten für mich hat, wird mein Leben nie wieder so sein wie vorher.

Weshalb ich in den ersten ein, zwei Sekunden gar nicht mitbekomme, was sie sagt. Ich bin fast taub vor Angst.

»Es ist ein Junge«, wiederholt sie, als sie merkt, dass ich nichts von dem mitbekommen habe, was sie gerade gesagt hat. Dann lächelt sie. »Sarah hat vor ungefähr einer Stunde einen wunderhübschen kleinen Jungen auf die Welt gebracht. Wir untersuchen Mutter und Kind noch gründlich, aber Sarah hat mich gebeten, Ihnen zu sagen, dass es ein Junge ist und es allen Beteiligten gutgeht.«

Mit bodenlosem Erstaunen starre ich sie an. »Ein Junge? Ein Junge? Sarah geht es gut? Sie hat einen Jungen bekommen?«

Sie lächelt. »Sie ist sehr müde, aber es geht ihr gut. Sie war wirklich sehr tapfer.«

»Und sie wollte, dass Sie mir das sagen? Sie weiß, dass ich hier bin?«

Sie nickt. »Sie weiß, dass Sie hier sind. Sie hat es kurz vor dem Kaiserschnitt erfahren. Ihre Schwester hat es ihr gesagt. Und Ihr Sohn ist wirklich herzig, Eddie. Ein ganz entzückendes kleines Kerlchen.«

Ich knicke nach vorne ein, und ein Schluchzen, vor Freude, vor Erleichterung, vor Erstaunen, vor einer Million Dinge, die ich nie benennen könnte, bricht aus mir heraus. Es klingt wie Lachen. Es könnte ein Lachen sein. Ich vergrabe das Gesicht in beiden Händen und weine haltlos.

Die Frau legt mir eine Hand auf den Rücken. »Glückwunsch«, sagt sie irgendwo über mir. Ich höre sie lächeln. »Glückwunsch, Eddie.«

Irgendwann schaffe ich es, mich aufzurichten. Sie will schon wieder gehen. Es sprengt meine Vorstellungskraft, dass sie geht, um noch mehr neues Leben auf die Welt zu holen. Dass dieses unfassbare Wunder für sie alltäglich ist.

Ein Junge! Mein Junge!

»Sarah erholt sich auf der Station. Wir behalten sie und das Baby noch ein bisschen im Auge. Heute Nacht dürfen Sie leider nicht mehr zu ihnen, aber die Besuchszeit beginnt um vierzehn Uhr«, sagt sie. »Wobei das letztendlich Sarah entscheiden muss.«

Ich nicke. Benommen, glückselig. »Danke«, wispere ich, als sie sich umdreht und geht. »Vielen lieben Dank. Sagen Sie ihr bitte, dass ich sie liebe. Ich bin so stolz auf sie. Ich …«

Ich habe nicht mehr geweint seit dem Tag, als ich erfahren habe, dass meine kleine Schwester tot ist. Aber das war der schlimmste Augenblick meines Lebens. Und das hier ist der schönste.

Nach einer Weile stolpere ich nach draußen. Der Wind hat nachgelassen, und durchscheinendes Grau sickert langsam in den Nachthimmel. Es ist still, bis auf meine Tränen und mein Schniefen. Nicht mal ein entferntes Auto. Nur ich und diese überwältigende, unbegreifliche Nachricht. »Ich bin Vater«, flüstere ich ins Nichts des Morgengrauens. »Ich habe einen kleinen Jungen.«

Das wiederhole ich noch ein paar Mal, weil mir ansonsten die Worte fehlen. Ich lehne mich gegen die Mauer des Frauenzentrums und versuche, meine Sicht des Universums neu zu definieren, um dieses kleine Wunder zu erfassen. Aber es ist unmöglich. Es ist einfach unvorstellbar. Ich kann es nicht begreifen, ich kann es nicht glauben. Ich kann gar nichts.

Ein einsames Auto fährt auf den Parkplatz und steuert langsam zu dem Behindertenparkplatz gegenüber. Das Leben geht weiter. Die Welt erwacht. Die Welt mit meinem Sohn darin. Das ist alles seins. Seine Luft, seine Morgendämmerung, dieser heulende Mann, den er eines Tages vielleicht Dad nennen wird.

Dann brummt meine Hosentasche, und ich sehe Sarahs Namen und das Wort »Nachricht«, und wieder breche ich in Tränen aus und heule haltlos, noch bevor ich überhaupt gelesen habe, was sie schreibt.

Er ist wunderschön, steht da. *Er ist das größte Wunder, das ich je gesehen habe.*

Atemlos sehe ich zu, wie sie noch etwas schreibt.

Er sieht aus wie du.

Bitte komm morgen her, damit du unseren Sohn kennenlernst.

Und dann als Letztes: *Ich liebe dich auch.*

Einundfünfzigstes Kapitel

SARAH

Es ist der 2. Juni. Wieder ein 2. Juni am Broad Ride. Mein zwanzigster, wie mir aufgeht, als ich die Haare mit einem Gummi zusammenbinde. Heute weht eine steife Brise, die die Wolken schnell über den Himmel schiebt und sie zu engen Wirbeln dreht und windet. Der Wind packt eine Strähne meiner Haare und zerrt daran, sodass ich sie nicht zu fassen bekomme.

Ich muss an das Jahr denken, als es so geregnet hat, dass die Nesseln platt am Boden lagen. Und das Jahr, als ein tosender Sturm mir den Hut vom Kopf gerissen hat. Ich muss an letztes Jahr denken, als es so heiß war, dass die Luft dick wie Sirup war und selbst die Vögel stumm und halb tot mit schlaffen Flügeln in den Bäumen saßen. In dem Jahr habe ich Eddie kennengelernt. Da hat alles angefangen.

Eddie. Mein Eddie. Obwohl ich erschöpft bin und so unausgeschlafen, dass es jeglicher Beschreibung spottet, muss ich lächeln. Ich lächele heillos, und mein Magen schlägt einen Purzelbaum.

Das passiert mir immer noch. Ein ganzes Jahr, nachdem wir uns zufällig auf der Dorfwiese von Sapperton über den Weg gelaufen sind. Er sagt, ihm ginge es genauso. Manchmal frage ich mich, ob das noch die Nachwirkungen des Kampfes sind, den wir ausfechten mussten, um zusammen sein zu können. Aber eigentlich glaube ich, es liegt vielmehr daran, dass es sich so anfühlen sollte.

Als spürte er, wie seiner Mutter das Herz aufgeht, schnufft Alex leise und kuschelt sich noch fester an meine Brust. Er schläft tief und fest, trotz der vielen Leute, die ihn in der letzten Stunde gedrückt, getätschelt, geherzt und angegurrt haben. Ich lege die Arme um ihn in seiner Babytrage und küsse seinen warmen kleinen Kopf wieder und wieder. Ihn im Arm zu halten – selbst wenn ich so müde bin, dass ich sogar in einem Hundenapf einschlafen würde –, ist, als knipse man ein Licht an. Ich hatte ja keine Ahnung, dass ich etwas oder jemanden so lieben könnte. Am Tag nach Alex' Geburt, als Eddie mit einem Plüscheichhörnchen in den zitternden Händen und kalkweißem Gesicht in unser Zimmer stolperte, wusste ich, wir hatten es geschafft. Ich drückte ihm seinen Sohn in den Arm, und er starrte ihn mit großen Augen staunend an, weinte hemmungslos und nannte Alex »Rabauke«. Später, als eine Schwester Eddie Alex mit sanfter Gewalt wieder abgenommen hatte, schaute er mich kurz an und sagte mir, dass er mich liebt. Ganz gleich, was vorher war. Er sei mein. Wenn ich ihn noch wollte.

Als ich wieder nach Hause durfte, fuhr er mit mir zu Mum und Dad. Ein paar Wochen später sind wir dann zu ihm in die Scheune gezogen. (Er hat Alex eine Wiege gebaut. Eine Wiege! Maus haben wir oben drangehängt.) Und obwohl seine Mutter partout nicht mit ihm über mich reden will, obwohl sie ihn mehrmals täglich angerufen hat, obwohl uns das Geld ausgegangen ist und Eddies Dach ein Leck hatte und ich eine Brustdrüsenentzündung bekam und meine Brüste höllisch wehtaten, war ich so glücklich wie noch nie. Am ersten Morgen sind wir überhaupt nicht aus dem Bett gekommen. Wir lagen einfach nur da, mit unserem Sohn zwischen uns, haben ihn gefüttert, mit ihm gekuschelt, sind zwischendurch eingenickt, haben uns geküsst und Windeln gewechselt und übers ganze Gesicht gestrahlt.

Anfangs ging Eddie zwei-, dreimal am Tag ans Telefon, wenn seine Mutter anrief. Irgendwann dann nur noch einmal. Es fiel ihm sehr schwer – »schrecklich schwer«, wie er meinte, als er eines Morgens drei verpasste Anrufe von ihr auf dem Handy hatte. »Die nächtlichen Anrufe sind die schlimmsten.« Mit zitternden Händen rief er sie zurück, noch im Bett, während ich im Sessel saß und Alex stillte, und kurz darauf fuhr er zu ihr. Sie war »okay«, wie er versicherte, als er zurückkam. »Hatte nur eine schlimme Nacht. Aber sie hat seit zwanzig Jahren mindestens einmal im Monat eine schlimme Nacht, und sie hat es überlebt. Darauf muss ich vertrauen.«

Auch wenn ich mich jahrelang mit der Vorstellung gequält habe, wie sehr die Familie Wallace unter ihrer Trauer um Alex leiden muss, ist das Ausmaß von Eddies Verantwortung für seine Mutter ein echter Schock für mich gewesen. Aber als er sich für ihre vielen Anrufe, die vielen Besuche bei ihr entschuldigen wollte, versicherte ich ihm, das sei nicht nötig. Von allen Menschen auf der Welt bin ich wohl diejenige, die das am besten versteht.

Ich verstehe aber auch, dass Eddie etwas noch Wichtigeres, Größeres erlebt hat als die Krankheit seiner Mutter. Und das ist, Vater zu werden. Vatersein und die unerklärlichen damit verbundenen Instinkte und Emotionen. Alex platzte mitten hinein in Eddies Leben, winzig und warm und mit einem Gesichtchen, als müsste er alle Geheimnisse der Welt aufklären. Und ohne ein Wort – ohne auch nur den kleinen Finger zu heben – hat er Eddies Verantwortlichkeiten vollkommen und unverrückbar auf den Kopf gestellt.

Wenn seine Mum ihn anruft, drückt er sie weg und schreibt ihr später eine Nachricht. Alex hat seine ungeteilte Aufmerksamkeit. Und ich auch. »Ich muss einfach beten, dass Mum ohne mich zurechtkommt«, sagte er eines Tages. »Dass das, was ich ihr geben kann, reicht.

Denn mehr kann ich ihr nicht geben, Sarah. Mehr will ich nicht. Dieser kleine Kerl hier, der braucht mich. Um den muss ich mich kümmern, für den bin ich verantwortlich.«

Trotzdem. Ich weiß, wie sehr es ihn verletzt, dass seine Mum heute nicht gekommen ist. Ich wusste, dass sie nicht kommen würde. Er wusste, dass sie nicht kommen würde. In drei Monaten hat sie Alex nur sechsmal gesehen, und jedes Mal hat sie darauf bestanden, dass nur Eddie dabei ist. Aber zu sehen, wie er mit hängenden Schultern dastand, als wir ohne sie anfangen mussten, hat mir das Herz gebrochen.

Jenni und Javier haben den Anstoß für dieses Fest gegeben. Als sie mir sagten, sie wollten im Juni nach England kommen und uns besuchen, haben Eddie und ich uns überlegt, eine kleine Willkommensfeier für Alex zu geben. Bei zwei Atheisten als Eltern ist es eher unwahrscheinlich, dass er irgendwann getauft wird, also haben wir eine eigene kleine Zeremonie für ihn arrangiert. Ein paar liebe Freunde, die ein paar liebe Worte sagen, und dann zum wirklich Wichtigen: Essen und Trinken und Fröhlichsein.

Für Jenni waren die vergangenen zehn Monate nicht leicht. Wir haben mindestens zweimal die Woche miteinander telefoniert, und es gab einige herzzerreißende Tiefs, aber ich habe das Gefühl, sie hat das Schlimmste überstanden. Gestern sind sie angekommen, und sie ist der reinste Sonnenschein. Vorhin meinte sie zu mir, sie und Javier versuchten gerade, ein Leben ohne Kinder zu planen (»Reisen vielleicht?«, sagte sie) – und sie überlegt sogar, sich noch mal an der Uni einzuschreiben und »irgendwas Cooles« zu studieren. Armer Reuben, er wird außer sich sein, wenn er sie auch noch verliert.

Es war Eddies Idee, es hier zu machen. Auf dem Broad Ride. Am 2. Juni. Da, wo Alex und Hannah ihre Hütte hatten. Ich fand es perfekt.

Aber natürlich lief es, wie immer bei uns, nicht ganz rund. Stinki, der Hund meiner Schwester, fraß während der Zeremonie beinahe das gesamte Büfett leer – einschließlich der mehrstöckigen Schokoladentorte –, weshalb Hamish ihn zum Nottierarzt bringen musste und Hannahs Kinder die ganze Zeit heulten vor Angst, er könnte sich zu Tode gefressen haben. Alan, Eddies bester Freund, war etwas aufgeregt, weil er eine kleine Rede halten sollte, und hatte so viel Bier getrunken, dass er, als er schließlich an der Reihe war, fest eingeschlafen war. Seine Frau redet nicht mehr mit ihm. Und dann ließ Rudi sich dabei erwischen, wie er in einer geheimen Wiesenkerbelhöhle heimlich die Tochter einer meiner Yogafreundinnen küsste. Obwohl er gerade mal acht Jahre alt ist und Mädchen eigentlich noch ein paar Jahre lang doof finden sollte. Und obwohl meine Yogafreundin mir erst neulich noch sagte, wie froh sie sei, dass ihre Tochter nicht so frühreif und übersexualisiert sei wie die meisten anderen Kinder heutzutage.

Jo kriegte sich nicht mehr ein vor Lachen. Was nicht unbedingt zur Entschärfung der Situation beigetragen hat.

Trotzdem, alle sind da, bis auf Hamish. Und natürlich Eddies Mum. Jenni, Javier, meine Schwester und ihre Familie, Alan und Gia, die mich so herzlich aufgenommen haben – und Tommy und Jo, die gerade ihre eigene Liebesgeschichte erleben. Die beiden sind so glücklich, wie ich sie noch nie gesehen habe. Auch wenn das mit Shawn ziemlich unschön wurde, nachdem Jo ihm das mit Tommy gebeichtet hatte. Aber sie hat etwas, das sie bisher nicht kannte: ein Team, das hinter ihr steht. Sie kriegt das hin. Sie schafft das irgendwie.

Und meine Eltern sind natürlich auch da. Offen und strahlend schauen sie dem bunten Treiben zu und sind glücklich, ihre beiden Töchter zusammen zu sehen. Sie können es noch immer nicht so recht glauben, dass ich wieder da bin und dass Hannah und ich uns versöhnt haben und dass wir alle eine große Familie sind. Und selbstredend sind sie verrückt nach Alex. Dad hat sogar ein Cello-Stück für ihn geschrieben. Ich habe das ungute Gefühl, dass er es nachher zum Besten geben will.

Ich nehme mir ein Stückchen Quiche, solange es noch geht – Alex wird jeden Augenblick aufwachen –, und schaue mich nach Eddie um.

Da. Er kommt auf uns zu, lächelnd, die Hände in den Hosentaschen. Ich glaube, von diesem Lächeln werde ich nie genug bekommen.

»Hallo«, murmelt er. Und küsst mich. Einmal. Dann noch mal. Schaut auf unseren winzig kleinen Sohn. »Na, du Rabauke«, flüstert er. Tatsächlich. Alex wird langsam wach. Er macht ein Auge halb auf, verzieht das Gesicht, haut mit dem Kopf gegen meine Brust und schläft wieder ein. Sein Vater gibt ihm einen Kuss auf den Kopf, der so lieblich duftet wie sonst nichts auf der Welt, und beißt beherzt und beiläufig in meine Quiche.

Alex wacht wieder auf, aber diesmal sieht es aus, als sei es ihm ernst. Verschlafen starrt er seinen Vater an, dessen Gesicht direkt vor Alex' Nase schwebt und an einen debil grinsenden Kürbiskopf erinnert – nach sorgfältiger Überlegung strahlt Alex ihn an. Eddie schmilzt, wie immer, wie Eis in der Sonne dahin.

Behutsam holt er seinen Sohn aus der Trage, und plötzlich sehe ich uns beide: die zwei, die letztes Jahr ein entlaufenes Schaf gehütet haben. Große Hoffnungen und Erwartungen und eine Vergangenheit, von der wir nichts ahnten und die uns doch bald einholen sollte. Seitdem hat sich vieles verändert. Vieles wird sich noch verändern. Doch nun kann mich nichts mehr aufhalten. Keine dunklen Geheimnisse, keine drohende Erinnerungslawine. Nur das Leben selbst.

Und wer hätte gedacht, dass ausgerechnet Eddie Wallace die Lösung sein würde? Dass Eddie der Mensch ist, der mich dazu bringt, nicht mehr wegzulaufen vor dem, was ich getan habe? Der es möglich macht, dass ich still sitzen, atmen, mich selbst lieben kann? Wer hätte gedacht, dass ausgerechnet Eddie Wallace, vor dem ich mich all die Jahre versteckt hatte, in mir den brennenden Wunsch weckt, nach Hause zurückzukommen? Der mir hilft, Wurzeln zu schlagen und endlich irgendwo hinzugehören?

Ich schaue auf und entdecke Carole Wallace.

Dort, am Rand unserer kleinen Gesellschaft, den Arm untergehakt bei einem Mann, dessen anderer Ärmel leer herunterhängt. Das muss Felix sein. Mein ganzer Körper wird stocksteif, und mein Herz galoppiert. Ich weiß nicht, ob ich das kann. Selbstsüchtig, ich weiß. Aber ich weiß nicht mal, ob ich das *will*. Ich kann heute keine Szene ertragen, nicht an Alex' großem Tag.

Aber sie ist da, schlängelt sich durch die anderen Gäste und kommt direkt auf uns zu.

Sie will zu Eddie, sage ich mir. Mich wird sie gar nicht beachten. Eddie hebt Alex über den Kopf in die Luft und lacht, als er das staunende, verblüffte kleine Gesicht sieht, das sein Sohn dabei macht. Ich beobachte, wie Caroles und Mums Blicke sich kreuzen. Meine Mutter geht auf sie zu, spricht sie an, legt ihr kurz die Hand auf den Arm, lächelt. Carole wirkt konsterniert. Blinzelnd schaut sie Mum an, steht starr da und ringt sich schließlich eine einsilbige Antwort ab. Vielleicht sogar ein Lächeln, aber wenn, dann nur sehr flüchtig. Mum sagt noch etwas, deutet auf das Picknick, und Felix strahlt sie an, nickt und bedankt sich. Dann schaut er zu Carole, aber die hat sich schon wieder zu mir und Eddie umgedreht und kommt auf uns zu.

»Eddie«, sage ich leise. Er redet mit seinem Sohn. »Eddie. Deine Mum ist hier.«

Er dreht sich auf dem Absatz um, und ich spüre, wie sein ganzer Körper plötzlich in Alarmbereitschaft ist. Er zögert kurz und scheint zu überlegen, was er tun soll. Erst will er auf sie zugehen und sie abfangen, doch dann überlegt er es sich anders. Bleibt stehen, stellt sich kerzengerade hin und nimmt meine Hand. Mit der anderen drückt er Alex fest an sich, und sein Daumen streichelt über den weichen Baumwollstoff des Babystramplers.

Ich schaue ihn an. Die Ader an seiner Schläfe pulsiert. Die Halsmuskeln sind gespannt, und ich weiß, eigentlich will er loslaufen und sie aufhalten. Aber er bleibt. Hält meine Hand so fest wie noch nie. Wir gehören zusammen, sagt er ihr damit, und ich liebe ihn dafür. Ich bin nicht mehr nur ich. Ich bin wir.

»Hallo Eddie, mein Schatz«, begrüßt sie ihn, als sie vor uns steht. Erst da scheint sie zu merken, dass Felix nicht mehr bei ihr ist. Nervös schaut sie sich um, aber er rührt sich nicht vom Fleck, und sie scheint ebenso entschlossen, nicht nachzugeben. »Ich dachte, ich schaue kurz vorbei und besuche Alex an seinem großen Tag.«

Eddie hält meine Hand noch fester. Langsam tut es weh.

»Hey, Mum«, ruft er. Fröhlich und entspannt, als sei alles in bester Ordnung. Und ich denke: Du bist so ein guter Mensch. So viele Jahre bist du immer für sie da gewesen. Gibst ihr Sicherheit, ganz gleich, wie es in dir aussieht. Du bist wirklich außergewöhnlich.

»Alex!«, wispert er. »Alex, deine Oma ist da!«

Alex bekommt langsam Hunger. Immer wieder schiebt er das Gesicht an Eddies Brust. Aber da ist nichts zu holen. »Willst du ihn mal nehmen?«, fragt Eddie seine Mutter. »Ich glaube, bald möchte er gestillt werden. Aber vielleicht hast du Glück und er bleibt noch ein paar Minuten friedlich.«

Carole sieht mich nicht an, aber sie lächelt und breitet die Arme aus. Vorsichtig, behutsam reicht Eddie ihr unser Baby. Wartet, bis sie ihn hat, und drückt ihm dann einen Kuss auf den Kopf.

Er geht einen Schritt zurück und nimmt wieder meine Hand. Carole strahlt plötzlich. Nie hätte ich in diesem Gesicht so ein Lächeln erwartet. Diesem Gesicht, das mir so lange im Kopf herumgespukt ist. »Hallo, mein Liebling«, wispert sie. Sie hat Tränen in den Augen, und plötzlich sehe ich, dass Eddie seine wunderschönen Meeraugen von ihr hat. »Hallo, mein süßer kleiner Kerl. Ach, deine Oma hat dich so lieb, Alex. Oh, und wie!«

Eddie streckt die Hand aus und kneift Alex zärtlich in die pummelige kleine Wange. Dann schaut er mich von der Seite an und drückt meine Hand.

»Mum«, sagt er ganz ruhig. »Mum, ich möchte dir gerne Sarah vorstellen. Die Mutter meines Sohnes.«

Eine lange Pause, während Carole Wallace auf Alex einflüstert, der versucht, sich an ihrer Brust herunterzuhangeln. Eddie lässt meine Hand los und legt mir den Arm um die Schultern. Carole schaut nicht auf. »Du bist ein guter Junge«, murmelt sie Alex zu. »Du bist *so* ein guter kleiner Junge.«

»Mum.«

Und dann, ganz langsam und unsicher, schaut Carole Wallace mich an. Über den Kopf meines Sohnes hinweg, über zwei Jahrzehnte von Kummer und Schmerz, die ich erst jetzt, als Mutter, wirklich begreifen kann. Und für den Bruchteil einer Sekunde – kürzer als das Zucken eines Blitzes – lächelt sie. »Danke für meinen Enkel«, flüstert sie. Ihre Stimme zittert. »Danke, Sarah, für diesen kleinen Jungen.«

Sie küsst Alex und dann geht sie. Zurück zu Felix, in Sicherheit. Die Gespräche gehen weiter. Der Wind hat sich gelegt. Die Sonne scheint wärmer. Die Gäste ziehen Jacken und Pullover aus. Der Wiesenkerbel wiegt sich, als sich ein Kind unter ihm hindurchwühlt, und ein winziger Schwarm Schmetterlinge tanzt über das wilde Gras ringsum, das uns schützend abschirmt vor der Vergangenheit, vor all den Geschichten, die wir uns selbst erzählt haben.

Ich lege den Arm um Eddies Taille und spüre, wie er lächelt.

Danksagung

Mein Dank gilt zuallererst George Pagliero und Emma Stonex für diesen eigenartigen heißen Tag, an dem wir uns plötzlich einig waren, dass ich auf der Stelle dieses Buch schreiben muss. Für die unglaubliche Unterstützung und nimmermüde Begeisterung.

Mein liebster Dank geht an Pam Dorman, meine Verlegerin, für großartige redaktionelle Klugheit und ihre klare Vorstellung und das tiefe Verständnis für dieses Buch. Dem gesamten Team von Pamela Dorman Books/Viking für harte Arbeit und Begeisterungsfähigkeit. Es ist mir eine außerordentliche Ehre, zu einem derart außergewöhnlichen Team zu gehören.

Unendlicher Dank gilt Allison Hunter, meiner unermüdlichen US-Agentin, die mich in einer Trainingsstunde beinahe umgebracht hätte, nur um dann den Buchvertrag meiner Träume für mich an Land zu ziehen. Meiner UK-Agentin Lizzy Kremer, die alles so überragend gemanagt hat und ohne die ich vollkommen aufgeschmissen wäre. Danke auch an Harriet Moore und Olivia Barber.

Dank geht an Sam Humphreys von Mantle, UK, die diese Geschichte von Anfang an geliebt und sie durch entschiedene und durchdachte Bearbeitung um ein Vielfaches besser gemacht hat, als sie hätte sein können. Dank auch den anderen Lektoren weltweit, die es eingekauft haben. Ich kann es immer noch nicht fassen! Mein Dank gilt Alice Howe von David Higham Associates und ihrer allmächtigen Übersetzungsrechteabteilung: Emma Jamison, Emily Randle, Camilla Dubini, Margaux Vialleron und Annabel Church.

Herzlichen Dank an die Old Robsonians, eine real existierende Fußballmannschaft, die ich ganz schrecklich mag. Sie haben eine ganz beträchtliche Summe an die Kinderhilfsorganisation CLIC Sargent gespendet, um in diesem Buch erwähnt zu werden. Ich habe ihnen eine tragende Rolle gegeben, weil sie meine Helden sind.

Mein Dank geht an Gemma Kicks und die wunderbare Organisation Hearts & Minds, für die großzügige Unterstützung bei meiner Recherche über Clowndoctor-Organisationen. Die Leidenschaft, mit der Clowndoctors jeden Tag kranken Kindern ein Lächeln schenken, hat mich tief beeindruckt und beflügelt. Dank auch an Lynne Barlow vom Bristol Children's Hospital.

Mein Dank gilt Emma Williams, Gemeindekrankenschwester, James Gallagher, Möbelschreiner, und Victoria Bodey, Mutter kleiner Jungs. Dank meinen vielen Freunden, die auf Facebook mit Engelsgeduld einen nicht abreißen wollenden Strom (oft sehr persönlicher) Fragen beantwortet haben.

Danke, Emma Stonex, Sue Mongredien, Katy Regan, Kirsty Greenwood und Emma Holland für das unbezahlbare Feedback zu meinem Manuskript in seinen verschiedenen Entwicklungsphasen. Und vor allem meiner lieben Schreibfreundin Deborah O'Donoghue; ich weiß nicht, ob ich dieses Buch ohne dich hätte schreiben können. So viele wunderbare Ideen in diesem Buch stammen von dir, Deb – danke. Ich kann es kaum erwarten, deinen eigenen Roman im Regal stehen zu sehen.

Danke meinen SWANS – South West Authors and Novelists – für Unterstützung, tolle Lunches und viel Gelächter. Gleiches gilt für die Damen des CAN. Danke, Lindsey Kelk für meinen Trip nach L.A. und die größtenteils sehr un-schriftstellerischen Diskussionen. Danke, Rosie Mason und Familie für die vielen unvergesslichen Tage, die wir spielend in diesem traumhaften Tal verbracht haben. Und Ellie Tinto dafür, dass sie den Geist von Margery Kempe lebendig und sehr pietätlos erhält.

Danke meiner Familie Lyn, Brian und Caroline Walsh, die mich in allem, was ich getan habe, immer ermutigt haben und die so stolz zugesehen haben, wie ich mir als Autorin einen eigenen Namen gemacht habe. Und danke, vor allen anderen, meinem liebsten George und unserem winzigen, witzigen, perfekten kleinen Kerl, der für immer mein Verständnis von Liebe verändert hat.

Quellennachweise

Seite 7
Alain de Botton, *Versuch über die Liebe*. Aus dem Englischen von Helmut Frielinghaus, S. Fischer Verlag GmbH, F.a.M., 1994.

Seite 161
Virginia Woolf, *Mrs Dalloway*. Aus dem Englischen von Walter Boehlich, Fischer Taschenbuch, F.a.M., 1997.

Um die ganze Welt des
GOLDMANN Verlages
kennenzulernen, besuchen Sie uns doch
im Internet unter:

www.goldmann-verlag.de

Dort können Sie
nach weiteren interessanten Büchern *stöbern*,
Näheres über unsere *Autoren* erfahren,
in *Leseproben* blättern, alle *Termine* zu Lesungen und
Events finden und den *Newsletter* mit interessanten
Neuigkeiten, Gewinnspielen etc. abonnieren.

Ein *Gesamtverzeichnis* aller Goldmann Bücher finden
Sie dort ebenfalls.

Sehen Sie sich auch unsere *Videos* auf YouTube an und
werden Sie ein *Facebook*-Fan des Goldmann Verlags!